KB038120

응급!
사랑으로
치료하는
방법

달

응급! 사랑으로 치료하는 방법 1

초판 1쇄 인쇄 2017년 12월 11일
초판 1쇄 발행 2017년 12월 19일

지은이 강규원
발행인 오영배
기획 박성인
책임편집 김수현
디자인 권지연
제작 조하늬

펴낸곳 (주)삼양출판사 · 단글
주소 서울시 강북구 도봉로 173
대표 전화 02-980-2112 **팩스** / 02-983-0660
편집부 전화 02-980-2116 **팩스** / 02-983-8201
블로그 blog.naver.com/dan_gul
출판등록 1999년 3월 11일 제9-00046호

ISBN 979-11-283-9266-5 (04810) / 979-11-283-9265-8 (세트)

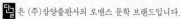은 (주)삼양출판사의 로맨스 문학 브랜드입니다.

응급!
사랑으로
치료하는
방법 vol.1

강규원 장편소설

달

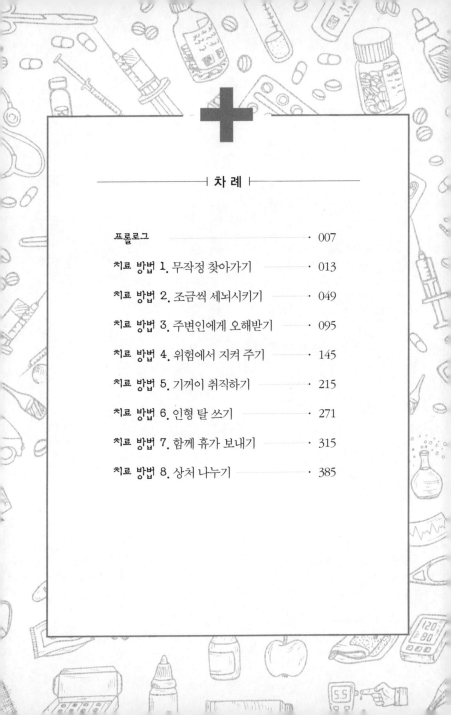

┤ 차 례 ├

아버지는 틈만 나면 술을 드셨다.

술을 마시지 않으면 잠이 오지 않는다고 합리화하면서 매일을 술에 찌들어 살았다. 기분이 좋은 날, 예를 들면 하나뿐인 딸이 의과 대학 합격 통지서를 받은 날에는 즐거워서 술을 마셨다. 그리고 기분이 나쁜 날, 이를테면 위와 간에 이상이 발견되었다는 건강 검진 결과를 받은 날도 어김없이 술을 마셨다.

술에 취해도 워낙에 온순한 성격이라 아버지는 다른 알코올 중독자와는 다른 양상을 보였다. 주정이라고 해 봤자 가끔 다 큰 딸을 앞에 두고 흐느끼며 미안하다고 사과를 하거나 다른 남자가 생겨 이혼한 전처에 대한 그리움을 흘러간 노래로 삭이는 그런 정도였다.

그래서 안다정은 아버지가 그다지 싫지는 않았다. 오히려 어머니보다 아버지가 나았다. 적어도 아버지는 자식은 버리지 않았으니까.

대학 입학과 동시에 다정은 고등학생 대상의 수학 과외 아르바이트를 했다. 조금이나마 아버지의 부담을 덜어 주고 싶었다. 오랜 알코올 중독으로 아버지의 간은 딱딱하게 굳어 갔고 아버지는 피곤을 이기기 위해 더욱 술에 의존했다.

그날도 마찬가지였다.

그날 조금만 일찍 들어갈 것을.

올해 수험생이 된 여학생의 수학 과외를 마치고 돌아오는 길에 무슨 바람이 불었는지 다정은 떡볶이가 먹고 싶었다. 포장마차에 서서 떡볶이 1인분을 먹고 있는데 전화가 왔다. 전화 올 곳이 별로 없는데, 하면서 받은 전화는 청천벽력 같은 소식이었다.

—응급실이에요. 아버지께서 위독하세요.

어떻게 계산을 마치고 달려갔는지도 기억이 나지 않았다. 정신없이 응급실에 갔으나, 아버지는 이미 돌아가신 상태였다.

상한 간 때문에 검게 변한 얼굴 피부가 유난히도 칙칙해 보였다. 목이 다 늘어난 푸른 니트에 죽기 직전 토해 낸 피가 군데군데 묻어 있는 걸 제외하면 아버지는 평소와 다름없었다.

"간 경화가 심하셔서 식도 정맥류가 왔어요. 출혈이 너무 심해서…… 최선을 다했지만……."

응급실 당직의가 안타깝다는 듯 말했다.

너무 충격적인 이야기를 들어서일까? 현실감이 들지 않았다. 힘겨운 인생의 짐을 내려놓은 듯 아버지는 편한 표정이라 꼭 깊은 잠에 빠진 모습이었다.

그러니까 술 좀 줄이라고 몇 번이고 말해 왔었다. 이제 겨우 예과 1학년인 다정이 얕은 의학 지식으로 아버지한테 겁을 주며 정 힘들면 알코올 중독 센터 같은 곳이라도 찾아가라고 으름장을 놓았으나 아버지는 허허 웃고 말았다.

"그러게…… 제 말 좀 들으라고 했잖아요……."

가슴이 뒤틀릴 것처럼 아파 왔다. 아, 심근 경색 환자들이 이런 느낌일까? 다정은 목에 걸려 있던 숨을 터뜨리면서 눈물을 쏟았다. 이제야, 이제야 현실감이 밀려왔다. 그녀는 이미 식어 버린 아버지의 몸을 끌어안고 울었다.

"여기서라도 조금만 기다리지, 아버지 사랑한다는 말은 듣고 가시지……."

다정은 한 번도 해 본 적 없는 말을 뒤늦게 흘렸다. 그녀의 울음 섞인 목소리에 옆에 있던 응급실 당직의가 눈가를 비비고 돌아섰다.

할머니는 막내아들의 죽음에 정신을 놓아 버렸다. 장례식 내내 할머니는 누워서 수액을 맞아야만 했다. 급사나 다름없는 죽음이라 장례식장의 분위기는 침통했다.

"다정아."

지친 기색으로 앉아 있던 다정이 고개를 들었다. 수도 없이 듣고 싶었던 목소리였다. 너무나도 그립고 너무나도 원망스러운 목소리에 그녀의 얼굴이 일그러졌다.

"얼굴 상한 것 좀 봐. 괜찮……."

"여기가 어디라고 왔어?"

다정이 차갑게 물었다. 할머니가 안쪽 대기실에 누워 있어서 그나마 다행이었다. 아니었으면 할머니는 이기적인 며느리의 모습에 졸도했을 것이다.

"그래도 네 아빠 마지막 가는 길인데……."

"무슨 자격으로 왔어?"

망자의 딸이 만들어 내는 냉랭한 분위기에 문상객들이 다정 쪽을 흘끔거렸다. 사람들 보는 눈에 예민한 엄마는 입술을 깨물면서 억지로 태연한 척을 했다.

"왜? 아버지 돌아가시니까 이제 후련해서 왔어?"

"너, 무슨 말을 그렇게 하니?"

"여기 아무도 그쪽 보고 싶어 하는 사람 없어. 그만 나가 줘요. 아버지는 그쪽이 죽인 거야."

아버지가 처음부터 알코올 중독자는 아니었다. 엄마가 다른 남자와 눈이 맞아서 이혼을 요구하고, 이혼 후에 집을 나간 다음부터 아버지는 술을 마셨다. 가끔 울고, 가끔은 전처를 그리워하면서 술만 마셨다.

그러다 죽었다.

"다정아."

"내 이름 부르지 마요. 엄마인 척하는 거 역겨워."

딸의 매몰찬 냉대에 엄마는 충격을 받아 망연자실하게 서 있었다. 그러거나 말거나 다정은 걸음을 옮겨 장례식장 직원들에게 엄마를 내쫓아 달라 부탁했다. 직원들의 난감한 표정에 결국 엄마는 향 한 번 올리지도 못하고 나가야만 했다.

"나중에, 나중에 네 마음 풀리면, 그때 연락하렴."

"그럴 일 없으니 기대 같은 건 하지도 마세요."

다정은 싸늘하게 말하고 돌아섰다. 세상에 자기밖에 모르는 이기적인 여자. 다정이 가진 엄마에 대한 감상이었다.

부모님이 이혼하기 전, 마지막으로 싸웠던 그날 밤을 다정은 잊지 못했다.

"난 사랑하는 사람하고 살 거야. 이제 난 당신 안 사랑해."

"어떻게 그래? 다정이도 이제 겨우 열 살인데 어떻게 그래?"

"다정 아빠, 난 내 삶이 제일 중요해. 당신은 사랑하는 남자가 따로 있는 아내 껍데기만 가지고 살 거야? 그건 싫잖아. 피차 싫은 일이야. 이제 그만 이혼하자."

그때, 자신은 겨우 열 살이었다. 엄마, 아빠의 말다툼에 이불이 다 젖도록 숨죽여 흐느낀 열 살.

이튿날부터 엄마는 집에 오지 않았다. 아버지는 엄마가 사랑을 찾아 멀리 떠났다는 완곡한 말로 딸의 마음을 달랬다. 알 듯 말 듯 한 아버지의 말을 들으며 다정은 엄마 없는 생활에 익숙해졌다.

언젠가는 엄마가 사랑하는 남편과 딸을 보러 다시 이 집에 돌아오지 않겠느냐, 하고 어린 딸을 달래던 서른여덟의 아버지는 마흔여덟에 돌아오지 않는 사랑을 기다리다가 피를 토하며 세상을 떠났다.

그날 이후, 다정은 사랑이라는 단어를 혐오하기 시작했다. 사랑이란 얄팍하고 변덕스러운 감정에 불과해서 '깊은 사랑'과 '영원한 사랑'은 단지 감상적인 환상에 불과하다고 그녀는 굳게 믿었다.

치료 방법 1.
무작정 찾아가기

4월. 인턴 때부터 세면 벌써 5번째 입국식이었다. 평소와 같이 교수님들, 스태프들과 저녁을 함께 먹고 서로 인사를 나눈 후 전공의들끼리 술자리를 가졌다.

술자리에서 응급의학과 전공의 4년 차, 안다정은 전공의로서 마지막 해를 어떻게 보내야 하나 담담히 생각하고 있었다.

"치프(Chief, 의국장), 뭘 꾸물대시나? 빨리 안 마시고?"

동기인 김찬형이 술이 가득 담긴 잔을 흔들며 다정 앞에 내려놓았다. 동기의 짓궂은 소리에 다정이 눈을 흘기며 잔을 비웠다. 술은 쓰고 차가웠다.

"역시 치프답게 잘 마시는구만?"

키득거리는 찬형의 등짝을 후려갈기고 나서 다정이 일어났다.

찬형이 눈을 동그랗게 떴다.

"가게?"

동기에게는 장난스럽게 까불거리는 찬형이지만 이래 보여도 전공의 4년 차라고 후배들에게는 엄한 친구였다. 다정이 고개를 끄덕이며 변명을 늘어놓았다.

"나 오늘 당직이라서 그만 마셔야 돼."

"제가 바꿔 드릴까요?"

"그래, 신당백이 하루 더 고생하면 되지."

3년 차 전공의 신채린의 제안에 찬형이 화색을 띠었다. 그러나 다정은 손을 내저었다.

"아냐. 신 선생 어제도 당직이었잖아. 너무 무리하지 마."

신채린은 혼자 당직을 해도 백 명분의 일을 한다고 별명이 신당백이었다. 그래도 이틀씩이나 밤을 새우게 둘 수는 없었다. 게다가 지금은 인턴, 1년 차와 2년 차 전공의만이 응급실을 지키고 있어서 마음이 불안하기도 했다.

"참, 이거 가지고 가서 나눠 주세요."

채린이 비닐 봉투를 건넸다. 당직의들의 간식거리였다. 다정이 고맙다는 듯 눈인사를 보내고 봉투를 받았다.

시끌시끌한 가게를 빠져나오자 그새 적막해졌다. 술집에서 병원까지는 도보로 약 5분쯤 걸렸다. 술에 취하지는 않았으나 다정은 혹시 모를 냄새를 제거하기 위해 심호흡을 하면서 걸음을 옮겼다.

4월인데 아직 저녁 날씨는 쌀쌀했다. 길가에 흐드러지게 핀 벚꽃을 보면서도 그녀는 감흥 없는 얼굴로 고개를 돌렸다. 그때, 다정의 귓가에 "짝!" 하고 찢어지는 소리가 들렸다. 골목 안쪽에서 나는 소리였다.

무의식적으로 시선을 돌린 다정은 곧 악에 받친 여자 목소리를 들었다.

"개새끼! 사람 가지고 노니까 재밌어?"

"아야야……."

여자의 말 뒤로 남자의 낮은 음성도 이어졌다. 음성이라기보다는 신음 같기도 했다. 아파서 끙끙 앓는 소리와 비슷했다.

'사랑싸움인가?'

그렇다면 끼지 않는 것이 좋았다. 다정이 매몰차게 다시 고개를 돌릴 때였다. 노기로 얼룩졌던 여자의 목소리가 이내 비명으로 바뀌었다.

"아악! 왜 그래? 왜 그래, 도태인! 거기 누구 없어요?"

그 긴박한 비명이 다정의 발목을 붙잡았다. 남자가 여자에게 맞아서 꼭지가 돌아 버린 걸까? 그렇다기보다는 여자의 음성에서 걱정이 짙게 풍겼다. 연인 간 폭력이 아니라 남자에게 위급한 상황이 생긴 쪽에 무게가 실렸다.

다정은 고민할 것 없이 골목 쪽으로 뛰었다.

"무슨 일이에요?"

"갑, 갑자기 쓰러졌어요……."

가로등 아래 키가 훌쩍 큰 남자가 바닥에 쓰러져 있었다. 여자는 양손으로 입을 가리고 어쩔 줄 몰라 하면서 발만 동동 굴렀다. 응급의학과 4년 차 전공의답게 안다정은 바로 남자의 상태를 살폈다.

가로등 아래라 정확한 안색은 모르겠지만 자발적인 호흡도 있고, 맥박도 조금 빠르긴 한데 분명 있었다. 오히려 남자의 왼쪽 뺨이 부은 것과 입가가 찢어진 게 더욱 아파 보였다.

그런데 점점 남자의 호흡이 가빠지기 시작했다.

"안 되겠다. 응급실로 가야겠어요. 좀 도와주……."

다정이 여자가 서 있던 쪽을 돌아보면서 요청하다가 말을 멈추었다.

방금 전까지 안절부절못하던 여자가 휑하니 사라졌다. 혹시 여자도 실신했나 주변을 둘러보았으나 여자의 모습은 보이지 않았다. 아니, 정확히 말하자면 골목 반대편 끝에 여자의 그림자가 살짝 비쳤다가 사라졌다!

'도, 도망가? 환자를 내버려 두고?'

여자는 자신이 남자의 뺨을 때려서 이런 일이 일어난 줄 알고 지레 겁먹어 도망간 것이지만, 다정이 그 속을 알 길은 없었다.

남자의 호흡이 가빠졌다. 거의 실신에 이른 성인 남성을 다정 혼자 병원에 데리고 가는 건 무리였다.

'천식 발작인가? 기흉? 심장 발작?'

환자의 상태를 살피며 119에 연락을 하기 위해 그녀가 막 휴대폰을 꺼낼 참이었다. 남자의 길쭉한 손가락이 오그라들고 있는 게 보였다.

엊그제 고등학생이 시험 스트레스로 응급실에 실려 왔던 것과 숨소리가 비슷하다. 그 환자도 이 남자와 비슷한 모습을 보였는데, 그렇다면⋯⋯.

4년 차, 온갖 임상 결과를 봐 온 안다정은 단숨에 진단을 내렸다. 그녀는 휴대폰을 내려놓고 비닐 봉투를 탈탈 털었다. 과자며 빵, 초콜릿 등이 바닥에 우르르 떨어졌지만 그런 건 중요하지 않았다. 안다정은 전혀 다정하지 않게 남자의 얼굴에 비닐 봉투를 갖다 대었다.

"숨 쉬세요!"

다정이 힘주어 말했다. 얼마나 있었을까? 숨을 쉬지 못해 가슴과 어깨만 들썩이던 남자의 호흡이 점점 편안해지는 게 느껴졌다.

"정신이 좀 드세요?"

남자는 말할 기운은 없는지 고개만 끄덕였다. 과호흡 증후군임을 제대로 진단했구나 싶자 다정은 한시름 놓았다.

"혹시 지병 있으세요?"

남자가 고개를 저었다. 말을 알아들을 수 있을 정도로 그의 의식이 또렷해졌다. 다시금 안도한 다정은 바닥에 흩어진 간식거리를 가방에 주섬주섬 집어넣었다.

"걸을 수 있겠어요?"

이번에 그는 아무런 반응도 하지 않았다. 고개를 끄덕이지도, 젓지도 않고 그저 그녀만을 물끄러미 응시할 뿐이었다. 서글서글한 눈매가 그녀를 향해 있었다.

'아, 혹시 날 못 믿나?'

그럴 만도 했다. 병원에서는 환자들의 신뢰를 받는 하얀 가운을 입고 있었지만, 지금 그녀는 가운 차림이 아니었다. 처음 보는 여자가 과거 병력 등을 꼬치꼬치 캐묻는데 의심이 가지 않을 리가 없었다.

"여기 옆에 큰 병원 응급실 의사예요. 걸으실 수 있으면 저랑 같이 응급실 가시는 게 좋겠어요. 피 검사를 해 보시는 게 좋을 것 같아요."

다행히 남자는 고개를 끄덕였다. 걷기 힘들어 보여서 다정이 남자의 팔과 허리를 잡아 일으켰다.

키가 작은 편인 다정보다 남자는 머리 하나 이상 컸다. 다정의 머리는 그의 턱 끝에도 미치지 못했다. 장신의 남자가 비틀거리니 다정도 덩달아 비틀비틀 걷게 생겼다.

'잘 갈 수 있으려나.'

딱 그의 가슴 즈음에 다정의 귀가 닿았다. 덕분에 남자의 호흡이 안정되었음을 직접 들을 수 있었다.

그러나 호흡은 점점 차분해졌는데 심장은 여전히 빠르게 뛰는 듯했다. 그는 지병이 없다고 했지만 혹시 모르는 일이다. 심폐 기능 검사도 필요할 것 같았다.

"호흡 괜찮은 것 같으니까 봉투 떼셔도 돼요."

다정의 말이 끝나자 바스락거리는 소리가 이어졌다. 그리고 곧 남자가 허공에 길게 숨을 뱉었다. 그녀는 그의 가슴에 귀를 대고 걸으며 심장 박동이 안정되기를 기다렸다.

"전에 이런 적 있었어요?"

"네, 몇 번."

남자의 목소리는 상당한 저음이었다. 힘이 빠져서 더욱 낮게 들리는 걸지도 모르겠지만 그의 몸을 울리는 음성에 다정은 깜짝 놀랐다.

"이거 과호흡 증후군이거든요. 지병이 없다고 하셨는데 혹시 원인이 정신적인 건가요?"

"……네."

다시 한 번 남자의 목소리가 울렸다. 괜히 등골이 오싹한 느낌에 다정은 입을 다물었다.

멀리 응급실 입구가 보였다. 다정이 애써 마음을 가라앉히고 태연하게 입을 열었다.

"조금만 더 가면 되니까요……."

그러나 그녀의 말은 끝까지 이어지지 못했다.

다정의 눈이 크게 뜨였다. 방금 전까지 다 죽어 가던 남자가 다정의 왼쪽 어깨를 잡아 돌리더니 몸을 숙여 대뜸 그녀에게 입술을 맞추었다. 말을 하던 도중이라 입을 벌리고 있던 것이 패인이었다. 남자는 능숙하게 키스를 했다. 오늘 처음 본 여자에게!

한 손은 그녀의 어깨를, 다른 손은 그녀의 팔을 잡아 움직이지 못하게 만든 그는 긴 키스 끝에 입술을 떼고 입꼬리를 쓱 끌어 올리며 농담처럼 물었다.

"선생님, 술 드셨군요?"

질문에 대한 답 대신, "짝!" 하고 남자는 아까 맞았던 곳을 또 맞고 말았다. 남자는 왼쪽 뺨을 감싸고 있으면서도 생글거렸다. 뻔뻔한 낯짝에 주먹을 날려 주고 싶었으나 다정은 대신 싸늘하게 말했다.

"일단 환자분 응급실에 내원하셔야겠고요."

언제 과호흡 때문에 힘들었냐는 양 남자는 멀쩡했지만 다정은 혹시 모르는 일이라고 생각했다. 빠르게 뛰던 남자의 맥박이 마음에 걸렸다.

마음대로 하라는 듯이 남자가 어깨를 으쓱하자, 다정은 표정을 딱딱하게 굳히고 말을 이었다.

"그 다음에 성희롱으로 신고하겠습니다."

응급의학과 4년 차 전공의는 웬만한 일에 눈 하나 깜짝하지 않는 인종이었다. 주취자들의 성희롱과 욕설도 개 짖는 소리로 넘기는 안다정은 남자에게 또박또박 경고했다.

하지만 슬프게도 안다정은 남자를 신고하지 못했다. 자발적인 이유가 아니었다. 응급실에서 남자의 신원이 확인되자마자 비상이 걸렸다. VIP의 응급실 내원에 내과 당직 교수가 바로 응급실로 뛰어 내려왔다.

안다정은 기가 막혀서 응급실 돌아가는 꼬라지를 황당하게 쳐다보았다. 예전에 정부 부처 고위 공무원이 내원했을 때도 이렇게 일사불란하지 않았었는데 이 변태가 대체 뭐라고 교수까지 날아오는지 어이가 없었다.

그 뒤로 안다정은 고통의 백 일을 보냈다.

　　　　　＊　　　＊　　　＊

주중에도 응급실은 바쁘게 움직였다. 열심히 뛰어다니는 의료진 사이에는 4년 차 전공의 안다정 치프도 있었다. 그런 다정을 환자분류소에서 간호사가 불렀다.

"안다정 선생님!"

간호사의 저 히스테릭한 목소리. 또 그 인간이 온 게 틀림없었다. 다정은 간호사를 돌아보며 알았다는 듯 고개를 끄덕인 후, 자신만 바라보고 있는 환자에게 증상 설명을 마치고 억지로 미소를 지었다.

"안과 선생님 곧 오실 테니까 조금만 쉬세요."

"네, 감사합니다."

60대 여성 환자는 안압 때문에 엄청난 통증을 느끼면서도 젊은 다정에게 고개를 조아렸다. 다정은 안과에 콜을 보내기 위해 스테이션으로 향했다.

응급실에 사람이 없었다면 다정은 양손으로 머리를 쥐어뜯으며 분노했을 것이다. 그러나 여기는 직장, 아프고 힘겨운 사람들이 많은 응급실이었다.

"안다정 선생님!"

또다시 간호사의 호명이 이루어졌다. 간호사는 툭하면 찾아와서 업무 방해를 하는 남자에게 들으라는 듯, 일부러 큰 소리로 다정을 부르곤 했다. 보통이라면 조용히 콜을 할 텐데 말이다.

다정은 안과 전공의와의 전화를 끊고 응급실 입구, 환자분류소로 달려갔다. 못마땅한 간호사의 표정에 미안하다는 듯 고개를 숙인 후 다정은 자신을 기다리는 남자에게로 다가갔다.

"정말 몇 달째 왜 이러는 겁니까? 진료 방해로 신고하는 수가 있어요!"

"보고 싶었어요."

모든 일의 원흉이 복도에 마련된 긴 의자 끝에 앉아서 그녀를 올려다보았다. 강아지처럼 반짝거리는 눈빛이 부담스러웠다.

다정은 양손에 얼굴을 묻고 한숨을 내쉬었다. 그는 그녀의 얼굴이 보고 싶다며 팔을 억지로 내리게 만들었다.

"도태인 씨, 그쪽은 일 안 해요? 평일 오후에 왜 여기까지 와서 사람을 괴롭혀요?"

"일이야 해도 되고 안 해도 그만이라서."

팔자 좋은 소리에 다정의 눈초리가 사나워졌다. 백수라 그런지 그는 내킬 때마다 응급실 접수처 앞에서 그녀를 기다렸다.

"그쪽은 놀고먹어도 되는지 모르겠지만, 저는 그렇지 않거든요. 그만 돌아가세요. 진료 방해하지 말고."

"이렇게 쌀쌀맞은 게 우리 안다정 선생님 매력이라니까. 전혀 다정하지 않아. 이름처럼."

신이 나서 떠드는 태인을 보며 다정이 시름 가득한 한숨을 또 쉬었다.

이 미친놈을 가만히 내버려 둘 수밖에 없는 이유가 있었다. 도 태인은 이 병원을 소유한 재단의 망나니 3세였으니까!

태인이 응급실에 내원했을 때 VIP 취급을 받은 이유도 그런 출 신 때문이었고, 슬프게도 전공의들 중에서는 이 사건에 얽힌 안 다정만 그의 정체를 알고 있었다.

다정은 태인에게 키스를 당하고도 병원 내에서의 자신의 위치 와 미래를 위해 그 사건을 묻어야만 했다.

억울함을 억누른 그녀는 재벌 3세라는 이유로 놀고먹어도 아 무 지장 없는 남자에게 화가 치밀었지만 분노를 감추고 냉정한 가면을 뒤집어썼다.

"여긴 놀이터가 아닙니다, 도태인 씨."

"응급실에 그냥 온 거 아니에요. 가슴이 좀 아파서."

태인이 다정의 눈치를 보며 왼쪽 가슴을 가리켰다. 물론 그녀 는 그것조차 개수작임을 이미 알고 있었다. 한두 번 당한 게 아 니었다.

"웃기지 마세요."

"정말 아프다니까요?"

"그럼 흉부외과나 내과 쪽으로 콜 보낼게요. 외래로 가시죠. VIP시니까 기다릴 것도 없네요."

"그 선생님들은 못 고치는 병인데요?"

태인이 불쌍한 척을 했다. 역시 개수작이었군. 다정의 눈이 가늘어졌다. 그러거나 말거나 태인이 거짓 눈물을 보이며 헛소리를 뱉었다.

"우리 다정 쌤이 날 차갑게 밀어내서 가슴이 아파."

"정신과에 콜 하겠습니다."

마음 같아서는 여기서 미친놈이라고 욕이라도 하고 싶지만 눈앞의 남자는 VIP. 참아야만 했다.

안다정은 여기서 얌전히 전공의 과정을 마쳐야만 했다. 전문의가 된 후 지방 2차 병원 응급실에서 봉직의로 지낼 계획을 세워 놓은 까닭이었다.

"아니, 의사가 왜 환자를 안 고쳐 주는 거예요? 선생님만 고쳐 줄 수 있다니까요?"

"죄송한데 제 전공이 정신건강의학과가 아니라서요."

잇새로 말하며 다정이 빙그레 웃었다. 물론 눈은 웃고 있지 않았다. 그녀의 눈은 이글이글 타올랐다. 마치 도태인을 태워 버리겠다는 양 말이다. 그가 그녀의 가운 끝자락을 쥐고 억지를 썼다.

"제 생명을 구해 주셨으니 책임지셔야죠."

세상에 미친 소리도 이런 미친 소리가 없다.

"그냥 버리고 갈 걸 그랬네요. 구해 준 사람이 여자가 아니라 남자였어도 이런 소리 했을까요?"

"……그런 끔찍한 말씀을."

태인이 미간을 찌푸렸다. 다정은 그를 내려다보다가 가운 자락을 털었다. 그의 손이 힘없이 떨어졌다.

"그럼 우리 이제 내일부터는 보지 맙시다, 도태인 씨. 저는 이만."

냉정하게 딱 자르고 다정이 응급실 안으로 쏙 들어가 버렸다. 태인은 그녀의 뒷모습을 끝까지 놓치지 않겠다는 듯 한참을 바라보았다.

스테이션으로 다정이 인상을 쓰고 돌아오자 3년 차 전공의 신채린이 차트를 정리하다가 물었다.

"또 태인 오빠 왔었어요?"

"신 선생, 제발! 제발 방해 좀 하지 말라고 말해 줄래?"

"이미 말했죠. 근데 인간이 워낙 또라이라서 들어 처먹질 않아요."

채린이 태인을 험하게 평가했다.

대형 병원 이사장의 손녀인 신채린은 도태인과 안면이 있다고 했다. 버려진 강아지처럼 다정을 졸졸 쫓아다니는 태인을 발견하고 채린이 기가 찬 웃음을 터뜨렸었다.

노이로제에 걸릴 정도로 시달리던 다정은 태인과 친분이 있다는 채린에게 몇 번이고 부탁했었다. 도태인이 응급실에 '놀러' 오지 않게끔 해 달라고.

"진짜 왜 그러니, 잰."

다정이 우는 소리를 했다. 스테이션에 있던 의료진들이 모두 놀라서 다정 쪽을 쳐다보았다. 바늘로 찔러도 피 한 방울 안 나올 것 같던 치프가 우는 소리라니, 놀라울 따름이었다.

"선생님이 자꾸 도망 다니니까 재미있어서 저러는 거예요. 그냥 눈 딱 감고 잠깐 사귀다가 버리세요. 인간이 좀 또라이긴 한데 태인이 오빠 얼굴도 잘생겼고, 키도 크잖아요. 돈도 많고."

채린이 웃는 낯으로 아무렇지 않게 무서운 소리를 뱉었다. 돈 많은 집 애들 마인드는 다 이런가? 괴리감을 느끼며 다정이 채린을 멀뚱히 쳐다보다가 말했다.

"신 선생, 그럼 혹시 백강우 선생님도 잠깐 사귀다가 버리는 거야?"

"네? 무슨 소리세요! 어디서 도태인 같은 또라이하고 백 선생님을 비교하세요? 너무하시네."

현재 공중 보건의로 지방에서 근무하고 있는 연인을 떠올리며 채린이 팔짝 뛰었다. 하긴, 응급의학과에서 출중한 실력을 뽐내던 백강우 선생을 백수 도태인한테 댈 수는 없었다. 한 손으로 눈가를 덮은 다정이 사과했다.

"미안해."

"잘 생각해 보세요. 태인이 오빠도 질리면 더는 찝쩍거리지 않겠죠."

채린의 말도 일리가 있지만 다정은 도태인과 연애 같은 건 하고 싶지 않았다. 거짓된 마음으로 사랑하는 게 싫은 것이 아니라, 그냥 사랑이 싫었다. 연애 따위를 할 생각은 전혀 없었다.

그녀가 우울한 눈빛을 바닥에 내리꽂을 찰나, 전화벨 소리가 요란하게 울렸다. 구급차에서 걸려 온 응급 전화였다.

길을 건너다가 자동차에 치인 환자는 의식 불명이고 활력 징후도 좋지 않다는 끔찍한 전화에 다정의 눈빛이 칼날처럼 날카롭게 벼려졌다.

교통사고로 의식 불명, 낮은 바이털 사인(Vital sign, 활력 징후). 소생이 어려운 환자일 게 뻔했다.

"신 선생, 보행자 TA(Traffic Accident, 교통사고)래. 상태가 안 좋다니까 티스타(T★, 중증 외상 환자 발생) 띄워 줘."

"알겠습니다."

언제 시시덕거렸냐는 듯, 채린도 표정을 굳혔다. 다정과 2년 차 전공의 둘, 그리고 응급실 베테랑 간호사 둘까지 총 다섯이 환자를 맞이하기 위해 출입문 밖으로 달려갔다.

구급대원과 함께 옮긴 베드는 가장 중한 환자가 들어가는 소생실로 들어갔다. 교통사고 환자는 30대쯤으로 보이는 남자였다. 차에 치였을 때보다 날아가서 바닥에 떨어졌을 때의 충격이 심했는지 머리가 다 깨져 있었다.

"블리딩(Bleeding, 출혈)이 너무 심한데."

다정의 말이 끝나자마자 환자의 심장이 멎었다. 다정이 미간을 찌푸리자 2년 차 전공의가 바로 흉부 압박을 시작했다. 흉부 압박에 맞춰 울컥울컥 튀던 피는 침대를 넘어 바닥에도 똑똑 떨어졌다.

그 와중에도 의사와 간호사의 손길은 멈출 줄 몰랐다. 간호사하나는 환자의 정맥을 찾고, 다른 하나는 응급 검사를 실시했다.

환자에게 기계가 덕지덕지 붙었다. 자가 호흡도 하지 못하고 출혈량이 많아 혈압도 떨어지고 있었다. 티스타가 떴으니 곧 응급의학과 교수도 달려올 것이다. 그 전까지는 치프인 자신이 해결해야 했다.

환자 주변으로 긴박한 공기가 흘렀다.

"인투베이션(Intubation, 기관내 삽관)하게 석션 먼저 해 주세요. 에피(Epinephrine, 에피네프린 · 강심제) 슈팅해 주시고요."

자발적으로 호흡하지 못하는 환자에게 기도 확보는 필수였다. 환자의 입 안에 이물질이 없도록 석션을 마치고 나서 다정은 간호사에게 기관내 삽관용 튜브를 받아 들었다.

CPR(Cardiopulmonary resuscitation, 심폐 소생술)이 성공해서 이내 환자의 심장이 다시 뛰기 시작해 안정된 소리가 들렸다. 심전도계 모니터를 흘깃 본 다정이 일단 안도했다.

환자는 목에 골절이 있는지 기도 확보가 잘 되지 않았다. 그래도 눈가를 찡그리고 한참 씨름하다가 겨우 기관내 삽관에 성공한 다정이 한숨을 내쉬면서 심전도계 모니터를 살폈다.

"고 선생이 암부(AMBU-bag, 수동 인공호흡기) 짜 줘."

"네."

"그리고 블러드(Blood, 혈액팩) 달아야겠다. 우선미 선생님, 블러드 신청 좀 하고 와 줘요."

"네!"

3년 차 응급실 간호사는 빠릿하게 움직였다. 환자의 몸에 피가 모자라 혈압과 체온이 떨어지고 산소 포화도도 오르지 않았다. 출혈량을 보면 수혈이 시급했다.

금세 응급의학과 교수인 김웅진 선생이 외상외과 교수와 달려왔다. 스승을 보자 다정은 다시금 안도가 되어 다정은 손등으로 이마에 맺힌 땀을 닦았다. 바닥에 흥건한 피를 보고 웅진이 급히 물었다.

"블러드 신청했어?"

"네, 했습니다."

역시 안다정은 일 처리 하나는 똑 부러지게 잘했다.

"상태가 안 좋지만 최선을 다해 봅시다. 출혈부터 잡자고."

웅진의 목소리가 썩 밝게 들리지 않아 다정은 불안해졌다.

안타깝지만 외상외과와의 협진에도 불구하고 환자는 한 시간도 지나지 않아 결국 생을 마감했다. 뒤늦게 교통사고 소식을 알고 제일 먼저 달려온 여자는 환자의 젊은 아내였다. 싸늘한 시신이 된 남편의 몸을 부여잡고 여자가 비명을 지르다가 애처롭게 울었다. 말 그대로 날벼락일 것이다.

'미안해요.'

살리지 못해서 미안해요. 다정은 속으로 환자와 보호자에게
사과했다.

사람 목숨에 경중은 없다지만, 젊은 사람이 사고로 사망하는
걸 볼 때마다 특히 마음이 좋지 못했다. 노력했음에도 환자를 살
리지 못했다는 죄책감까지 다정의 몸을 무겁게 만들었다. 김웅
진 교수의 옆에서 응급 처치를 돕던 다정은 땀에 젖은 이마와 눈
가를 닦고 잠깐 밖으로 나왔다.

바짓단과 가운에 피가 튀어 있어서 그런지 사람들이 다정을
힐끔거렸다. 이렇게 한 번 피투성이가 되고 나면 환자들이 불쾌
해해서 바로바로 진료복을 갈아입곤 했으나 지금 다정은 딱 3분
만 바깥 공기를 맡고 싶었다. 그녀가 바깥 공기를 한껏 들이마실
때였다.

"왜 이래요?"

불쑥 나타난 남자가 다정의 팔을 붙잡았다. 너무 들어서 질릴
것 같은 목소리. 도태인이었다.

"아직도 안 갔어요?"

"왜…… 옷이랑, 가운이랑, 이마에 피가……."

웬일로 태인은 평소의 능글맞은 표정이 아니었다. 하얗게 질
린 얼굴로 그가 다정을 보며 벌벌 떨었다. 그가 떨리는 손으로
그녀의 이마를 쓸었다. 아까 땀을 닦다가 피가 묻은 부분이었다.

"아무것도 아닌……."

다정이 시답잖은 듯 받아칠 때였다. 새하얗게 질린 태인이 바

닥으로 풀썩 쓰러졌다.

처음에는 또 무슨 개수작인가 싶었지만 도태인은 정말 의식 불명이었다. 의식이 있으면 쓰러지면서 손이나 팔로 바닥을 짚는데, 그런 것 없이 그냥 쓰러져 버렸으니까.

"도태인 씨!"

미동도 않는 태인 때문에 다정의 비명이 응급실 앞을 울렸다. 환자 발생에 의료진이 응급실 문을 열고 뛰쳐나왔다.

"기가 막혀서."

피투성이가 된 옷을 갈아입고 나온 다정이 응급실 베드에 누워 있는 태인을 보고 황당한 감상을 뱉었다.

도태인이 갑자기 쓰러진 이유는 어이없게도 피를 봤기 때문이었다. VIP의 응급실 내원으로 인해 달려온 정신건강의학과 교수는 우선 태인에게 안정제를 투여하고 고개를 절레절레 저었다.

"피를 못 보세요. 헤모포비아(Hemophobia, 혈액 공포증)로 사람이 흘리는 피에 포비아가 있어요."

"네에?"

처치는 그게 다였다. 정신건강의학과 교수가 자리를 뜨자 안다정은 기가 막혔다. 정말 황당할 따름이었다. 혈액 공포증이라는 질환을 모르지는 않지만 막상 눈으로 직접 보는 건 처음이었다.

'그런 인간이 왜 맨날 응급실에 오는 건데?'

태인의 창백한 얼굴을 보던 다정은 위에 매달려 있는 수액으로 시선을 옮겼다. 뭐, 어쨌든 이 변태 또라이도 환자는 환자였다. 아직도 의식을 찾지 못한 나름 중한 환자.

'그동안 잘도 피 보는 일을 피해 다녔네.'

응급실은 당연히 피바다가 되기 마련이었다. 그제야 문득 다정은 태인이 왜 접수처나 환자분류소 앞 등 보호자들이 있는 곳에서 자신을 기다렸는지 알 것 같았다. 혈액 공포증이라 피를 피해 다닌 것이었다.

오늘도 평소처럼 바로 피 묻은 진료복을 갈아입었더라면 이 남자가 쓰러질 일은 없지 않았을까?

그런데 어째서인지 다정은 종알종알 헛소리를 하기 바쁘던 남자가 입을 일자로 다물고 누워 있으니 기분이 이상했다. 아까 자신의 앞에서 풀썩 쓰러졌을 때, 얼마나 놀랐는지 문자 그대로 '심장이 떨어지는 줄' 알았다.

슬쩍 시간을 살핀 그녀가 눈살을 찌푸렸다. 태인이 쓰러진 이후로 거의 한 시간이 흘러 있었다.

'문제가 없다면 일어날 때도 됐는데.'

도태인은 일어날 기미도 보이지 않았다. 그를 가만히 내려다보던 다정은 씁쓸한 표정으로 커튼을 걷고 나왔다. 자신은 현재 응급실에서 근무 중이었고, 응급실에는 환자가 계속 밀려들어

왔다. 태인에게만 붙어 있을 수는 없었다.

"태인이 오빠, 무슨 일이래요?"

지나가던 채린이 다정을 보고 걱정스럽게 물었다. 어떻게 설명해야 하나, 잠깐 고민하던 다정이 천천히 대답했다.

"정신적인 문제래."

"……미쳐 가지고 그런다고요?"

채린이 너무나도 정확하게 콕 짚어서 다정이 할 말을 잃었다. 그러고 보면, 1년 차 초반에 신채린은 이런 사람이 아니었는데 응급실이 얼마나 힘들었으면 험한 말을 아무렇지 않게 할까, 복잡한 마음이 들었다.

"헤모포비아래."

"네? 정말요?"

알고 지냈던 사람에게 혈액 공포증이 있었다니, 채린은 믿을 수 없다는 듯 눈을 동그랗게 떴다. 하긴, 별의별 일이 다 일어나는 응급실이다. 채린이 대충 납득하고 제 갈 길을 갔다. 다정도 밀린 환자를 봐야 했다.

얼마가 지났을까?

웅웅거리는 사람들 목소리가 제일 먼저 들린다. 숨이 막힐 정도로 가쁘던 호흡과 죽음의 공포를 맞닥뜨렸을 때처럼 뛰던 심장이 평소처럼 돌아와 있었다. 눅눅하고 미적지근한 공기가 답답하다.

태인은 눈을 조심스럽게 떴다. 아직 사고 능력이 제대로 돌아오지 않아서 여기가 어딘지, 바로 알 수가 없었다. 시선을 이곳저곳으로 돌린 후에야 이곳이 병원임을 깨달은 그가 느릿느릿 상체를 일으켰다. 팔에 거슬리는 게 붙어 있었다.

주삿바늘이 꽂힌 팔을 내려다보던 그가 인상을 썼다. 이걸 떼고 나갈 자신이 없었다. 바늘이 빠지면서 피가 비칠 테니 말이다. 붉은 액체를 떠올리자마자 그의 안색이 한층 나빠졌다. 토기가 올라왔다. 그가 입가를 가리고 고개를 숙였다.

"일어났어요?"

그때, 청량한 목소리가 들리며 침대를 감싸고 있던 커튼이 살짝 열렸다. 듣기만 해도 누구의 목소리인지 알아챘지만 태인은 움직일 수가 없었다. 피를 본 것도 아니고 상상하는 것만으로도 몸은 거부 반응을 일으켰다.

"괜찮아요?"

다정의 목소리가 다급해졌다. 걱정이 잔뜩 묻어나는 음성에 괜스레 만족감이 들었다. 심호흡을 한 태인이 서서히 고개를 들었다. 눈가를 찡그리고 있는 다정의 얼굴이 바로 보였다.

"아까보다 안 좋아 보이는데."

태인의 활력 징후를 살핀 그녀가 중얼거렸다. 눈에 띌 정도는 아니라지만 혈압이 조금 올라가 있고 호흡과 맥박이 빨라졌다. 단, 정상 범위 내라서 해 줄 처치는 없었다. 대신 그가 얼마나 더 베드에 누워 있어야 하나 가늠하기 위해 다정은 주사액을 올려다보았다.

깨끗한 흰 가운에 액세서리처럼 청진기를 두르고 있는 여자는 도태인이 첫눈에 반해 버린 생명의 은인이었다. 멀쩡해지자마자 그가 팔을 뻗어 그녀의 허리를 홱 끌어안았다.

"뭐, 뭐 하시는 거예요?"

화들짝 놀란 다정이 태인의 양어깨를 붙잡아 떼려고 노력했으나, 슬프게도 환자의 힘이 의사보다 강했다.

"우리 안다정 선생님이 또 절 살려 주셨군요?"

"진짜 웃기는 사람이네? 기절해 놓고 그런 말이 나와요?"

다정은 태인을 타박하면서도 한편으로는 마음을 놓았다. 헛소리를 하는 걸 보니, 거의 회복이 된 모양이었다.

그는 더 이상 말하지 않고 그녀의 허리만 꽉 안았다. 다정은 손으로 이마를 짚고 이 변태를 어떻게 처리해야 하나 고민하다가 포기했다.

"헤모포비아라면서요?"

"아, 비밀로 하려고 했는데!"

그가 아깝다는 투로 한탄했다. 비밀? 그녀의 눈이 가늘어졌다. 바보 아냐? 의사는 환자의 과거 병력을 알아야 할 의무가 있었다.

"앞으로 응급실 오지 마세요."

"왜요?"

"왜긴…… 남의 직장에서 노니까 재미있어요?"

"네."

조금의 망설임도 없이 태인이 긍정했다. 뒷골이 당기는 것 같아서 다정이 어금니를 세게 깨물었다. 정확히 말하자면 욕이 나올 것 같아서!

'미친놈!'

"여기는 언제나 환자들이 실려 오는 곳입니다. 아까처럼 중증 외상 환자도 자주 온다고요."

"그렇군요."

별생각 없는 그의 나직한 음성이 그녀의 몸을 타고 흘렀다. 낮은 목소리에 소름이 돋아 하마터면 몸을 움찔 떨 뻔했으나, 그녀는 정신줄을 단단히 붙잡고 사무적으로 말했다.

"그때마다 또 쓰러질 거예요?"

"우리 안다정 선생님을 볼 수 있다면 이 한 몸 희생 정도야."

"미쳤어요?"

사무적인 태도는 거기서 끝이 나 버렸다. 다정의 배에 얼굴을 묻고 있던 태인이 슬쩍 고개를 들어 웃어 보였다. 둥글게 휘어지는 눈이 남자치고 예쁜 편이었다. 성인 남성이 저렇게 개구쟁이 같은 표정을 지을 수 있다는 것도 신기했다.

"이거 링거 바늘 좀 안 아프게 빼 주시면 안 될까요?"

"아프게는 빼 드릴 수 있습니다만."

"그랬다가 피 보면……."

태인이 말을 하다 말았다. 그의 팔이 그녀의 허리를 점점 더

강하게 죄어 왔다. 다정은 사색이 된 그를 보고 얼굴을 굳혔다.

도태인은 '피'라는 단어만 말해도 공포에 떠는 개복치 같은 남자였다. 도대체 그에게 과거에 무슨 일이 있었기에 혈액 공포증이 이토록 심하게 온 건지 궁금했다.

신경과, 내분비내과 등에서 실시한 검사상에 신체적인 결함은 없었다. 정신건강의학과 교수도 환자가 협조를 해 주지 않으니 상담 치료가 불가능하다고 손만 내저었다.

"항불안제 드릴게요."

"……잠깐만요."

항불안제보다 훨씬 좋은 약이 바로 눈앞에 있었다. 태인은 다시 그녀의 몸에 이마를 대고 천천히 숨을 내쉬었다. 그녀에게 붙어 있자 공포가 파스스 옅어져 갔다.

"도태인 씨."

"잠깐이면 돼요."

어쩌다 여기서 발이 묶인 다정은 한숨을 참았다. 역시 약을 쓰는 편이 낫겠다 싶어서 그녀는 주변에 지나가는 의료진을 부를 생각으로 커튼 틈새를 내다보았다.

그런데 웬걸.

커튼 밖에서 3년 차 전공의 신채린이 다정과 태인을 보며 괴상한 표정을 짓고 있었다. 채린의 눈이 대신 말하고 있었다. 병원에서 뭐하는 짓이냐고!

왠지 신채린 선생이 오해를 한 듯해서 다정이 당황해 고개를

마구 흔들었다. 그러나 채린은 눈을 가늘게 뜨고 쓱 지나가 버렸
다.

'미치겠네.'

정말 딱 돌아 버릴 노릇이었다. 도태인이 환자만 아니었어도
목을 흔들어 떼어 놨을 것이다.

"바, 바쁜 사람 잡지 말고 쉬세요!"

그 말을 끝으로 겨우겨우 태인의 손아귀에서 겨우 빠져나온
다정은 채린을 찾아다녔다. 시급한 건 오해를 푸는 일이었다. 그
러나 채린은 어디를 갔는지 도통 보이지 않았다.

"신 선생, 어디 갔어요?"

"신채린 선생님…… 누가 찾아오셨다고 해서 밖에 계실 걸요?"

신입 간호사가 긴장한 채로 대답했다. 다정은 바로 밖으로 걸
음을 옮겼다.

출입문 옆, 코너에 채린의 모습이 보였다. 빨리 가서 도태인과
얽힌 오해를 풀어야겠다.

그런데 막 한 걸음 내디딜 차에 반가운 얼굴이 보였다. 자신보
다 2년 선배인 백강우 선생이었다.

"백강우 선생님?"

다정이 반가워하면서 다가가자 강우가 빙그레 웃었다. 지방에
서 공중 보건의로 근무 중인 강우를 서울에서 보게 될 줄은 몰랐
다. 다정이 반가워하면서도 의아함을 드러냈다.

"웬일이세요?"

"안다정, 네가 치프라며?"

강우에게는 자신이 아직도 서툰 후배처럼 보이나 보다. 다정은 겸연쩍었다.

"서울에 볼일 있어서 잠깐 들렀어. 그거 나눠 먹고."

그가 채린의 손에 들린 봉투를 가리켰다. 끼니도 가끔 건너뛰면서 일하는 응급의학과 전공의들에게 간식은 수혈과도 같았다.

정말 잠깐 시간을 냈던 건지 강우는 금세 작별 인사를 했다. 채린은 오랜만에 만난 연인과의 이별에 무척 아쉬워했다. 그와 헤어지기 싫어서 채린이 한참 동안 연인의 손을 놓지 않았다. 짧고 가벼운 키스로 채린을 달래고 나서야 강우는 겨우 걸음을 뗄 수 있었다.

다정은 동료 의사의 연애 행각을 눈앞에서 보자니 미묘한 기분이 들었다. 이미 사라진 연인의 뒷모습이 아직도 아쉬워서 채린은 한참을 그 자리에 서 있었다. 타인이 그렇게 좋을까? 이해할 수 없는 채린의 행동에 다정이 물었다.

"신 선생, 연애하면 좋아?"

"싫은데 연애할 리가 없죠."

뒤늦게 현실로 돌아온 채린이 한숨을 내쉬고 응급실 안으로 향했다. 보통은 혈색 없이 창백하기만 하던 채린의 얼굴에 홍조가 올라와 있었다.

응급실 구석, 의국 테이블에 간식 봉투를 내려놓은 채린이 다정을 돌아보며 장난스레 말했다.

"선생님도 태인이 오빠랑 결국 사귈 거면서."

아차! 다정이 채린을 찾아다닌 목적을 그제야 떠올렸다. 다정이 손을 내저었다.

"아냐. 그렇지 않아도 그거 말하려고 했어. 신 선생이 오해한 거야."

"그게 오해라고요?"

채린의 눈이 다시금 가늘어졌다. 오해? 아무 사이도 아닌 남녀가 잠깐도 아니고 한참 동안 허리를 막 끌어안고 그러나? 더 큰 대한민국이 온 건가? 의문이 가득 담긴 채린의 시선에 다정이 단호하게 대답했다.

"그래. 난 절대로 연애 같은 거 할 생각 없거든. 결혼도 안 할 거고. 일만 하다가 독거노인이 되는 게 내 꿈이야."

기가 막힌 꿈이었다.

"독거…… 노인이요?"

"응, 독거노인."

말을 마친 다정이 의국을 쏙 빠져나왔다. 등 뒤로 닿는 채린의 이상하다는 눈빛을 애써 무시하면서 그녀는 무표정을 가장하고 새로운 환자를 받기 위해 스테이션 쪽으로 걸었다.

* * *

"헤모포비아라면서요?"

맑은 목소리가 머릿속에서 계속 재생되었다. 혈액 공포증 환자를 처음 접한 듯 다정의 눈빛에는 호기심도 어려 있었던 것 같다.

침대에 늘어져 있던 태인이 희미하게 웃었다. 그녀가 걱정 가득한 목소리로 괜찮으냐고 말을 붙였을 때, 얼마나 좋았는지 모른다. 이 쓸데없는 병증이 도움이 될 때도 있다니 말이다.

안다정과 처음 만난 그날도 이 빌어먹을 공포증 탓에 과호흡이 왔었다.

그날 자신은 시간 때울 겸 잠깐 만나던 여자에게 속내가 들켜서 일방적으로 욕을 먹고 있었다. 뺨을 맞았을 때까지는 괜찮았다. 생각 외로 여자의 손은 매웠지만 그녀의 마음을 아프게 한 대가라고 생각하면 아플 것도 없었다.

문제는 손바닥에 묻어난 피 때문에 일어났다. 왼쪽 입가가 찢어졌는지 따끔하다 싶었는데, 피까지 손에 묻어날 줄은 몰랐다.

거기서부터는 기억이 희미했다. 누군가 시끄럽게 소리를 질렀던 것도 같다.

정신이 돌아왔을 때, 자신은 그 골목에 처음 보는 여자와 단둘이 있었다. 그녀가 바로 안다정이었다.

다정은 태인의 증상을 정확하게 짚어 내서 적당한 처치를 해주었다. 쓰러졌던 자신을 보고 당황하지도 않고 자신에게 차근차근 질문을 하더니 병의 정체까지 밝혔을 때 뭐랄까? 가로등 불빛이 그녀에게 스포트라이트처럼 쏟아지는 느낌이 들었다.

도태인은 자그마한 여자에게서 눈길을 뗄 수가 없었다. 그녀가 자신을 끌어안다시피 부축하는데, 심장이 사납게 뛰기 시작했다. 가슴에 와 닿는 그녀의 숨결과 체온이 그의 정신을 다시 흩뜨렸다. 자신이 일부러 휘청거리면, 키가 한참 작은 그녀도 덩달아 흔들렸다. 그런데도 그녀는 꿋꿋하게 걸었다. 그를 꼭 살리겠다는 듯.

단지 의료인으로서 환자를 지나치지 못한 것에 불과하겠지만, 도태인에게 안다정은 너무나도 강한 인상을 남겼다. 그래서 자신도 그녀에게 깊은 인상을 남기고 싶었다.

성추행범 취급이나 받았지만!

"큭큭……."

태인이 소리 내어 웃었다. 그를 향한 다정의 눈동자에는 항상 '변태'라는 두 글자가 새겨져 있는 듯했다. 그래도 마냥 좋았다.

"구해 준 사람이 여자가 아니라 남자였어도 이런 소리 했을까요?"

아까 다정은 그렇게 말했으나, 도태인에게 있어서 안다정은 유일무이한 존재였다. 상상하기는 싫지만 안다정이 만약 남자였어도 놓지는 못했을 것이다.

그때, 침실 문이 벌컥 열렸다. 태인의 웃음소리가 뚝 멎었다.

"최 박사한테 연락받았다. 너 왜 그렇게 병원을 다녀? 아무 이유도 없이 간다며?"

아버지가 들어왔는데도 태인은 손가락 하나 까딱하지 않았다. 다녀오셨냐는 살가운 인사는 없어진 지 오래였다. 그 이유를 알기에 도광열 사장은 시체처럼 누워 있는 막내에게 더는 큰소리를 낼 수가 없었다.

"태인아, 우리 이제 그만 좀 하자. 너 이러는 거 영인이가 알면 얼마나 슬퍼하겠니? 응?"

오래전 세상을 떠난 누나 이름에 태인의 어깨가 움찔 오그라들었다. 아들이 아무런 대꾸도 하지 않자 답답해진 광열은 침실문을 쾅 닫고 나가 버렸다. 방 안에는 사람을 미치게 만드는 정적만이 흘렀다.

방금 전까지 안다정 덕분에 기분이 좋았는데, 순식간에 나락으로 처박힌 기분이다.

누나의 이름이 불러오는 잔상은 너무나도 끔찍했다. 욕조를 가득 메운 핏물, 밀랍 인형처럼 하얗게 변한 누나의 얼굴. 살아 있는 태인과 죽은 누나, 그 두 사람의 사이를 가르기라도 하는 듯 핏물이 개울을 만들었었다.

누나의 생명이 끝 모를 하수구로 빨려 들어가는 상황은 충격적이었다. 사람의 사망 장면. 아니, 직접 목격한 누나의 자살 장면이 강렬하게 머릿속에 남았다.

"우욱……."

피투성이였던 욕실이 생각나자 구역질이 올라왔다. 태인은 손을 들어 입가를 막았으나 위장은 그의 마음을 비웃듯 요동쳤다. 결국 그는 침대에서 뛰듯이 내려와 욕실로 달려갔다. 눈앞이 새빨개지는 착각이 일었다.

그날부터였다. 도태인이 생과 사에 예민해지고, 피를 두려워하기 시작한 건. 혈액은 사람의 생명을 단적으로 드러냈다. 바깥으로 흘러나온 피는 꺼져 가는 생명을 의미했다. 정확히 말하자면 도태인은 피가 아니라 죽음을 두려워했다.

응급실을 다녀온 후 먹은 것이 없는 그는 시큼한 위액만 토해냈다. 등 뒤로 식은땀이 흐르고 팔이 부들부들 떨렸다.

힘없이 변기 물을 내리고 욕실 벽에 기댄 태인은 앞에 보이는 욕조를 보고 다시 미간을 찌푸렸다. 영인의 방은 그녀가 죽은 뒤에 폐쇄가 되었지만, 욕실은 이곳과 똑같은 구조였다. 다시 울컥, 토기가 치밀었다.

"태인아, 죽어도 좋을 만큼 사랑하는 사람을 만나. 그럼 너도 날 이해할걸?"

누나의 마지막 말이 환청이 되어 귓가에서 맴돌았다. 태인은 손등으로 눈가를 거칠게 닦고 환청에 대꾸라도 하듯 혼잣말을 중얼거렸다.

"도영인, 그래서 죽으니까 좋아?"

누나의 대답은 들리지 않았다. 그 이후로 누나는 아무런 말을 남기지 않았으니까.

영인의 자살은 부모님 때문이었다. 부모님은 장녀가 '죽어도 좋을 만큼' 사랑하는 남자를 죽이고 싶을 만큼 싫어했고, 결국은 자기 자식을 잡아먹었다.

그날 이후 태인은 부모님과 말을 섞지 않았다. 자신도 누나처럼 될까 봐 너무 두려웠다.

죽어도 좋을 만큼 사랑하는 사람? 천만에!

겁이 많은 도태인은 누나처럼 목숨과 사랑을 바꿀 수 없었다. 사랑은 하나가 아니었지만 목숨은 오직 하나였다. 도태인은 세상에서 죽는 게 가장 무섭고 끔찍하기에 죽을 것 같은 사랑은 절대 하기 싫었다. 그러니, 평생 도영인을 이해할 일은 없을 것이다.

"병원…… 가야겠다."

온몸에 힘이 빠진 그가 중얼거렸다.

도태인은 하루에 두 번이나 응급실을 찾았다.

활력 징후는 나쁘지 않았지만 혈색이 없는 게, 문제가 있기는 한 모양이었다. 심정지 환자를 겨우 살려 낸 후 중환자실에 입원시키고 다정은 태인에게로 향했다. 도태인은 유명 인사라서 너무나도 당연하게 다정의 환자로 배정되었다.

"선생님, 저 토했어요."

기운이 쏙 빠진 낮은 목소리는 거짓이 아니었다. 다정이 한숨을 거우 참았다.

"젊은 남자가 한두 번 토한다고 죽고 그러진 않거든요?"

"환청도 들렸어요."

누나와의 마지막 대화가 고장 난 녹음기처럼 울렸었다.

그가 시무룩하게 말하자 그녀의 표정이 굳어졌다. 환청을 들을 정도라면 도태인은 중증 정신 질환자일지도 모른다. 그렇다면 약물 치료가 시급했다.

그녀가 급히 차트를 살폈으나 그의 의료 기록에 위험한 질병은 없었다.

다정은 환자가 VIP라서 강하게 진료하지도 못하겠고 딱 죽을 맛이라고 투덜거리던 교수가 떠올랐다. 태인을 맡았던 정신건강의학과 교수는 환자가 치료에 협조적이지 않다고 했었다. 즉, 태인은 전문의를 믿지 않았다. 병을 숨기고 있는 걸 수도 있다.

"무슨 환청이었는데요?"

일단 경계심을 누그러뜨린 다음 정신과로 보내야겠다고 다정이 마음을 먹을 때였다.

"선생님이 제 이름을 불러 줬어요. 아주 '다정'하게."

순간, 다정의 눈가가 경련했다. 음, 아무래도 환자가 아니라 그냥 변태 또라이인 것 같다. 태인이 씩 웃으면서 그녀의 손을 잽싸게 붙잡아 제 배 위에 턱하니 올려놓았다.

"속이 안 좋으니까 마사지 좀 해 주세요."

물론 순순히 넘어갈 안다정은 아니었다. 그녀는 자신의 손을 꼭 잡고 있는 그의 손등을 아프게 찰싹 때렸다. 그래도 좋다고 그는 싱글벙글이었다. 역시, 도태인은 성희롱에 엄청난 재능이 있는 것이 분명했다.

"뭐 드셨어요? 혹시 약물 복용했어요?"

"아뇨, 아무것도 안 먹었는데."

"속이 비면 토하는 경우가 있어요. 개처럼."

다정이 마지막 말에 강세를 두었다. 어렸을 적 할머니 댁에서 키우던 황구가 아침 공복 시에 가끔 토하는 것을 보았었다. 어린 다정은 엉엉 울면서 황구가 죽는다고 난리를 피웠었는데 알고 보니 꽤 흔한 일이었다.

"개……."

개 취급을 당한 태인의 눈동자가 흔들렸다. 그의 반응은 무시하고 그녀가 재차 물었다.

"다시 불안하고 힘드세요?"

도태인은 아까 혈액 공포증으로 인한 실신 탓에 치료를 받았었다. 어쩌면 다시 불안증이 도진 걸지도 모른다. 피에 예민한 태인에게 정맥 주사를 하는 것도 껄끄럽긴 하나, 다정은 안정제 투여를 고민하며 그의 대답을 기다렸다.

누나의 이름을 듣고 누나가 피투성이가 되었던 기억이 떠올랐을 때는 죽을 것 같은 공포를 느끼기는 했지만 이제 안정제는 필요 없었다. 다정이 옆에 있으면 무슨 일이 있어도 살아날 수 있을 것 같다는 기이한 믿음이 있었으니까.

그가 히죽거리면서 또 헛소리를 했다.

"선생님이 여기 이렇게 옆에 있어 주면 나을 텐데."

"멀쩡한 것 같은데 퇴원이나 하시죠."

안다정은 호락호락하지 않았다. 태인의 손을 홱 떨쳐 낸 다정의 주변에서 찬바람이 쌩쌩 불었다.

치료 방법 2.
조금씩 세뇌시키기

　응급의학과가 인기를 얻게 된 이유 중 하나는 단연코 근무 시간이었다. 전공의 1년 차 때부터 당직 후 오프를 보장 받을 수 있는 근무 시간 덕분에 응급의학과를 지원하는 전공의들이 많아졌다.

　병원에서 전공의들을 위해 숙소를 마련해 주긴 했으나 3년 차부터는 숙소를 나와야 해서 다정은 병원 근처 비싼 오피스텔을 월세로 임대했다.

　'일단 자고 생각하자.'

　어제 당직을 서고 오전에 퇴근한 4년 차 전공의 안다정은 옷도 갈아입지 못하고 침대 위에 뻗었다.

　잘 자고 있는데 휴대폰이 울렸다. 워낙 콜에 민감한 다정은 부

스스 일어나 휴대폰을 들여다보았다. 웬일인지 오피스텔 집주인
이었다.

"여보세요?"

—안녕하세요, 선생님?

집주인은 늘그막에 월세로 수입을 마련하겠다고 오피스텔을
구입한 노부부였다. 나이 많은 사람들이지만 임차인이 그저 큰
병원 의사라는 이유만으로 그들은 다정에게 깍듯하게 존대를 했
다. 가끔은 부담스러울 정도였다.

"안녕하세요, 어머니. 무슨 일이세요?"

—사실 우리가 집을 내놨어요.

"네?"

청천벽력 같은 소리에 다정의 눈이 번쩍 뜨였다. 운 좋게 마
음 좋은 집주인을 만나서 편하게 살고 있었다. 전공의 2년 차 여
름에 얻은 집이라 벌써 계약 기간인 2년이 됐지만 집주인은 월세
도, 보증금도 올리지 않고 살게끔 기꺼이 편의를 봐주었었다. 그
래서 마음을 놓았었는데······.

—그래서, 오늘 부동산에서 집 보러 온다고 하더라고요.

"네? 저기, 그, 그럼 전 어떡해요? 집 빼야 돼요?"

—새 주인 될 사람 보고 마음에 안 들면 빼도 되는데, 그냥 사
서도 될걸요? 여기 월세 있는 거 그쪽도 알고 있거든요. 걱정 안
하셔도 돼요.

걱정 안 해도 된다지만, 뭐든 확실해야 마음이 놓이는 안다정

은 불안에 떨기 시작했다.

만약 집주인이 여기서 살기 위해 집을 사는 거라면 무조건 쫓겨나게 될 것이다. 세입자가 있는 걸 알고 있다면 혹 새 주인이 갑자기 보증금이나 월세를 올리자고 할 수도 있었다.

이럴 줄 알았으면 미리 계약 연장 이야기를 해 볼 걸 그랬다. 2년으로. 그럼 적어도 2년간은 마음 놓고 살았을 테니 말이다.

'아냐, 어차피 병원에 남지도 못할 텐데.'

그러나 다정은 이내 고개를 젓고 마음을 편히 먹었다.

마지막 4년 차가 끝나고 이 병원에서 전임의가 될 수도 있겠지만, 그것보다는 지방 응급실에서 봉직의로 지내는 편이 삶의 질을 높이는 길이었다. 전임의는 교수가 되기 위해 자처하는 노예 생활이나 다름없지 않은가. 안다정은 언감생심 교수가 될 생각은 하지도 않았다.

"알겠습니다. 오늘 온다고요? 언제요?"

—이따 한 시쯤? 부동산에서 오면 문 좀 열어 주세요.

"네, 들어가세요."

전화를 끊은 다정은 도로 눈을 감았다. 초인종 소리가 날 때까지는 누워 있고 싶었다. 열한 시였으니까 두 시간 정도는 잘 수 있었다. 어제 새벽은 너무 힘들었다. 심정지 환자도 있었고 빗길에 미끄러진 자동차에 교통사고 환자도 몇 명……

생각이 점점 흐려지며, 그녀는 아래로 점점 가라앉는 느낌에 몸을 맡겼다.

초인종 소리가 찢어지듯 울렸다. 다정이 응급 환자 콜을 받은 양 벌떡 일어났다. 시간을 보니 벌써 한 시였다. 정말 '눈 깜짝할 사이'에 두 시간이 지나갔다.

그 짧은 시간도 기다리는 것이 힘든지 다시 벨 소리가 들렸다.

"네! 나가요."

다정이 머리를 대강 만지고 현관으로 후다닥 뛰어나갔다. 벌컥, 문을 열어 준 다정이 낯익은 얼굴을 보고 뒤로 한 걸음 물러섰다. 눈앞에 도태인이 떡하니 나타났다.

"뭐, 뭡니까?"

그녀의 당황스러운 목소리가 딱딱하게 튀어나왔다. 부동산에서 온다고 해서 나왔는데, 어째서 여기 도태인이 있는 건지 혼란스러웠다.

그제야 태인의 뒤에 서 있던 왜소한 남자가 얼굴을 쏙 내밀었다.

"부동산에서 왔습니다."

그렇다는 것은, 도태인이 새 주인이라는 말이었다.

"집주인 아주머니한테 연락받으셨죠?"

"네에……."

중개인의 물음에 대답하면서도 다정은 태인에게서 시선을 떼질 못했다. 태인은 아무 말 없이 싱글벙글 웃었다. 중개인이 태인에게 고개를 돌렸다.

"안에 확인해 보세요."

"네!"

도태인은 기다렸다는 듯 안다정의 집으로 발을 들였다. 다정의 눈동자가 정신없이 흔들렸다.

'뭐지? 대체 뭐지?'

꿈을 꾸는 건가 싶어 그녀가 제 뺨을 철썩 때렸다. 큰 소리에 태인과 중개인이 현관에 멍하니 서 있는 다정을 돌아보았다.

이럴 수가! 도태인이 사라지지 않는다. 이건 안타깝게도 꿈이 아니라 현실이었다.

여자 혼자 사는 집인데, 참 삭막하기 그지없었다. 가운데 덜렁 놓인 침대, 책장과 길쭉한 다용도 테이블, 테이블 옆의 서랍, 그리고 작은 행거. 그게 다였다. 인테리어 따위는 신경 쓰지 않고 그때그때 구입한 듯 가구는 제각기 다른 색이었다.

책장에는 의학 서적만 가득 꽂혀 있었고, 테이블 구석에는 오래 되어 보이는 구식 노트북 하나가 덜렁 놓여 있었다. 아마 저 테이블의 남는 부분에서 안다정은 식사를 한다거나 화장을 할 것이다.

'정말 안다정처럼 사네.'

의미 불명의 감상을 속으로 뱉은 태인은 다정의 집 안을 아주 샅샅이 둘러본 후에 중개인에게 시원스레 말했다.

"계약하죠. 바로 입금할 수 있습니다."

"그러세요? 저기 저분이 세입자이신데 월세는 그대로 가져가실 거고요?"

"으음, 좀 봐서?"

모호한 대꾸에 중개인이 고개를 갸웃거렸다. 그러거나 말거나 태인은 다정을 보며 위험한 미소를 지었다. 다정의 눈가가 확 일 그러졌다.

"먼저 가 계세요. 세입자분하고 이야기 좀 하고 가겠습니다."

"예, 그러세요."

부동산 중개인은 의심 없이 인사를 하고 먼저 집을 나갔다. 현관문이 닫히고 도어록이 잠김과 동시에 다정이 태인에게 후다닥 다가와서 입을 열었다.

"어떻게 된 거예요?"

"뭐가요?"

도태인은 뻔뻔하게 웃음기 있는 목소리로 되물었다. 다정이 양손 주먹을 꽉 쥐었다. 참자, 사람을 때릴 수는 없지 않은가. 괜히 때렸다가 피라도 보면 큰일이었다.

"왜 하필이면 이 집을 사냐고요."

다정이 피곤한 목소리로 설명하며 침대에 앉았다. 우연도 이런 우연이 없었다. 집주인이 집을 내놓았고, 그 집을 새 주인이 산다. 물 흘러가듯이 자연스러운 일이긴 한데, 그 집에 세 들어 사는 사람이 안다정이고, 매수인이 도태인이라는 게 문제였다.

"왜 사긴요. 우리 안다정 선생님 편히 쉬시라고 사죠."

쉬라고? 오프 날 깽판을 치고 있으면서? 말은 참 번지르르하게 한다.

피곤해서 그런지 도태인의 모든 행동이 다정에게는 짜증스럽게 비쳤다. 그녀의 미간이 찌푸려졌다.

"저한테 왜 이러세요?"

"생명의 은인이니까?"

지긋지긋하게 들었던 말을 또 듣게 되자 다정은 울컥, 분노가 치밀었다. 오늘은 당직 이후 황금 같은 오프였다. 푹 쉬어야 또 제대로 근무를 할 수 있다. 그런데 이 중요한 오프 날이 엉망진창이 되려고 한다.

"한두 번 감사 표시했으면 됐다고요. 아무 상관없는 사람이 자꾸 응급실에 오는 게 벌써 몇 달째예요? 그리고, 병원에서도 귀찮게 하더니 이제는 집까지 와서 귀찮게 할 겁니까? 이게 오히려 절 괴롭히는 거라고는 생각 안 하세요?"

속에 쌓여 있던 말을 콸콸 쏟아 냈는데도 다정은 화병이 날 지경이었다. 물론 이번에도 도태인은 미꾸라지처럼 피해 가려고 슬그머니 말을 돌렸다.

"어제 당직이었죠?"

"말 돌리지 말아요."

안다정은 쉽게 넘어가지 않았다. 태인이 뺨을 긁적였다.

"말했잖아요. 선생님이 생명의 은인이라, 좋아한다고."

결국 또 도돌이표였다. 늘 하던 대화와 다를 것 없는 말에 다정이 한숨을 길게 내쉬었다. 오늘 정말 끝장을 보고 싶다.

지금까지 그래 왔듯, 타인에게 침범받지 않는 한도 내에서 평온한 일상을 보내고 싶었다. 혼자가 익숙한 안다정은 도태인이 자신의 공간 안에 있는 것마저 싫었다.

"원하는 게 뭡니까? 도태인 씨."

머리끝까지 화가 난 그녀가 다그치듯 물었으나 그는 쉽게 대답하지 않았다. 지친 그녀가 머리를 쓸어 넘기고 다시 물었다.

"언제쯤 질릴 거예요, 나한테?"

"무슨 그런 서운한 말씀을."

"그래요. 뭐…… 나랑 한 번 자 보고 싶은 거라면 여기서 지금 할까요, 우리?"

다정이 말허리를 뚝 자르자 태인은 그제야 그녀가 진심으로 화가 났음을 눈치챘다. 그녀의 경박한 제안에 그의 얼굴에서 장난기가 걷혔다. 그녀가 귀찮은 기색을 내비쳤다.

"질리기에 이만한 방법도 없죠? 응? 그럼 떨어질래요?"

태인은 여전히 침묵만 지켰다. 그의 눈동자에 잠깐 올라왔던 짙은 상처가 흔적도 없이 사라졌다.

처음 만났을 때부터 안다정은 도태인을 계속 밀어냈다. 그가 무겁게 입을 열었다.

"우리 안다정 선생님, 지금 자기가 무슨 소릴 하는지도 모르는 것 같은데. 맞죠?"

앞에 있는 남자가 싫어 죽겠다는 듯 얼굴을 찌푸리고 있으면서 그녀는 말도 안 되는 허세를 피웠다. 진심으로 한 소리가 아니었는지 그녀의 눈썹이 휘어졌다. 역시 화가 나서 나오는 대로 지껄인 것이었다.

숨이 쉬어지지 않을 적, 태인은 극한의 공포를 느꼈다. 죽음에 예민하게 반응하는 도태인에게 안다정은 자신을 되살려 준 신이나 다름없었다. 그래서 좋은 것뿐이다. 이만큼 단순한 감정도 없을 텐데 그녀는 그의 진심을 믿지도 않았고 받아 주지도 않았다.

"빙빙 돌려서 말하지 말고 다이렉트로 말해요. 원하는 게 뭐냐고요."

"그냥 선생님하고 이렇게 같이 있고 싶은 건데, 제가 그렇게 싫어요?"

"네. 싫어요. 도태인 씨한테 아무 관심 없으니까 날 좀 가만히 내버려 둬요."

다정은 단호했다. 도태인이 싫다? 아니, 정확히 말하면 이 상황이 짜증 났다. 자신만의 공간에 누군가가 억지로 침범한 기분이라 불쾌했다. 그렇다고 여기서 '그쪽이 싫은 건 아니고……'라며 여지를 줄 수는 없었다.

자신을 향한 짜증스러운 시선에 또 한 번 태인의 마음에 생채기가 생겼다. 그가 억지로 미소를 만들었다.

싫다는 여자를 억지로 잡아 본 적은 한 번도 없었다. 떠날 사람은 떠나는 것이라고 가볍게 생각해 왔다. 누나처럼 사랑에 목숨을 걸지 못하는 그는 도망가는 사람을 에너지 낭비를 해 가면서까지 쫓고 싶지 않았다.

그런데 참 이상하다. 안다정은 싫다는데 도태인은 자꾸 그녀에게 끌렸다. 생명의 은인이라서 그런지, 다른 여자와 달리 그녀와 함께 있으면 죽을 일은 생기지 않을 것 같다는 강한 믿음이 있었다. 생에 강한 집착을 가진 그는 그녀를 놓치기 싫었다.

그녀가 이 마음을 알아주면 좋을 텐데.

"일단 갈게요. 피곤할 텐데 푹 쉬세요."

여기 있어 봤자 서로에게 계속 상처만 될 것이다. 태인은 다정의 부정적인 시선을 감내하면서 말했다. 말 섞는 것조차 싫은 듯, 그녀는 아무 대꾸도 하지 않았다.

 *   *   *

도태인은 응급실에 오지 않았다. 툭하면 환자분류소에서 간호사가 다정을 히스테릭하게 부르곤 했는데 벌써 일주일째 간호사는 다정을 호명하지 않았다.

응급실에서 평온한 일상을 논하는 것도 우습지만, 어쨌거나 도태인 없는 평온한 일상이 다시 돌아왔다.

응급실 입구에서 서성이던 남자는 지금 뭘 하고 있을까? 우습지만 다정은 자신이 잔인하게 밀어내 놓고 종종 그의 일상이 궁금했다.

"……선생님!"

"어?"

웬일로 의국 앞에 멍하니 서 있던 다정은 누군가가 어깨를 두드리는 느낌에 고개를 돌렸다. 3년 차 전공의 신채린이 다정을 의심스럽게 보고 있었다.

"피곤하세요? 몇 번이나 불렀는데."

"아니야. 무슨 일이야?"

"여름휴가 스케줄 확인 좀 하려고요."

7월 말, 여름휴가가 시작될 시기였다. 의국장인 다정은 전공의들의 휴가 일정을 전부 꿰고 있었다. 응급실을 비워 둘 수 없기에 휴가는 전 의료진의 조율이 필요했다. 그래서 1, 2년 차는 미안하지만 8월 말이나 9월 초에, 3, 4년 차는 황금 같은 8월 초나 중순에 휴가를 냈다. 당연히 3년 차 신채린도 8월 초순이 휴가였다. 치프의 권력을 가지고 다정 역시 좋은 시기에 휴가를 가졌다.

"딱 좋을 때네. 어디 가게?"

"저, 서산 해수욕장 갈 거예요."

마치 휴가만을 기다렸다는 양 채린이 눈을 반짝이며 대답했다.

"서산? 아……."

그러고 보니 채린의 연인인 백강우가 충청남도에 있었다. 변함없이 서로만을 바라보는 두 사람이 대단하기도 하고 신기하기도 해서 다정이 계속 물었다.

"그렇게 좋아?"

"뭐가요?"

"백강우 선생님."

"당연하죠."

서로의 애정에 확신이 넘치는 목소리였다. 세상에 이런 사람들도 있는 걸까? 망설이지도 않고 긍정하는 채린을 놀란 눈으로 바라보던 다정이 옅은 미소를 띠었다.

"참, 요즘 안 보이대요?"

"누구?"

"태인이 오빠요."

툭, 하고 볼펜이 바닥으로 떨어졌다. 얌전히 손에 쥐고 있던 펜이 왜 자유 낙하를 했는지 모를 노릇이었다. 다정이 당황한 기색을 숨기며 허리를 굽혀 볼펜을 줍고 최대한 자연스럽게 대꾸했다.

"아, 미안. 뭐라고?"

"아니에요."

그러나 채린은 예쁘게 웃으면서 고개를 저었다. 싱겁게도 도태인 관련 이야기는 그걸로 끝이었다. 휴가 일정을 확인한 채린이 의국을 훌쩍 나가 버렸다.

만약 그날 조금만 덜 피곤했고, 조금만 덜 놀랐으면 도태인은 여전히 응급실을 드나들고 있을까?

"그냥 선생님하고 이렇게 같이 있고 싶은 건데, 제가 그렇게 싫어요?"

불쑥 생각난 태인의 말에 다정은 머리를 절레절레 저었다. 그의 굳어진 얼굴이 떠오르자 미안한 감정이 피어올랐다.

뭐랄까? 그날 일은 부지불식간에 일어난 폭발이었다. 두 시간밖에 못 자기도 했고, 갑작스러운 집주인 변경으로 타인, 특히 도태인이 자신의 공간에 들어오는 등 정신적으로 몰리는 일이 겹쳐서 평소보다 예민했다.

피곤한 가운데 문득 그를 향한 채린의 평가가 떠올랐다. 자꾸 도망가니까 재미있어서 더 쫓아오는 거 아니냐고. 일순간의 흥미만을 위해 병원이며 집에 찾아와 오랜 시간 자신을 괴롭히는 남자가 그 순간 너무 짜증이 났다.

그래서 안다정은 허세를 부렸다. 마치 모든 일에 달관한 여자처럼 담담하게 잠자리를 언급했었다.

"나랑 한 번 자 보고 싶은 거라면 여기서 지금 할까요, 우리?"

……라고.

잠자리는커녕, 연인조차 만들어 본 적 없는 안다정이 미쳐 가지고 헛소리를 지껄였다. 만약 거기서 도태인이 좋다고 응했으면 어쩌려고! 변태 또라이 같은 도태인이지만 그래도 일말의 양심은 있는지 그는 그녀의 말을 농담처럼 넘겼다.

'그날은 정말 제정신이 아니었어.'

두꺼운 낯짝을 자랑하던 다정이 제 경솔한 행동에 얼굴을 붉혔다. 다행히 의국 근처에 아무도 없어서 안다정 치프가 얼굴 붉히는 모습을 단 한 명도 보지 못했다.

만일 도태인이 다시 응급실에 온다면, 그럴 리는 없겠지만 만약에라도 온다면 꼭 사과하고 싶었다. 그날은 자신이 너무했다고, 미안하다고 말이다.

'이제 와서 뭘.'

피식 웃으면서 다정이 가운 주머니에 손을 꽂고 의국을 나왔다.

그때였다.

"보고 싶었어요."

만면에 미소를 띠면서 나타난 남자를 다정이 올려다보았다. 꼭 기름칠이 덜 된 로봇처럼 그녀의 목이 삐걱거리는 느낌이었다.

"우리 안다정 선생님! 선생님은 내가 보고 싶지 않았나 봐?"

태인이 다정을 안을 듯 팔을 벌리고 다가오자, 다정은 한 걸음 뒤로 물러서서 자세를 낮추고 아무런 대꾸도 하지 않았다. 다정에게 무시를 당했음에도 그는 여전히 씩씩했다.

"역시 변함없이 안 다정해."

도태인은 쌀쌀맞은 반응마저 좋아하고 있었다.

"가, 가까이 오지 마요."

방금 전까지 도태인을 다시 보면 사과를 하고 싶다던 다정의 아련한 마음은 공기 중에 흩어지고 없었다. 그녀가 팔을 앞으로 살짝 뻗어 그를 막는 자세를 취했다.

"내가 얼마나…… 얼마나 우리 안다정 선생님이 보고 싶었는데."

그가 비련의 주인공처럼 미간에 손을 얹고 고개를 설레설레 저었다.

그 틈에 다정은 주변을 둘러보았다. 흥미진진한 영화를 보듯 응급실에 있던 사람들이 다정과 태인을 구경하고 있었다.

'빌어먹을…….'

구경거리가 되는 건 딱 질색이었다.

결국 다정이 헛기침을 하면서 몸을 제대로 세우고 태인의 손목을 홱 낚아챘다. 그가 보내는 감격의 시선을 무시하며 그녀는 그를 끌고 비상계단으로 달려갔다. 그 와중에도 도태인은 미친 소리를 계속했다.

"너무 행복해서 과호흡 올 것 같은데."

'변태!'

……라고 말할 수 있을 리가 없었다.

겨우 비상계단에 도착한 다정은 주변을 다시 둘러보며 아무도 없는 것을 확인했다. 그제야 한숨을 내쉰 그녀가 태인을 다시 올려다보았다. 그의 얼굴이 발그레 상기되어 있었다. 그날, 집에서 그렇게 매몰차게 내쫓았었는데.

"또 왜 온 겁니까!"

어떻게 이토록 변함없이 나타날 수가 있는 걸까? 그녀는 그가 신기했지만 말은 딱딱하게 나왔다.

"우리 그동안 며칠이나 못 봤는데, 반갑지 않아요?"

"네."

다정이 차갑게 대답하자 태인이 울상을 지었다. 솔직히, 반갑다기보다는 안심이 되었다. 이상한 일이었다. 분명 일주일 전에는 도태인이 더 이상 쫓아다니지 않는 일상을 바랐는데, 막상 그가 나타나지 않자 신경이 쓰였다. 그리고 오늘, 그가 제 눈앞에 나타나니 안심이 되었다.

그녀가 조금 누그러진 목소리로 경고했다.

"환자나 보호자도 아니고, 직원도 아니면서 응급실에 돌아다니면 안 됩니다."

"잘하면 직원이 될지도 몰라요."

피만 봐도 개복치가 되는 사람이 무슨 병원 직원? 말도 안 되는 소리는 하지 말라고 다정이 눈가를 찌푸렸다. 그러나 태인은 어깨를 으쓱했다.

"요즘 병원 경영에 관심이 생겨서."

"……네?"

도태인을 하찮게 흘기던 다정의 눈이 동그랗게 뜨였다. 그러고 보니, 그는 웬일로 정장 차림이었다. 더워서 팔에 걸쳐 놓은 재킷을 제외하고도 깔끔한 화이트 셔츠에 넥타이까지 풀 착장을 한 모습이었다. 보통 이마를 덮고 있던 앞머리도 깔끔하게 빗어 올렸다.

다정은 할 말을 잃고 멍하니 서서 태인만 바라보았다. 그가 생글생글 웃으며 말을 이었다.

"할아버지랑 거래를 하느라고, 요 며칠 응급실에 못 온 거예요. 우리 안다정 선생님이 보고 싶어서 실신할 뻔했어."

태인의 할아버지는 병원 재단의 실소유주였다. 공익 재단의 탈을 쓰고 설립된 의료 재단은 의료 사업으로 어마어마한 이익을 올리고 있었다.

누나를 잃고 어른들에 대한 불신으로 세월만 흘려보내던 막냇손자가 뜬금없이 병원 경영에 관심이 있다고 하니, 할아버지로서는 그토록 기쁜 일도 없었을 것이다.

그렇다고 해서 경영 일선에 아무 준비도 되지 않은 손자를 내보낼 수도 없는 법이라, 태인에게는 많은 양의 과제가 주어졌다. 물론 이번 일주일은 시작일 뿐이었다. 할아버지는 최소 1년의 준비 기간을 제시했다. 막냇손자는 조금 더 달궈지고 단단해져야 했다.

"아니, 갑자기 병원 경영이라니…… 왜요?"

"당연히 우리 안다정 선생님 옆에 있으려고."

장난처럼 뱉었으나 진심이었다. 태인은 다정의 오피스텔에 갔던 날, 그녀가 쏟아 낸 말을 똑똑히 기억하고 있었다.

"아무 상관없는 사람이 자꾸 응급실에 오는 게 벌써 몇 달째예요?"

상관없다는 말이 심장을 아프게 찔렀다. 물론 '병원'과 상관없다는 뜻이었겠지만 꼭 '안다정'과 상관없다는 식으로 들려서였다. 그러면 병원이든, 안다정이든 연결 고리를 만들면 되는 거 아닌가.

태인의 마음을 알 리 없는 다정은 얼굴을 바삭바삭 구겼다. 미친놈. 이건 순도 백 프로 미친놈이었다. 그녀가 진저리를 치면서 태인의 팔을 내던지듯 놓았다.

"내가 경영에 참여하게 되면 선생님 월급을 열 배로 올려 줄게요."

말을 마치자마자 그가 그녀를 와락 끌어안았다. 그에게 안긴 채 그녀는 자신의 호구 같은 생각을 비웃어야만 했다.

'변태한테 사과하고 싶다던 내가 돌았지…….'

다정의 작은 체구에 맞추기 위해 새우처럼 등을 굽힌 태인이 의아한 표정을 지었다. 불시에 습격을 당하듯 그에게 안기면 다정은 언제나 안간힘을 쓰며 빠져나가려고 노력했었다. 그런 그녀가 웬일인지 지금은 얌전했다. 안다정이 도태인의 스킨십에 너무 익숙해진 바람에 무뎌진 것이지만 그는 알지 못했다.

"쓸데없는 짓을 하시네요."

다정의 목소리는 여전히 냉랭했다. 그렇지. 처음부터 좋아하면 안다정이 아니다. 이미 예상했던 반응이라 태인은 여유로웠다.

하지만 곧 그의 여유가 깨졌다.

"4년 차라 이제 전문의 따고 내년에 바로 지방으로 갈 건데."

"네?"

그제야 태인이 다정의 어깨를 잡고 그녀를 떼어 냈다. 그녀의 얼굴에서는 농담기도, 장난기도 올라와 있지 않았다. 진실한 눈동자에는 여전히 '변태'라고 쓰여 있는 것 같았지만 어쨌든, 그녀의 저런 표정은 거짓말이 아니란 뜻이다.

"병원 나가요?"

"당연하죠. 교수 될 것도 아니고."

다정은 과한 욕심을 경계해 왔다. 이루어지지 않았을 때의 절망을 피하고 싶어서였다.

교수가 될 생각은 없었다. 전임의로 몇 년을 병원에 봉사하고 싶지도 않았고 은근히 존재하는 병원 내의 알력 싸움에 끼고 싶지도 않았다.

한편, 다정이 병원을 떠나리란 생각을 해 본 적 없는 태인은 펄쩍 뛰었다.

"안 돼요!"

"안 될 게 어디 있습니까, 도태인 씨."

"그럼, 그럼 누가 날 살려 줘요?"

"애초에 죽을 짓을 하지 마세요."

분명 여름인데, 시베리아에서나 불 칼바람이 부는 것 같은 착각이 일었다.

태인이 비틀거렸다. 이 남자, 또 충격받고 쓰러지는 건가? 워낙 개복치 같은 사람이라 영 마음이 놓이지 않아 다정의 눈빛이 예리해졌다.

다행히 그는 기절하지는 않았다. 대신 넋이 나간 듯 터덜터덜 걸어 사라질 뿐이었다.

성질 급한 도태인이 부리나케 찾아간 곳은 병원에서 얼마 멀지 않은 데 위치한 본사 건물이었다.

"할아버지, 저번에 말씀드린 거 취소할게요."

막냇손자가 찾아왔다는 말에 일정 하나를 30분 뒤로 미룬 도종철 회장은 들어오자마자 태인이 터뜨리는 폭탄 같은 소리를 듣고 인상을 구겼다.

"뭘 취소해?"

"이제 병원 경영이니 뭐니 다 필요 없어져서요."

도 회장은 한량이나 다름없이 놀고먹는 막냇손자를 망연하게 쳐다보았다. 어제까지만 해도 의욕에 활활 타오르던 놈이 갑자기 변했다. 도대체 이놈이 또 왜 변덕을 부리는 걸까? 당황한 표정을 어렵지 않게 숨기고 나서 종철이 한숨을 내쉬었다.

"태인이 네가 일하겠다고 해서 벌써 준비 마쳐 가고 있는데 이제 와서 무슨 소리냐?"

막내라 그런지 애교가 많았던 손자는 어렸을 적 종철의 무릎에 앉아 예쁜 짓을 종종 하곤 했다. 제 누나가 스스로 목숨을 버린 이후로 어두워지기는 했으나 어린 막냇손자의 기억이 아직도 종철의 머릿속에 선명하게 남아 있었다. 그래서 한량 같은 놈이라 하더라도 더욱 정이 가고 관심이 쏠리는 것인지도 모르겠다.

"병원에 남아 있을 필요가 없어요. 아니, 오히려 병원에 남아 있다가 발목 잡히면 안 된다고요."

안다정은 분명, 전문의 시험에 통과하고 나면 병원을 떠난다고 말했다. 그것도 지방 응급실로 말이다. 괜히 이 병원에 남아 있다 가는 그녀를 따라갈 수도 없을 것이다. 차라리 지금처럼 놀고먹는 편이 나았다.

"대체 너란 놈은……."

종철은 어이가 없어서 말문이 막혔다.

"없던 걸로 해 주세요. 이 말씀 드리러 온 겁니다."

문득 도 회장은 막냇손자의 머리를 열어 뇌를 살펴보고 싶어졌다. 어렸을 때는 귀엽고 애교스러우며 똘똘하던 녀석이 나사가 하나 풀려서 제멋대로 살기 시작했다. 이유를 모르는 바는 아니지만 젊음이 아까웠고, 한편으로는 손자의 상처를 어루만져 주지 못해 미안했다.

할아버지의 마음을 전혀 모르는 태인은 평소에 보이던 무기력하고 감정 없는 눈빛을 내비치며 냉소했다.

"어차피 저한테 기대도 별로 안 하시잖아요."

"무슨 소리야? 네가 일을 해 보겠다고 말해서 이 할애비가 얼마나 기뻤는지 알기나 해?"

도 회장의 진심에 태인이 새삼스레 할아버지를 바라보았다. 자신의 부모는 지금까지 평생, 타인에게 보이는 겉모습에 항상 전전긍긍했었다. 심지어 누나가 자살하기 직전, 구석까지 내몰려 있을 때에도 체면만을 중시했었다. 자식들의 마음과 기분이 어떻든 간에 오로지 외양만 중시하던 부모는 누나가 죽고 나서도 변하지 않았다.

그런 부모에게 갑자기 변한 아들의 모습은 납득하기 힘들었을 것이다. 한동안은 사정을 해 보기도 하고, 강압적으로 폭력을 행사하기도 했으나 본질적으로 부모는 변함이 없었다.

그렇게 몇 년이 지나자 부모는 모든 것을 다 놓아 버린 태인을 마침내 포기했다. 태인 역시 이유 한 번 묻지 않고, 자신의 잘못을 되돌아보지도 않는 부모를 놓아 버렸다.

그나마 아버지는 며칠 전처럼 제 감정을 이기지 못해 한탄을 하고 얼러 보거나 화를 내기도 했지만 태인은 꿈쩍도 하지 않았다.

결국 모든 기대를 접고 마치 쓰레기를 보듯, 부모는 죽어 버린 딸에 이어 아들까지 외면하기 시작했다. 그러지 않고서는 자식들이 망가진 현실을 견딜 수가 없었을 테니 말이다.

눈앞의 할아버지는 엉망진창이 된 집안 분위기를 오로지 죽은 딸과 살아 있는 아들 탓이라고 여기는 부모와 달랐다. 남들의 시선을 의식해서 전전긍긍하는 부모와 달리, 할아버지는 막냇손자의 미래를 진심으로 걱정하고 있었다.

불안하게 흔들리는 손자의 눈동자를 본 종철이 때를 놓치지 않고 말을 이었다.

"네가 한 사람 몫을 하겠다고 마음을 먹은 이유나 알자."

순간, 태인의 머릿속에 다정의 얼굴이 떠올랐다. 그녀의 모습을 생각하는 것만으로도 마음이 안정되고, 살아갈 수 있으리라는 용기가 솟았다. 그녀의 옆에 있으면 도태인은 죽음의 공포에서 항상 안전하게 벗어날 수 있었다.

"그냥 별로…… 이유 같은 건 없습니다."

하지만 태인은 할아버지에게 다정의 존재를 알리고 싶지 않았다. 그녀를 다른 사람에게 소개해 주고 싶지 않다는 유치한 독점욕이 아니었다. 도종철 회장이라는 거물이 4년 차 전공의 안다정에게 얼마나 큰 영향을 미칠지 가늠이 되지 않아서였다.

대충 둘러대는 막냇손자의 눈빛을 종철은 가만히 살펴보았다. 불안하게 흔들리는 눈빛이 무언가를 숨기고 있는 듯했다. 오랫동안 수많은 사람을 부리며 살아온 종철은 태인의 속내를 어렵지 않게 읽었다.

'뭔가 있군.'

하지만 예민한 손자가 숨기고 싶어 하는 일이니 태인의 앞에서 꼬치꼬치 캐물을 수는 없는 노릇이었다. 일단 종철은 한 걸음 물러나 주기로 했다. 뒤에서 알아보면 그만이기도 했고.

"알았다. 그러면…… 잠시 일정을 미뤄 두도록 하마. 그래도 웬만하면 다시 마음을 고쳐먹어 봐. 알았어?"

태인은 대답하지 않고 희미한 미소만 지어 보였다. 할아버지에게는 죄송한 일이지만 안다정이 이 병원에 남지 않는 이상, 도태인이 병원 경영에 참여할 일은 없을 것이다.

＊ ＊ ＊

도태인은 전과 다름없이 응급실을 찾았다.

"업무 방해로 좀 내쫓아 주세요!"

오늘도 여전히 손목을 잡고 늘어지는 태인을 뿌리치면서 다정이 응급실 보안 요원에게 부탁했다. 그러나 안타깝게도 보안 요원은 이미 도태인과 한통속이었다. 몇 달 동안 병원에 출퇴근 도장을 찍은 태인과 친해지고 만 것이었다.

"이러시면 안 됩니다."

웃는 낯으로 쫓아내는 시늉만 하는 보안 요원을 다정이 못마땅하게 쳐다보았다. 태인은 얌전히 손에서 힘을 풀었다. 그때 응급실 안에서 가운 차림의 남자가 뛰어나왔다.

"안 치프! 야! 안다정!"

동기 찬형이었다. 다정이 눈을 크게 뜨고 돌아보기 무섭게 찬형이 말을 이었다.

"여기서 뭐 해? 구급차에서 연락 왔어. 대기해!"

뭐라고 해야 할까? 신의 부름을 받은 신도처럼 눈빛이 변한 다정은 태인을 돌아보지도 않고 응급실 안으로 돌아갔다. 응급실 출입문이 닫히는 순간까지 그녀의 뒷모습에서 시선을 떼지 못한 그가 쓴웃음을 지었다.

신의 부름을 받은 신도가 아니라, 그녀는 마치 생명을 관장하는 여신 같았다. 적어도 도태인이 보기에는 말이다.

"구급차에서 연락이 온 거면 엄청 급한 일이에요."

더운 날씨에도 빈틈없는 정복을 입은 보안 요원이 태인에게 가볍게 위로의 말을 건넸다. 의료인과 일반인 사이에 아슬아슬하게 걸쳐 있는 보안 요원은 태인의 마음도, 다정의 행동도 전부 이해하는 듯했다. 태인은 턱이 있는 화단에 털썩 앉아 제 나이 또래의 보안 요원을 올려다보며 대답했다.

"네, 알아요."

평소 태인은 다정에게 매달리기는 해도 그녀가 정말 바쁘고 위급할 때에는 뒤에서 얌전히 그녀를 지켜보기만 했다.

무표정한 사람들이 몇 명 정도 그들 사이를 스쳐 지나갔을 즈음, 보안 요원이 응급실 안쪽을 흘긋거리다가 조심스럽게 물었다.

"저 선생님이 그렇게 좋아요?"

이는 태인과 안면을 트면서부터 늘 묻고 싶었던 질문이었다.

처음 응급실 앞에서 태인을 봤을 적, 보안 요원은 그가 모델이거나 혹은 연예인인 줄 알았다. 도태인은 남자가 보기에도 완벽하다 싶은 외모를 가졌다. 게다가 이 병원의 VIP까지 되는 남자가 4년 차 전공의 안다정을 따라다니는 이유가 궁금했다.

"저 선생님보다 예쁜 의사랑 간호사가 쌔고 쌨는데."

그러나 은근슬쩍 떠보는 보안 요원에게 태인은 아무렇지 않게 대꾸했다.

"안다정 선생님도 예쁜데."

"아니, 못생겼다는 게 아니라⋯⋯."

어조는 물론 표정이나 눈빛 변화도 없이, 태인이 세상의 진리를 말하듯 덤덤하게 대답하자 보안 요원은 자신이 말실수라도 했을까 봐 쩔쩔맸다.

자신에게 향하는 태인의 눈길이 왠지 따갑게 느껴져서 보안 요원이 말을 재빨리 덧붙였다.

"평범하잖아요?"

그 순간 태인이 피식 웃었다. 평범하다? 안다정이?

"어디가 평범하다는 건지 모르겠네."

다정의 모습이 보이지도 않는데도 응급실 안쪽으로 시선을 고정한 태인이 혼잣말로 중얼거렸다. 저 안에서 그녀는 사람의 생명을 구하기 위해 최선을 다하고 있을 것이다. 마치 예전의 자신을 구했을 때처럼 말이다.

괜한 소리를 했나 싶어서 보안 요원이 초조해할 때였다. 화단에 앉아 있던 태인이 몸을 일으키면서 작별 인사를 했다.

"이만 가 볼게요. 안녕히 계세요."

"예? 아, 예. 들어가세요."

구급차에서 연락이 올 정도면 꽤 심각한 상황일 것이다. 피가 쏟아지는 광경을 목격하고 멀쩡할 자신이 없어서 태인은 바지를 툭툭 털고 주차장으로 향했다. 정신이 없을 테니 오늘은 더 이상 다정을 귀찮게 만들지 말아야겠다.

보안 요원은 고개를 갸웃거리다가 멀리서 들리는 사이렌 소리에 제자리로 돌아왔다.

도태인이라는 사람은 도통 무슨 생각을 가지고 사는지 모를 남자지만, 그래도 이 큰 병원의 VIP치고 성격은 꽤 괜찮은 것 같았다. 병원에서 보안 요원으로 일하면서 기분 나쁜 대우를 받아 본 적이 여러 번 있는데, 적어도 도태인은 사람을 존중할 줄은 알았으니까.

앰뷸런스가 출입구까지 다가오자 기다렸다는 듯 의료진들이 달려 나왔다. 그 가운데 있는 다정을 보안 요원이 힐끔 곁눈질했다.

어디에나 있을 법한 평범한 여자임에도, 도태인이 왜 이 여자에게 그토록 목을 매는지 그는 도통 이해할 수 없었다. 차라리 3년 차 신채린 선생이 훨씬 미인인데 말이다.

한편, 구급차에 실려 온 환자는 안타깝지만 병원에 도착 당시 사망 상태였다. 자신의 집 3층 창문에서 떨어진 다섯 살짜리 남자아이였는데 어떻게든 심장을 뛰게 하려고 응급구조사가 심폐소생술을 하느라 여린 갈비뼈에 골절이 잔뜩 있을 정도였다.

뒤늦게 사고 소식에 혼비백산해서 달려온 부모는 망연자실한 상태였다. 찬형이 수습을 맡아서 다정은 그곳에서 빠져나올 수 있었다.

이런 날은 입맛이 쓰고 떫었다. 이런 날. 얼마 살지도 못한 어린아이가 갑작스러운 사고로 세상을 떠나게 된 날 말이다. 잠시 머리를 식힐 겸, 그녀는 터덜터덜 걸어서 로비를 지나 응급실 바깥으로 나왔다.

'갔나?'

주변을 재빠르게 훑어보았으나 도태인의 모습은 보이지 않았다. 그토록 응급실에서 사라져 주기를 바랐는데 막상 가 버리니 이상하게 허전했다. 다정이 한숨을 삼켰다. 실망과 안도가 섞인 한숨은 삼키는 편이 나았다.

바쁜 와중에 뭐하러 바깥으로 나왔을까?

지난번에 일주일가량 도태인이 응급실에 오지 않았을 때부터 이런 허전한 기분이 불쑥불쑥 들곤 했다. 아마 자주 보던 사람을 보지 않게 되어 그런 듯했다. 꼬리가 있었다면 크게 휘휘 흔들면서 달려왔음 직한 남자를 떠올리자 다정의 표정이 일그러졌다.

'귀찮기만 한데, 잘됐네.'

그가 아직도 여기에 남아서 자신을 귀찮게 할까 봐 신경이 쓰였던 것뿐이리라.

오래 자리를 비울 수 없는 그녀는 그만 몸을 돌렸다. 여름 볕이 뜨거운 바깥과 달리, 응급실 내부의 답답하고 차가운 공기가 그녀의 폐부를 가득 메웠다.

응급실 안쪽은 공기가 정체된 듯 무거웠다. 바쁘게 뛰어다니는 의료진들 사이로 앓는 소리가 새어 나왔다. 구석 어디에서는 누군가가 목소리를 높였고, 또 어느 쪽에서는 피곤에 전 대화가 두런두런 이어지고 있었다. 다정은 익숙하기 그지없는 장소를 낯설게 쳐다보았다.

'선생님.'

귓가에 자꾸 도태인의 목소리가 들리는 착각이 들었다. 그때 멍하니 서 있던 다정의 어깨를 누군가가 톡톡 건드렸다.

"안다정 선생님?"

고개를 돌리자 간호사가 불러도 대답이 없는 다정을 의아하게 쳐다보고 있었다. 그제야 퍼뜩 현실로 돌아온 다정이 머리를 끄덕였다. 간호사가 손을 쭉 뻗어 안쪽을 가리켰다.

"박기성 환자 내원했어요."

간호사의 말에 다정이 눈을 찌푸렸다.

"무슨 일 때문이에요?"

"술 드시고 넘어지셔서요."

"진짜 내가 못 살아!"

박기성 환자는 알코올 중독 증세가 강한 장년 남성으로 간경변증 때문에 응급실에 몇 차례 오곤 했다. 박기성 환자와 다정이 만난 지도 벌써 1년이나 됐다.

1년 전, 구급차에 실려 내원한 기성은 죽기 직전의 아버지와 얼굴색이 꼭 같았다. 다정은 까맣게 죽은 환자의 얼굴을 보자 가슴 한 편이 덜컥 내려앉았었다.

하지만 1년이 지난 지금은 조금 달랐다. 안다정은 1년 전보다 더욱 강해졌다.

"아버님! 제가 술 끊으시라고 몇 번을 말했어요?"

씩씩거리면서 달려온 다정이 목에 걸려 있던 청진기를 들고 기성을 흘겨보았다. 기성은 혼나는 어린아이처럼 시무룩해졌다. 대낮부터 한잔하다가 계단에서 넘어져 정신을 잃은 바람에 병원에 실려 오고 말았다. 하필이면 안다정 선생이 응급실에 있을 때 말이다.

"아니, 아깐 분명 다른 선생님이었는데 왜……."

처음에 기성을 담당했던 의사는 응급실 인턴이었다. 기성이 다정과 어느 정도 친분이 있음을 아는 간호사가 은근슬쩍 다정에게 재배정한 것이 문제였다.

"왜요? 제가 온 게 싫으세요? 술은 또 왜 드셨어요?"

"나는 조금만…… 반주 삼아서."

"됐어요. 제가 분명 말씀드렸죠? 더 아프기 싫으면 술부터 딱 끊으시라고요."

돌아가신 아버지가 생각나서일까? 다정은 기성을 유난히 챙겼다. 만약 아버지가 살아 있었다면 지금 기성 정도의 나이가 되었을 것이다. 술에 취해 있어도 얌전하고 조용한 기성은 아버지와 닮기도 했고 말이다.

"다친 부위가 정확히 어디예요?"

"응? 아니 그냥 무릎만 좀 찧었어."

바지를 슥 걷은 기성이 조마조마한 시선으로 다정과 상처 부위를 번갈아 보았다. 이미 응급실 인턴이 깨끗하게 드레싱을 해 두어서 별 문제는 없어 보였다. 눈으로 살피고 청진을 하고 마지막으로 문진하기. 기본을 마치고 나서 다정이 덧붙여 물었다.

"어디 불편하신 덴 또 없으시고요? 이거 때문에 실려 오신 건 아닐 텐데."

"난, 난 괜찮아. 그냥 가면 안 돼?"

"왜요?"

"병원비 비싸잖아."

기성이 다정을 샐쭉하게 쳐다보았다. 기성은 새파랗게 어린 의사와 1년 새 조금 친밀해졌다고 어려운 사정도 아무렇지 않게 털어놓았다. 물론 다정의 눈은 못마땅하게 가늘어질 뿐이었다.

"술 드실 돈은 있고, 병원비 내실 돈은 없으시다고요?"

"아이 참……."

하여튼 안다정 선생을 말로 이기기가 어려워서 기성은 쩔쩔매는 기색만 내비쳤다.

어른들 가운데 생활이 어려운 경우, 자신의 증세를 숨기는 일이 종종 있었다. 큰 병원은 필요 없는 검사까지 시켜서 날도둑질을 한다고 다정 역시 손가락질을 한두 번 받아 본 것도 아니었다. 뭔가를 숨기고 있는 기성을 다정이 꼼꼼히 살폈다.

안색은 여전히 검게 죽어 있었고, 눈동자 흰자위가 노랗게 변한 게 황달 기운도 있다. 핏발이 선 것은 그저 피곤한 탓일까, 아니면 다른 증세일까. 술을 마시고 쓰러졌다고 하는데, 과한 음주 탓인가 아니면 간성뇌증인가. 그녀의 머리가 복잡해질 때였다.

"다리가 부러진 것도 아닌데, 뭘. 이만 가 볼게."

"혈액 검사는 하셔야 돼요."

"아니야, 됐어."

기성이 손을 내저었다. 다정은 인턴이 작성한 차트를 곁눈질했다. 기성이 응급실에 오게 된 경위는 일단 술에 취해 넘어졌다가 정신을 잃은 탓이라고 했다. 그때 샘플링을 좀 하지. 기본도 못하는 인턴을 속으로 탓하며 다정이 혀를 찼다. 그래도 어쨌든 스스로 깨어났으니 별 문제는 아닐지도 모른다.

"복수 찬 거 같은데 이거라도 검사 좀 해요."

불룩한 배를 가리키며 다정이 복수 천자를 권했으나 기성은 고개를 세차게 저었다.

"싫어. 아프다고."

"나 참, 애도 아니고. 복막염 되면 더 아프거든요?"

"이건 그냥 술배야. 진짜. 며칠 전에 병원 다녀왔어."

의심스러운 시선을 피하는 데에는 병원 다녀왔다는 소리가 제격이었다. 다정이 한숨을 내쉬며 한 걸음 물러났다.

"약은 잘 드시고 계시죠?"

"그럼!"

"술 안 끊고 약도 잘 안 드시면 병원비 열 배로 나오니까 꼭 드세요."

그저 겁을 주는 것은 아니었다. 까딱 잘못했다가 중환자실에라도 입원하면 기성이 감당할 수 없을 만큼 병원비가 치솟을 것이다.

"알았다니까 그러네."

"맞다. 내시경은 언제 하셨어요?"

"한 보름 됐나?"

기성이 눈동자를 굴리며 대답했다.

간경변증 환자들이 앓기 쉬운 식도 정맥류 때문에 기성은 1년 단위로 내시경을 통해 식도 건강을 확인하고 있었다. 처음 응급실 내원을 했을 때부터 다정이 강하게 경계하던 식도 정맥류는 그녀의 아버지를 앗아 간 병이기도 했다.

"괜찮대요? 큰 거 없죠?"

"없어. 괜찮으니까 가도 되지?"

"어휴, 똥고집. 알았어요!"

결국 안다정이 이번에는 져 주기로 했다. 드디어 병원을 벗어날 수 있다는 생각에 기분이 좋아진 기성이 훌쩍 침대에서 내려와 비틀비틀 수납처로 향했다. 점점 멀어지는 기성의 뒷모습을 다정이 찝찝한 표정으로 응시했다.

침대에 누운 채로 태인은 제 손만 뚫어져라 바라보았다. 이 손으로 안다정의 손목을 잡았었다. 오늘도 여전히 그녀는 그의 방문에 질색했고, 그는 박대를 당했다. 그래도 괜찮았다. 잠깐이라도 그녀와 함께 있었으니까.

응급실 보안 요원은 태인에게 평범한 다정을 왜 그리 좋아하느냐고 물었다. 너무 당연한 것을 묻는 말이라 처음에는 이해가 가지 않았다. 아마 보안 요원은 태인이 다정을 짝사랑한다고 생각한 모양이었다.

'짝사랑?'

하지만 짝사랑이라는 단어로는 설명이 부족했다.

생에 집착하는 태인이 자신을 살려 주고, 앞으로도 지켜 줄 수 있는 다정에게 가진 감정은 사랑보다도 무겁고 강한 감정이었다. 이성으로서의 감정을 초월한 특별한 마음은 태인, 본인조차도 정의를 내릴 수가 없어서 사랑 혹은 애정이라고 뭉뚱그려 이해하고 있었지만 말이다.

그때 똑똑, 노크 소리가 들렸다. 여전히 태인은 허공으로 뻗은 제 손바닥에만 관심을 주었다. 침실 문이 조심스럽게 열리고 어머니가 슬그머니 들어왔다. 누가 들어오든 말든 신경 쓰지 않는 아들을 볼 때마다 추은미 여사는 속이 터질 지경이었지만 일단 품위를 지키기로 했다.

"애, 태인아."

아들은 대답 대신 허공에 뻗고 있던 손을 내렸다. 정신병자 같은 아들의 면모를 볼 때마다 가슴 한구석이 덜컥덜컥 내려앉았지만 은미는 최대한 마음을 진정시키고 부드럽게 말을 이었다.

"할아버지께 병원 일 하고 싶다고 말씀드렸다며? 그런데 왜 취소했니?"

은미는 오늘 시아버지로부터 청천벽력 같은 소식을 들었다. 제 누나가 죽은 이후로 인생을 시궁창에 박아 버린 태인이 웬일로 변덕을 부렸다는 소식이었다. 병원 경영에 참여하겠다던 의사를 철회한 이유에 대해 아는 바가 있느냐 도 회장이 물었지만 창피하게도 은미는 전혀 모르던 일이었다.

솔직히 어미인 자신보다 할아버지에게 직접적으로 이야기를 꺼낸 아들이 야속하고 미웠으나 아들의 사회 복귀를 반쯤 포기하고 있던 차에 이게 어딘가 싶었다.

"그만둬, 그런 이야기."

뒤늦게 2층으로 달려온 광열이 아내를 다급히 말렸다. 자식을 한계까지 몰아붙이던 아내가 아들에게 또 무슨 소리를 할지 걱정이 된 탓이었다. 은미가 남편을 쏘아보며 물었다.

"왜요? 엄마인 내가 그런 것도 못 물어봐?"

"태인이도 생각이 있겠……."

"생각? 생각 있는 애가 지금 저러고 있어요?"

아버지의 말은 끝까지 이어지지 못했다.

"어디 나가지를 못하겠어요, 창피해서!"

부모보다 먼저 떠난 딸의 기일이 다가오면서 주변에서 은미에게 동정과 조소의 시선이 쏟아지고 있었다. 자존심 높은 은미로서는 참을 수 없는 기간이기도 했다.

"영인이 그렇게 간 것도 창피한데, 태인이는 인간쓰레기처럼
시간만 낭비하지…… 오늘도 김 관장이 태인이는 뭐 하고 사느
냐고 물어서 얼마나 낯부끄러웠는지 알아요?"

어머니는 아들의 은둔은 물론, 딸의 죽음마저 부끄러워하는
사람이었다. 영인이 죽은 후 어머니의 입에서 나온 끔찍한 말을
태인은 잊지 못했다.

*"자살이라니! 다른 사람들한테 어떻게 말해? 차라리 사고사
라고 해. 아니다, 그 자식…… 그 자식한테 살해당했다고 하
자. 이건 우리 꽃 같은 영인이가 헤어지자고 해서 그 자식이 죽
인 거야. 그래서 그 자식을 감방에 처넣자고!"*

남들 눈에 자신의 모습이 어떻게 비칠지 전전긍긍해 하는 어
머니는 자신이 딸을 죽음으로 몰고 갔음을 인정하지 못하고, 연
인을 잃어 비통해하는 남자에게 죄를 뒤집어씌우려 혈안이 되어
있었다. 어머니가 그리는 완벽한 가정과 자신의 인생에 딸의 자
살은 있을 수 없는 일이었으니까.

"서른이 넘은 게 언젠데 아직까지도 저러고 놀잖아. 저건 다
구실이에요, 구실. 놀고 싶으니까 죽은 누나 핑계나 대고……."

"그만 좀 해, 제발."

자식 교육을 온전히 아내에게 맡겼던 광열은 딸이 자살하고

아들이 정신병자가 된 뒤에야 심각함을 인지했다. 딸이 죽기 전까지는 겉으로 보기에 모난 데 없이 훌륭한 가정이었기에 자식들의 고통을 외면했었다.

하나 남은 아들이라도 어떻게든 치료와 재활을 해 주고 싶은데, 아내가 또 아들을 구석으로 몰고 있으니 지긋지긋하고 암담했다.

광열이 은미의 어깨를 잡아 말리자 은미가 분을 이기지 못하고 버럭 소리 질렀다.

"자기가 영인이 때문에 아무리 힘들어 봤자 엄마인 나만큼 힘들겠냐구!"

은미가 소리친 순간 부부의 근처로 침실 미등이 날아들었다. 다행히 부부는 다치지 않았지만, 대신 큰 소리와 함께 스탠드가 기괴하게 박살이 났다. 광열이 믿을 수 없다는 듯 아들을 돌아보았다. 제 부모에게 스탠드를 집어 던진 태인은 감정이 전혀 없는 죽은 눈빛으로 부부를 응시했다.

"태, 태인아……."

"태인이 너 이 자식이!"

머리끝까지 화가 치민 은미가 더는 참을 수 없다는 투로 태인에게 달려들 찰나였다. 다행히 광열이 아내의 허리를 잡아 저지시키고 그녀를 질질 끌고 밖으로 나갔다. 침실 문이 쾅, 큰 소리를 내며 닫혔다.

"태인아."

널찍한 침실에 홀로 남은 태인만이 침대 위에 덩그러니 앉아 있었다. 고요하게 침묵만 흐르는 가운데, 죽은 누나의 목소리가 들렸다.

"엄마는 우릴 이해 못 해."

교육이라는 미명하에 이루어진 폭력을 묵묵히 견디며 누나가 자신을 달래 줄 때마다 했던 말이 이어졌다. 환청인지, 또렷한 기억인지 태인은 구분할 수가 없었다. 이내 새로운 환청이 들렸다.

"힘들어하지 말고 와."

눈을 감은 채 태인은 침대 헤드보드에 기대었다. 이건 확실히 알 수 있었다. 자신의 망가진 정신이 만들어 내는 환청이 틀림없었다.

"편해지자."

"오랜만에 그 소리를 듣네."
비릿하게 웃으면서 그가 중얼거렸다. 전혀 죽을 마음이 없는 듯이 대꾸한 그 순간, 환청이 사라졌다.

태인이 눈을 서서히 떴다. 죽음의 공포는 암흑에서부터 시작되었다. 공포를 이기기 위해 그는 방 안을 환하게 밝혀 두었다. 황량하니 넓은 침실이 구역질나게 싫어 그가 비척비척 침대를 나와 1층으로 내려갔다.

한바탕 다툼이 있었는지 거실 구석에 있었던 화분이 바닥에 패대기쳐져 있었다. 아마 어머니가 분을 이기지 못하고 집어 던진 것이리라. 죽음의 손길이 넘실거리는 침실, 파괴의 흔적이 남은 거실. 그의 눈앞이 아득해졌다. 이런 집구석에 있으면 악몽에 시달릴 것이 틀림없었다. 이럴 때는 안다정을 찾을 수밖에 없었다.

그즈음, 다정은 침대에 대자로 뻗어 있었다. 몸은 무겁고 피곤한 가운데 그녀의 머릿속을 복잡하게 만드는 것은 따로 있었다. 키가 호리호리하게 크고 장난기 가득한 표정을 짓고 있는, 웬만한 모델 저리 가라 할 외모의 소유자.

그러니까 안다정은 자꾸 도태인의 미소 지은 얼굴이 떠올라 의아했다.

"나 설마 세뇌당했나?"

다정이 눈을 번쩍 뜨고 혼잣말을 중얼거렸다. 며칠 전에는 일주일 동안 못 봤다고 그에게 미안하다는 생각을 했고, 그를 보자 안도감도 들었다.

"이건 세뇌야."

도태인이 자꾸 안다정에게 좋아한다, 어쩐다 반복해서 말하니 안다정의 두뇌가 살짝 맛이 간 게 분명했다. 그러지 않고서야 자신이 미쳤다고 그 변태를 종일 생각하고 있을까?

"이러면 안 돼. 안다정."

다정은 마음을 다잡고자 단호하게 말을 뱉었다. 남자에게 마음이 기울면 안 된다. 그것도 도태인이라면 더욱. 감정적으로 홀딱 빠져 봤자 남는 건 허무뿐일 테니까.

도태인은 처음 만났을 때부터 키스를 한 무례하기 그지없는 변태였다. 무사안일주의자 안다정의 인생이 이상하게 꼬이기 시작한 것은 그때부터였다. 특별할 것 없는 남자였으면 차라리 완전히 무시해 버렸을 텐데 빌어먹게도 도태인은 병원 VIP. 무시할 수 없는 존재라는 게 크나큰 문제였다.

'잠이나 자자.'

내일은 당직이라 오후 출근이었지만 쓸데없는 생각, 즉 도태인의 얼굴 따위를 잊기 위해 그녀는 다시 눈을 질끈 감았다. 그러나 잠은커녕, 도태인의 모습만 선명해질 뿐이었다.

그녀가 얼굴을 잔뜩 구기고 눈을 도로 뜰 참이었다. 초인종 소리가 방 안을 울렸다.

'뭐지?'

아무도 올 리 없는 오피스텔에 웬 방문객인가 싶어 그녀가 의아한 표정을 지었다. 이 오피스텔 건물의 방범은 확실한 편이었다. 여자 혼자 살기에 적합한 곳을 찾느라 다른 곳보다 월세가

조금 비싸기도 했다. 이런 곳이니 오피스텔 내부 사람일 가능성
이 높았다.

하지만 4년 차 전공의 안다정은 워낙 바쁜 탓에 이웃과 교류
를 한 적이 없었다. 그녀가 머뭇거리고 있자 초인종 소리가 다시
들렸다. 그제야 침대에서 일어난 다정이 한숨을 내쉬며 인터폰
으로 바깥을 살폈다.

"어?"

그런데 아는 얼굴이 인터폰 화면에 비쳤다. 놀랍게도 조금 전
까지 안다정의 머릿속을 차지하고 있던 도태인이 화면에 있었
다. 인터폰 화면에 비친 그는 평소 다정을 대할 때처럼 싱글벙글
웃고 있지는 않았지만 살짝 올라간 입꼬리가 꼭 희미한 미소처
럼 보였다.

'이 변태가 왜 왔지?'

이제 태인을 지칭하는 단어는 자연스럽게 변태가 되어 버렸
다.

어떻게 들어왔느냐는 건 별로 문제가 되지 않았다. 도태인은
안다정이 사는 오피스텔의 집주인이었으니까.

다정은 갈등했다. 도태인을 집 안에 들이면 피곤해질 것이 분
명했다. 내일 당직이라 편히 푹 쉬고 싶은 마음이 없지 않았다.
이성적으로는 집을 비운 척을 하는 게 최선이었다.

하지만 그런 생각 와중에도 그녀의 손은 현관문 손잡이를 잡
아 내리고 있었다.

"잤어요?"

다정을 마주하자마자 태인이 환하게 웃으며 말했다. 그제야 숨통이 트이는 기분이 들어 태인은 가슴이 후련해졌다.

"아직 안 잤어요."

반면, 그녀는 그를 물끄러미 올려다보았다. 이 늦은 시간에 귀찮아질 것을 알면서도 문을 왜 열어 주었는지 모르겠지만 아무렴 어떤가 싶었다. 그녀는 더 이상 생각을 하고 싶지 않았다.

"선생님, 치킨 좋아하죠?"

태인이 봉투를 들어 보이며 물었다. 치킨을 싫어할 사람은 별로 없을 것이다. 안다정 역시 치킨을 좋아했다. 그녀가 담담하게 고개를 끄덕였다.

"네."

"다행이다. 아니었으면 피자를 다시 사 올 뻔했네."

다정은 대답 없이 태인을 응시했다. 그녀의 시선을 생글생글 웃는 낯으로 받는 걸 보니, 그는 평소와 다르지 않았다. 낯짝 두껍고 뻔뻔한 변태. 다정이 가지고 있는 도태인에 대한 이미지는 그랬다.

"치킨 사 왔는데 들어가도 돼요?"

이번에도 그녀는 아무 대답이 없었다. 조금 시무룩해진 그가 어깨를 축 늘어뜨렸다. 일부러 뇌물까지 사 가지고 왔는데 그녀는 평소와 다름없이 퉁명스러웠다.

"같이 먹으면 좋은데, 싫으면 어쩔 수……."

"여자 혼자 사는 집에 들어오려고요?"

"별로 불순한 의도는 아닌데."

치킨이 든 봉투를 흔들면서 그가 능글맞게 대답하자 다정은 지난번에 했던 말을 떠올렸다.

"나랑 한 번 자 보고 싶은 거라면 여기서 지금 할까요, 우리?"

……라는 그 당돌한 말.

"아니면 혼자 한 마리 다 먹을래요?"

"혼자 그걸 어떻게 다 먹어요?"

애써 태연한 척, 다정이 차갑게 대꾸했다. 태인의 미소가 조금 옅어졌다.

안다정을 보자마자 아득한 기분에서 벗어나기는 했지만 역시 악몽에 시달릴지언정 그녀의 의사와 상관없는 치킨 배달은 하지 말았어야 했다. 괜히 점수를 잃었구나, 하고 그가 속으로 후회할 무렵 그녀가 현관문을 넓게 열어젖혔다.

"들어와요. 모기 들어오기 전에."

"네?"

"싫으면 말고."

허락이 떨어지리라고는 생각지 못한 태인의 눈이 휘둥그레 떠졌다. 환청을 들은 걸까? 그도 그럴 것이 다정은 여전히 그를 무심하게 바라보고 있었다.

그가 머뭇거렸다.

"진짜 들어가도 돼요?"

그녀는 대답 대신 고개만 가볍게 끄덕였다. 멍한 표정도 잠시, 예의 그 환한 웃음이 그의 얼굴에 올라왔다.

"우리 안다정 선생님한테 다리 두 개 다 줘야겠네."

혹여 그녀가 말을 번복할세라 후다닥 안으로 발을 들여놓은 그가 신이 나서 떠들었다. 그녀는 그의 말을 무시하고 현관문을 닫았다.

"뭐 하고 있었어요?"

테이블 앞에 앉아 포장된 상자를 꺼내며 태인이 신이 난 어조로 물었다. 반면 다정은 변함없이 무덤덤했다.

"자려고 누웠는데 그쪽이 와서 일어났어요."

"벌써 잘 시간이라고요?"

"네."

다정은 빈말로도 부정하지 않았다. 백수인 도태인과 달리 안다정은 바쁘기 그지없는 응급의학과 4년 차 전공의였다. 내심 미안해진 태인이 입을 다물고 음식 포장을 마저 풀다가 사과했다.

"방해를 했네. 미안해요."

"됐어요. 그래서 여긴 왜 온 겁니까?"

태인이 잠시 주춤거렸다. 집구석이 엉망진창이라 위로받으러 왔다는 말을 사실대로 할 수는 없는 노릇이었다.

다행히 다정은 더 이상 캐묻지는 않았다. 어차피 실없는 소리나 하겠거니, 여긴 덕분이었다.

포장을 푸는 바스락거리는 소리만 방 안을 울렸다. 포장을 뜯으면서도 그는 그녀를 힐끔힐끔 곁눈질했다. 권태로워 보이는 모습은 평소와 비슷했지만 오늘따라 왠지 그녀는 살짝 '다정'한 것도 같았다. 매몰차게 문밖으로 내쫓지 않은 것만 봐도.

태인의 뺨이 희미하게 붉어졌다. 어쩌면 안다정이 조금이나마 자신에게 마음의 문을 연 것은 아닐까, 기대감이 피어올랐다.

도태인은 자신의 말을 잘 지켰다. 즉, 그는 닭다리 두 개를 전부 다정의 앞으로 밀어 주었다. 무표정한 가면을 뒤집어쓴 듯 얼굴 표정의 변화가 없는 다정을 초조하게 살피며 태인이 슬쩍 물었다.

"선생님, 치킨 말고 또 좋아하는 음식 있어요?"

"별로 가리는 거 없이 다 잘 먹는데요?"

안다정이 묵묵히 닭다리 두 개를 먹어 치우자 태인의 기분이 점차 좋아지기 시작했다. 늦은 시각, 그녀의 사적인 공간에서 마주 앉아 야식을 먹는 이 장면은 그의 상상에서나 있을 법한 일이었다.

"그렇구나. 내일 당직이죠?"

그걸 네가 어떻게 아느냐는 듯 다정이 눈을 가늘게 뜨고 태인을 쳐다보았다. 하지만 도태인이 누군가. 안다정의 스토커나 다름없는 그는 그녀의 스케줄도 훤히 꿰고 있었다.

"먹고 싶은 거 있으면 다 말해요. 사다 줄 테니까."

"됐어요."

눈가를 찡그리며 다정이 질색을 했다. 또 자기 혼자 신이 난 태인을 그녀는 도통 이해할 수 없었다. 하긴, 저 변태의 머릿속을 오롯하게 이해한다는 건 불가능에 가까웠다.

치료 방법 3.
주변인에게 오해받기

다정은 오후에도 여전히 응급실 지박령이었다. 그래도 오늘은 괜찮은 편이다. 촉각을 다투는 심정지 환자도 적고, 대형 사고도 없었다. 가벼운 사고로 내원한 아이들이 우는 소리는 이제 노랫소리 정도로 들릴 4년 차 안다정에게 평화는 사치스럽게 느껴졌다.

"오늘 이상하게 너무 평화로워."

"야, 부정 타게 그런 소리 하지 마. 이상하긴 개뿔."

다정의 혼잣말에 지나가던 찬형이 치를 떨었다. 응급실에는 그런 징크스가 있었다. 유난히 조용한 날, 평화를 자각하는 순간부터 폭풍이 밀어닥치는 징크스 말이다.

다정이 뭐라 하기도 전에 찬형은 낙상 사고로 걷지 못하는 노인이 들것에 실려 들어오자 후다닥 뛰어갔다.

'체력도 좋아.'

가끔 체력의 한계에 부딪치면 뛰는 것도 버거울 때가 있었다. 그럴 때만큼은 남자들의 체력이 참 부러웠다. 다정이 찬형 쪽을 가만히 보고 있을 찰나였다.

"다정아?"

응급의학과 교수의 긴장 섞인 목소리가 뒤에서 들렸다. 하늘 같은 교수의 말에 다정이 잽싸게 몸을 돌렸다. 교수 특유의 짧은 가운 끄트머리를 만지작거리면서 웅진이 난처한 기색을 내비치고 있었다.

"무슨 일이세요?"

쭈뼛거리는 폼이 영 불편한 모양이었다. 웅진의 불편한 시선이 슬쩍 옆으로 향하자 다정도 그제야 웅진의 옆에 서 있는 노인을 쳐다보았다.

"인사드려. 도종철 회장님이셔. 이사장님…… 이시기도 하고."

이사장. 병원에서 이사장이라고 하면 역시 의료 재단 이사장이라는 거다. 거기에 무려 '회장'이란다. 풍채가 당당하고 눈에서 빛이 나는 노인은, 그러니까 도태인의 할아버지라는 뜻이었다.

그래서일까? 지금껏 인지하고 있지 못했는데 응급실 구석에 검은 정장을 갖춰 입은 남자들이 속속 보였다.

'보디가드인가?'

뭐 아무럼 어떻겠는가. 자신하고는 전혀 상관없는 세계인 것을. 1년간의 인턴 생활, 4년간의 레지던트 생활로 사회생활에 도가 튼 안다정은 바로 고개를 숙였다.

"응급의학과 4년 차 안다정입니다."

예의 바른 다정의 모습에 노인은 고개를 끄덕이며 살갑게 미소를 지었다. 똑 부러지는 다정의 태도가 마음에 든 듯했다.

"잠깐, 나 좀 볼 수 있을까요?"

자신보다 한참 어린 다정에게도 공손하게 존대하는 노인에게 다정 역시 호감이 생겼다. 막무가내인 도태인과는 차원이 다른 노신사의 행동이 상당히 멋있게 다가왔다.

"제, 제가 안내하겠습니다. 의, 의국은 너무 복잡하니까 저, 저기, 그, 제 사무실로……."

웅진이 쭈뼛쭈뼛 제안했다. 다급한 환자 앞에서도 여유롭던 김웅진 교수가 제 목줄을 쥐고 있는 이사장 앞이라고 잔뜩 긴장한 것이 틀림없었다.

반면, 마지막 4년 차를 보내고 있는 다정은 상대적으로 긴장할 필요가 없었다. 반년만 버티고 전문의 시험을 보면 이 병원과도 안녕이니 말이다.

"이사장실이 비어 있는데 뭣 하러? 위로 올라가지요."

"아, 예, 그, 그럼 그렇게……."

도종철의 못마땅한 기색에 웅진은 곧장 의지를 꺾어 버렸다. 팔자에도 없는 이사장실에 고작 레지던트 4년 차 안다정이 걸음하게 생겼다.

다정이 웅진의 뒤를 쪼르르 쫓아가는 장면을 응급실 내의 모든 의료진들이 의아하게 응시했다. 범접할 수 없는 교수도 교수지만, 재단 이사장과 대면이라니! 이 상황에 가장 놀란 쪽은 역시 오랫동안 같이 생활했던 동기, 찬형이었다.

"대박……."

찬형이 당황스러운 목소리로 중얼거렸다. 모두가 동감이었다. 간호사들과 이야기를 나누던 채린만이 얼굴색 하나 변하지 않고 고개를 끄덕였다.

"아무래도 독박 쓰시겠는데?"

"웬 독박?"

사정을 아는 듯한 채린의 말에 찬형이 후배에게로 단숨에 다가갔다. 너스 스테이션(Nurse station) 테이블에 기댄 채로 채린이 담담하게 대답했다.

"안다정 선생님 따라다니던 남자 있잖아요. 도태인 씨라고."

당연하게도 의료진 중에 도태인의 얼굴을 모르는 사람은 없었다. 질색을 하며 도망 다니던 안다정 치프와 냉대에도 한결같이 안다정을 쫓아다니던 나사 빠진 미남은 응급실 내의 명물이기도 했다. 왠지 기대가 된다. 모두가 채린의 입에서 나올 말을 기다렸다.

"이사장님 막냇손자거든요. 그것도 친손자."

도태인이 VIP이기는 해도 그 이유를 아는 사람은 극히 드물었기에 여기저기서 감탄사가 쏟아졌다. 물론 '어쩐지 VIP더라', '생긴 것만 멀쩡한 게 아니라 집안도 좋네', '그래도 정신 나간 것 같아' 등등 도태인이 들었으면 슬퍼할 만한 소리가 대부분이었다.

"뭐? 그럼 설마……."

"네. 바쁘신 분이 찾아온 이유라면 둘 중 하나겠죠. 도태인에게 관심 주지 마라, 아니면 도태인과 좋은 관계를 맺어 달라."

순간 응급실 내부가 조용해졌다. 그중에 찬형만이 미간을 찌푸린 채 동기를 동정했다.

"후자면 진짜 독박인데 후자가 같네. 어쩌냐? 불쌍한 안다정……."

전자라면 자존심 강한 치프에게 상처만 주는 꼴이었으나 후자라면 치프의 앞길이 가시밭길이 되는 셈이었다.

인생 만사, 무사안일을 바라는 안다정 치프는 차라리 전자를 바랄 것이다. 하지만 요 몇 달 동안 도태인의 지랄 맞은 모습을 생각하면 후자일 가능성도 없지는 않았다. 아니, 무척 높은 편이라고 해야 할까.

검은 정장 차림의 남자들은 도종철 회장이 응급실을 나오기 무섭게 뒤따라 붙었다. 힐끔힐끔 그들을 곁눈질하던 다정은 어영부영 VIP용 엘리베이터에 올라 단번에 이사장실 앞에 도착할 수 있었다.

"김 교수는 이만 됐습니다. 안내 고마워요."

"예? 예에…… 들어가십쇼!"

사적인 일 때문인지 문 앞에서 도 회장은 매정하게 김 교수를 쫓아냈다. 그러나 웅진은 그제야 안심한 듯 밝은 기색으로 허리까지 굽혀 인사를 했다. 대신, 다정이 도 회장을 따라 들어가기 전에 웅진은 다정에게 은밀하게 눈짓을 보냈다. 무슨 일인지 나와서 이야기해 달라는 호기심 어린 시선이 참 간절했다.

뭐, 도태인 일일 것이다. 그 남자 외에 자신이 이런 '높으신 분'과 자리를 같이 할 일도 없고.

"앉아요."

경호원도 물리고 나서 종철은 신사다운 태도로 소파를 가리켰다. 다정은 문득 도종철 회장이 참 대단하다는 생각을 했다. 종철은 까마득하게 어린 손녀뻘에 발에 채일 만큼 많은 의사, 그것도 전문의가 아닌 전공의 안다정을 정중하게 대하고 있었다.

"예."

허리가 자꾸 풀어지려 했으나 다정은 바른 자세를 유지했다. 이만큼 존중해 주는 어른 앞에서 흉한 모습으로 앉아 있고 싶지 않았다.

"내가 안다정 선생님을 부른 이유는……."

심지어 종철은 다정에게 선생님이라고 존칭까지 꼭꼭 붙여 주었다. 종철에게 절로 공경하고 싶은 마음이 치솟을 무렵이었다.

"우리 막냇손자 때문인데 짐작은 했지요?"

"도태인 씨 이야기인가요?"

종철이 긍정의 의미로 인자하게 웃었다. 웃는 얼굴이 살짝 태인과 닮은 것도 같았다. 도종철 회장도 왕년에는 여자 여럿 울리고 다녔을지도 모르겠다. 다정은 불경한 생각을 겨우 떨쳐 내고 종철의 말을 기다렸다.

무슨 말을 할까? 한낱 의사 나부랭이하고는 어울리지 않는 귀한 막냇손자에게서 사라지라는 말일까? 그렇다면 자신을 쫓아다니는 쪽이 누군지 확실하게 설명해 줄 수 있었다. 응급실 의료진들이 전부 증인이기도 하고 말이다.

다정은 두근거리는 심장을 애써 외면하며 종철을 가만히 응시했다. 종철은 턱을 쓸다가 아차 하면서 말했다.

"뭐라도 마실까요?"

"아닙니다. 괜찮습니다."

똑 부러지는 다정의 대답에 종철은 고개만 가벼이 끄덕이고 말았다. 불편한 것도 아니고, 편하지도 않은 침묵이 잠시 흘렀다. 이는 마치 종철이 안다정이라는 응급의학과 4년 차 레지던트를 탐색하는 시간으로 느껴졌다. 정적을 참지 못하고 다정이 먼저 입을 열었다.

"저한테 말씀 편하게 하셔도 됩니다. 어른이신데……."

종철의 눈빛이 꼭 귀여운 손녀를 보듯 흐뭇하게 변했다. 대답 대신 고개를 끄덕인 종철이 서서히 운을 뗐다.

"먼저 사과부터 해야겠네. 실은 내가 안다정 선생의 개인 정보를 조금 살펴보았어. 미안하게 되었네."

"아……."

너무나도 담담한 종철의 말투에 다정은 하마터면 괜찮다고 답할 뻔했다. 하지만 공사 구분은 확실해야 하는 법. 아무리 좋은 사람으로 비추어져도 종철이 한 일은 떳떳하지 못했다.

"제 개인 정보라면 어디까지 보신 건가요?"

침착한 다정의 응대가 신기한지 노인은 눈을 동그랗게 뜨고 잠시 말을 잃었다. 뭐라고 할까? 안다정은 이미 그 정도는 짐작했다는 양 무척 평온해 보였다. 그녀가 예민하게 굴지 않는 게 신기했다.

"이름, 나이, 출신 학교, 가족 관계, 재정 상태까지."

어떻게 보면 별것 아닌 정보였다. 기분 나쁠 일도 없어서 다정이 막 고개를 끄덕일 참이었다.

"그리고 남자관계."

평온하던 다정의 얼굴이 차갑게 굳어졌다. 종철은 깨끗하다 못해 백지상태인 안다정의 남자관계까지 조사했다.

반면, 종철은 그녀의 반응을 이해한다는 듯 미안하면서도 어쩔 수 없었다는 듯이 그녀를 바라봤다. 사적인 일 중에서도 가장 은밀하고 사적인 일이 연애 관계 아닌가. 그걸 생판 남이 살펴보았다면 불쾌한 것은 당연했다.

"태인이가 헛꿈을 꾸고 있다면 빨리 깨 버리는 게 좋으니까."

종철이 덧붙인 말에 다정의 안색이 한층 더 어두워졌다. 이래서 도태인과 어떤 식으로든 얽히고 싶지 않았다. 그는 고요하고 잔잔한 자신의 삶에 파문을 일으키고 있었다. 치킨 따위를 들고 방문하는 걸로 그와의 관계가 끝나면 좋겠지만, 도태인은 안다정을 지금처럼 재단 이사장과 독대를 하게 만들었다. 그 남자와 엮이면 피곤해진다. 마음 한편이 요동쳤다.

"단도직입적으로 말하지. 안다정 선생, 만약 우리 병원 교수 자리를 내가 보장해 준다면, 남아 줄 수 있겠나?"

종철의 제안은 무척 달콤하고 유혹적이라 처음에는 다정의 마음도 흔들렸다.

그 많은 전문의들 중 종합 병원에 교수 직함을 갖고 남을 수 있는 사람은 한 줌도 되지 않았다. 난다 긴다 하는 수재들이 모인 의사 집단에서 빼어나게 뛰어날 자신도 없었고, 교수 직함을 얻을 만한 배경도 갖지 못한 안다정은 일찌감치 그 직함을 포기했다. 대신, 항상 구인 중인 응급실 봉직의가 되어 지방 소도시로 내려가 잔잔하게 흘러가는 대로 살 생각이었다.

"저한테 왜 그런 제안을 하시는 겁니까?"

하지만 달콤하기만 한 제안은 세상에 없다. 아무 이유 없이 종철이 교수직 제시를 할 리가 없다는 것을 잘 아는 다정은 딱딱하게 물었다.

종철은 다정을 똑바로 쳐다보았다. 부모 품에서 일찍 떨어져 나온 안다정은 의심이 몸에 배어 있었다. 그녀는 순진하게 미끼를 덥석 물지 않았다.

"민망한 소리지만 태인이가…… 갑자기 병원 경영에 관심을 보였어. 한량처럼 살던 막냇손자 놈이 드디어 정신을 차렸구나 싶었지."

다정은 저번에 병원으로 찾아왔던 태인을 떠올리고 마른침을
삼켰다. 종철의 방문은 희망차 보이던 태인에게 본의 아니게 자
신이 절망을 안겨 준 일과 관련이 있을 듯했다.

"그런데 갑자기 안 하겠다는 거야. 이 병원에서 일해야 할 이
유가 사라졌다나."

역시 그럴 줄 알았다. 다정은 비상계단에서 나누었던 대화를
복기했다. 능글맞게 웃고 있던 태인의 표정이 얼어붙었던 순간
이 떠올랐다.

"병원 나가요?"
"당연하죠. 교수 될 것도 아니고."
"안 돼요!"

냉정한 자신을 향해 간절한 시선을 보내던 그의 모습도 생생
했다.

그러니까 이야기를 나누고 나서 성질 급한 도태인은 바로 병
원 경영 참여 의지를 철회한 것이 틀림없었다. 그것도 제 할아버
지에게 다이렉트로 말이다.

'역시 제정신이 아니야, 그 남자.'

다정은 잠깐이나마 도태인에게 동정심, 혹은 미안한 마음을
가지고 있던 자신이 한심하게 느껴졌다. 그녀의 속내를 읽은 양,
종철이 미소를 지었다.

"이유를 아는 표정이군. 말이 빨리 통하겠어."

"제가 병원에 남아야 하는 이유가, 도태인 씨 때문이군요?"

또렷한 목소리로 다정이 묻자 종철은 대답 대신 고개만 무겁게 끄덕였다. 그녀는 마른침을 삼키고 마음을 다잡았다. 큼직해 보이는 미끼는 절대 물지 않는 것이 안다정의 생존 방식이었다.

"제가 이 병원에 계속 남으면, 분명 저는 도태인 씨랑 계속 엮여야 하겠죠. 그러고 싶지는 않습니다."

안다정은 지금 거절의 뜻을 밝히고 있었다. 반쯤은 거절하겠거니 예상했는데 막상 거절의 말을 듣자 내심 언짢아진 종철이 일부러 난처한 질문을 던졌다.

"태인이가 싫은가?"

"……싫은 건 아니지만 사실 귀찮습니다. 아시겠지만 지금도 업무 방해 수준이니까요."

머뭇거리면서도 다정은 솔직하게 대답했다. 이미 재단 오너의 제안을 거절한 것부터 미운털이 박혔을 테니까 마음이라도 편하게 사실대로 말하는 편이 낫다 싶었다.

"업무 방해……."

막냇손자의 수준이 겨우 그 정도라니, 종철이 씁쓸하게 다정의 말을 되풀이할 참이었다.

"물론 저도 교수 자리…… 탐나는 건 사실입니다."

"그런데 왜?"

종철의 의아한 눈길이 다정에게 닿았으나 그녀는 단호한 얼굴로 말을 이었다.

"하지만 도태인 씨의 변덕에 기댄 불안정한 미래는 싫습니다."

뜻밖의 말을 들은 종철이 미간을 좁히고 눈만 끔벅였다. 다정의 말이 쉽사리 이해되지 않아서였다. 오너의 입장에서 교수직을 제의한다는 것의 의미를 잘 모르는 건가? 그게 아니더라도 안정적인 미래를 위한 방법이 또 있었다.

"불안정하지 않아. 정 불안하다면 결혼이라도 하면 그만이지. 그놈은 좋아서 당장이라도 결혼할 테니까."

"아뇨! 아닙니다."

결혼이라는 단어에 경기가 이는 양, 다정은 다급하게 부정했다. 종철의 눈이 크게 뜨일 즈음, 그녀가 강하게 말했다.

"죄송하지만 저는 결혼할 생각이 없습니다. 절대."

"아…… 독신주의인가?"

"네."

다정이 단호히 긍정하자 할 말을 잃은 종철이 입술을 뻐끔거렸다. 독신주의라니! 자신의 제안이 이렇게 단칼에 거부당할 줄은 전혀 상상도 못 했다.

솔직히 손자가 한량처럼 살아서 그렇지, 태인은 외모적으로나 성격으로나 큰 결함은 없었다. 거기에 집안까지 좋으니 일등 신랑감이었다. 한량처럼 살지만 않았다면 막냇손자에게도 벌써 혼담이 몇 번이고 오갔을 터였다. 물론 도종철 회장은 막냇손자에게 개복치 기질이 있다는 것을 애써 외면하고 있었지만 말이다.

"저는 타인에게 저당 잡히듯 살고 싶지 않습니다. 도태인 씨의 관심이 지금은 제게 향해 있지만 또 언제 식을지 모르는 거고요."

또박또박 말하는 다정이 맹랑하다 싶으면서도 종철은 그녀가 썩 불편하지는 않았다. 어리다면 어린 나이에 부모의 품에서 떨어져 나온 그녀가 독립적인 삶의 태도를 갖는 것은 당연했다. 높은 자리에 위치해 있는 종철은 그만큼 아량도 넓은 편이었다.

"게다가 저는 이미 미래 계획도 전부 세워 두었습니다. 죄송한 말씀이지만, 그 미래에 도태인 씨는 없습니다."

정확히 말하자면 자신의 미래에는 도태인뿐만 아니라 아무도 없었다. 세상은 혼자 살아가는 것이다. 다정은 확고하게 인생 계획을 세워 두었고, 독거노인이 꿈인 안다정의 냉정한 주장을 종철은 차마 꺾을 수가 없었다.

"그렇군."

대기업 오너를 앞에 두고도 똑똑하게 제 할 말을 마친 다정이 뒤늦게 긴장해서는 마른침을 삼켰다. 도태인 이야기가 나와서 저도 모르게 흥분했다. 정확히는 도태인과 어떻게 엮일까 봐서.

태인이 싫은 것은 아니었다. 성가시기는 해도 싫다거나 밉지는 않았다. 가끔은 자기도 모르게 그를 생각하다가 깜짝 놀라기도 했다. 특히 힘이 빠지거나 지쳤을 적, 그가 자신에게 보이는 무한한 호감에 기대고 싶을 때도 불쑥불쑥 있었다.

하지만 다정은 사람의 감정이란 변하기 마련이라고 믿었다.

언젠가는 도태인 역시 안다정에게 관심을 접을 것이다. 사랑에 빠져 결혼을 하고 아이까지 낳은 부부도 마음이 변해 갈라서기 마련인데, 아무 상관없는 두 사람의 감정이 영원할 리는 없으니 말이다.

다정이 가장 두려워하는 것은 아버지처럼 비참하게 죽는 것이었다. 오지 않을 사랑을 기다리면서 몸과 마음이 고통에 좀먹힌 뒤, 세상에서 사라지는 것만큼은 절대 하지 않으리라. 항상 다짐하고 또 다짐해 왔다.

"잘 알았네. 이만 나가 봐도 좋아."

손자의 마음을 돌리기 위해 다정과 대면까지 했는데 아무래도 무리인가 보다. 종철이 기운 없이 말하자 다정은 기다렸다는 듯 자리에서 일어났다.

"예, 그럼."

꾸벅 고개를 숙인 뒤 미련 없이 떠나는 다정을 가만히 쳐다보던 종철이 시선을 떨어뜨렸다. 막냇손자는 하필이면 여자를 점찍어도 꼭 이렇게 어려운 상대를 점찍고 말았다.

이사장실에서 나온 다정이 그제야 참았던 한숨을 길게 내쉬었다. TV 드라마나 뉴스에서처럼 말을 듣지 않는다고 윽박지르거나 폭력을 행사하는 일은 없었다. 도태인의 할아버지라 그런 건지 도종철 회장은 꽤 신사다웠고 정중했다. 말을 편히 놓으라고 부탁한 쪽도 다정이었고 말이다.

'그래도 아깝다.'

한 번만 눈을 딱 감고 교수 자리를 받아들일 걸 그랬나. 이미 놓쳐 버린 물고기를 아쉬워하면서 다정은 피식 웃었다. 하긴 그 자리를 덜컥 받았다가는 도태인 뒤나 닦아 줘야 할 텐데 거절하기를 잘했다.

그러고 보니 그 남자, 오늘은 병원에 오지 않았다. 태인을 마지막으로 본 건 그가 자신의 집으로 치킨 배달을 왔을 때였다.

치킨만 깨끗이 먹고 나서 그는 만족한다는 표정으로 쓰레기까지 챙겨 떠났다. 도태인은 마치 다정의 당직 날 음식이라도 사 올 것처럼 말하더니 그 뒤로 머리끝 하나 보이지 않았다.

'봐, 벌써 관심이 식었을 수도 있잖아.'

그녀의 입가에 차가운 미소가 올라왔다. 일이나 해야겠다. 적어도 응급실에는 안다정을 필요로 하는 환자들이 많으니까.

다정이 응급실로 돌아오자 언제 평화로웠냐는 듯 정신없는 광경이 펼쳐져 있었다. 느긋한 걸음을 재촉하며 그녀가 막 너스 스테이션을 지날 즈음이었다.

"선생님! 박기성 환자 또 내원했어요. 코마 상태인데 보호자분이 조금 화가······."

"그냥 퇴원시키라고!"

간호사의 말을 뚫고 들리는 난폭한 소리에 다정이 눈살을 찌푸렸다. 간호사의 눈치를 보아하니, 시끄럽게 소리치고 있는 사람이 박기성 환자의 보호자인 모양이었다. 다정이 피곤한 듯 눈살을 찌푸렸다. 이 목소리는 다정도 잘 알고 있었다. 박기성 환자의 첫째 아들은 환자가 응급실에 실려 올 때마다 분노했다.

"선생님, 조금만 진정하시고요. 이대로 아버님 가만두시면 위험하세요."

난동을 피우는 보호자가 남자라서 어쩔 수 없이 나선 찬형은 애를 먹고 있었다. 다정이 힐끔 찬형 쪽을 곁눈질하고 나서 간호사에게 물었다.

"왜요? 언제 오셨는데요?"

"일단 차트 확인하세요. 선생님 잠깐 자리 비우시고 얼마 안 돼서 오셨어요. HE(Hepatic encephalopathy, 간성뇌증·간성혼수)로요."

"알았어요."

바로 이해가 간다. 암모니아의 독성 때문에 일어나는 간성뇌증은 기성처럼 간에 문제가 있는 환자들에게 흔히 생기는 질병이었다.

다정은 며칠 전 박기성 환자가 내원했을 때 검사라도 해 볼걸, 하고 뒤늦은 후회를 했다. 아니다. 다른 검사보다 혹여 변비가 있지 않느냐고 먼저 물어봤어야 했다. 체내에 암모니아가 쌓이면 안 되니 말이다.

그녀가 찬형 곁으로 후다닥 다가갔다. 씩씩거리고 있던 기성의 장남, 상호는 아는 얼굴을 보자 슬슬 진정하기 시작했다.

"선생님! 퇴원 좀 시켜 주세요. 아버지 이래 봤자 술 못 끊으시니까!"

벌써 여러 번 반복된 생활에 지친 상호가 역정을 내고 나서 한숨을 내쉬었다. 애써 마음을 다스리려 노력하는 것이리라. 무고한 제삼자에게 더 이상 화를 내지 않기 위해서.

"며칠 전에도 술 드시고 내원하셨는데, 이쯤 되면 그냥 입원하시는 건 어떠세요?"

"그거 감당 못 해요. 아시잖아요."

상호가 답답한 투로 한탄했다. 하루 벌어 하루 사는 빠듯한 가계 살림에 아버지의 병원비는 감당하기 힘들었다. 처음에야 응급실은 물론, 무리를 해서 중환자실에도, 일반 병실에도 있어 보고 알코올 중독 센터에도 가 보았다.

그러나 아버지는 조금 나아졌다 싶으면 퇴원해서 또 술에 손을 댔다. 폐쇄 병동에서 알코올 중독 치료를 완전히 받게 만들까 하다가도 금전적인 이유뿐만 아니라, 아버지의 건강 상태가 썩 좋지 않아 꺼렸던 것이 문제였다.

아들이 갈팡질팡하는 동안 아버지의 건강은 나락으로 떨어졌고, 그동안 날린 병원비만 해도 수천만 원이었다.

"노인네, 그냥 죽든지 말든지…… 이제 모르겠어요. 퇴원이나 시켜 주세요. 저러다가 길바닥에서 죽으면 죽는 거고."

마음에도 없는 소리를 하는 상호의 얼굴이 잔뜩 일그러져 있었다.

"얼마 전에 내시경 받았다고 하셨는데 결과가 어땠죠?"

"내시경은 무슨. 병원 근처에도 안 가는데요."

순간 다정의 표정이 굳어졌다. 보름쯤 전에 내시경으로 식도를 확인했다는 것은 그럼 거짓말이었나.

"정맥류 크기 좀 봐야겠어요. 조금만 기다리세요. 내과 선생님 콜 하고 올게요."

"그냥 돌아가시는 게 낫다니까요?"

상호는 환자 수발이 이제 지긋지긋했다. 땡볕 아래서 힘들게 일하는 아들이 불쌍하지도 않은지, 아버지는 제 쾌락만 찾아 다녔다. 어머니는 물론 아내 볼 면목도 없고, 아이들에게도 할아버지의 추한 모습이 부끄러웠다. 그래서 상호는 더욱 험하게 말했다.

스테이션 쪽으로 가려던 다정이 멈칫하더니 돌아서서 무겁게 대꾸했다.

"그러면 나중에 후회해요."

알코올 중독으로 아버지를 잃은 안다정은 상호의 마음을 충분히 이해하고 있었다. 후회한다는 말은 상호가 듣고 싶어 하는 소리이자, 듣기 싫은 말일 것이다. 그의 얼굴이 구겨지는 것을 보지 못한 척 다정은 콜을 하기 위해 그 자리를 벗어났다.

"좀 안 좋으신데요?"

내시경 시술을 마치고 나서 내과 전공의 3년 차 이미진이 다정에게 소곤거렸다. 화면을 보고 있는 다정의 안색도 어두웠다. 동그랗게 부푼 정맥류를 보자 가슴이 답답해졌다.

뭐? 보름 전에 내시경을 받았다고? 환자의 거짓말이 천연덕스러워서 기가 막힌다. 저게 터지면 최악의 경우 사망이다. 아버지처럼 피를 토하면서 말이다.

"입원하셔야겠네. 자리 좀 있어요?"

"글쎄요."

미진이 마우스를 클릭하면서 병동 입원실 상황을 살폈다. 입원실에 자리가 없으면 응급실 혹은 중환자실에서 베드가 빌 때까지 기다려야 한다. 처치하는 건 비슷한데도 존중받지 못하는 기분인지 환자는 물론 보호자도 그다지 좋아하지 않는 상황이었다.

다정은 초조한 눈빛으로 미진을 바라보았다. 다행히 미진은 밝은 표정이었다.

"있네요. 말씀드리세요."

"네."

다정이 걸음을 재촉했다. 원망스럽게 아버지를 바라보고 있는 상호에게 다시 입원을 권유하려니 마음이 무거웠다.

"내시경 검사 결과가 나왔는데요."

핏발이 선 눈으로 상호가 다정을 쳐다보았다. 제발 더 이상의 입원만큼은 없기를 바라는 마음이 고스란히 드러났다.

"입원하시는 게 좋을 것 같아요."

"어휴……."

상호는 절로 한숨이 나왔다. 개인 보험조차 들어 두지 않은 아버지여서 다인 병실 이용료도 모이고 모이면 부담스러웠다.

"최대한 빨리 치료받고 나가실 수 있게끔 내과 선생님께도 말씀드릴게요."

"아버지 정신만 드시면 나가고 싶은데요."

"정맥류 크기가 크기도 하고, 무엇보다 거기 출혈 흔적이 있었거든요. 다시 터질 확률이 높으니까 처치하고 병원에서 지켜보는 게 좋아요."

결국 또 입원이었다. 입원과 퇴원을 반복하는 아버지 때문에 정말 미칠 노릇이었다. 상호가 잇새로 욕설을 내뱉으면서 보호자 의자에서 벌떡 일어났다.

평범한 사람들은 알코올 중독자들을 이해할 수 없다. 그들은 이미 뇌가 변형이 되어 있어서 몸이 망가질 것을 알면서도 술을 찾는 것이다.

다정 자신도 아버지를 이해하지 못했다. 그까짓 술, 그냥 끊으면 되는 거 아니냐고 우습게 생각했었는데 많은 임상 경험을 겪다 보니 알코올이 참 무서운 거였구나, 하고 깨닫게 되었다.

오랜만에 아버지를 생각하자 마음이 울적해졌다. 상호의 감정이 그대로 전해져서 심적으로 지쳤지만 다정은 다른 환자를 위해 움직여야만 했다.

"야, 이미진 왔다 갔다며?"

그때 다정의 앞에 갑자기 훅 나타난 찬형이 눈을 빛내며 물었다. 뜬금없는 소리에 다정이 막 눈가를 찡그릴 참이었다.

"어디 있어? 다시 갔어?"

"왜?"

다정이 심드렁하게 대꾸하자 찬형이 미간을 좁혔다.

"이렇게 눈치가 없어서 치프라니, 말이 되냐?"

"무슨 소리야?"

통 이해가 가지 않는 찬형의 헛소리가 다정은 기막혔다.

"김 선생님 썸녀잖아요. 혼자만의."

"야, 신당백! '혼자만의 썸녀'라니?"

지나가던 채린이 키득거리면서 설명해 주고 떠났다. 찬형은 채린이 마지막 덧붙인 말에 발끈하고 있었다. 뒤늦게 눈치를 챈 다정이 찬형에게 황당한 시선을 내비쳤다.

"뭐야? 너 이미진 선생 좋아해?"

얼굴이 시뻘게진 찬형을 다정이 흥미롭게 쳐다보았다. 얼굴도 예쁘장하고 키도 큰데 성격까지 시원시원한 이미진은 내과 쪽에서 남녀 할 것 없이 인기가 많았다. 그중 하나가 김찬형인가 보다.

"아니, 그 많은 내과 던트 중에서 왜 하필 이미진 선생한테 반했어?"

"그럴 수도 있지. 요즘 콜 하면 이미진이 자주 내려왔잖아."

그래도 부정은 하지 않는 걸 보니 진심으로 미진을 좋아하는 모양이었다. 부끄러워하는 찬형을 보자 징그러워진 다정은 그에게서 돌아섰다. 하지만 김찬형은 끈질겼다.

"그래서 갔냐니까?"

"갔어! 아까 갔어!"

귀찮은 투로 다정이 팩 소리 지르고 걸음을 빨리했다. 신성한 병원에서 연애는 무슨 연애람. 그녀의 발소리가 유난히 크게 울렸다. 막 너스 스테이션을 지날 때, 우선미 간호사가 다정을 불렀다.

"안다정 선생님! 김 교수님 호출이요!"

"아차……."

아직 이사장실에 불려갔던 일의 후폭풍은 끝이 나지 않았다. 다정은 이사장을 자신에게 데려다줬던 응급의학과 교수에게 설명해야 했다. 하여튼 도태인 때문에 귀찮은 일투성이다.

다정은 한 손으로 마른세수를 하고 김웅진 교수의 사무실로 향했다.

"저 왔습니다."

"아! 들어와. 여기 앉아."

호기심 가득한 웅진의 눈빛이 다정에게 내리꽂혔다. 자신이 불려 온 이유를 잘 아는 다정은 한숨을 삼키고 소파에 앉아 먼저 입을 열었다.

"아까 그거 별일은 아니었어요. 응급실에 저 때문에 자꾸 오던 도태인 씨하고 관련된 이야기였는데 그 사람이 제 말이라면 들을 것 같은지 좀 구슬리고 싶어 하시더라고요."

다정이 뭉뚱그려 설명했다.

"왜 구슬리고 싶어 하는데? 그래서 너한테 무슨 일 해 달래?"

"아, 네. 그 사람 백수니까 일 좀 하게 만들어 달라고요."

"뭐야, 그러니까 VIP 뒷감당 좀 해 달라…… 이 말이었어?"

"네, 뭐 비슷합니다."

다정은 도태인의 사정을 남에게 구구절절 알려 주고 싶지는 않았다. 도태인이 병원 경영에 관심을 갖든 말든 안다정이나 김웅진 교수는 상관없는 일이기도 했다. 또한 안다정이 이 병원에 남아 주기를 도 회장이 바란다는 말도 굳이 하지는 않았다. 어차피 거절한 일인데 시시콜콜 말해 봤자 여러모로 의심스러운 눈길이나 받을 것이다.

"그것참…… 바쁜 4년 차에게 너무하시는구만."

웅진이 불만스럽게 투덜거렸으나 다정은 아무 대꾸도 하지 않고 희미하게 미소만 내보일 뿐이었다. 기껏 도종철 회장이라는 거물을 만났다 싶었는데 자신과는 상관없는 일이어서 웅진도 도 회장 일에 더 이상 신경 쓰지 않기로 했다.

"아, 그렇지. 여름 지나면 너도 시험 준비해야 하잖아?"

"네."

"3년 차 중에 누구한테 먼저 치프 줄 거야?"

보통 4년 차들은 9월부터 전문의 시험 준비를 했다. 여름이 지나면 다정도 후배에게 의국장 자리를 물려주고 이론서나 기출문제와 씨름해야 했다. 전공의 3년 차 중에 의국장에 가장 어울리는 후배가 반짝 떠올랐으나 다정은 말을 아꼈다.

"돌아가면서 하는 건데요, 뭘. 아무나 제비뽑기하죠."

한 사람에게만 업무를 가중시킬 수 없어서 치프 자리는 적당한 간격으로 돌아가며 맡곤 했다. 문제는 첫 시작을 끊는 3년 차였다. 4년 차 베테랑들이 빠져 버린 상황에 의국장 자리까지 맡은 3년 차는 초반에 고생이란 고생은 다 하기 마련이었다.

"4년 차도 그렇지만 3년 차 애들도 다들 똘똘하니까 누가 해도 걱정 없겠어. 그래도 좀 여유 있는 애부터 시켜. 무슨 말인지 알지?"

"네."

웅진이 구태여 짚어 주지 않아도 누구를 원하는지 알겠다. 1년 차 때부터 여유 만만하던 신채린을 생각하며 다정이 시원스럽게 대답했다.

*   *   *

무덤 속에 있는 기분이다.

도영인이 자살한 날부터 이틀 동안은 손가락 하나 까딱할 수가 없었다. 그날은 도태인에게 있어서 세상이 완전히 뒤집어진 날이었으니 매년 그 시기에 걸맞은 대우는 해 줘야 하는 법인가 보다.

널찍해서 한편으로는 황량해 보이는 방 안, 태인은 침대 위에 누워 숨만 쉬고 있었다. 몇 차례 계속 울리던 전화도 이제는 울리지 않는 것을 보아하니, 휴대폰 배터리도 주인처럼 완전히 방전이 된 모양이었다.

깊은 잠에서 깨어나듯 태인이 무겁게 눈을 뜨고 느릿느릿 상체를 일으켰다. 그래도 살아 있다고 목이 탔다. 그는 박살 난 스탠드의 자리에 아무 일도 없었다는 양 놓인 새 스탠드를 켰다.

갈증을 예상이라도 한 듯 침대 옆 테이블에 물병이 놓여 있었다. 누가 가져다 두었는지 알고 싶지도 않고 알 필요도 없었다. 그는 무표정하게 생수병을 열어 미적지근한 물을 마셨다.

2년 정도는 의사를 대기시키고, 몸에 무리가 가지 않게 수액이며 영양제를 주렁주렁 맞히던 부모는 이틀 정도 굶어도 아들에게 문제가 없음을 깨닫고 그를 포기했다.

정신병자가 집안에 하나 있으면 가족 모두에게 전염된다고 하니, 몇 년째 반복되는 애도의 기간에 지친 부모는 본인들이 미치기 전에 포기한 모양이다.

"아……."

갈라진 목소리가 목을 긁으며 나왔다. 손에서 힘이 빠져 물병이 바닥에 나뒹굴었다. 침대 밑에 깔려 있는 러그가 축축하게 젖어 갔지만 그는 신경도 쓰지 않았다.

육체적 갈증이 가라앉고 나니 이제는 정신적인 갈증이 일었다. 죽음의 세상과 멀어지자 안다정이 보고 싶었다. 그녀는 지금 뭘 하고 있을까? 당직 날 병원으로 맛있는 야식을 배달해 주고 싶었는데 깜빡 잊은 채 시간이 훌쩍 지나갔다.

매년 애도를 하듯 누나의 기일을 손으로 꼽아 가며 잊지 않았던 자신이 올해는 신기하게도 기억하지 못했다.

아니, 신기할 것도 없다. 그저 안다정에게 정신이 팔려 까먹고 있던 것뿐이었다. 평소보다 더욱 우중충한 집안 분위기가 아니었더라면 정말 새카맣게 잊고 넘어갔을지도 모른다.

세상과 연결되는 창은 손안에 있었다. 태인은 제일 먼저 휴대폰을 충전했다. 이틀 내내 누워 시간을 보냈다고 그새 얼굴이 까칠해졌다. 휴대폰을 한 번 내려다보고 나서 그는 욕실로 향했다. 다시 현실로 돌아올 때가 되었다.

욕실은 무섭지만 괜찮았다. 가끔 상태가 좋지 않을 때에는 욕실 바닥이 피투성이가 된 환각을 보기도 했으나 적어도 지금은 그렇지 않았다.

왠지 안다정을 만난 뒤부터 끔찍한 일들과 점점 멀어지는 것 같다. 누나의 기일을 깜빡 잊고 지냈던 것도 그렇지만, 악몽도 꾸지 않았다.

작년만 하더라도 꿈에 나타난 누나는 핏기가 사라진 모습으로 무표정하게 울었고, 태인은 죽음의 공포에 떨면서 환각에 시달렸다.

하지만 올해는 다르다. 안다정을 만난 이후로 마음은 많이 안정이 되었고, 우연히 맞닥뜨리는 죽음의 공포를 적절히 회피할 수도 있게 되었다. 고작 넉 달 만에.

'역시.'

그녀와 함께 있으면 멀쩡하게 살 수 있을 것 같았다. 삶에 집착하는 그가 호감이라거나 애정 이상으로 그녀를 숭배하는 건 당연했다. 사랑보다 깊고 무거운 감정은 그가 죽기 전까지 지속될 것이다. 역시 안다정은 도태인을 구원해 줄 여신인 게 틀림없었다.

실없는 생각을 하며 다정을 떠올린 태인이 흐릿해진 거울을 쳐다보고 깜짝 놀랐다. 거울 속에 비친 남자는 기분 좋은 표정을 짓고 있었다.

욕실에서 말이다.

두근두근, 심장이 뛰는 게 느껴졌다. 샤워기에서 떨어지는 뜨거운 물을 맞으며 그는 잠시 멍하니 서 있었다. 머리를 때리는 물줄기, 온수가 만들어 내는 습한 냄새, 눈앞에 일렁이는 수증기와 거울 속에 비치는 자신의 모습, 물이 바닥으로 쏟아지는 소리와 씁쓸한 입맛까지, 다섯 가지 감각 하나하나가 예민하게 살아났다.

단지 안다정을 떠올린 것만으로 감각이 생생했다. 태인은 머뭇머뭇 제 양 손바닥을 내려다보다가 물에 젖은 얼굴을 쓱 쓸었다.

살아 있다는 게 실감이 났다.

욕실이라면 끔찍했던 태인은 오랜만에 개운한 기분으로 샤워를 마칠 수 있었다. 생소한 감각에 머리가 멍해진 그는 수건으로 젖은 머리만 털었다. 그때 그의 시야에 충전이 되고 있는 휴대폰이 들어왔다.

누가 특별히 찾을 일은 없겠지만 태인은 서둘러서 휴대폰 전원을 켰다. 켜지는 화면을 지루하게 바라보던 그가 부재중 메시지에 깜짝 놀라 눈을 동그랗게 떴다.

할아버지의 전화였다.

정확히 다섯 번 찍힌 부재중 전화와 딱 한 통의 문자 메시지가 들어와 있었다. 백수인 막냇손자가 제발 일 좀 했으면 한다는 메시지겠지, 하며 태인은 무표정하게 문자 메시지를 열었다가 그대로 굳어 버렸다.

안다정 선생이 그러더구나. 독신주의자라고.

툭, 하고 수건이 바닥으로 떨어졌다.

손에 힘이 빠져서 하마터면 휴대폰도 놓칠 뻔했다. 안다정이 독신주의자라는 게 문제가 아니라, 할아버지가 안다정을 찾아냈다는 것이 문제였다. 그의 손이 덜덜 떨리기 시작했다.

물론 할아버지의 인격을 의심하지는 않기에 다정에게 행패를 부렸으리라 생각하지는 않지만, 도종철 회장은 도태인에게나 가족이지 안다정에게는 어마어마하게 먼 사람일 뿐이었다.

하필이면 자신이 방 안에 틀어박혀 있는 동안 이런 일이 일어나다니.

새파랗게 질린 태인은 허기도 잊고 드레스룸으로 달려갔다.

보이는 대로 셔츠와 바지를 꿰어 입은 그는 휴대폰과 차 키를 쓸어 담듯 들고 집을 빠져나왔다.

오후 다섯 시. 아직 안다정은 병원 응급실에 있을 것이다. 그녀를 만나 무슨 말이라도 해야 했다.

내과 전공의 3년 차 이미진 선생이 다녀간 후, 응급의학과 전공의 4년 차 김찬형이 그녀에게 반했다는 사실이 응급실 내에 파다하게 퍼졌다. 그 이후로 김찬형은 훌륭한 안줏거리, 혹은 놀림거리가 되어 있었다.

"맞다! 선생님. 아까 이미진 선생님 구름다리에서 커피 마시던데, 보셨어요?"

"뭐?"

새침한 표정으로 채린이 슬쩍 찔러 주자 찬형이 눈을 휘둥그레 떴다.

"지금?"

응급의료센터는 구급차가 진입하기 좋도록 서쪽에 따로 위치한 건물이라 본관이나 내과, 외과 병동 건물과는 거리가 있었다. 그리고 잠깐 밖에 나갔다 들어온 3년 차 전공의 신채린은 본관까지 갈 이유도, 시간도 없었다. 그런 후배가 어떻게 이미진이 구름다리에 있는지 안단 말인가. 찬형이 채린에게 의심스러운 눈길을 보낼 즈음이었다.

"네. 바깥에서 본관 구름다리 보이잖아요."

가운데 있는 본관과 좌측에 있는 내과 병동 건물, 우측에 있는 외과 병동 건물은 투명한 구름다리로 이어져 있었다. 문제는 거리가 좀 있어서 아무리 유리가 투명해도 사람의 얼굴까지 구별할 수는 없다는 데 있었다.

그걸 신채린은 보았나 보다.

"……신당백, 너 시력이 대체 얼마야? 그게 보인다고?"

"저 양안 전부 2.0일걸요? 넘나?"

가끔 인간 같지 않은 모습을 보이는 후배에게 찬형은 질린 표정을 지어 주었다. 채린은 예쁘게 웃어 보이면서 의국을 나가 제 길을 가 버렸다.

"시력 왜 저렇게 좋대? 몽골 사람이야?"

찬형이 기가 막힌다는 듯 중얼거렸다. 웬일로 의자에 앉아서 형광펜을 들고 탁상 달력이나 이리저리 넘기던 다정이 동기를 타박했다.

"농땡이 피우지 말고 가서 일이나 해."

"너무하네, 안다정. 자기도 놀고 있으면서."

"1년 차 둘이 휴가 스케줄 꼬였대서 그거 푸느라 머리 돌겠거든?"

8월 중순 이후의 당직 순번이나 비번 일자를 정리하느라 다정은 골머리를 앓고 있었다. 후배들의 휴가 일정에 관심이 생긴 찬형이 7월과 8월 달력을 들여다보더니 코끝을 찡그렸다.

"신채린이 왜 저렇게 기분이 좋은가 했더니 쟤 모레부터 휴가

구만?"

그러니 쓸데없이 선배를 놀리고 다니는 거다. 찬형이 막 입을
삐죽거릴 찰나였다. 다정의 등 뒤에서 낯익은 목소리가 들렸다.

"선생님……."

심장을 울리는 묵직한 저음. 도태인이었다.

어떻게 의국 쪽으로 왔느냐는 질문은 이제 할 필요가 없었다.
도태인이 그저 VIP가 아니라 재단 이사장의 손자라는 것을 모두
가 알게 된 이상 그를 말리는 사람은 없었다. 심지어 환자분류소
에서 매번 도태인을 저지하던 간호사마저 그를 떨떠름하게 볼
뿐 막아서지 않았다.

며칠 만에 보게 된 그의 얼굴은 왠지 야위어 있었다. 항상 멀
끔하던 차림이었는데 오늘은 왠지 정돈이 덜 된 느낌이다. 어디
가 아픈가? 성가심보다는 걱정이 앞서는 제 마음을 다정은 애써
외면했다. 다정이 아무 말 없이 태인을 올려다보았다.

"엇, VIP다."

물론 찬형의 혼잣말은 태인에게 닿지 않았다. 태인은 찬형의
존재를 무시하고 다정에게 한 걸음 조심스럽게 다가갔다. 두 사
람을 힐끔거리던 찬형은 어째 무거워지는 분위기에 후다닥 의국
에서 도망쳤다.

"왜 또 왔어요? 어디 아파요?"

도태인은 안색이 창백하고 목소리에 힘이 없었다. 에어컨이
항시 가동 중인 실내에서 그는 식은땀을 흘리는 듯 이마에 땀이

맺혀 있었고, 오한도 오는지 몸을 조금씩 떨고 있었다. 그녀는 그를 날카롭게 살펴보았다. 도태인에게 또 개복치 속성이 나오는 건가 싶어서였다.

그런데 웬걸, 그는 사과부터 입에 담았다.

"미안해요."

"뭐가요?"

"그게……."

죄송해야 할 일이 너무 많아 다정은 태인이 무엇 때문에 사과를 하는지 감도 잡지 못했다. 그가 우물쭈물 말을 고를 동안 그녀는 형광펜을 내려놓고 볼펜을 들었다. 도태인이 죄송해야 할 일은 다음과 같았다.

> 1. 업무 방해!
> 2. 성추행!
> 3. 휴식 방해!
> 4. 사람을 귀찮게 만듦!

다정은 탁상 달력 옆에 있는 메모지에 네 가지 문항을 주르륵 쓰고 태인에게 건넸다. 풀이 죽은 그가 종이를 받아 들고 내용을 읽은 뒤 아리송한 표정을 지었다.

"답은 2번…… 인가요?"

"아뇨, 네 개 전부입니다."

그녀의 단호한 대답에 그는 메모지를 시무룩하게 쳐다보았다. 그녀가 볼펜을 연필꽂이에 넣고 다시 형광펜을 쥐었다. 그제야 머릿속이 정리되었는지 그가 본론으로 들어갔다.

"할아버지가 불렀다고 들었는데."

"아, 그거."

다정이 전혀 부정하지 않자 태인은 눈앞이 캄캄했다. 설마설마했는데 사실이었다. 진짜 할아버지가 안다정을 찾아가리라고는 상상도 못 했다. 그가 양손에 얼굴을 묻고 울먹였다.

"아무 말도 안 했는데 어떻게 알아내신 건지 정말⋯⋯."

도태인이 이토록 난처해 하는 건 처음 보는 것 같다. 다정이 태인을 흥미롭게 응시했다. 항상 능글능글 능구렁이처럼 모든 일을 대충 넘어가던 그가 쩔쩔매는 모습이 신기했다. 하다못해 처음 만난 날에도 뜬금없이 키스를 하고 웃어넘기던 남자 아닌가.

거기까지 생각하던 다정이 어깨를 움찔했다. 불현듯 부드러운 입술의 감촉이 기억난 탓이었다. 그게 첫 키스였음을 알게 된다면 이 변태는 의기양양하겠지. 이 사실은 평생 비밀로 삼아야만 했다.

그녀는 고개를 돌리고 짐짓 아무렇지 않은 척 말했다.

"그러니까 할아버지가 남한테 부탁 같은 걸 하기 전에 미리미리 백수 탈출을 하세요."

"네?"

뜻밖의 소리에 그가 눈을 동그랗게 떴다. 평소와 다름없는 목소리. 그녀는 기분이 상한 것 같지 않았다.

"병원 경영을 하겠다더니 왜 갑자기 또 안 하겠다고 그러냐고요."

"그거야 우리 안다정 선생님이 내년에 다른 데로 간다고 하니까……."

"아니, 그게 나랑 대체 무슨 상관이에요?"

다정이 쏘아붙였다. 도태인의 미래 그림에 안다정이 있는 것도, 자신의 미래에 이 변태가 포함되는 것도 전부 질색이었다. 그런 그녀의 마음을 아는지 모르는지 태인은 꼭 길가에 버려진 강아지인 양 그녀를 간절히 바라보았다.

"선생님하고 같이 있고 싶으니까."

그의 눈동자에 담긴 진심, 목소리에서 묻어나는 절실함과 그녀를 향한 올곧은 시선이 일순간 다정의 꽁꽁 언 마음을 뒤흔들었다. 그녀는 잠시 아무 대꾸도 하지 못했다. 마음속 꼭 숨겨 두었던 약한 부분이 변태의 진심에 설레고 있었다.

한편 그녀의 얼어붙은 마음이 스멀스멀 녹아내린다 싶을 즈음, 그가 책상 구석에 박혀 있는 크림빵을 가리키며 간절하게 부탁했다.

"선생님, 근데 이 빵 하나만 먹으면 안 될까요?"

그녀의 미심쩍은 시선에 그가 기운 없이 말을 이었다.

"이틀 굶어서."

"굶었다고요?"

침대에서 꼼짝도 할 수 없던 시간은 떠올리기도 싫었다. 태인이 고개를 끄덕이기 무섭게 다정은 그의 근처로 빵을 밀어 주었다. 재벌 3세라는 남자가 굶는 이유를 모르겠다. 그의 사정을 모르는 그녀는 못마땅한 표정만 지을 뿐이었다.

"기가 막혀서……."

쌀쌀맞은 다정의 목소리에서 틈을 읽은 태인이 이때다 싶어 그녀의 왼손을 양손으로 덥석 잡고 고백했다.

"오늘 샤워하면서 느꼈어요. 선생님 옆에 꼭 있어야겠다고."

"……뭘 하면서 느껴요?"

그녀가 막 눈살을 찌푸리면서 되물을 찰나였다. 바람처럼 의국으로 달려 들어온 채린이 태인 쪽은 본 척도 하지 않고 다급히 외쳤다.

"선생님! 티스타(중증 외상 환자 발생) 떴어요! TA(교통사고)고 여러 명이래요! 손 급하니까 빨리 와 주세요!"

다정이 벌떡 일어나자 태인의 시선이 그녀의 움직임을 따랐다. 그의 손을 뿌리치듯 털고 나가려던 그녀가 걸음을 멈추더니 그를 돌아보았다.

"여기 있어요."

"네?"

"교통사고 환자라 밖에 나오면 힘들어질 테니까."

교통사고 환자에 티스타도 떴다. 환자의 외상이 심할 테니 대체로 출혈이 심할 것이다. 다정은 난장판인 응급실에서 도태인까지 쓰러지는 것을 바라지 않았다.

하얀 가운을 휘날리면서 뛰어가는 다정의 뒷모습을 태인이 멍하니 바라보았다. 그녀는 생명을 관장하는 여신 같을 때도 있고, 전투에 임하는 군인 같을 때도 있었다.

감탄하듯 그녀가 사라진 길을 보고 있던 그가 주인이 떠난 의자에 털썩 앉았다. 아직도 안다정의 온기가 남아 있는 것 같아 기분이 한껏 좋아졌다. 도태인은 확실히 변태 기질이 있었다.

의국 밖으로 뛰쳐나간 다정은 예상보다 심각한 상황에 눈살을 찌푸렸다. 1년 차 전공의가 당황해서는 3년 차 신채린을 붙잡고 있었다.

"베드 다 찼는데 어떡하죠?"

"CPR 룸에 베드 추가해."

소생실까지 침대가 가득 찼다. 눈대중으로 센 환자의 수가 여섯을 넘어갔다. 심장이 멎었다는 듣기 싫은 기계음이 두 군데에서 울리기 시작했다. 익숙하게 심폐 소생술을 실행하는 의료진을 뒤로하고 다정이 채린에게 급하게 물었다.

"총 몇 명이야?"

"여덟 명이요. 전부 멘탈 없고요."

여덟 명. 환자 하나에 의사 셋이 달라붙어도 스무 명 이상이 필요했다. 티스타를 띄웠음에도 손이 많이 부족할 듯했다. 이를 눈치챘는지 너스 스테이션에서 코드 블루(Code blue, 병원 내 응급 상황) 방송이 이어졌다.

일단 눈앞에 보이는 환자에게 향한 다정이 펜 라이트로 환자의 동공을 살폈다. 겉으로 보기에는 어깨가 꺾인 것을 제외하고 외상이 심해 보이지 않는데 동공 반사가 없다. 어깨 골절로 엑스레이 촬영이 필요하고, 동공 반사가 없는 이유를 알기 위해 머리 CT 촬영도 해야 했다. 다정의 곁에서 열심히 산소를 넣어 주고 있던 인턴이 흘끔 치프의 눈치를 보았다.

"이 환자는 엑스레이랑 CT(Computed tomography, 컴퓨터 단층 촬영) 찍어 봐야겠다."

"네."

"NS(Neurosurgery, 신경외과)에서도 내려온대?"

"네."

이미 관련된 과에 연락이 들어간 상태였다.

"그럼 그리로 보내자. 말 좀 해 줘."

인턴에게 가볍게 지시를 내리고 나서 다정은 커튼을 열고 나왔다. 옆 침대가 시끌시끌해졌다. 뭔가 했더니 김웅진 교수가 내려온 모양이었다.

"어떻게 된 거야?"

2년 차 전공의들과 움직이면서 웅진이 물었다. 환자를 이송한 구급대원에게 사정을 들은 후배가 설명했다.

"자세한 건 모르겠는데 정면으로 차 두 대가 박았대요. 이 환자는 뒷좌석에 안전벨트 없이 있다가 창문으로 튕겨져 나갔다고 하고요."

바닥으로 똑똑 핏방울이 떨어지는 소리가 적나라하다. 안전벨
트를 하지 않으면 뒷좌석도 안전지대는 될 수 없었다. 슬쩍 지나
가면서 보기로는 겨우 초등학생 정도 된 아이 같던데 피투성이
인 발이 유난히 하얀 게 느낌이 좋지 않았다.

다음 환자는 안색이 창백한 중년 여성이었다. 어디서나 볼 듯
한 평범한 인상의 중년 여성은 조수석에 앉아 있었는지 몸의 오
른쪽으로 충격을 다 받은 모양이었다. 오른쪽 팔다리가 전부 골
절에 머리도 깨져 붕대 위로 피가 스멀스멀 새어 나오고 있었다.

"너무 안 좋아요. 구급차에서도 CPR(심폐 소생술) 한 번 했고,
오자마자 또 어레스트(Cardiac arrest, 심정지) 나고……."

거기까지 말하는데 심전도계가 불안한 선을 그렸다. 겨우 소
생을 시켰는데 또 심정지가 오면 사망할 확률이 기하급수적으로
올라간다. 한숨을 내쉰 다정이 웬일인지 처치는 않고 환자 얼굴
만 쳐다보았다.

어딘가에서 심장이 멎는 소리가 또 울렸다. 오른쪽 베드일까,
아니면 왼쪽 베드일까? 아, 내 환자구나. 하얀 커튼 안에서 환자
하나만 보고 있는데 다정은 어지러워졌다.

"선생님!"

멍하니 서 있는 다정을 채린이 잡아 흔들었다. 환자의 얼굴만
물끄러미 보다가 퍼뜩 정신을 차린 다정은 옆에 채린이 있어서
다행이라고 생각했다. 3년 차답게 임상 경험이 많이 쌓인 신채린

이 알아서 간호사에게 오더를 내려 주었다. 강심제가 들어가자 심전도계가 다시 안정적인 선을 그렸다.

"왜 그러세요?"

"아, 미안. 갑자기 좀 피곤했나 봐."

"제가 볼게요."

채린이 다정을 커튼 밖으로 밀어냈다. 자신보다 연차 높은 치프라지만 정신 놓고 있는 치프는 쓸모가 없었다. 주춤주춤 밖으로 걸어 나온 다정이 갑자기 얼음물이라도 맞은 듯 굳어졌다. 어디선가 본 듯한 인상의 중년 여성은 어렸을 적 집을 나가 버린 엄마와 비슷했다.

커튼을 열어젖히고 들어온 다정이 환자의 얼굴을 재차 살피고 복잡한 숨을 내쉬었다.

'그 여자도 아닌데…….'

다시 보니 환자는 엄마랑 별로 닮지도 않았다. 채린의 의아한 시선을 모르는 척, 다정은 도로 밖으로 나갔다. 정신이 점점 또렷해지기 시작하며 눈빛이 다시 예리하게 벼려졌다.

여덟 명의 환자 중 삶의 끈을 놓지 않은 환자는 겨우 세 명이었다.

살아난 셋 중에 둘은 운전자였고, 다른 하나는 뒷좌석에 있던 승객이었다. 유일하게 혼자 뒷좌석에서 안전벨트를 한 사람으로, 살았다고 전해 들었다.

끔찍한 사고로 희생된 사람 중 두 명은 응급실에 도착했을 때 이미 사망 상태였고, 다른 세 환자는 타 진료과로 옮겨 가던 도중에 숨을 거두었다. 워낙 외상이 심해서 멀쩡하게 살 수 있으리라고는 기대도 하지 않았으나 막상 많은 환자가 죽자 입이 썼다.

"썻고 싶다."

잔뜩 지친 목소리로 다정이 혼잣말을 중얼거렸다. 심폐 소생술을 하느라 손목이 다 시큰거렸다. 엄마를 생각나게 만든 환자도 결국 세상을 떠났다. 하긴, 그 충격을 다 받고도 병원까지 살아서 온 게 신기한 일이기는 했다.

"어?"

다시 휴가 스케줄 조정을 위해 의국에 털레털레 들어온 다정은 얌전히 앉아 있는 태인을 보고 걸음을 멈추었다. 살짝 고개를 기울인 그가 그녀를 보고 환하게 웃었다.

"선생님, 진짜 오래 기다렸어요."

"안…… 갔어요?"

"우리 안다정 선생님이 여기 있으라고 해서."

"여기 있어요."

도태인은 다정의 말을 잊지 않고 있었다. 한참 전에 했던 말을 떠올리자 그녀가 얼굴을 한 손으로 쓱 닦았다. 손바닥에 땀이 묻어났다.

'땀 냄새가 나려나?'

부디 하얀 가운이 불쾌한 냄새를 숨겨 주길 바라며 그녀가 한숨을 내쉬었다. 이 남자에게 땀 냄새를 풍기고 싶지 않았다. 땀 냄새도 나고 군데군데 피도 튀었을 텐데.

"선생님, 있⋯⋯."

그녀의 마음을 알 리 없는 그가 말을 붙일 때였다.

"잠깐만요."

"네에?"

다정은 도로 의국을 나가 버렸다. 홀로 남겨진 태인이 눈가를 찌푸렸다. 오래 기다렸는데 그녀와 말도 제대로 섞지 못했다.

한편, 그대로 의국을 나와 버린 다정은 지나가던 채린을 붙잡았다.

"신 선생."

"네?"

"나랑 진료복 좀 갈아입자. 위에만."

뜬금없는 치프의 부탁에 채린이 황당하다는 시선을 내비쳤다. 그러나 다정은 채린의 팔을 꽉 잡고 화장실로 향했다.

"왜요?"

"그거 갈아입은 거지?"

"네. 아까 피가 좀 많이 튀어서요."

"난 조금 묻었거든? 그러니까 눈에 잘 안 띌 거야."

오늘 따라 왠지 치프가 미친 것 같다. 채린은 기가 막혔다. 하지만 1년 차이도 하늘 같은 전공의 사회. 채린은 어쩔 수 없이 다정에게 새 진료복을 벗어 줘야만 했다.

"고마워. 나중에 커피 한잔 살게."

"됐…… 습니다."

떨떠름한 후배를 뒤로하고 다정은 화장실을 나섰다. 새 진료복이니 땀 냄새는 덜하겠지. 피도 묻지 않아서 도태인이 봐도 별문제는 없을 것이다. 그녀는 한층 가벼워진 걸음으로 의국에 들어갔다. 여전히 태인은 그 자리를 지키고 있었다.

응급의학과 전공의들은 워낙 바빠서 의국에 잘 붙어 있지를 않았다. 언제 환자가 들이닥칠지 모르기에 전공의들은 대부분 너스 스테이션에서 차트를 정리하거나 응급실 가운데에서 컴퓨터를 만지작거렸다. 덕분에 도태인은 외부인 주제에 눈치 볼 것 없이 여유를 가질 수 있었다.

"이제 수습도 되어서 나가도 괜찮아요. 가세요."

여전히 쌀쌀맞은 다정이었지만 태인은 미소를 잃지 않았다. 다정이 한 걸음 다가오자 태인이 의자를 내주기 위해 일어났다.

"많이 힘들었어요? 완전 지쳐 보이는데."

"네, 많이 힘들고 피곤하니까 귀찮게 굴지 말고 가세요."

도태인과 마주할 생각에 후배의 옷까지 강탈한 다정은 대체 자신이 뭘 하고 있는 건가, 허탈해하며 의자에 앉았다.

그가 오랫동안 앉아 있어서 의자는 온기로 데워져 있었다. 팔걸이에 팔을 얹자 꼭 도태인과 몸이 닿은 것 같은 착각이 일었다. 괜히 얼굴이 붉어지는 느낌이 들 때였다. 그녀의 머리 위로 그림자가 졌다.

"선생님."

부드러운 목소리에 다정은 저도 모르게 숨을 들이마셨다. 책상 위에 한 손을 올린 태인이 웃는 얼굴로 그녀에게 고개를 숙이고 있었다. 꼭 키스하기 전처럼 얼굴이 가까워진다 싶어 그녀는 경악했다.

"가, 가까이 오지 마요!"

화들짝 놀란 그녀가 양손으로 그의 가슴을 짚었다. 더 가까워지기 전에 그와 거리를 둬야 했다. 피 묻은 윗도리만 갈아입었을 뿐, 아직 피부는 땀에 젖어 끈적거렸다. 이곳저곳 뛰어다니고 심폐 소생술을 하느라 땀이 많이 난 탓이었다.

물론 그녀의 말은 변태에게 닿지 않았다.

"어떡하면 좋아. 선생님이 내 가슴을 만져 줬어!"

"미쳤어요?"

나직하게 울리는 그의 목소리는 이제 섹시하기보다 주책이었다. 만면을 찌푸린 채 그에게서 손을 뗀 그녀가 초조한 듯 눈동자를 굴렸다.

"우리 안다정 선생님은 멀리서 봐도 예쁘고."

태인의 몸에 손을 대기는 싫고, 그렇다고 가만히 있을 수도 없어 다정이 어정쩡하게 허공에 손을 들었다.

"가까이에서 봐도 예쁘고……."

"하도 뛰어다녀서 땀 냄새날 테니까 가까이 오지 말라고요."

결국 참다못한 그녀가 본심을 말하자 태인의 눈동자가 커졌다. 다정이 그런 걸 신경 쓸 줄은 몰랐다. 솔직히 도태인을 귀찮아하는 안다정이 그의 앞에서 이미지 관리를 하리라고는 상상도 못 했다. 안다정이 도태인을 의식하고 있다는 것이다. 그의 입이 스르륵 벌어졌다.

"난 땀 냄새도 좋은데, 선생님이라면."

저거 분명히 진심으로 하는 소리다. 변태에게는 위생 관념도 없는 모양이었다. 다정이 태인을 경멸의 눈으로 바라보았다. 그래도 그녀는 어떻게든 화제를 돌려서 이 난감한 상황에서 벗어나고 싶었다.

'아, 맞다!'

이내 다정의 우수한 두뇌에 번개처럼 화젯거리 하나가 스쳐 지나갔다.

"잠깐만요. 그렇지 않아도 물어볼 거 있는데."

웬일로 안다정이 도태인에게 관심을 가져 주었다. 드디어! 태인이 눈을 동그랗게 뜨고 자세를 바로 했다. 그녀의 관심 한 자락만으로도 그는 기분이 날아갈 듯 기뻤다.

다정이 책상 밑 휴지통에 박혀 있는 크림빵 포장지를 가리키며 물었다.

"왜 굶었어요?"

"네?"

"이틀이나 굶었다면서요. 왜 굶었냐고요. 집이 가난한 것도 아니면서."

"……다이어트랄까?"

이틀 동안 손 하나 까딱하지 못했다고 솔직히 대답할 수 없는 터라 태인은 대강 둘러대고서 이 상황을 모면하고자 히죽 웃었다. 다시금 손으로 책상을 짚고 그녀에게로 살짝 몸을 기울인 그는 관계자도 아니면서 의국을 떠날 생각을 하지 않았다.

"그 몸에 다이어트는 무슨."

다정이 황당하게 받아칠 즈음, 의국 출입문이 열렸다.

"선생님, 여기 계세……."

높은 톤의 목소리가 출입문 쪽에서 들리다 멈추었다. 다정과 태인이 동시에 고개를 돌렸다. 둘의 시선을 받는 사람은 신채린이었다. 그녀가 당황스러운 투로 물었다.

"여…… 기서 뭐 하세요?"

"아, 스케줄 짜는데?"

채린의 반응을 이해할 수 없어서 다정이 눈만 깜빡거렸다. 서 있는 태인이 앉아 있는 다정을 왠지 안고 있는 듯이 보여, 모르는 사람이 보면 안다정과 도태인이 연인 사이라고 착각할 만도 했다.

"나 찾았어? 왜?"

"그게……."

말을 하다 만 채린의 눈길이 다정을 지나 태인에게로 움직였다. 안다정에게는 간이고 쓸개고 다 빼줄 듯한 표정을 짓고 있던 태인이 채린을 보자마자 흥, 콧방귀를 뀌었다.

혹시 치프가 빨래를 하지 않아서 진료복을 강탈해 간 건가 싶은 생각에 일부러 새 진료복을 가져 온 채린은 손에 들고 있던 새 진료복을 등 뒤로 숨겼다. 도태인을 봐서 그런지 치프에게 진료복을 주고 싶은 마음이 싹 사라졌다.

"아니…… 됐습니다. 나갈게요."

비닐에 싸인 진료복을 숨기고 채린이 썩은 표정으로 훌쩍 나가 버렸다. 혹시 밖에 무슨 일이 생긴 건가 싶어 의자에서 일어난 다정이 돌처럼 굳어 버렸다. 셔츠로 감싸인 도태인의 가슴이 시야를 가득 메웠다.

그녀의 고개가 스르륵 올라갔다. 싱글벙글 웃고 있는 변태의 얼굴을 보자 그제야 그녀는 아차 싶었다. 의자를 뒤로 냅다 찬 다정이 태인의 가슴을 밀고 의국을 헐레벌떡 빠져나갔다.

"신 선생!"

매사에 이성적이고 여유로운 신채린이 왜 말을 얼버무리나 했다. 후배를 또 착각하게 만들어서 당혹스러운 다정이 채린을 간절히 불렀다.

다행히 채린은 멀지 않은 곳에 있었다.

"네에……."

다정은 채린의 떨떠름한 눈빛이 신경 쓰였다.

"오해 같은 거 한 건 아니지?"

"아뇨, 오해는 무슨."

……라고 하면서 채린이 슬그머니 시선을 돌렸다. 이상한 생각을 하는 것이 틀림없었다. 저번에 도태인이 기절했을 때도 그렇고 이번에도 그렇고, 계속 오해할 일만 만들어서 다정은 후배에게 면목이 없었다.

"태인이 오빠랑 많이 친해지셨구나."

채린이 돌려 말했다.

정말 변태 때문에 되는 일이 없다. 두통이 밀려와서 다정이 머리를 부여잡았다. 어디서부터 어떻게 말해야 하나 고민하는데 채린이 계속 말을 이었다.

"사람이 좀 미쳐서 문제긴 한데 착하긴 해요. 그렇죠?"

"아니, 나는 어쩌다 보니까 이게……."

난처해하는 다정을 새침하게 바라보던 채린이 대뜸 다정의 말을 끊어 버렸다.

"어쩌다 보니 결혼도 하시겠다."

"오해 안 한다며!"

결국 신채린 페이스에 말려든 다정이 꽥 소리를 질렀다. 농담이었다는 양 채린이 씩 웃어 보일 때였다. 구급대원이 의식 잃은 환자를 실은 이동식 베드를 밀고 들어오며 크게 말했다.

"출혈이 심해요!"

"제가 가 볼게요."

언제 농담을 주고받았냐는 양, 진지한 표정으로 채린이 걸음을 옮겼다. 출혈이 얼마나 심한지 환자가 지나간 자리마다 바닥에 핏방울이 뚝뚝 떨어져 붉은 궤적을 남겼다. 다정이 무거운 마음으로 돌아서려는 데, 의국 쪽에서 태인이 나오는 게 보였다. 그는 그녀를 발견하자마자 신이 나서 달려왔다.

"선생님, 저 이만 집에……."

하지만 태인의 말은 끝까지 이어지지 못했다.

대뜸 그의 목을 양팔로 감싼 다정이 품 안으로 그의 머리를 끌어안았다. 예상치 못한 상황에 그의 어깨가 뻣뻣해졌다.

"보면 안 돼요!"

도태인은 혈액 공포증이 있다. 방금 지나간 환자는 출혈이 심해 베드 아래로도 핏방울이 점점이 떨어져 있었다. 혈액 한 방울만 봐도 이 개복치에게 쇼크가 올 것이 분명해 그녀는 그의 시야를 차단했다.

품에 태인을 안은 채로 다정이 뒤쪽을 바라보았다. 멀뚱히 있던 인턴이 치프의 눈치에 머뭇머뭇 바닥을 닦기 시작했다. 힘겹게 의사 면허까지 따고 바닥 청소나 하는 자신이 처량하게 느껴지는 인턴이었다.

다정이 붉은 자국이 사라지는 것을 말없이 지켜보는 동안, 큰 키 탓에 구부정하게 그녀에게 안긴 태인은 지금 이 상황이 꿈인지 생시인지 고민해야 했다. 스킨십이 없던 것은 아니었으나 그녀가 그를 자의로 안은 것은 처음이었다.

심장이 터질 것만 같아 그는 그녀의 품에 코를 박고 겨우 숨을 들이마셨다.

안다정은 쓸데없는 걱정을 했다. 땀 냄새가 날 거라고? 전혀 그렇지 않았다. 오히려 그녀의 체취는 포근하고 달콤했다. 마음을 안정시켜 주는 체향에 그는 소리 없이 침을 삼키고 떨리는 목소리로 속삭였다.

"우리 안다정 선생님…… 땀 냄새 하나도 안 나는데."

온몸을 울리는 저음이 그와 맞닿은 부분에서부터 퍼졌다. 간질간질한 감각에 놀란 다정이 저도 모르게 비명을 지르며 팔을 풀었다.

"으악!"

품 안에서 꿈틀거리는 변태를 의식하기 무섭게 다정은 태인을 밀쳐 냈다. 변태를 스스로 안아 주고 말았다. 똥을 씹은 표정의 그녀와 달리 그가 그녀를 감격스럽게 바라보며 주절주절 떠들었다.

"지금 죽어도 여한이 없을 것 같아요. 선생님이 직접 안아 주다니……."

"그럼 지금 가세요, 제발!"

다정이 질색하면서 몸을 움츠렸다. 응급실 내부에 있는 사람들이 두 사람을 흥미롭게 구경했다. 환자의 출혈을 겨우 잡고 한시름 놓은 채린은 아무래도 저 두 사람이 수상하다는 생각을 하며 차트를 정리했다.

치료 방법 4.
위험에서 지켜 주기

안다정이 웬일로 내과 병동을 찾았다. 많은 전공의들 중에서 그녀가 이미진 선생을 찾아온 이유는 두 가지였다.

그중 하나.

"박기성 환자 아직 계시죠?"

먼저, 다정은 입원을 하게 된 박기성 환자의 경과가 궁금한 탓에 일부러 시간을 짜내어 응급실이 아닌 내과 병동까지 걸음 한 것이었다. 알기도 오래 알았고, 아버지와 비슷한 환자라 신경이 쓰이기도 했다.

하지만 슬프게도 미진은 고개를 저었다.

"아뇨, 어제 퇴원하셨어요."

"벌써요?"

입원한 지 며칠이나 됐다고 벌써 퇴원인가 싶다가도 반쯤 아버지를 포기한 장남의 얼굴이 떠오르자 이해가 되었다.

"불안 불안하긴 한데, 환자 본인도 그렇고 보호자분들도 퇴원하고 싶다고 하니 말릴 수가 없었어요. 이러다 큰일 날지도 모른다고 말씀은 드렸는데……."

미진의 안색이 어두웠다. 상태가 생각보다 좋지 않은 걸까? 정맥류를 어떻게 잡았는지, 다른 특이점은 없는지 물어보려다가 다정은 입을 다물었다. 담당의가 어련히 알아서 했겠지 싶어서였다.

앞으로는 기성이 응급실에 실려 올 일이 없기를 바라며 다정은 두 번째 목적을 입에 담았다.

"참. 선생님, 혹시 만나는 남자 있어요?"

"……아뇨? 왜요?"

당황스러운 미진의 모습에 다정이 어색한 미소를 지었다. 내과 병동까지 기껏 찾아간 이유 중 다른 하나는 김찬형의 우는 소리 때문이었다. 덩칫값도 못하는 소심한 동기는 다정에게 간곡히 부탁을 했다. 이미진에게 애인이 있는지 알아봐 달라고 말이다.

'등신! 그것도 모르면서 혼자 짝사랑을 하고 있어?'

마음 같아서는 김찬형 등짝을 때려 주고 싶었지만 동기의 쪼그라든 모습이 불쌍해서 어쩔 수는 없었다.

다행히 이미진 선생에게는 남자가 없었다. 생각해 보면 신기한 일이기도 했다. 내과 이미진과 비슷한 포지션의 신채린은 1년 차 때 벌써 선배가 홀랑 채 갔는데, 미진은 아직도 싱글이라니.

"정말요? 얼굴도 예쁘고 능력도 좋아서 남자들이 귀찮게 굴고 그럴 것 같은데."

물론 다정은 진심이었지만, 미진은 다정의 말을 립 서비스 정도로 여긴 듯 웃으며 아픈 곳을 찔렀다.

"글쎄요. 저보다는 선생님이 더 난처하실 텐데……."

순간 도태인의 얼굴이 떠오른 다정은 한 손으로 얼굴을 감싸 쥐고 물었다.

"내과에도 소문 다 퍼졌어요?"

다정의 바람과는 정반대로 도태인이 안다정을 스토킹한다는 소문은 병원 전체에 퍼져 있었다.

"모르는 병동이 없을 걸요? 워낙 오래됐어야죠."

"아니, 얼마나 됐다고……."

도리어 한 방 먹은 다정이 낭패를 본 얼굴로 한숨을 내쉬었다. 여전히 이미진 선생은 빙그레 미소만 짓고 있었다.

하긴, 병원은 무척 좁은 사회였다. 거의 넉 달가량 응급실에서 비슷한 소란이 일어났는데 다른 병동 사람들이 모를 거라고 여기는 게 이상한 일이다.

"가 볼게요."

끙, 앓으면서 다정이 걸음을 돌렸다. 뒤에서 잘 가라는 미진의 목소리가 울렸다.

미진의 말을 들었기 때문인지 지나가는 의료진들이 자신을 한 번씩 쳐다보는 듯한 착각이 들었다.

새로 리모델링을 해서 번쩍번쩍한 본관이나 다른 병동과 달리, 서쪽에 위치한 응급실은 고즈넉한 편이었다. 매일 건물이 후졌다고 욕하면서도 다정은 응급실이 마음 편했다.

"야, 김찬형."

웬일로 찬형이 의국에서 교재나 들여다보고 있었다. 동기를 찾으러 응급실을 헤매고 다닐 일이 없어 다정은 이 상황이 내심 반가웠다. 찬형은 초조한 눈빛으로 다정을 쳐다보며 성마르게 물었다.

"물어봤어?"

"이미진 선생님 솔로란다."

"나이스!"

양손에 주먹을 쥐고 하늘 높이 만세를 부르는 소심해 빠진 동기를 다정이 한심하게 쳐다보다가 시선을 돌렸다. 그때 마침 의국으로 채린이 들어왔다.

"진도 천천히 나가세요."

대화를 엿들었는지 들어오자마자 채린이 새침하게 말했다. 찬형이 눈을 휘둥그레 뜨고 바로 대꾸했다.

"아직 말도 안 섞었는데 왜 벌써부터 진도 타령이야?"

"저 휴가잖아요. 저 다녀온 다음에 재미있는 일 만들어 달라고요."

다정과 찬형은 동시에 스케줄이 표시된 달력을 곁눈질했다. 정말로 신채린은 내일부터 휴가였다. 다정은 휴가 때 연인을 만나러 지방으로 내려간다는 채린의 말을 떠올렸다. 여름휴가란 단어만으로도 기분이 좋지만 그보다 채린은 그리운 사람을 만날 생각에 들떠 있는 것 같았다.

안다정은 휴가를 기대하는 신채린이 신기했다. 상대에게 말한 마디 붙이지 못하면서도 짝사랑 중인 김찬형 역시 신기했고, 매번 냉대하는데도 찾아와서 햇살처럼 환하게 웃는 도태인도 신기했다.

사랑이라는 환상은 왜 이토록 사람들의 마음을 흔들어 대는 걸까?

다정이 멍하니 있는 동안 채린은 필요한 물건을 챙겨 나갔고 찬형은 입술을 삐죽이면서 투덜거렸다.

"어째 쟤 점점 성격이 나빠지는 것 같지 않냐?"

"간다."

쓸데없는 소리에 동기를 한심하게 응시하던 다정이 몸을 돌렸다.

별 다를 것 없는 시간이 지나갔다. 모든 직장인들이 그렇듯, 안다정도 퇴근 시간만을 손꼽아 기다려 왔다. 여덟 시가 되기 15분 전, 다정은 화려한 등산복 차림의 환자가 마지막이기를 간절히 바랐다.

"여기가 조이듯이 아프고요, 콱콱 쑤셔요."

50대 남성 환자는 가슴 가운데를 누르면서 증상을 설명했다. 응급실 인턴이 이미 기본적인 검사는 마친 상태였고, 호소하는 증상도 딱 협심증이었다.

"언제부터 그러셨죠?"

"하산하면서요. 올라갈 땐 괜찮았는데……."

"NTG(니트로글리세린) 좀."

협심증 환자를 한두 번 보는 것도 아니어서 다정은 무척 여유로웠다. 반면, 환자는 꽤 겁을 집어먹은 모양이었다.

병원과 인연이 없는 사람들은 큰 병원 응급실이라는 장소와 하얀 가운을 걸친 의사를 보면 절로 위축했다. 거기에 통증까지 합쳐져서 환자는 마치 큰일이라도 겪은 듯 안색이 창백해지곤 했다.

"침 삼키지 마시고 가만히 계세요."

혀 밑에 놓인 알약에 불편한 기색을 보였지만 환자는 순순히 다정의 말을 따랐다.

얼마가 지났을까? 가슴 통증이 점점 사라지는지 환자는 손을 가슴에서 내려놓았다.

"운동 중이나 후에 아프셨죠?"

"네, 근데 오늘은 유난히 더해서요. 죽는 줄 알았어요."

그러려니 넘길 통증이 아니니 다급히 병원 응급실에 달려온 것이리라. 중장년 남성들은 건강을 대하는 두 가지 타입이 있다. 하나는 건강 염려증 수준으로 건강에 집착하는 사람들인데, 제대로 된 의료 지식을 가지면 다행이지만 증명이 되지 않은 대체 의학에 빠지면 답이 없는 타입이었다.

다른 하나는 자신의 건강이 얼마나 망가졌을지 아는 게 두려 워서 회피하는 사람들이었다. 자신은 건강하다고 되뇌면서 병원 을 멀리하는 타입인데, 아마 이 환자는 후자였을 것이다. 기본적 인 협심증 증세를 보이고 있는데도 순진한 눈빛을 내비치고 있 으니 말이다.

"협심증이 의심되거든요. 가슴 통증이 오래되었고, 심전도 검 사에서도 이상이 있어서요."

거기에 니트로글리세린이 투여되면서 통증이 잡혔다. 인턴이 나 의과 대학생들도 쉽게 진단 내릴 수 있는 케이스였다.

"예에?"

날벼락이라도 맞은 듯 환자가 입을 쩍 벌렸다. 심장에 문제가 생겼다는 소식을 달갑게 들을 사람은 아무도 없을 것이다.

"아, 아니…… 저처럼 건강한 사람이 어디 있다고."

"관상동맥 조영술이라고 아시죠? 내일 외래로라도 받아 보시 는 게 좋습니다."

"아, 근데 이제 안 아픈 것 같은데……."

"방금 혀 밑에 약 들어가서요."

다정이 한 치도 물러서지 않자 어떻게든 현실을 부정하고 싶 던 환자는 이내 절망적인 표정을 지었다. 취미로 등산도 다니고 술, 담배를 해도 어디 하나 아픈 적이 없어 건강에 자신했는데 협심증이라니!

세상이 무너진 듯한 환자와 다르게 다정은 가면이라도 뒤집어 쓴 양 무표정했다. 냉정해 보이는 의사를 힐끔 쳐다보고 나서 환자가 조심스럽게 물었다.

"그거 아픈가요? 관상…… 무슨 조영술이요."

"글쎄요, 사람마다 달라서……."

아무리 어른이라고 해도 시술은 무서운 모양이다. 환자는 시무룩해졌다.

"그래도 심장 문젠데 내일까지는 못 기다리겠고 어떻게 좀 안 되나요?"

주요 응급 질환자들은 늦은 시간에도 진료와 처치를 받을 수 있었다. 심장 질환은 만만히 볼 문제가 아니기도 해서 다정은 내과에 연락을 주기로 했다.

"네, 알겠습니다. 많이 아픈 시술 아니니 걱정 마시고요."

다정이 주사 바늘을 앞둔 어린아이처럼 초조해하는 환자를 안심시키던 참이었다. 환자분류소 쪽에서 간호사가 오랜만에 다정을 호명했다.

"안다정 선생님!"

왠지 도태인이 온 것 같은 예감이 든다.

그런데 마음이 조금 이상했다. 예전에는 이처럼 간호사가 호명할 때, 항상 짜증스러웠는데 지금은 별로 짜증스럽지도 않고 오히려 자신을 부르는 목소리가 반갑게까지 느껴졌다.

'퇴근 때라 그런가?'

썩 기분이 나쁘지 않아 다정은 환자분류소의 간호사를 보고 알겠다는 투로 고개를 가볍게 끄덕였다.

안다정은 자신이 도태인에게 길들여지고 있음을 깨닫지 못했다. 그녀는 다시 환자에게로 고개를 돌리고 상냥하게 말했다.

"협심증은 심장내과에서 봐야 하거든요, 내과 선생님 곧 오실 테니까 잠시만 기다리세요."

심장내과라는 무시무시한 분과 이름에 다시금 식겁한 환자가 잔뜩 얼어붙어서는 머리만 끄덕였다. 다정은 뒤에 있던 인턴에게 나머지를 맡기기로 했다.

"이 환자 SAP(Stable angina pectoris, 안정형 협심증) 의심되니까, 내과에 콜 하고 김 선생이 기다렸다가 보내 줘. 알아서 할 거야."

"알겠습니다."

환자의 눈동자가 두 의사를 따라 왔다갔다 움직였다. 인턴이 차트를 건네받기 무섭게 다정은 환자분류소로 걸음을 재촉했다.

역시 예상대로 도태인이 서 있었다. 날이 더운 여름임에도 그는 가벼운 재킷을 걸치고 있었다. 하긴 바깥을 걸어 다닐 일이 없으니 굳이 옷차림에 연연할 필요도 없겠다. 그가 그녀를 보자마자 밝은 미소를 지었다.

하마터면 다정도 태인을 따라 웃을 뻔했다. 자꾸 그의 페이스에 말려들 것 같아 그녀는 문득 그가 두려워졌다. 겨우 입가를 굳히고 나서 그녀가 아무렇지 않은 척 쌀쌀맞게 입을 열었다.

"무슨 일이에요?"

"선생님, 퇴근 시간 아니에요?"

슬프게도 응급의학과 4년 차 안다정에게 퇴근 시간이 제대로 지켜진 적은 별로 없었다. 벽에 걸린 디지털시계를 살핀 다정이 한숨을 삼켰다. 어느새 여덟 시가 살짝 넘어 있었다.

"일부러 방해 안 하려고 퇴근 시간 지나서 온 건데."

"네, 이제 퇴근해요."

다정이 의국 쪽으로 향하면서 대답하자 태인이 그녀의 뒤를 졸졸 쫓았다.

"그럼 저녁 살게요. 나랑 저녁 먹어요."

우뚝 멈추어 선 다정이 뒤를 돌아 태인을 올려다보았다. 길에서 보면 열에 아홉은 돌아볼 만한 외모의 소유자. 조금 말랐다 싶기는 해도 골격이 예뻐서인지 재킷 아래 가려진 몸매 또한 좋아 보였다.

외모로는 어디 가서 빠지지 않는 남자인데 집안 역시 어마어마하게 좋은 재벌 3세. 아쉬울 것 없는 남자가 어째서 주인 잃은 강아지인 양 자신을 쫓아다니는지 그녀는 이해가 가지 않았다.

"네?"

그녀의 진득한 눈길에 그가 대답을 재촉하며 고개를 살짝 기울였다. 벌써 넉 달째 안다정에게 이리저리 치이면서도 꼬박꼬박 찾아오다니, 도태인은 취향 한 번 독특한 변태였다.

그를 보고 있자니 머리가 아픈 만큼 얼굴이 화끈거리는 듯해서 그녀가 휙 몸을 돌려 의국으로 후다닥 들어갔다.

내일부터 휴가라고 짐을 챙기던 채린이 다정을 보고 씨익 웃었다. 시력만큼이나 청력도 좋은 신채린은 이미 도태인의 방문을 알고 있었다. 채린이 농담을 건넸다.

"선생님, 이젠 대놓고 데이트하시는 거예요?"

"데이트라니? 무슨 소리를 그렇게 해!"

안다정은 펄쩍 뛰었다.

"태인이 오빠가 저녁 산다면서요. 싱글 남녀가 단둘이 저녁 먹는 게 데이트랑 뭐가 다른데요?"

느물느물 웃는 채린을 보자 다정의 미간이 좁아졌다. 전공의 3년 차 신채린이 내리는 데이트의 정의는 쓸데없이 넓었다.

가운을 벗은 다정이 피곤한 기색으로 마른세수를 했다. 말로 신채린을 이기기란 쉽지 않다. 지금은 줄행랑이 최선이었다.

"먼저 간다."

가방을 어깨에 메고 잽싸게 의국을 빠져나온 다정이 멈칫 걸음을 멈추었다. 조금 떨어진 거리에서 눈을 감은 태인이 벽에 기대어 서 있었다. 그녀는 평온해 보이는 그의 얼굴을 홀린 듯 말없이 쳐다보았다.

도대체 이 남자가 평범하다면 평범한 안다정한테 왜 꽂힌 걸까?

이유가 무엇이든 간에 상관없었다. 도태인의 페이스에 휘말리는 일은 이제 질색이었다. 다정은 마음을 단단히 먹고 그에게 걸어갔다.

눈을 감고 다정이 오기를 기다리는 동안, 태인은 생사가 갈리는 응급실에서도 편안했다. 넉 달 전의 도태인으로서는 상상도 못 할 일이었다. 죽음의 그림자가 깔리는 병원은 그가 기피하는 장소 중 하나였으니까.

역시 안다정이 있으니 숨이 쉬어진다. 그녀의 존재에 안도하면서 눈을 뜬 그는 깜짝 놀랐다. 마술처럼 그녀가 앞에 서 있었다. 무덤덤한 눈빛으로 그녀는 그를 올려다보며 입을 열었다.

"이봐요, 도태인 씨."

그녀가 이름을 불러 주면 가슴 한구석이 간지러워진다. 그가 수줍은 미소를 지었다.

"네."

"이제 그만 좀 합시다."

하지만 다정은 차갑기 그지없었다. 수줍은 미소는 어디로 가고 그새 시무룩해진 태인이 모르는 척 되물었다.

"뭘요?"

"계속 나 쫓아다닐 거예요? 그래 봤자 그쪽이 바라는 거 나, 못 들어줘요."

태인이 바라는 것이 뭔지도 모르면서 안다정은 단언하고 있었다. 문득 태인은 할아버지에게 들었던 말이 떠올랐다. 안다정은 독신주의자라는 말.

"근데 선생님, 정말 독신주의자예요?"

"네."

안다정은 독거노인이 꿈이었다. 물론 여유 있는 독거노인. 스무 살 때부터 가족 없이 홀로 살아와서인지 오히려 혼자 지내는 것이 편하기도 했다.

그녀가 망설일 것도 없이 긍정하자 그는 그녀를 복잡한 시선으로 한참 응시하다가 고개를 끄덕였다.

"그렇구나. 그럼 나도 독신주의자 해야겠네."

다정은 할 말을 잃었다. 이 남자의 머릿속은 도대체 어떻게 되어 먹은 건지 모르겠다. 답답함에 한숨을 푹 내쉬고 그녀가 출입문 쪽으로 걸었다. 그들에게 사람들의 이목이 쏠렸다. 훌쩍하니 키가 큰 남자가 치프를 따라다니는 모습은 응급실의 명물이었다.

출입문을 나서며 다정은 아는 사람들에게 인사를 하고 주차장을 가로질렀다. 그때까지도 도태인은 졸졸 안다정의 뒤를 따랐다. 병원 후문이 눈앞에 보이자 그녀가 걸음을 뚝 멈추고 뒤를 돌아보았다.

"나한테 언제쯤 질릴 거예요?"

"평생 안 질릴 거 같은데, 우리 안다정 선생님한테는."

도태인이 안다정에게 질리는 날은…… 아마 죽는 날이 되지 않을까? 항상 죽음의 공포에 떠는 그에게 그녀는 하나뿐인 빛이었다. 질릴 리가 없었다.

그러나 다정은 태인의 진심을 믿지 않았다. 아니, 믿을 수가 없다는 것이 맞겠다. 그녀는 사람의 감정이 변함없으리라고는 생각하지 않았다.

언젠가는 도태인도 안다정에게 질리거나 혹은 지쳐 나가떨어질 것이다. 아니, 무엇보다 그의 변덕이 언제 끝날지도 모르는 일이었다. 엄마만 봐도 마음이 변했다고 자기 자식까지 버리고 떠나지 않았나. 부모도 그러는데 하물며 타인을 믿을 수는 없었다.

"저녁은 됐어요."

"왜요?"

엄마를 떠올리자 기분이 잡친 다정은 입맛이 뚝 떨어졌다. 그녀의 속을 알 리 없는 그는 언짢아하는 그녀의 눈치를 살피면서 안절부절못했다.

"……혹시 내가 뭐 잘못 말했어요?"

"아뇨?"

도태인의 잘못은 하나도 없었다. 이는 오로지 자신의 머릿속에서 일어난 생각의 폭풍이었다.

다정이 막 부정하면서 고개를 돌릴 찰나, 전화벨이 울렸다. 일분일초가 급한 응급실에서 사는 그녀는 벨이 울리기 무섭게 휴대폰을 확인했다. 화면에 뜬 번호는 저장된 번호가 아니었다.

'모르는 번혼데.'

가족은 거의 없다시피 하고, 병원 사람들의 번호는 웬만해서는 휴대폰 전화번호부에 저장이 되어 있었다. 안다정의 인간관계는 썩 넓지 못한 터라 낯선 번호로 전화가 올 일도 거의 없었다. 찜찜한 기분으로 그녀가 전화를 받았다.

"네, 여보세요?"

하지만 상대는 바로 대꾸하지 않았다. 숨을 들이마시는 소리가 유난히 크게 들려서 다정이 미간을 좁혔다. 잘못 걸린 전화인가? 어쨌든 썩 내키지는 않는 반응이었다. 그때였다.

─……저기.

어디서 들어 본 목소리. 아니, 익숙한 음성이었다. 상대의 말을 듣자마자 다정의 입이 절로 벌어졌다. 가슴이 저도 모르게 움찔 떨릴 만큼 그립고 미운 목소리에 그녀의 얼굴이 굳었다.

10년 전, 아버지 장례 때를 마지막으로 꿈에서나 가끔 들었던 목소리.

엄마의 음성이었다.

─안다정 씨 번호 맞나요?

조심스럽게 확인하는 엄마의 말에 다정은 대답하지 못했다. 엄마가 어떻게 전화번호를 알고 연락을 했는지는 모르겠으나, 지금 엄마와 통화를 하고 싶은 마음은 없었다. 교통사고 환자를 보고 엄마를 떠올렸던 건 이 상황을 예견한 것일까?

그녀를 감싼 분위기가 싸늘하게 변하자 태인이 의아한 표정을 지었다. 휴대폰을 쥔 손에 힘이 가득 들어가 그녀의 손가락 뼈마디가 도드라졌다.

안다정에게 어머니는 없다. 어머니는 자신이 열 살 때 죽은 것과 다름이 없었다. 스무 살에 아버지가 돌아가시고 나서 다정은 자신에게 부모가 없다고 여겨 왔다.

고아나 다름이 없는 생활이었지만 별로 외롭지도 않았다. 스물다섯 살, 본과 마지막 학기에 할머니마저 세상을 떠난 이후로 안다정은 혈연에 집착하지 않았다.

그러니까 엄마와의 전화 통화는 필요가 없다. 다정이 차갑게 내뱉었다.

"잘못 거셨습니다."

―다정아! 엄마야…….

하지만 아무리 오랫동안 떨어져 지냈다고 하더라도 엄마는 엄마인지, 자식의 목소리를 단번에 알아들었다. 자신의 이름을 쓸쓸하게 부르는 엄마의 목소리를 모르는 척 다정은 전화를 끊어 버렸다.

'이제 와서 왜 전화를 해?'

아버지 49재 때, 큰아버지가 말했었다. 엄마는 이미 재혼했고 재혼 상대와의 사이에 아이도 있으니 엄마에게 너무 집착하지 말라고 말이다.

그 말을 들었을 때, 다정은 마지막 끈마저 놓고 말았다. 자신이 그리워하던 여자는 안다정의 엄마가 아니라 다른 남자의 아내고 얼굴도 모르는 아이의 어머니일 뿐이었다.

그런 여자가 뭐가 아쉬워서 전화를 했을까?

다정이 엄마를 향한 배신감과 분노를 속으로 삭일 무렵, 태인이 그녀의 어깨에 가볍게 손을 올렸다. 퍼뜩 정신을 차린 그녀가 그를 올려다보았다.

"왜 그래요?"

어깨를 잡아 준 손이 든든했다. 얇은 옷감을 가운데 두고 전달되는 온기가 성난 마음을 어루만져 주는 듯했다.

그러나 다정은 태인의 손을 슥 밀어냈다. 더 이상 그에게 마음이 기우는 것을 방지하기 위해서였다.

"저녁 산다고 했죠?"

예의 그 쌀쌀맞으면서도 귀찮아하는 목소리가 이어졌다. 언제 전화를 받았냐는 듯, 안다정은 마음을 정리한 채 무표정한 가면을 뒤집어썼다. 평소 같은 목소리가 반가워서 태인이 빙그레 웃었다.

"네."

"술도 좀 얻어먹읍시다."

다행히 안다정이 저녁을 함께 먹자는 제안을 받아들였다. 태인이 고개를 끄덕였다. 지갑을 쥔 사람이 허락했으니 이제 먹는 일만 남았다.

다정이 태인을 안내한 곳은 병원 근처 삼겹살 집이었다. 군데군데 근처 직장인들이 무리 지어 앉아 있었다. 그녀는 출입문 바로 옆, 구석 자리에 자리를 잡았다.

"갑자기 이런 날이 있어요. 술이 당기는 날."

전화를 받기 전까지는 술 마실 생각이 없었지만 말이다. 그의 의아한 시선을 그녀는 모르는 척 넘겨 버렸다.

다정이 삼겹살 3인분과 소주 한 병을 주문했다. 밑반찬이 깔리기도 전, 피곤한 낮의 가게 점원은 먼저 술부터 내왔다. 엄마의 전화에 목이 탄 그녀가 물을 한 컵 마시고 나서 소주병을 열었다.

힐끔힐끔 그녀의 눈치를 살피던 태인이 머뭇거리다가 말했다.

"무슨 전화인지 물어봐도 돼요?"

"안 돼요."

"네⋯⋯."

안다정은 역시 칼 같았다. 다정이 작은 잔에 술을 가득 채웠다. 도태인은 쓸데없이 눈치가 빨라서 전화 때문에 술이 당긴다는 것을 알아챈 모양이었다.

"마실 거예요?"

"아뇨."

부드러운 미소를 지으며 그가 고개를 젓자 그녀가 단숨에 술잔을 비웠다. 그리고 또 한 잔을 채울 때였다.

"선생님, 빈속인데 천천히 마셔요."

태인이 다정의 손목을 살짝 눌렀다. 술잔이 반쯤 채워지다가 말았다. 알코올 중독 환자가 아니기에 그녀는 화를 내진 않았다. 대신 그녀는 술병을 내려놓고 덤덤하게 입을 열었다.

"도태인 씨가 아직 잘 모르나 본데, 평생 안 질리는 건⋯⋯ 없어요."

다정의 무심한 시선이 태인을 아프게 찔렀다. 그녀가 눈빛으로 말하는 것 같았다. '너도 곧 질려서 나가떨어지겠지?'라고. 그녀는 다른 손으로 그의 손을 떼어 낸 뒤에 마저 잔을 채웠다.

"그러니 적당히 하시라고요."

언젠가는 이 남자 역시 떠날 것이다. 그녀는 녹아서 흘러내리려는 마음을 애써 주워 담았다. 그 마음을 그에게 쏟고 싶지 않았다. 어차피 인생은 혼자 사는 것 아닌가.

이어 주문한 고기와 밑반찬 등이 나왔다. 다각다각, 접시 놓이는 소리만이 테이블 위를 맴돌았다. 두 사람 모두 아무 말도 하지 않았다. 다정은 점원이 놓고 간 집게를 집어 적당히 달궈진 불판에 고기를 놓았다.

어색한 공기가 두 사람 주변을 감돌자 참다못한 태인이 억지로 웃으며 화제를 돌렸다.

"할아버지가 심술 안 부리셨어요?"

"네, 엄청 좋은 분 같던데요."

손녀뻘인 다정에게도 꼬박꼬박 존댓말로 '선생님'이라고 칭해 주던 어른. 심지어 그냥 나이만 많은 어른도 아니고, 큰 기업의 수장인데도 도 회장은 다정을 진심으로 존중해 주었다. 절로 존경심이 생기는 어른은 오랜만이었다.

망설일 것 없이 대답한 후 다정은 술잔을 다시 비웠다. 쓰고 알싸한 맛이 썩 내키지 않았지만, 그녀는 내색하지 않았다.

어느새 고기가 지글지글 익어 가고 있었다. 그녀가 멍하니 고기를 응시했다. 시간이 더 지나면 탈 텐데, 싶으면서도 손이 가지 않았다. 그녀의 마음을 읽은 듯 그가 팔을 뻗어 집게를 들었다.

"선생님, 술만 마시지 말고 고기도 같이 먹어요."

밑반찬조차 손을 대지 않는 다정에게 태인이 걱정스럽게 말했다.

"내가 구울 테니까."

말을 마친 그가 서투르게 고기를 뒤집었다. 기름이 튀자 깜짝 놀란 듯 그가 팔을 움찔거렸다. 다행히 재킷 소매가 길어서 아플 일은 일어나지 않았다.

그녀는 그의 손을 물끄러미 쳐다보았다. 어색하게 집게를 쥐고 있는 손은 여자인 자신의 손에 비해 크고 길쭉길쭉했다.

어디를 가든 항상 대접을 받았던 태인은 서툰 손길로 고기를 조각내고 있었다. 그러나 다정은 그의 행동을 저지하지 않았다.

고기를 굽는 건 다정의 일이었다. 누군가가 시켜서 구운 게 아니라, 스스로가 먹기 위해서 고기를 구워야 했다. 자신의 입속으로 들어갈 음식은 스스로 챙겨야 했다. 그 때문에 다정은 집에서 음식을 만들어 먹는 것을 싫어했다.

마음속 깊은 곳에 자리한 고독이 한층 옅어진다. 그녀는 표면이 노릇노릇하게 구워진 고기를 한 조각 집었다. 그녀가 고기를 입으로 가져가는 모습을 지켜보고 나서 그가 히죽 웃었다.

"선생님."

그녀는 대답 대신 그를 바라보았다. 양손에 집게와 가위를 하나씩 든 그의 모습이 왠지 낯설어서 웃음이 나올 것 같았다. 옆은 미소를 지우지 않은 그가 담아 두었던 말을 서서히 꺼냈다.

"선생님은 평생 질리지 않을 일이 없다고 하는데…… 그건 아닌 것 같아요."

태인은 한참 전에 지나간 화제를 다시 입에 올렸다. 다정은 굳이 긍정도, 부정도 하지 않은 채 그에게 시선을 고정했다. 고기가 만들어 내는 연기 사이로 맞은편에 앉은 도태인의 얼굴이 어른어른 보인다 싶을 즈음이었다.

"고기 먹는 안다정 선생님만 봐도 새롭고 짜릿하니까."

다정의 눈가가 일그러졌다. 이 변태는 남이 먹는 모습마저 좋아하고 있었다.

할 말을 잃은 그녀가 얼굴만 바싹 구기고 있자 그가 장난기 가득한 표정을 거두고 진심을 담아 말했다.

"절실한 일인데 질릴 리가 없잖아요."

"절실해요? 뭐가?"

안다정은 모른다. 도태인이 안다정의 전화 상대가 누군지 모르듯, 안다정도 도태인에게 무슨 사정이 있었는지 알지 못했다.

핏물 가득한 욕조와 허옇게 변한 누나의 마지막 모습은 그의 뇌리에 강렬하게 박혔다. 기억해 내지 않으려고 해도 섬뜩한 기억이 올라올 때가 있었다.

"선생님 옆에만 있게 해 주세요. 그거면 돼요."

하지만 안다정 옆에 있으면 강렬한 기억이 가진 불쾌한 힘은 사라져 버린다. 암흑이 빛에 밀려나듯, 그녀는 그의 어두운 기억을 흐릿하게 지워 주었다. 그녀의 옆에 있으면 평범한 사람이 되는 것 같은 기분이 들었다. 그는 그녀를 놓을 수가 없었다.

"고기도 구워 주고 술도 사 줄게요. 야식이 먹고 싶으면 언제든지 말만 해요. 아, 집세! 집세 안 내도 괜찮고, 그리고 또 피곤하면 내가 운전기사가……."

다정은 말을 줄줄 늘어놓는 태인을 초점 없는 눈으로 보았다. 어째서 절실한지, 그 이유는 모르겠으나 도태인의 지금 모습이 무척 절박해 보이긴 했다.

그녀는 술잔을 반 정도 비우고 나서 그가 잘라 놓은 고기를 먹었다. 너무 익은 고기는 바삭바삭해서 치킨의 질감이 떠올랐다. 문득 그가 치킨을 사 들고 온 날이 떠올랐다. 그녀가 미간을 좁히고 중얼거렸다.

"야식…… 사 올 것처럼 말하더니."

"네?"

태인이 눈을 동그랗게 뜨고 다정을 바라보았다. 무슨 소린지 이해하지 못하는 것을 보니, 그날 했던 말은 그냥 해 본 소리였나 보다.

하긴, 그날 이후 며칠 동안 이 남자는 응급실을 찾아오지도 않았다. 이래 놓고 절실하니, 어떠니 말은 잘한다. 그녀는 잠깐 차오른 기대를 내려놓았다.

"됐습니다."

더 이상 말을 이어 나갔다가는 어리광을 부리게 될 것 같아 다정은 단호하게 대화를 끊어 버렸다. 역시 도태인은 가벼운 변태일 뿐이었다.

삼겹살 집에서 도태인은 변태답게 안다정에게 삼겹살 3인분을 전부 먹이고, 또한 그 모습을 구경했다. 그 이후 술 한 모금 마시지 않은 도태인은 안다정을 차로 집까지 데려다주었다. 도종철 회장의 매너 있는 태도는 유전이라도 되는 걸까? 짧은 거리라도 어쨌든 편히 돌아오게 되어 그녀는 만족스러웠다.

엘리베이터가 열리자 두 사람은 데면데면한 거리를 유지하며 내렸다. 현관문 앞, 모르는 사람이 보면 두 사람은 이별을 아쉬워하는 연인처럼 보일 것이다.

실상은 전혀 다르지만.

"과음한 거 아니죠?"

"괜찮아요."

고작 소주 한 병에 고꾸라질 안다정이 아니었다. 다정이 디지털 도어록의 비밀번호를 누르고 문을 연 채 고개를 돌렸다. 태인이 어서 들어가라는 듯 눈짓을 보내며 말했다.

"그럼 이만."

저녁을 사겠다더니 그는 술은커녕 음식도 한 입 먹지 않았다. 먹지 않을 거면 도대체 왜 온 걸까 싶다가도 복잡하게 생각하기엔 피곤해서 그녀는 의문을 머릿속에서 싹 지웠다.

통 들어가지 않으려는 그녀를 그가 의아하게 바라볼 참이었다.

"아까 했던 말 있잖아요."

"네?"

워낙 쓸데없는 소리를 많이 해 대서 태인은 다정이 무슨 말을 가리키는지 바로 알아채지 못했다. 그녀가 미간을 좁히고 뾰로통하게 물었다.

"월세…… 진짜 안 받을 거예요?"

안다정은 꼭 털을 바짝 세운 고양이 같았다. 먹이를 앞에 둔 고양이가 음식을 먹을지 말지 경계하며 고민하는 표정이 이런 것이리라.

현관문 고리를 잡은 그녀는 그를 빤히 올려다보고 있었다. 그녀가 질색만 하지 않는다면 덥석 안아 버리고 싶었지만, 더는 성추행범이 되고 싶지 않아 그는 충동을 자제했다.

"마음 같아서는 월세가 아니라 선생님한테 그냥 주고 싶은데. 주면 받을 건가?"

정말 도태인의 스케일을 따라갈 수가 없다. 그의 말을 농담으로 알아들은 다정이 얼굴을 구기고 작별 인사만 뱉었다.

"안녕히 가세요."

말이 끝나기 무섭게 쾅, 현관문이 닫혔다. 저 남자의 진심이 어디서부터 어디까지인지 모르겠다. 매사에 모든 것을 장난으로 임하는 양 그는 언제나 능글맞았다.

그런데 왠지 발걸음이 떨어지지 않아 다정은 잠시 현관문에 기대어 섰다. 그때 똑똑, 노크 소리가 났다. 철문의 진동이 등 뒤로 느껴졌다. 누구냐고 물어볼 것도 없었다. 분명 도태인일 테니까.

"잘 자요."

노크 뒤로 나직한 말이 이어졌다. 철문의 진동만큼이나 가슴을 울리는 낮은 목소리. 웃음기 섞인 상냥한 인사에 순간 다정의 얼굴이 새빨갛게 달아올랐다. 심장이 두근두근 바쁘게 움직이고 저절로 호흡도 가빠졌다.

'왜 이래?'

남자가 보내는 간절한 구애의 신호를 알아보지 못한 그녀는 몸의 변화를 알코올 때문이라고 억지로 납득하면서 신발을 벗었다. 어째 비틀비틀 걷는 것이 다리에 힘이 쭉 빠진 것 같았다.

아침, 매일 있는 케이스 리뷰를 마치고 나서 다정은 파일을 덮고 일어났다. 어젯밤 응급실은 평온해서 특이한 환자 케이스가 없었다. 덕분에 오늘은 일상적이라면 일상적인 심정지 환자와 외상 환자 정도만 리뷰로 다루었다.

'CPR 환자가 일상적이라니 지옥도구만.'

다정이 응급실 안을 낯설게 둘러볼 때였다. 뒤에서 누군가가 그녀를 우물쭈물 불렀다.

"저, 선생님……."

"응?"

"저기, 그게요……."

어제 자신의 마지막 환자를 넘겼던 인턴이었다. 어두운 안색으로 인턴이 다가와 우물쭈물했다. 인턴에게 의국장은 하늘 같은 존재라서 말 한 마디 하는 것도 무척 어려운 모양이었다. 후배의 기분을 이해하기에, 다정은 답답한 내색을 보이지는 않았다.

"어제 있잖아요, 그…… SAP(안정형 협심증) 환자요."

다정이 대답 대신 고개를 끄덕였다. 힐끔, 치프의 눈치를 살피고 나서 인턴이 조심스럽게 말을 이었다.

"CAG(Coronary angiography, 관상동맥 조영술) 도중에 아나필락시스(Anaphylaxis, 알레르기 과민 반응) 왔대요."

"뭐? 그래서?"

깜짝 놀란 다정이 놀란 표정을 가감 없이 드러냈다. 덩달아 놀란 인턴이 빠르게 대답했다.

"내과 당직 선생님하고 CV(Cardiology, 심장내과) 펠로우(Fellow, 전임의) 선생님, 보호자한테 멱살 잡히고 난리도 아니었어요."

"아니 아니, 환자는?"

중요한 건 의사가 아니라 환자의 상태였다. 피부 밖도 아니고 알레르기 물질이 혈관 안을 스쳐 지나가기 때문에 과민증의 범위는 넓은 편이었다. 피부 발진이나 발열 정도면 그래도 금방 잡지만 기절을 하거나 호흡 곤란으로 사망에 이를 수도 있었다.

"지금 ICU(중환자실)에 있대요. 쇼크로 신콥(Syncope, 실신)만한 줄 알았는데 아직도 멘탈(Mental, 의식)이 없나 봐요."

"ICU?"

가끔 조영제에 알레르기 반응을 보이는 사람들이 있었다. 희귀한 케이스지만 알레르기 반응을 방지하기 위해 조영술 전에 검사도 하고 보호자에게 위험을 설명하며 동의서도 받아야 했다.

어제, 조영술에 겁을 먹은 환자의 얼굴을 떠올리자 다정은 마음이 무거워졌다. 그때 김웅진 교수가 후다닥 달려왔다.

"다정이 어디 있어?"

"여기요."

인턴에게서 고개를 돌린 다정이 손을 번쩍 들었다. 회진하기에는 살짝 이른 시간인데 교수가 웬일인가 싶었다. 의국 안을 들여다보던 웅진이 다정의 목소리에 가까이 오라고 손짓을 했다.

"좀 귀찮게 됐다. 잠깐 나 좀 보자. 이리 들어와."

의료진들과 의아한 눈길을 주고받은 다정이 웅진을 따라 의국으로 쏙 들어갔다. 웅진은 의자에도 앉지 않고 다급히 물었다.

"어제 마지막으로 본 환자가 SAP 의심 환자 맞지?"

"네. 아나필락시스 왔다면서요?"

"벌써 들었어?"

인턴에게 전해 들은 이야기를 꺼내자 웅진이 의외라는 표정을 지어 보였다. 다정은 대답 없이 어설픈 미소만 지었다. 웅진은 한숨을 길게 내쉬고 나서 그제야 가까운 의자에 털썩 앉아 말을 이었다.

"동의서에 사인도 했으니까 넘어가면 되는 일인데, 보호자가 진상을 부리나 봐. 내과가 ER(Emergency room, 응급실)로 책임 돌리려고 해."

"책임······ 이요?"

어째 불안하다. 거슬리는 단어에 다정이 떨떠름하게 되물었다. 웅진은 안경을 벗고 미간을 꼭꼭 누르며 피곤함을 드러냈다. 웅진이 뜸을 들이자 다정의 불안이 증폭되었다. 그리고 곧 날벼락이 떨어졌다.

"환자 아들이 처음에는 고소할 거라고 그랬어."

"네? 고소요? 동의서 썼잖아요?"

시술 동의서를 받는 이유는 이런 일을 방지하기 위해서였다.

"썼지. 써서 고소는 못 해. 이건 걱정 안 해도 돼."

"근데요?"

"고소 못 하니까 기사를 쓰겠대."

"기사를요?"

날벼락도 이런 날벼락이 없었다. 고소만큼이나 무서운 언론 제보! 다정이 입을 쩍 벌리고 웅진을 쳐다보았다. 경악 어린 다정의 눈을 보자 웅진도 미칠 노릇이었다.

"알고 보니 아들이 인터넷 신문사 기자라나 봐."

하필이면 기자라니. 다정이 눈살을 찌푸렸다.

"하여튼 멀쩡하던 아버지가 갑자기 중환자실에 간 게 병원 탓이라는 거야. 환자 아내가 와서 동의서에 사인을 했는데 설명도 제대로 못 듣고 사인했다고 하더라고."

"……그건 내과 문제잖아요?"

시술에 대한 설명은 시술을 하는 내과에서 했어야 했다. 다정은 이 상황이 도통 납득이 되지 않았다. 다른 의사들도 이해를 못 할 것이다.

"그러니까! 근데, 내과에서는 ER 측에서 미리 시술에 대해 상세하게 설명을 해 줬어야 하는데 그걸 안 했으니 ER 잘못이라고 억지를 부린다고. 이게 말이 되는 소리야? 바빠 죽겠는데 우리가 왜 설명이나 하고 있어야 해? 시술은 자기들이 하는 건데!"

웅진이 주절주절 정리되지 않은 말을 늘어놓았다. 그만큼 정신이 없다는 뜻이었다.

흥분한 웅진과 달리 다정은 침착했다. 어차피 시술 동의서에 사인을 한 이상, 병원에서 책임을 질 필요는 없었다. 다정은 다른 것보다 환자의 상태가 걱정되었다.

"환자 상태, 많이 안 좋아요? 멘탈이 없다고는 들었는데……."

"잘 모르겠어. 알잖아. 가벼운 사람도 있지만 쇼크 오면 죽는 사람도 있는 거."

다정은 말문이 막혔다. 그 환자가 앓고 있는 안정형 협심증으로는 중환자실에 입원할 필요가 없긴 했다. 알레르기 과민증만 오지 않았어도 말이다.

"웃기는 놈들이야. 우리가 CT를 찍길 했어, 뭘 했어? 환자한테 아나필락시스가 올지 어떻게 아냐고!"

　응급실에서 먼저 조영제를 투입해 CT 촬영을 했으면 모를까, 진단만 내리고 환자를 내보낸 응급의학과 전공의가 알레르기 과민증을 어떻게 예상한단 말인가. 웅진은 책임을 미루려는 내과 의료진에게 분통을 터뜨렸다.

　그 와중에도 다정은 아무 말도 하지 못했다. 아나필락시스를 겪어 보지 않은 건 아니었다. 가볍든 무겁든 알레르기 과민증은 응급실에서 하루에도 서너 번은 보는 질환이었다. 전에 잠깐 내과 병동에 갔을 적, 아나필락시스로 코드 블루가 떠서 심폐 소생술을 실시한 적도 있었다.

　"하여튼 그 환자 네가 담당이었잖아. 차트에 네 이름 올라가 있고. 그래서 너까지 휘말린 거야."

　다정이 고개를 무겁게 끄덕였다. 웅진이 마른세수를 하고 나서 안경을 도로 썼다.

　"내과 당직 전공의가 빨리 사인이나 하라고 그랬대. 사전 테스트도 안 했다는데 그럴 리가 없다는 걸 다 알잖아. 그런데도 환자 아내는 남편한테 무슨 일 생길까 봐 아무것도 모르고 사인했다고 주장하고 있고."

　"그럼 내과에나 항의하지 왜 저까지……."

　"전공의는 모든 설명을 ER에서 들었을 테니까 자기가 굳이 설명 안 한 거라고 발뺌하고 있어. 개도 말이야, 3년 차 쯤 되면 자기도 말이 안 되는 거 알 텐데 무슨 배짱인지."

"그게…… 말이 되는 소리…… 예요?"

기가 막혀서 다정의 말이 뚝뚝 끊어졌다. 그러니까 어려운 일을 피하고 싶어서 아무 잘못 없는 사람에게 책임을 돌리는 것이다. 내과 3년 차에 당직이었다니 아마 그 전공의도 피곤했을 것이다.

하지만…….

다정의 안색이 급속도로 어두워졌다. 그런 다정의 마음을 이해한다는 듯, 웅진이 그녀의 어깨를 토닥여 주었다.

"괜찮아. 미친개한테 걸렸다고 생각해. 이런 일 한 번씩은 겪는 거니까 마음 잘 다스리고 있어. 최대한 중재해 볼 테니까."

한 번씩은 겪는 거라고? 4년간의 전공의 과정에서 분쟁에 휘말릴 일이 얼마나 있단 말인가? 자기 잘못도 아닌데! 다정은 기가 막혔다. 그러나 그녀가 할 수 있는 말은 하나뿐이었다.

"알겠…… 습니다."

"그리고 네 잘못 아니니까 환자나 보호자 측에 절대 사과하지 마. 꼬투리 잡힐라."

"네."

힘없는 다정의 대답에 웅진은 단호한 표정으로 머리를 한 번 주억거리고 의국을 나갔다. 홀로 남자 다정의 머릿속이 어지러워졌다.

'왜 하필이면 마지막에 그 환자를 봤을까? 아니, 내과로 콜을 하지 말았어야 했어. 당장 오늘내일할 환자도 아닌데 외래로 돌

릴 걸 그랬어.'

다정은 모든 것이 후회스러웠다. 지금 후회해 봤자 늦었지만 말이다.

'모르겠다.'

힘이 빠진 다정은 의자에 앉아 한숨만 내쉬었다. 이제 믿을 건 시술 동의서뿐이었다. 이 시술로 인해 환자가 사망에 이르게 되더라도 병원은 책임지지 않겠다는 동의서는 의료진을 보호하기 위한 장치였다. 거기에 보호자가 사인을 했으니 문제 될 일은 없을 터였다.

다정이 지금 바라는 건 일단 환자가 얼른 의식을 되찾는 것이었다. 조금이라도 환자와 보호자의 노기가 누그러들도록.

'지친다……'

답답한 속을 풀어 보고자 다정이 다시금 길게 한숨을 내쉴 찰나였다. 이야기를 전해 들었는지 동기인 찬형이 고개를 쏙 내밀더니 의국으로 슬그머니 들어왔다.

"안다정."

"왜?"

"아침 먹었어?"

"입맛 없어."

날벼락을 맞은 지금 밥 생각이 날 리가 없었다. 그러나 체력이 중요한 것을 잘 아는 찬형은 다정의 눈앞으로 매점 샌드위치를 쓱 내밀었다.

"그래도 뭐 먹어야지. 샌드위치 사 왔는데 먹을래?"

"괜찮아."

이번에도 다정은 찬형의 호의를 거절했다. 입맛이 없는 데다 이런 기분으로 샌드위치를 먹었다가는 얹힐 것이 분명했다. 찬형은 더 이상 다정에게 음식을 권유하지 않았다. 손을 내린 찬형이 씁쓸하게 중얼거렸다.

"이럴 때 신당백이 있으면 얼마나 좋아. 걔 인맥 짱짱하잖아……."

대형 병원 이사장의 손녀이자 대대로 의사 집안 구성원인 신채린이라면 의료 분쟁을 겪어 본 사람이 많을 것이다. 하지만 채린은 현재 휴가 중이었고, 다정 역시 굳이 채린에게까지 도움을 구하고 싶지는 않았다.

"됐어. 뭐 얼마나 큰일이 있겠어?"

보통 이런 일은 담당 의사 개인이 아니라 병원 차원에서 대응을 하는 편이었기에 다정은 이 상황이 어불성설이라고 생각했다.

물증이나 다름없는 시술 동의서가 있다. 도의적 책임도 응급실에서 질 필요는 없었다. 알레르기 검사는 조영술을 실시할 내과에서 해야 하는 거지 환자가 밀어닥치는 응급실에서 할 일은 아니니까.

"괜찮겠지?"

"괜찮겠지."

찬형의 목소리가 불안으로 떨리는 반면, 다정은 여전히 침착했다. 그때 의국 밖에서 소란이 일었다.

"이러시면 안 됩니다!"

"나와! 누가 우리 아버지 병신으로 만들었어? 어? 안다정이 누구야?"

누군지 물어볼 것도 없었다. 어제 중환자실에 입원한 협심증 환자의 보호자가 틀림없었다. 애먼 사람을 잡기 전에 당사자가 나가는 편이 좋았다. 다정은 마음을 단단히 먹고 의국 밖으로 아무렇지 않은 척 걸어 나왔다.

"제가 안다정입니다."

남자는 다정 또래인 30대 초반 정도로 보였다. 그 환자의 아들이라면 딱 알맞은 나잇대였다. 이미 내과를 한 번 엎었던 남자는 태연한 다정의 모습에 화가 치미는지 그녀에게로 달려와 삿대질을 했다.

"이런 기집년이 의사랍시고 나대니까 멀쩡한 사람이 산송장이 되잖아!"

"말이 심하시네요. 진정하세요."

응급실 전공의 4년 차, 안다정에게 욕설은 사소했다. 어린 여자 의사라고 환자들에게 수십, 수백 번을 무시당해 온 터라 그녀는 평정심을 잃지 않고 이성적으로 보호자를 대했다.

그러나 굽히지 않는 다정의 태도가 남자의 화를 돋웠다. 남자가 언성을 높였다.

"뭐? 말이 심해? 넌 애비 애미도 없냐? 어?"

온갖 험한 말에 익숙했던 다정이 순간 저도 모르게 어깨를 미세하게 떨었다.

뭐라고 할까? 부모가 없기는 한데, 막상 아픈 곳을 찔렸더니 말이 나오지 않았다. 그녀가 아무 반응도 보이지 않자 남자는 의기양양해져서는 그녀의 멱살을 홱 잡았다.

"어떡할 거야? 어? 어떡할 거냐고!"

남자의 힘에 다정이 종잇장처럼 흔들렸다. 하얀 가운이 힘없이 구겨진 채로 나풀거렸다. 간호사들이 당황해서 어쩔 줄을 몰랐다.

"의료진 폭행은 범죄입니다!"

"이러시면 안 돼요!"

다행히 찬형을 비롯한 남자 전공의들이 남자를 다정에게서 겨우 떨어뜨려 놓았다. 그럼에도 다정은 여전히 무표정했다. 아니, 정확히는 무감각하다는 게 맞을 것이다.

"놔! 너 가만 안 둬! 그 가운 벗을 준비해! 야! 이거 안 놔?"

간호사가 불러온 보안 요원들에게 끌려 나가며 남자는 고래고래 소리를 질렀다. 계집이 어쩌고저쩌고 말하는 꼴을 보니 안다정이 여자라서 더욱 기세등등했던 모양이었다.

"저 새끼 기자가 아니라 깡패 아냐? 먹물 좀 먹었으면 진상 피워서 좋을 거 하나 없다는 거 자기도 알 텐데."

뒤늦게 열이 오르는지 찬형이 씨근덕거렸다. 다정은 옷깃을 추스르고 혼잣말처럼 중얼거렸다.

"보드 따기까지 반년 남았는데 뭐 이런 어이없는 일이……."

전문의 시험을 보기까지 반년 남았다. 9월부터는 응급실 근무에서 빠지니 한두 달만 버티면 되는 거였다.

"가운 벗을 준비해!"

남자가 남긴 마지막 말이 다정을 옥죄어 왔다. 이 가운을 입기 위해 얼마나 노력했던가.

학창 시절에도 한눈팔지 않고 공부만 했고 어렵게 입학한 의과 대학에서 6년을 보냈다. 겨우 면허를 따고 인턴과 전공의 과정, 총 5년 중에 마지막 반년만이 남았다. 까마득한 세월을 노력하면서 보냈다. '응급의학과 안다정'이라고 수가 놓인 이 가운이 다정의 인생 전부를 나타내고 있었다.

눈물과 쓴물을 삼키며 버텼던 전공의 과정이 물거품이 될지도 모른다는 생각이 들자 다정이 고개를 흔들었다.

아니다, 그럴 리가 없다. 이번 일은 자신보다 환자 측이 불리한 상황이었다. 그런데도 그녀는 불쑥불쑥 불안해졌다. 그 불안을 이해하는 찬형이 다정의 팔을 잡아 의국 안으로 끌고 갔다.

"안다정, 넌 들어가 있어. 나오지 마."

머리끝까지 화가 난 남자가 다시 돌아와 난동을 피울 수도 있으니 일단은 다정을 숨겨 두는 편이 나았다. 다정은 가까운 의자에 쓰러지듯 앉았다.

두통이 밀려왔다. 아마 신경성일 것이다.

아침에 눈을 뜨는 게 불쾌하지 않다. 다정을 알게 된 이후로 태인은 자신의 삶이 조금씩 변화하고 있음을 느꼈다. 대체로 긍정적인 변화였다. 어젯밤 꿈에 다정이 나왔던 것도 같아 오늘은 특히 컨디션이 좋았다.

침대 옆 테이블에 둔 휴대폰이 반짝거렸다. 부재중 통화가 들어온 모양이었다. 친구나 동창하고는 연락이 끊긴 지 오래였고, 안다정을 만난 이후로 여자와의 접점도 전부 정리했다. 이런 도 태인에게 전화를 할 만한 사람이 누가 있을까 고민하다가 그가 화면을 켰다. 이른 오전부터 온 할아버지의 전화였다.

또 무슨 폭탄을 던지려고 전화를 한 건지 모르겠다. 저번에는 다정을 찾아갔다고 한 할아버지였다. 불안한 마음을 내리누르고 그가 도 회장의 개인용 번호로 전화를 걸었다.

"무슨 일이세요?"

—이야기 들었냐?

"무슨 이야기요?"

—안다정 선생.

태인이 짜증스레 미간을 찌푸렸다. 이번에도 또 다정과 관련된 일이었다. 그가 뭐라고 대답하기도 전에 할아버지가 이번에도 또 폭탄을 던졌다.

—큰일 났던데?

"네? 큰일이요?"

예상치 못한 소리에 놀란 태인이 침대에서 벌떡 일어나 다급히 덧붙였다.

"무슨 일인데요?"

다정이 어디 다치기라도 했나? 아니면 사고가 났나…….

불길한 생각이 태인의 머릿속에서 실타래처럼 엉켰다. 그러나 할아버지는 구구절절 설명해 주지는 않았다.

—괜히 책임 덮어쓰게 생겼더만, 아직 너한테 말 안 한 것 보면 둘이 그다지 가까운 사이는 아닌가 보다?

책임이라는 말이 나온 것을 보면 그녀의 신변에 문제가 생긴 건 아닌 모양이었다. 하지만 다정에게 안 좋은 일이 일어났다는 소식에 태인의 눈앞은 아득해졌다. 안다정이 도태인에게 힘든 이야기를 할 거라고는 기대하지 않았다. 그의 존재 자체를 귀찮아하는 그녀가 고민 상담을 할 리는 없었다.

제 생각에 흠뻑 빠진 태인은 종철의 비아냥거리는 말을 깡그리 무시하고 물었다.

"지금 병원에 계세요?"

—내가? 이놈아, 당연히 회사에 있지 병원은 무슨!

이사장직은 겸직일 뿐, 인자한 할아버지의 모습의 도종철은 대기업 총수였다. 병원에서 시간을 죽일 만큼 한가한 사람이 아니었다. 문제는 막냇손자가 그 사실을 자꾸 잊는다는 데 있었다.

"그럼 어떡해요? 할아버지라도 병원에 계셔서 도와주셔야죠!"

—내가 왜?

도 회장이 태연하게 되물었다. 도종철에게 있어서 안다정은 타인. 아무 상관없는 사람이었다.

—열심히 살아온 사람인 건 알지만 내가 나서서 도와줘야 할 의무는 없잖아?

할아버지의 도움을 구할 수 없다는 것을 깨닫자 태인의 마음이 급해졌다. 하긴, 할아버지가 연락을 준 것만으로도 다행이었다. 하마터면 까맣게 모르고 넘어갈 뻔했다. 안다정의 위기 상황을.

"끊을게요."

이어지는 할아버지의 말을 듣지도 않고 전화를 끊은 태인은 욕실로 달려갔다. 꼭 지각을 앞둔 학생처럼 재빨리 씻고 나온 그는 머리를 매만질 시간 따위는 없어서 오랫동안 쓰지 않았던 야구 모자를 눌러쓰고 병원으로 향했다.

한편, 난동을 피우던 남자는 간호사가 불러온 보안 요원과 함께 나가서 응급실로 돌아오지 않았다. 하지만 응급실에 내원한 환자들은 기묘한 기류에 날카로워졌다. 소란을 피운 남자가 환자의 입장에서는 꼭 의료 사고의 희생자처럼 보인 탓이었다.

"안다정 선생님, 어디 있어요?"

헐레벌떡 병원에 온 태인은 출입문과 가까이 있던 찬형을 붙잡고 물었다. 이제는 유명 인사나 다름없는 VIP를 저지하는 사람은 아무도 없었다. 찬형이 눈가를 찡그리고 힘없이 대답했다.

"아, 안다정…… 의국에 있어요. 가서 위로 좀 해 주세요. 그 미친놈이 안 선생한테……."

찬형이 술술 이야기를 털어놓았으나 태인은 더 이상 듣지 않고 몸을 돌렸다. 도태인에게는 안다정만이 중요했으니까.

환자들 사이에 떠다니는 분위기가 뒤숭숭해서 다정은 당장 진료를 보지는 않았다. 그 때문에 다른 의료진들만 눈코 뜰 새 없이 바빴다.

관계자도 아니면서 태인은 자연스럽게 의국 안으로 들어갔다. 길쭉한 테이블 앞에 앉아서 턱을 괸 다정은 평소보다 지쳐 보였다. 그가 조심스럽게 그녀를 불렀다.

"……선생님."

익숙한 목소리에 다정이 정신을 퍼뜩 차렸다. 다른 때보다 심하게 흐트러진 모습의 태인이 눈에 들어왔다. 어떻게 알고 왔나 의아하다가도 도태인이 와 줘서 고맙다는 생각이 들었다. 아니, 고맙다기보다는 뭐랄까…… 안심이 되었다. 적어도 이 남자만큼은 자신의 편에 서 줄 것 같다는 근거 없는 안도감이 있었다.

그는 무슨 일이 있었느냐고 꼬치꼬치 캐묻지는 않았다. 대신 그는 그녀의 기운 빠진 모습이 속상하다는 표정이었다. 어쩌 사건에 휘말린 자신보다 그의 안색이 더욱 나빠 보인다. 시무룩한 그보다 먼저 그녀가 말문을 열었다.

"모자 쓴 모습 처음 보네요."

"아, 이거……."

그녀의 관심에 그가 부끄러운 듯이 모자챙을 만지작거렸다. 머리를 매만질 시간도 없이 뛰쳐나오느라 쓴 모자였다. 평소 도태인은 안다정의 앞에 멋진 모습으로 서기 위해 오랜 시간 준비를 했으나 오늘은 정말 외모에 신경 쓸 수가 없었다.

"깜짝 놀라서 서두르느라 그랬어요. 보세요. 나 원래 이런 티도 안 입고 다니는데……."

심지어 태인이 입은 상의는 'I ♥ Zombie'라고 적힌 무시무시한 티셔츠였다. 생각지도 못한 문구에 웃음을 터뜨릴 뻔한 그녀가 한 손으로 입가를 가렸다. 셔츠 자락을 쭉 늘린 그가 고개를 갸웃거렸다.

"왜 하필 이걸 입고 왔지?"

당황한 태인의 표정이 우스워서 다정은 잠시 암담한 현실을 잊을 수 있었다. 우울하기 그지없었는데, 그와의 짧은 대화만으로도 한층 기분이 나아졌다.

그가 못마땅한 티셔츠에서 시선을 떼고 그녀의 앞으로 한 걸음 가까이 다가가 섰다.

"아침은 먹었어요?"

"아뇨."

속이 뒤집어질 것 같은 극도의 긴장감으로 다정은 물 한 모금 제대로 넘기지 못했다. 보호자에게 멱살을 잡히고 욕을 먹은 것보다, 아무 죄도 없는데 가운을 벗을 수도 있다는 점이 충격적이었다.

태인이 그녀를 물끄러미 응시했다. 어두운 안색, 그새 더 작아진 듯한 얼굴, 우울한 표정까지 그녀는 불행한 사람의 표본과도 같았다.

"선생님. 지금 엄청 바빠 보이지도 않는데, 맞죠?"

"거의 근신이죠, 뭐."

"그럼 나랑 아침 먹으러 가요. 나도 일어나자마자 와서…… 좀 어지러운 것 같은데."

뒤늦게 혈당이 떨어졌음을 느끼며 나직하게 말한 태인이 다정에게 한 손을 뻗었다. 손을 잡고 일어나라는 뜻이었다.

하지만 그녀는 그의 손을 가만히 쳐다보기만 할 뿐, 바로 움직이지 않았다. 그가 손가락을 까딱거려 그녀를 재촉했다.

"진짜 물도 못 마시고 왔거든요."

참 신기하다. 따지고 보면 그와는 전혀 상관없는 일인데도 제 일처럼 신경을 쓰다니. 10년 동안 홀로 살아온 그녀는 그의 관심이 고마우면서도 이해가 가지 않았다. 빙긋 웃고 있는 그를 보다가 그녀가 스스로 자리에서 일어났다. 물론 그의 손을 잡아 주지는 않았다.

"김찬형."

의국 밖으로 나온 다정은 가까이 있는 찬형을 불렀다. 걱정 가득한 낯빛으로 찬형이 두 사람을 번갈아 보았다.

"밥 좀 먹고 올게."

"잘 생각했어."

다정의 뒤에서 찬형이 감사하다는 눈짓을 보냈지만 태인은 쌩하니 무시하고 고개를 돌렸다. 김찬형이 안다정에게 뭐라도 되는 양 친밀하게 구는 태도가 마음에 들지 않았다.

신경이 곤두서 있는데 뭔가를 먹을 생각을 하니 벌써부터 속이 답답해졌다. 다정은 불편한 기색을 겨우 숨기고 담담한 척 걸었다. 옆에서 태인이 살갑게 말을 붙였다.

"뭐 먹을래요?"

"아무거나…… 아, 병원 식당 가요."

"병원 밥 말고 맛있는 거 먹어요. 기분 푸는 데는 맛있는 게 좋으니까요."

태인이 은근슬쩍 다정의 손을 잡으려던 찰나였다. 갑자기 뒤에서 누군가가 큰소리를 질렀다.

"야!"

다정의 어깨가 바짝 움츠러들었다. 아는 목소리였다. 아까 응급실을 엉망진창으로 만들었던 남자. 집에 돌아간 줄 알았는데 아직도 병원 부근을 맴돌고 있었나 보다.

다정은 마른침을 삼키고 짐짓 아무렇지도 않은 듯이 고개를 돌렸다. 남자가 씩씩거리면서 그녀의 멱살을 쥘 기세로 달려왔다.

"팔자 좋다? 남의 아버지는 병신 만들어 놓고 남자랑 시시덕거려?"

다정의 앞을 태인이 막아섰다. 남자는 자신보다 한 뼘가량 큰 태인의 등장에 움찔했으나 허세를 잃지는 않았다.

"넌 뭐야?"

할아버지가 말한 큰일이 이 남자를 뜻하는 걸까? 영문을 모르겠지만 어찌 되었든 안다정에게 적대감을 보이는 남자였다. 태인이 차갑게 남자를 경계했다.

"가까이 오지 마."

"이 새끼는 뭐야?"

분을 이기지 못한 남자는 다정 대신 태인의 멱살을 잡았다. 태인이 미간을 찡그렸다. 모자에 가려져서 그의 표정이 바로 보이지 않아, 남자가 멱살을 쥔 채로 태인을 거칠게 끌어당겼다. 당황한 다정이 두 사람을 떼어 놓으려 애를 썼다.

"이러시면 안 됩니다. 놓으세요."

아무 상관없는 도태인까지 휘말리게 둘 수는 없었다. 그녀가 곤란한 눈빛을 내비치자 남자가 이를 갈면서 한 손을 번쩍 들고 다정에게 다시금 폭언을 뱉었다.

"기집년이 의사 면허 좀 있다고 까불…… 악!"

남자의 말이 도중에 잘리고 비명 소리가 울려 퍼지자 다정의 눈이 커졌다. 태인의 멱살을 놓은 남자는 제 정강이를 부여잡고 바닥에 나뒹굴었다.

무슨 일인가 했더니, 태인이 남자의 다리를 걷어찬 것이었다. 상황을 파악하고 놀란 다정이 입가를 가렸다. 태인은 바닥에서 구르고 있는 남자에게 폭언을 되돌려 주었다.

"꺼져, 입 찢어 버리기 전에."

"뭐……."

다리가 부러질 만큼 아픈 와중에도 남자가 얼굴을 잔뜩 일그러뜨린 채 고개를 들었다. 그러나 모자챙 밑에서 미친 사람처럼 번뜩이는 태인의 눈에 남자는 입을 다물어 버렸다. 정말 자신의 입을 양옆으로 찢어 버릴 기세여서 남자는 태인을 무시할 수 없었다. 남자는 더 이상 패악을 부릴 수 없다는 것을 깨닫고 욕설을 중얼거리면서 절뚝절뚝 도망쳤다.

남자의 뒷모습이 보이지 않을 때까지 노려보고 있던 태인이 뒤늦게 정신을 차렸다. 안다정에게 폭언을 뱉는 남자를 본 순간 그의 이성은 안드로메다로 날아가 버렸다. 하지만 이성을 되찾자 그는 아차 싶었다. 그녀에게 난폭한 모습을 보이고 말았다. 태인은 난처한 표정으로 안절부절못하면서 그녀에게 변명 아닌 변명을 시작했다.

"내가 원래 욕 같은 건 잘 안 하는데, 이게 어쩌다……."

"잘했어요."

그러나 웬걸, 다정은 태인을 탓하기보다 칭찬하고 있었다. 예상과 다른 그녀의 태도에 그는 당황하고 말았다.

"네…… 네?"

"내가 해 주고 싶은 말이었거든요. 꺼지라고."

아무 잘못도 없지만 어쨌든 몸을 사려야 하는 터라 다정은 감정을 꾹꾹 눌러 참았다. 그래도 그녀 역시 머리끝까지 화가 났다. 여자가 의사가 되는 게 어때서? 자신이 어떻게 살아왔는지도 모르는 주제에!

스무 살 때부터 부모의 도움 없이 혼자 이를 악물고 살아왔다. 스물한 살, 의사로서의 미래를 보고 은행이 발급해 준 마이너스 통장과 신용 카드로 급한 불을 끄고, 예과 1학년 때부터 해 온 과외를 손에서 놓지 않았다.

그렇게 면허를 따고 의사가 되었다. 전공의 1년 차 시절, 기절하듯 과로로 쓰러졌을 때 아무도 곁에 없다는 것이 서럽고 억울했어도 살아남기 위해 버텼다.

타인은 상상할 수도 없는 전쟁 같은 삶이었다.

크나큰 파도가 삶을 송두리째 집어삼킬 듯 덮쳐 와도 꿋꿋하게 살아남았다. 혼자서도 많은 일을 견뎠는데 지금은 자신을 대신해서 화를 내 주는 사람도 있었다. 그러니 이번에도 버틸 것이다.

"후문 앞에 콩나물국밥 잘해요. 거기 가요."

방금 전까지 보이던 기운 없던 모습은 어디로 가고 다정의 눈빛이 결연하게 빛났다. 생명력 가득한 눈동자에 태인은 그녀에게 끌릴 수밖에 없다는 것을 다시 한 번 절감했다.

늦은 아침을 먹고 돌아온 응급실은 평화로웠다. 물론 응급실이 평화로워 봤자 베드는 꽉꽉 차고 환자는 계속 물밀듯 밀려들어 왔지만 말이다.

태인은 불안해했지만 추레한 꼴로 다정의 옆에 있기는 싫었는지 밥만 같이 먹고 집으로 돌아갔다. 예전에는 그가 어서 사라져 주기를 바랐는데 오늘은 왠지 그의 빈자리가 허전했다.

'웃겨.'

다정은 그새 태인에게 기대려는 자신의 나약한 면모를 비웃었다. 도 회장 앞에서는 자신의 미래에 도태인이 없을 것이라 확정적으로 말했으면서 마음이 흔들리다니. 그가 힘이 되어 주는 것은 고마웠으나 어찌 되었든 이 일은 안다정만의 일이었다.

흔들리는 마음을 반쯤은 외면하고 반쯤은 다잡은 뒤에 다정이 환자에게 다가갔다. 환자는 다정을 힐끔 올려다보더니 불만스러운 기색을 내비치고는 간호사에게 부탁했다.

"죄송한데 다른 선생님으로 바꿔 줄 수는 없어요?"

"네? 왜요?"

웬만해서는 듣기 어려운 부탁에 3년 차 간호사 우선미는 깜짝 놀라 환자와 다정을 번갈아 보았다. 다정은 여전히 무심한 표정을 짓고 있었으나 놀라기는 마찬가지였다. 무례한 부탁임을 뒤늦게 알아차린 환자가 기어들어 가는 목소리로 이유를 설명했다.

"조금…… 불안해서요."

"아…… 안다정 선생님만큼 잘 보시는 분 드문데."

난처하고 또 겸연쩍은 상황이라 선미의 목소리가 떨렸다. 경미한 증세라서 순번이 뒤로 미뤄졌던 환자는 오전의 난리를 기억하고 있었다. 선미가 난감하게 다정을 돌아볼 때였다. 다정이 먼저 말했다.

"그렇게 하세요."

어찌 되었든 환자의 마음이 편한 게 중요했다. 다정이 애써 빙그레 웃고는 걸음을 돌렸다. 가벼운 증세는 자신보다는 후배나 인턴에게 맡기는 편이 낫기도 했다. 다정은 1년 차 후배를 손짓으로 부르고 너스 스테이션 쪽으로 향했다.

가슴에 바윗덩이가 놓인 것만 같다. 등 뒤가 따가운 게 다들 안다정에게 시선을 주고 있나 보다. 아무리 큰 파도가 덮쳐도 잘 버틸 수 있을 거라고 마음을 다잡았는데 환자의 진료 거부에 벌써부터 자신감이 툭 꺾였다.

자존심에 상처가 난 기분? 아니, 의사로서 열심히 살아왔던 과거가 부정당하는 느낌이다.

물론 이해는 한다. 깊은 사정을 모르는 환자들에게는 안다정이 의료 사고를 낸 의사로 보일 것이다.

의료 사고.

낸 적도 없는 사고에 문득 다정은 목이 콱 졸리는 것만 같았다. 스트레스 때문에 숨이 잘 쉬어지지 않았다.

"선생님, 물 좀 드세요."

창백해진 다정의 안색을 보다 못한 간호사가 냉수를 건넸다. 종이컵을 받아 든 다정이 희미하게 웃었다. 괜찮은 척, 아무렇지 않은 척, 신경 쓰지 않는 척. 척이란 척은 잘하는 안다정답게 그녀는 여유를 부렸다.

"고마워요."

겉과 달리 속으로는 왜 내 잘못도 아닌 일에 고통스러워해야 하나, 억울하면서도 다정은 담담하게 이 상황을 받아들이려 노력했다. 이 진상 또한 다른 일들처럼 지나가리라. 악몽에서 깨어나듯 얼마 뒤에는 이 일도 잊힐 것이다.

차가운 물을 마시자 기분이 진정되었다. 괜찮다고 되뇌어 볼 적, 뒤에서 간호사가 다정을 크게 불렀다.

"안다정 선생님!"

다급한 목소리에 간호사가 부르는 곳으로 달려간 다정이 숨을 헉 들이마셨다. 퇴원했다던 박기성 환자가 의식을 잃은 채 베드에 누워 있었다.

"어떻게 된 거예요?"

"실려 오셨어요. 아무래도 좀⋯⋯."

환자는 결코 멀쩡한 상태는 아니었다. 거무죽죽한 얼굴이 오늘따라 파리해 보였다. 예감이 좋지 않다. 다정이 기성의 어깨를 두드리면서 그를 불렀다.

"아버님! 아버님, 제 말 들리세요?"

다정이 기성의 의식을 확인하는 동안 간호사가 환자의 정맥 라인을 잡아 수액을 연결하고 혈액 검사를 위해 피를 뽑았다.

의식 없는 이유를 빨리 알아야 했다. 고개를 숙인 다정은 코끝을 찌르는 알코올 냄새에 눈살을 찌푸렸다. 환자는 또 술을 마셨다. 불룩 나온 배는 분명 복수로 가득 차 있을 것이다.

'퇴원한 지 얼마나 됐다고……'

간경변증 환자들에게 흔한 세균성 복막염 진단을 위해 다정이 복수 천자를 시행하기 직전이었다. 환자의 상태를 일러 주는 기계가 위험 신호를 보냈다. 옆에 있던 후배 전공의가 긴장된 목소리로 말했다.

"선생님! BP(Blood pressure, 혈압) 떨어집니다."

"갑자기 왜 이러는 거야?"

모니터를 확인한 다정이 미간을 획 좁혔다. 혈압이 떨어지고 산소 포화도도 낮아졌다. 호흡이 잘 되지 않는다는 뜻이다. 맥박은 혈압과 달리 불규칙하게 치솟기 시작했다. 환자는 죽음의 길로 걸어 들어가고 있었다.

"암부 좀 짜 봐."

다정의 말에 후배가 암부백을 기성의 얼굴에 부착했다.

"어때?"

"호흡은 있으세요."

호흡이 완전히 없는 환자가 아닌 이상, 수동으로 인공호흡을 실시하면 손에 환자의 저항이 약간씩 느껴지기 마련이었다. 다행히 기관내 삽관을 할 필요까지는 없겠지만 마음을 놓을 수는 없었다.

"정신 차리세요, 아버님."

복수 천자고 뭐고, 일단 환자의 활력 징후부터 보통으로 돌려놔야 했다. 그때 누군가가 다정의 이름을 부르면서 응급실 안으로 들어왔다.

"안다정 선생 있습니까?"

"지금 진료 중이신데요."

간호사는 정장 차림의 남자를 의심스럽게 쳐다보며 다정 쪽을 가리켰다. 남자는 별말 없이 그녀에게로 걸어갔다.

"안다정 선생님?"

"선생님, 샘플링(혈액 검사) 결과 나왔……."

남자가 다정을 호명할 때, 마침 기다리던 혈액 검사 결과가 나왔다. 그러나 인턴은 다정과 낯선 남자를 보고 눈치껏 입을 다물었다.

"법무팀에 잠깐 같이 가시죠."

"죄송하지만 지금은……."

낯선 사람이 왜 면담을 요청하는지 모르겠다. 아나필락시스 환자에 박기성 환자, 그리고 이 수상한 남자까지. 머릿속이 뒤죽박죽이라 다정은 정신이 없었다.

하지만 정장 차림의 남자는 쉽게 물러서지 않았다. 그는 다정의 주변에 서 있는 인턴과 후배 전공의들을 쭉 둘러보고 나서 물었다.

"의사가 이렇게 많은데 뭐가 문제죠?"

눈에 밟히는 환자를 두고 돌아서라니, 말은 참 쉽다. 고압적인 태도를 보이는 이 남자에게 다정은 문득 화가 났다. 만약 남자 본인이 베드에 누워 있었다면 의사가 많은데 문제가 뭐냐는 소리를 했을까?

그러나 안다정은 현재 의료 사고의 책임자로 몰려 있는 상태였다. 알아서 넙죽 엎드려야 하는 상황이었다. 다정은 끓어오르는 감정을 내리누르고 차가운 눈빛으로 후배를 불렀다.

"고 선생."

"네."

"내과에 연락해서 박기성 환자 내원했다고 알리고, 나머지도 좀 부탁할게."

혈액 검사 결과만큼은 제대로 보고 싶었는데, 이후의 일은 후배에게 맡겨야겠다. 다정의 똑 부러지는 지시에 고 선생이 고개를 무겁게 끄덕였다. 그녀가 진심을 가득 담아 간절히 부탁했다.

"꼭 살려 줘. 꼭."

아버지 같은 환자였다. 다정은 유난히 아버지가 생각나는 박기성 환자를 두고 돌아서야 하는 상황이 원망스러웠다. 그나마 바닥을 치던 활력 징후를 보통으로 끌어 올리기는 했으나 마음이 편할 리가 없었다.

남자를 따라 본관 건물로 들어온 다정은 법무팀 사무실로 올라갔다. 전공의 시절에 법무팀 사무실에 올 일이 생기리라고는 상상도 못 했다. 사무실 안에는 응급의학과 김웅진 교수가 얼굴이 붉어진 채 법무팀장에게 화를 내고 있었다.

"아니, 다정이한테 말할 것도 없이 이건 우리 쪽 잘못도 아니라니까요? 동의서도 받았잖아요? 대체 뭐가 문젠데요?"

"어쨌든 보호자가 저렇게 날뛰고 있으니 조치를 취해야죠."

법무팀장은 귀찮고 성가시다는 눈빛을 다정에게 내비쳤다. 모든 책임을 안다정에게 돌리고 싶은 마음이 살짝 엿보였다. 다정은 모르는 척 웅진의 맞은편 소파에 앉았다. 웅진이 다정을 보고 한숨을 내쉬었다. 안타까워하는 한숨이었다.

"다정이 잘못이 아닌데 왜 애를 불러옵니까? 이런 건 병원이 알아서 처리를 해야죠."

"기자…… 아니, 보호자가 안다정 선생을 물고 늘어지는 걸 어쩌라고요. 벌써 기사, 시리즈로 쓰겠다고 연락 왔다고요."

웅진과 법무팀장이 기 싸움을 이어 갔다. 한편 다정은 멱살을 잡고 욕설을 뱉던 젊은 남자를 떠올리자 혈압이 오르는 것 같았다.

'진상 새끼…….'

다정은 이를 꽉 물고 분을 삭였다.

도태인이 남자의 정강이를 발로 차 줘서 그나마 속이 시원했다. 자신의 앞을 막아섰을 때 그의 뒷모습이 참 든든하게 느껴졌었다. 그래서들 남자를 만나는 걸까? 무조건적으로 내 편이 되어 줄 사람은 환상이라고 생각했는데, 환상이 아닐지도 모르겠다.

"선생님 옆에만 있게 해 주세요. 그거면 돼요."

삼겹살 집에서 그는 그녀에게 질리지 않을 거라며 이렇게 부탁했었다. 정말 그를 옆에만 두면 든든해질까? 아니다. 사람에게 변함없는 감정을 기대하면 안 된다. 기대했다가 자신만 상처를 받을 테니까. 다정은 복잡한 머릿속을 정리하려 노력했다.

웅진과 법무팀장은 이야기를 계속 나누었다.

"내과에서는 아직도 ER(응급실)한테 미뤄요?"

"그쪽 주장은 한결같죠. 'ER에서 제대로 설명하지 않았다'라고."

"웃기네, 정말! 그걸 ER에서 왜 설명해? 그때 콜 안 하고 외래로 접수하라고 했으면 ER 탓도 못 하고 아주 큰일 나셨겠네."

내과 측 주장은 어불성설이었다. 어떻게든 책임을 면피해 보려는 얕은 수에 웅진이 비아냥거렸다. 법무팀장도 웅진의 말에 동의하는 듯 토를 달지는 않았다.

모두가 한결같이 이 상황이 이상하다는 것을 아는데, 왜 이러고 있어야 하는지 다정은 답답했다. 침묵이 흐르는 가운데 다정이 조심스럽게 입을 열었다.

"저, 본론으로 빨리 좀 들어갔음 합니다."

태인에 대한 감정을 정리하자 다정은 이제 기성이 신경 쓰였다. 별 탈 없이 내과로 잘 전달이 되었으면 좋겠는데 말이다.

다정의 부탁에 법무팀장이 기가 막힌다는 투로 헛웃음을 터뜨렸다. 어린 의사는 아무래도 일의 양상이 어떻게 돌아가는지 모르는 모양이었다.

"지금 기사 올린다는 거 겨우 말려 놓은 상태인 거 알아요? 사실 적시도 명예 훼손이라는 말로."

"기사 써서 뭘 어쩌겠다는 건데요? 동의서는 폼으로 받은 줄 아나."

다정 대신 웅진이 짜증스럽게 되물었다.

"어쨌든 의료 지식이 부족한 일반인에게 제대로 설명도 없이 동의서만 받았다고 병원 탓하고 있는 거예요."

"동의서가 애들 낙서랍니까?"

"김 교수님도 언론이 병원 때리는 걸 얼마나 좋아하는지 잘 아시잖습니까. 보호자 입장에서는 일거양득이죠. 자기 기사도 쓰고 병원도 협박하고."

"미친놈!"

화를 이기지 못한 웅진이 테이블을 손바닥으로 쾅 때리고는 험한 말을 뱉었다.

"진짜 별 미친놈 다 보겠네. 원하는 게 뭐래요?"

"보호자는 병원비는 물론 자신들이 산정한 피해액을 전액 보상해 주길 바라고 안 선생이 병원을 나가든지 해서, 다시는 일을 못 하게 해야 한다고 주장합니다."

다른 것보다 마지막 말이 다정의 말문을 막아 버렸다. 다시는 일을 못 하게 만들어야 한다니. 가슴이 철렁 내려앉는 소리였다.

다정을 대신해서 웅진이 버럭 화를 냈다.

"그게 말이 되는 소립니까? 저가 뭔데 다정이를 나가라 마라 야? 그리고 뭐 어떻게 되어 먹은 병원이 의사 하나 보호도 못 해 줘? 어떻게 진료하라고 이래?"

"흥분 좀 가라앉히시고요."

진심으로 화를 내는 웅진 때문에 법무팀장도 한 수 물러 주었 다. 얼굴이 벌겋게 달아오른 웅진은 안경 뒤편 눈동자에도 핏발 이 섰다.

"흥분 안 하게 생겼어? 그렇게 쫓아내라는 건 다정이 인생 아 주 끝장내 버리겠다는 거잖아! 얘 4년 차야. 고생만 죽어라고 했 다고!"

그나마 존대를 하던 웅진이 이성을 잃고 말까지 놓아 버렸다. 에어컨이 가동되는 사무실임에도 법무팀장은 이마에 맺힌 땀을 닦았다.

"저……."

다정이 입을 열자 웅진과 법무팀장이 동시에 그녀를 바라보았 다. 본인의 일이지만 이 상황에서 가장 이성적인 사람은 의외로 안다정이었다. 실감이 나지 않아서 그런지도 모르겠다.

"이해가 안 됩니다. 교수님 말씀대로 ER에서 그런 거까지 설명 하는 거 아니잖아요. 근데 보호자가 내과 선생님한테는 책임 안 묻고, 저한테만 그런다고요?"

다정은 보호자의 주장이 이상하게 느껴졌다. 분명 병원 측이 사전 검사는 응급실이 아니라 담당 진료과에서 해야 하는 일이라고 말해 주었을 텐데 왜 응급실 전공의를 물고 늘어지는지 이해가 되지 않았다.

그제야 법무팀장이 난처한 기색을 표하며 설명하기 시작했다.

"그게…… 이런 말 들으면 화날지도 모르지만 그래도 침착하게 들어 줘요."

도대체 무슨 소리를 하려는 건지 다정은 의아했다. 법무팀장이 한참 뜸을 들이다가 말을 이었다.

"그 내과 당직의 부친이 국회 의원이거든. 무슨 뜻인지 알겠죠?"

순간 다정의 시선이 바닥으로 떨어졌다. 웅진도 할 말을 잃은 듯 망연히 법무팀장을 쳐다보았다. 법무팀장 역시 이런 소리를 하고 싶지 않다는 표정으로 설명을 이어 갔다.

"보호자가 ER 가기 전에 내과에서도 한바탕 난리 쳤는데, 당직의 아버지가 와서 중재 끝내 버렸고…… 그때부터 안다정 선생만 물고 늘어지기 시작한 거예요."

뭔가 이상하다 싶었는데 그런 사정이 있을 줄은 몰랐다. 다정이 허탈한 한숨을 소리 없이 뱉었다. 다정을 죽일 듯이 멱살을 잡았던 남자는 이길 수 없는 상대에게는 애초에 싸움을 걸지 않았다.

"당직의 아버지도 자기 자식 감싸려고 안다정 선생한테만 화살 돌리는 거고. 또, 내과에서는 펠로우(전임의)랑 전공의 둘이 걸려 있으니까……."

'졸렬하기는.'

속으로 비난하면서도 다정은 문득 내과 전공의가 부러워졌다. 아버지의 그늘 아래서 힘든 일을 마주하지 않아도 되는 그의 삶이 부럽고 질투가 났다. 누군가에게 기댈 수 있는 삶이란 얼마나 편리한가. 아등바등 열심히 살아 봤자 세상은 가혹하기만 했다. 다정은 울적해졌다.

"뭐야? 그러니까 만만한 사람한테 책임 전가하겠다는 거잖아!"

웅진이 분통을 터뜨렸다. 법무팀장은 허탈해하는 다정 쪽을 차마 볼 수 없어서 차라리 화를 내는 웅진 쪽에 시선을 고정했다.

"물론 안 선생 잘못 없으니까 병원 차원에서도 최대한 노력할 겁니다. 당연히 고소는 못 할 거예요. 그래도 기사는 우리가 못 막으니까 근무하지 말고 눈에 띄지 않게 조퇴하세요. 괜히 사진이라도 찍히면 곤란하잖아요?"

세 사람 사이에 무거운 정적이 흘렀다. 기가 막혀서 웅진은 헛웃음만 터뜨렸고, 다정은 할 말이 없었다.

언론이 무섭다는 것을 모르는 사람은 없었다. 의사. 그것도 대형 병원 의사와 의료계에 대한 불신이 팽배한 터라 기자들은 좋은 먹잇감이라고 생각할 것이다.

기사뿐만이 아니었다. 요즘 같은 시대에는 억울한 호소문만 인터넷에 올라와도 끝장이었다. 진위 여부는 상관없었다. 피에 굶주린 야수처럼 사람들은 물어뜯을 대상을 호시탐탐 노리고 있었으니까.

그렇게 이슈라도 되면 정부 차원에서 여론을 의식해 감사라든지, 의료 사업 확장의 제한 같이 귀찮은 일이 이어질 수도 있었다. 병원이 경계하는 게 바로 이 점이었다.

법무팀장이 두 사람의 눈치를 적당히 살필 즈음, 다정이 담담하게 말했다.

"알겠습니다. 그럼 전 이만 내려가 봐도 되겠습니까?"

"아니, 말을 어떻게 들은 거야? ER에 가지 말라니까."

"……환자 한 분만 확인하고 들어가겠습니다."

하지만 다정은 박기성 환자의 상태를 알아야만 했다. 그녀의 간절한 시선이 닿자 법무팀장이 멈칫했다. 그때, 무겁게 입을 다물고 있던 웅진이 허락했다.

"가 봐."

"감사합니다."

기다렸다는 듯 다정이 벌떡 일어나 달려 나갔다. 그녀의 뒷모습에 닿지 않을 손을 뻗었던 법무팀장이 한숨을 내쉬며 웅진을 탓했다.

"김 교수님! 아이, 참…….

"뭐요? ER은 내 구역이야. 그쪽이 상관할 일이 아니라고."

웅진의 말을 끝으로 법무팀 사무실 문이 쾅 닫혔다.

본관에서 응급실까지 단숨에 뛰어온 다정은 턱 끝까지 차오르는 숨을 겨우 내뱉으면서 후배, 고 선생을 찾았다.

"박기성 환자 어떻게 됐어?"

"MICU(Medical intensive care unit, 내과계 중환자실)로 옮겼어요."

"왜?"

"HRS(Hepatorenal syndrome, 간신 증후군) 때문에요."

겨우 호흡을 고른 다정이 저도 모르게 입을 벌렸다. 간부전에 의해 신장까지 망가지는 간신 증후군은 예후가 좋지 않기로 소문난 병이었다. 차마 말이 나오지 않아 그녀가 웬일로 말을 더듬었다.

"어, 어, 어떻게……."

문득 다정은 내과 전공의 이미진이 했던 말을 떠올렸다.

"이러다 큰일 날지도 모른다고 말씀은 드렸는데……."

이미 그때 미진은 예감하고 있었는지도 모르겠다. 간신 증후군 판정까지는 아니더라도, 신장을 비롯한 다른 장기 기능이 다들 떨어져 있었을 것이다. 몸속 장기는 유기적으로 연결이 되어 있으니 말이다.

"알았어. 수고했어."

그러나 현재 다정이 할 수 있는 말은 그것뿐이었다. 힘없이 돌아서는 치프를 고 선생은 씁쓸한 눈으로 보다가 몸을 돌렸다.

의국으로 돌아온 다정이 가운을 벗고 가방을 챙기기 시작했다. 법무팀장의 조언대로 오늘은 퇴근하는 편이 나았다. 기사도 그렇지만 그 보호자가 와서 또 난리를 피울지도 모르기 때문이었다.

다정이 피곤한 듯 마른세수를 하고 옆에 있는 찬형에게 힘없이 사과했다.

"이렇게 바쁜데 조퇴하려니 미안하다."

"미안할 게 뭐 있어? 마음 추스르고 있어. 다 잘될 거야."

찬형의 긍정적인 위로는 고마웠으나 마음에 와 닿지는 않았다. 다정은 인사 대신 손만 살짝 들어 올리고 응급실을 나섰다. 당직도 아니었는데 밝은 시간에 퇴근하려니 멋쩍어서 그녀는 몇 번이고 병원 건물을 돌아보았다.

너무 긴 하루였다.

본의 아니게 휴가를 쓰게 된 셈이다. 밤에 제대로 잠들지 못한 다정은 핏발 선 눈으로 멍하니 허공만 응시했다.

할 일이 없다. 오전에 출근을 하려 했는데 법무팀에서 오늘 하루 유급 휴가로 처리해 주겠다는 고마우면서도 기분 나쁜 제안을 했다. 출근하지 말라는 소리에 쌍수를 들고 환영하기는커녕 그녀는 미간만 찌푸렸다.

'이상하다.'

쉬는 것에 익숙지 않은 다정은 뭘 해야 할지 몰랐다.

'내과 병동 가서 박기성 환자 상태나 물어볼까?'

출근을 하지 말랬지, 병원에 오지 말라는 소리는 아니었으니까.

그러나 이내 그녀는 고개를 저었다. 중환자실은 면회 시간이 따로 있기도 했지만 무엇보다 곧 세상을 뜰 환자의 모습을 볼 자신이 없었다. 임종을 앞둔 수많은 환자들을 봐 왔으나 박기성 환자에게는 아버지가 자꾸 겹쳐져서, 아버지를 두 번 잃는 기분이 들 것 같았다.

'나중에 생각하자.'

냉정하게 보면 박기성 환자는 남이었다. 세상을 떠나는 건 안타까워도 타인의 일이었다. 거기에 자신이 끼어들 틈은 없었다.

다정은 침대 위에 대자로 뻗어서 눈을 감았다. 뜻밖의 휴가는 잠으로 보내는 게 제일이었다. 어제 날밤도 새웠고.

하지만 슬프게도 그녀는 잠을 잘 수가 없었다. 방 안을 관통하는 초인종 소리가 울린 탓이었다. 그녀가 짜증스럽게 몸을 일으켰다.

다들 출근하고 없을 이 시간에 초인종을 누를 사람은 대체로 환영받지 못할 부류였다. 종교를 권유한다거나 방문 판매를 하기 위한 사람들 말이다. 만약 그렇다면, 방범이 확실한 이 오피스텔에 어떻게 들어왔는지 대단하기는 했다.

다정은 인터폰 화면을 보기 전에 먼저 불만스럽게 입을 열었다.

"누구⋯⋯."

그러나 그녀의 말은 끝까지 이어지지 못했다. 고개를 들고 본 인터폰 화면에는 익숙한 얼굴이 비쳐졌다. 생글생글 웃는 얼굴에서 빛이 나는 듯했다. 푸른 인터폰 화면으로도 상대의 훌륭한 외모는 도드라졌다.

더 이상 왈가왈부할 것도 없이 다정은 현관문을 열어 주었다. 어제 모자나 눌러쓰고 온 모습과 달리, 도태인은 머리부터 발끝까지 깔끔한 차림이었다. 출근하는 사람도 아니면서 아침부터 단장을 하고 나온 그를 그녀가 신기하게 쳐다볼 즈음이었다.

"선생님, 아침 먹었어요?"

"……아뇨."

아침은커녕, 어제 저녁도 굶었다. 실의에 빠지면 입맛이 사라지기 마련이었다. 아무것도 먹고 싶지 않았고 음식을 만들기도 귀찮았다. 그런 그녀의 기분을 알고 있었다는 양 그가 자랑스럽게 대꾸했다.

"잘됐네. 전복죽이에요."

손에 들린 종이 백을 들어 올린 그가 집 안으로 들어왔다. 그녀도 그를 막아서지 않았다. 함께 사는 것도 아닌데 두 사람의 모든 행동은 자연스러웠다.

치킨을 꺼내 놓을 때처럼 태인은 전복죽도 얌전히 테이블 위에 올려놓았다. 고소한 참기름 냄새가 입맛을 돋웠다. 배가 고프지 않았다고 생각했는데, 몸은 또 아닌 모양이었다. 그녀는 플라스틱 용기에서 눈을 떼지 못했다. 허기를 느끼자 어마어마한 양인데 왠지 다 먹을 수 있을 것 같다는 자신감이 생겼다.

그가 그녀의 손에 숟가락을 쥐여 주고 나서 조심스럽게 말을 꺼냈다.

"어떻게 된 건지 물어봐도 돼요?"

이 남자는 눈치가 빠른 건지, 없는 건지 모르겠다. 죽 한 숟갈도 뜨기 전에 처음부터 본론으로 들어가다니. 그녀는 이번 사건을 복기하면서 한숨을 내쉬었다.

아나필락시스 때문에 환자가 중환자실에 들어갔다. 물론 동의서를 받았으므로 병원 측에서는 문제될 일이 아니었다. 그러나 보호자는 현실을 받아들이지 않고 병원이 책임을 지라며 날뛰고 있었다.

억지로 꼽아 보면 이 일의 책임자는 설명을 제대로 하지 않았다는 내과 전공의인데, 그는 국회 의원인 아버지의 힘으로 아무 잘못 없는 응급의학과 안다정에게 잘못을 미루고 있었다. 그래서 안다정은 죄도 없는데 기자를 피해 근신하고 있는 셈이다.

하지만 도태인에게 이 기막힌 사정을 구구절절 말해 봤자 비참하기만 할 것 같아 그녀는 쓴웃음을 지으며 대강 압축해서 말했다.

"그냥…… 빽도 없고, 부모도 없고, 아무것도 없어서요."

"네?"

두루뭉술한 대답이 이해가 가지 않아 그가 고개를 갸웃거렸다. 그의 반응을 보자 그녀는 말해 놓고 아차 싶었다. 그녀가 재빨리 고개를 흔들었다.

"아니에요."

그가 더 이상 뭔가를 묻지 않도록 그녀는 숟가락 가득 죽을 퍼서 입 안으로 가져갔다. 역시 예상대로 도태인은 안다정이 뭔가를 먹을 때 굳이 말을 붙이지 않았다. 참 쓸데없이 상냥한 사람이었다.

배경도 없고, 부모도 없고, 아무것도 없는데 어쩌라고? 비참한 상황에 불쌍한 척이라도 할 셈인가?

아버지가 돌아가신 뒤로 10년 동안 안다정은 동정 따위를 받지 않으려 애를 써 왔다. 부모가 없으면 어때? 대한민국에서 누구나 인정해 주는 의사가 될 건데. 부모나 가족이 없으면 어떤가? 혼자만 잘 살면 됐지.

그때 그녀의 귓가에 보호자의 폭언이 재생되었다.

"넌 애비 애미도 없냐!"

응급실 4년 차 정도 되면 웬만한 폭언은 그러려니 넘길 수 있지만 이상하게 저 말만큼은 다정의 가슴에 가시처럼 박혀 빠지지 않았다. 아버지가 세상을 떠난 것도, 엄마가 가정을 버린 것도 안다정의 잘못은 아닌데 꼭 자신의 잘못처럼 여겨졌다.

"천천히 먹어요. 그래야 많이 먹지."

태인이 부드러운 목소리로 말했다. 묵직하게 울리는 저음이 참 매력적이었다. 그러고 보면 도태인은 빠지는 구석이 없었다. 개복치 같은 멘탈만 제외하고.

다정은 힐끔 그를 곁눈질했다. 이 남자는 정말 안다정이 먹는 모습만으로도 질리지 않는지 그녀에게서 눈을 못 떼고 있었다.

건장한 남자가 먹어도 많은 양이기에 다정은 전복죽을 반도 채 먹지 못했다. 기분 탓에 덩달아 위장의 상태도 나빠졌다. 속이 불편해진 그녀가 숟가락을 결국 내려놓았다. 그는 더 먹으라는 잔소리는 하지 않았다.

그녀는 자신의 뒤로 따라붙는 그의 시선을 모르는 척 냉수를 두 컵 가져왔다. 집에 방문한 지 20분가량이 지나서야 도태인은 안다정에게 물이라도 얻어먹게 되었다. 물을 반쯤 마시고 나서 그녀가 힘없이 중얼거렸다.

"사는 게 만만치가 않네요."

태인은 잠시 아무 말도 하지 못했다. 다정도 딱히 그의 대답을 바라지는 않았다. 그냥 한탄할 상대가 필요한 것뿐이었다.

"뭐든 열심히만 하면 괜찮을 거라고 생각했는데, 쉽지가 않아요."

밤새 고민해 봤다. 4년 차. 반년 뒤에 전문의 시험을 보면 길고 긴 여정이 끝난다. 지방 응급실에서 봉직의로 평생을 살 생각이었는데, 만에 하나 이번 일이 커져서 쫓겨나기라도 한다면 계획이 전부 틀어질 것이다. 의사 면허 박탈이 아닌 게 어딘가 싶으면서도 다정은 허무해졌다.

"무슨 일인지 간단하게라도 설명해 주면 안 돼요?"

"의료 사고 같은 거에 휘말렸어요. 내 잘못이 아닌데 나만 탓하네요."

건조한 목소리로 그녀가 담담히 설명했다. 그녀가 한 일이 아니라는데 왜 다른 사람들은 그녀에게 책임을 묻는 걸까? 그녀의 말마따나 아무것도 가진 게 없어서?

"내가 도울 수 있는 일은 없을까요?"

태인의 말에 다정의 마음속 약한 부분이 속삭였다. 도태인에게 부탁하는 것은 어떨까.

도태인은 병원 재단 오너의 손자였다. 일개 국회 의원보다 대기업 총수의 권력이 훨씬 강하니 배경으로는 이만한 사람도 없었다. 전에도 도종철 회장이 직접 와서 부탁까지 하지 않았나. 눈 한 번만 딱 감고 그에게 부탁하면 그는 기꺼이 부탁을 들어줄 것이다. 잘하면 평생 교수로 병원에 남을 수도 있었다. 굳이 연고도 없는 지방으로 내려가서 봉직의가 될 필요도 없고, 상냥한 이 남자와도 오랫동안…….

거기까지 생각하던 다정은 눈을 감았다. 마음속 약한 부분이 입을 다물자 얼어붙어 있던 이성이 뒤늦게 수면 위로 떠올랐다. 지금 이 상황을 면피하고자 남은 인생을 도태인에게 걸 수는 없는 노릇이었다.

"있어요."

눈을 뜬 그녀가 한층 가벼워진 목소리로 입을 열었다. 그의 눈동자가 기대로 반짝였다. 그녀를 위해 뭔가를 할 수 있다면 행복할 것이다. 그러나 그녀는 그가 바라는 대답을 주지 않았다.

"바쁠 때 와서 진료 방해하지 않기."

다정이 희미하게 미소를 지어 주었다. 도태인에게 도와 달라고 하려니 자존심에 차마 입이 떨어지질 않았다. 이 일은 그와는 상관없는 일이었다. 그의 도움을 구하고 싶지는 않았다.

한편, 자신을 향한 미소가 생경해서 태인은 그녀를 멍하니 바라보았다. 평소의 자신이었다면 '안다정 선생님이 나를 보고 웃어 줬어!' 하면서 날뛰기라도 했겠지만, 지금은 왠지 그럴 흥이 나지 않았다.

왜냐하면 안다정은 도태인에게 아무런 기대도 하지 않으니까.

태인은 씁쓸해졌다. 그녀는 그의 정체도 알고 있다. 자신이 할아버지에게 부탁만 하면 그녀에게 유리한 방향으로 일이 돌아갈 수도 있다는 걸 그녀는 분명 잘 알고 있음에도 그녀는 그의 손을 빌리지 않았다. 아무런 기대가 없는, 완전한 타인에게 구태여 부탁을 하고 싶지 않은 것이다.

"만약 잘리면 위로차 치킨이나 한 마리 사다 줘요."

다정이 한층 더 가벼워진 목소리로 농담 삼아 말했다. 지금은 그녀가 바라는 대로 거리를 두자. 살짝 실망스럽기는 해도 태인은 억지로 그녀에게 다가가려 하지 않았다.

"에이, 설마 우리 안다정 선생님이 이런 걸로 잘리겠어요? 잘못한 것도 아닌데."

그녀는 대답하지 않았다. 잘릴 수도 있다는 불길한 소리를 입으로 뱉으면 현실로 이루어질 것 같아서였다.

도태인은 모르겠지만, 병원과 의사들의 무사안일주의는 안다정만큼 심했다. 만약 기사가 올라와서 일이 걷잡을 수 없이 커진다면 병원은 단번에 안다정에게 모든 책임을 덮어씌워 내쫓을 수도 있었다. 그게 성난 여론을 잠재우기에 가장 쉬운 방법이었다.

그가 눈치껏 그녀의 기분을 살피며 말했다.

"도움이 필요하거나 무슨 일 생기면 언제든지 말해요. 선생님, 내 전화번호 알죠?"

"모르는데요."

도태인의 전화번호 따위를 알 게 뭐람?

그동안 다정은 태인을 피해 다녔고, 태인은 툭하면 응급실에 쫓아왔다. 이런 관계에서 휴대폰 번호를 주고받을 짬이 있을 리가 없었다.

그녀가 무심하게 대꾸하자 그는 충격을 받은 듯했다.

"말도 안 돼! 내가 안 가르쳐 줬어요?"

"그쪽은 내 번호 알아요?"

그녀가 대답은 하지 않고 의심스러운 표정으로 그에게 질문을 돌려주었다. 그가 볼을 긁적이면서 작아진 목소리로 대꾸했다.

"그야…… 이미 알고 있죠."

"어떻게요?"

"다 아는 수가 있어요."

그녀의 날카로운 눈빛을 모르는 척, 자리에서 일어난 그가 주변을 휘휘 둘러보았다. 필요한 것만 심플하게 널려 있는 게 참 안다정다운 집이긴 하다. 그는 책상 위에 놓인 메모지와 볼펜을 집고 물었다.

"이거 써도 되죠?"

대꾸하기도 귀찮아서 다정이 고개만 끄덕였다. 태인이 빠르게 제 번호를 적어서 그녀에게 건넸다.

낯선 숫자가 나열이 되어 있었다. 이게 도태인의 전화번호다. 그녀는 잠시 고민했다. 이 번호를 휴대폰에 저장을 해도 되는지 모르겠다. 그와의 접점이 많아질수록 차갑게 얼어붙은 마음은 흔들릴 테니 말이다.

"저번처럼 미친놈이 와서 행패 부리면 부르세요. 또 발로 차 줄게요."

다정의 고민도 모르고 태인은 신이 나서 떠들어 댔다. 그런데 신기하게도 그의 말을 듣자마자 그녀는 번호를 저장하기로 마음먹었다.

치료 방법 5.
기꺼이 취직하기

"징계 위원회요?"

하루 쉬고 출근한 다정은 응급실 회진이 끝나기 무섭게 의국에서 김웅진 교수와 마주앉았다. 웅진은 요 며칠 사이에 폭삭 늙어 있었다. 아마 안다정 탓이리라.

웅진은 기가 막히게도 이번 사건 때문에 징계 위원회가 열린다고 말했다. 다정이 황당한 기색을 보였다. 당사자인 다정은 물론 옆에서 엿듣던 찬형도 혀를 내둘렀다. 웅진이 한숨을 푹 내쉬고 투덜거렸다.

"내가 진짜 이해가 안 된다. 이해가 안 돼. 오진도 아니고 다정이, 네가 대체 뭘 잘못했는데?"

일단은 진정하는 편이 좋았다. 다정은 냉정하게 현 상황을 파악하려 애를 썼다. 징계 위원회가 열린다는 건 웬만해서는 징계가 이루어진다는 거겠지만.

"간 보려고 벌써 기사 하나 써서 내보냈더라."

다정을 대신해서 찬형이 헛웃음을 터뜨렸다.

"그놈이 바라는 게 정확히 뭔데요?"

이제 찬형은 보호자라는 말도 아까워서 그놈이라고 칭했다. 웅진이 무겁게 대답했다.

"병원비 전액이랑, 피해 보상금 주고 자격 없는 의사는 사회악이니 자르라고."

"누가 자격 없는 의사래요? 미친놈!"

안다정은 멀쩡히 의사 면허가 있고, 이번 잘못도 다정의 실수가 아니었는데, 일이 이상하게 돌아가고 있었다. 시술 동의서도 있고 억지로 따지자면 잘못은 설명을 하지 않았다는 내과 3년 차 전공의에게 있으니, 다정에게 이렇게까지 피해가 올 일이 아니었다.

만일 이번 일로 안다정이 징계라도 받는다면 의료계에서 이 병원은 호구, 혹은 웃음거리가 될 것이다.

씩씩거리는 찬형의 옆에서 다정은 되레 조용했다. 침묵하고 있던 그녀가 웃음기 하나 담기지 않은 목소리로 쓸쓸히 말했다.

"반년 남았는데 나가라고 하면 어떡하죠?"

"그런 생각하지 마라. 네가 얼마나 잘해 왔는데? 너만 한 애 없어. 미친놈이 너 하나 물어뜯으려고 하는 거, 다들 잘 알고 있고."

웅진이 펄쩍 뛰었지만 다정의 안색은 더욱 어두워질 뿐이었다.

든든한 배경 하나 없는 주제에 공부 조금 잘한다고 의과 대학에 진학한 것부터 문제였을까? 마음을 굳게 먹으려고 해도 밀려드는 현실적인 장애물에 다정은 한없이 움츠러들었다. 언제부터인가 이 나라는 개천에서 나는 용의 싹을 잘라 버리기 일쑤였다. 이런 식으로.

자신감이 사라진 다정의 얼굴을 보자 웅진은 씁쓸해졌다. 가진 것이 적어서 다른 사람들보다 더욱 열심이던 안다정에게 이번 일은 노력의 배신이나 다름없었다. 그녀의 기분을 어찌 다 알수 있을까.

"하여튼 그러니까 너무 걱정하지 마. 지금 저거 고소 못 하니까 발악하는 거야. 고소해서 합의금 뜯어야 하는데 못 뜯게 돼서."

웅진이 위로차 덧붙였다.

워낙 환자가 많다 보니 병원에는 알게 모르게 자잘한 고소가 걸려 있으나, 그나마 시술 동의서 덕분에 이번에는 고소를 할 수 없어서 다행이었다.

"오늘 기사 보니까 '약자에게 향하는 병원의 횡포' 뭐 이딴 타이틀 달았더라. 진짜 약자가 되어 봐야 해, 저런 놈들은. 아주 병원이 만만한 줄 알아."

"약자는 안다정 같은데."

찬형이 혼잣말처럼 중얼거렸다. 이번 사건에 얽힌 사람들 중 약자는 정말 안다정뿐인 것 같았다. 그때 웅진이 옆에서 농땡이를 피우는 찬형의 등짝을 한 대 갈겼다.

"김찬형은 어서 가서 환자 보고!"

"앗, 네……."

찬형이 부랴부랴 의국을 나섰다. 찬형까지 나가고 다정과 둘만 남자, 웅진이 주변을 다시 둘러보고는 조심스럽게 물었다.

"근데 다정이 너, 보호자 폭행했었니?"

보호자 폭행. 가뜩이나 구석에 몰려 있는 안다정에게 불리한 일이기에 웅진은 친밀한 찬형까지 내보낸 것이었다. 그러나 다정은 눈만 동그랗게 떴다.

"네? 무슨 소리세요?"

보호자한테 폭행을 당할 뻔은 했어도 보호자를 폭행한 적은 없었다. 다정의 인성을 아는 터라 웅진 역시 말도 안 된다고 생각하긴 했다. 그런데 분명 진단서가 팩스로 들어왔었다. 자해를 한 걸지도 모르겠다. 그 난폭한 보호자라면 가능한 가설이긴 했다.

웅진이 통 이해할 수 없다는 표정을 지으며 설명했다.

"전치 2주래. 의사 측에서 때렸다고 하더라. 진단서 날아왔어."

순간 다정의 머릿속에 속 시원한 기억이 떠올랐다. 모자를 눌러쓴 태인이 남자의 정강이를 차 버리던 장면. 바닥에 나동그라진 남자는 다리를 쥐고 고통스러워했었다. 설마 이거 그 이야기일까.

"……혹시 다리요?"

다정이 묻자 웅진의 얼굴이 바로 일그러졌다. 정확한 폭행 부위였다. 아무래도 다정과 그 진단서가 관련이 있는 모양이다. 큰일 났다 싶어서 웅진이 급히 확인했다.

"진짜 때렸어?"

"제가 찬 건 아닌데……."

난처하게 다정이 우물쭈물 대답했다. 웅진은 한 손으로 이마를 짚고 하늘을 올려다보았다. 이 와중에 보호자 폭행까지 하고 말았다. 그래도 안다정이 한 일은 아니라고 하니 어떻게 빠져나갈 구멍이 있지 않을까? 웅진이 손을 내리고 한탄했다.

"아이고, 나도 모르겠다! 누가 팬 건데?"

태인의 든든한 뒷모습은 잊히지가 않았다. 다정이 대답 대신 어색하게 웃었다.

"이것도 물고 늘어지면 큰일이야! 알아, 몰라?"

잔뜩 찌푸린 웅진의 얼굴을 보면서도 다정은 끝까지 태인의 이름을 말하지 않았다.

다정이 고집스레 입을 다물어 버린 이상, 더 캐물어 봤자 돌아올 답도 없을 것이다. 안다정이 대답하지 않는 데는 이유가 있겠지만, 속이 답답해지는 것은 어쩔 수 없었다. 웅진은 머리가 아파왔다.

"그럼 징계위 언제 열린대요?"

"이번 주말에."

"알겠습니다."

다정은 현실을 담담하게 받아들이려고 노력했다. 잘못한 적이 없으니 모든 화살이 자신에게 쏟아진다 하더라도 당당하게 고개를 들자. 그녀는 일부러라도 그러자고 마음을 다잡았다. 거기에 웅진이 힘을 보태 주었다.

"걱정 마. 나도 그렇고 다른 과 선생들도 다 네 편이야. 징계위가 열리는 이유도 너한테 징계 먹이려는 게 아니라 보호자 달래기용일 거고."

"네."

기운을 내라는 듯 웅진이 다정의 어깨를 툭툭 쳐 주고 나갔다. 혼자 남자 참아 왔던 한숨을 크게 내쉰 그녀도 굳은 표정으로 의국에서 나왔다. 응급실은 항상 바쁘고 손이 모자랐다. 그리고 응급의학과 4년 차인 안다정은 응급실에 빠져서는 안 되는 인재였다.

응급실 상황을 보고 눈치껏 시간을 낸 다정은 내과계 중환자실로 바쁜 걸음을 옮겼다. 안면 있는 사람들에게 눈인사를 하고 나서 그녀는 내과 3년 차 이미진을 찾았다. 다행히 미진과 금방 만날 수 있었다. 다정이 먼저 인사부터 건넸다.

"안녕하세요."

"아…… 선생님, 괜찮으시죠?"

다정이 대답 대신 어깨만 으쓱했다. 괜찮을 리가 없는데 괜찮은 척을 하고 싶기도 했다. 이미 병원 내에는 안다정의 억울한 사연이 파다하게 퍼져 있었다. 인내와 고통의 레지던트 생활을 얼마 남기지 않고 미친놈한테 걸린 다정에게 동정론이 가득했다.

문제의 전공의와 같은 내과 3년 차 미진이 다정을 안쓰럽게 쳐다보며 말했다.

"최 선생도 너무했어요. 어떻게 자기만 쏙 빠져나가려고……."

"그러지 마세요. 저라도 그랬을 걸요."

지금도 할 수만 있다면 머리 아픈 일에서 빠지고 싶은 심정이었다. 생각보다 덤덤한 다정이 미진은 신기했다. 만약 자신에게 그런 일이 생겼다면 억울해서 내과 병동을 다 뒤집어 놓았을 것이다.

"참, 무슨 일이세요?"

"박기성 환자…… HRS(간신 증후군)라면서요?"

다정이 내과계 중환자실까지 걸음 한 이유는 박기성 환자 때문이었다. 아버지를 떠올리게 만드는 환자는 예후가 좋지 않은 병에 걸리고 말았다.

"아, 네."

미진이 긍정하자 다정은 한숨을 푹 뱉었다.

"왜 몰랐을까요?"

"ER에서 어떻게 다 알겠어요. 환자 당사자도 검사 거부하고 그러셨는데요."

"오래…… 못 사시겠죠?"

"그렇죠, 뭐."

다정은 정말 절망적인 표정이었다. 전에도 한 번 다정이 박기성 환자 때문에 온 적이 있던 것을 보면 두 사람 관계가 단순히 의사와 환자가 아니라 의외로 돈독한 모양이다. 그런 환자가 심각해졌으니…… 미진은 다정에게 악재가 겹친 것이 안타까웠다.

"알겠습니다. 그럼 수고하세요."

"네, 선생님도 기운 내세요."

미진의 응원에 고개만 슬쩍 숙인 다정이 힘없이 웃고 나서 돌아섰다. 발걸음이 무거웠다.

사람의 몸은 유기적으로 구성이 되어 있어서 어느 한 부분이 아프면 몸 전체에 부담이 가기 마련이었다. 간신 증후군도 그 맥락에서 나왔다. 조금 더 지나면 다발성 장기 부전이 올지도 모른다.

'왜 하필 HRS…….'

그녀는 차마 하지 못한 말을 꼭꼭 씹어 삼켰다.

내과 병동 건물을 나온 다정이 응급실 안으로 발을 들여놓기 무섭게 반가운 목소리가 들렸다.

"선생님!"

아, 도태인의 목소리를 반가워하다니 안다정도 마음이 참 약해졌다.

그녀는 다른 사람들에게 방해가 되지 않게끔 그를 구석으로 불렀다. 그가 강아지처럼 쪼르르 달려왔다. 아니, 키가 훌쩍 크니까 강아지라기보다는 대형견?

"오늘은 정상 근무?"

"그래야죠. 휴가철이라 손도 비었고."

한 사람만 자리를 비워도 표가 나는 응급실이다. 태인도 이해했다는 듯 고개를 끄덕였다. 그가 눈을 반짝이며 물었다.

"내 번호 저장했죠?"

"했어요."

어제 그가 돌아가고 나서 바로 그의 번호를 저장했다. 전화번호부 이름 중에 피하고 싶은 변태, 도태인이 있으니 기분이 미묘해서 그녀는 일부러 휴대폰을 멀찍이 두고 있었다.

태인이 활짝 웃었다. 단지 안다정 휴대폰에 제 번호가 저장되었다는 이유로 말이다. 다정은 태인을 신기하게 쳐다보았다. 사소한 일에도 그는 무척 기뻐했다.

"그러면 시간 날 때……."

시간이 날 때 전화를 해 달라고 부탁하려던 태인은 말을 끝까지 잇지 못했다. 갑자기 다정의 등 뒤에서 정장 차림의 남자가 그녀를 부른 탓이었다.

"안 선생님?"

"네?"

아는 사람이었다. 다정은 저번에 법무팀으로 안내했던 직원을 또 보게 되었다. 남자가 태인을 힐끔 껄끄럽게 곁눈질하고는 다정을 찾은 이유를 설명했다.

"직접 말씀을 드려야 할 것 같아서 왔습니다. 토요일 두 시에 위원회 참석하셔야 하니까 잊지 말고 오시고, 팩스로 보내 드린 경위서 꼼꼼하게 작성해서 내일 중으로 법무팀에 보내 주세요."

워낙 바쁜 응급실 전공의들에게 뭔가를 알리려면 내선 전화보다는 직접 와서 만나는 편이 빠를 때가 종종 있었다. 본관에서 응급실까지 직원이 찾아온 이유는 역시 징계 위원회 때문이었다. 다정의 안색이 어두워질 찰나였다. 태인이 미간을 좁히고 반문했다.

"위원회?"

법무팀 직원은 제삼자인 태인을 못마땅하게 쳐다보았다. 마치 네가 누군데 관심을 갖느냐는 눈치였다. 아무래도 도태인이 도 회장의 손자임을 모르는 듯 보였다.

다정은 일이 더 커지는 것을 원하지 않아서 두 사람 사이에 끼어들어 손을 내저었다.

"아, 이쪽은 신경 쓰지 마세요. 알겠습니다."

시원스러운 다정의 대답에 남자는 금세 걸음을 돌렸다. 남자가 응급실을 빠져나갈 때까지 다정은 물론 태인도 아무 말이 없었다.

다정은 의국 쪽으로 향했다. 직원의 말대로라면 팩스가 와 있을 것이다. 그 문서를 아무에게도 보여 주고 싶지 않아 그녀의 걸음이 빨라졌다.

다정을 쫓아 의국으로 온 태인이 결국 참지 못하고 그녀의 손목을 잡아 멈춰 세웠다.

"얼마나 큰일이라고 위원회가 열려요? 무슨 위원회?"

"도태인 씨하고는 상관없는 일이에요."

짜증스럽게 대답한 다정이 도착한 팩스 용지를 재빨리 잡아뺐다. '사건 경위서'라고 맨 위에 굵은 글자로 적힌 문서를 스치듯 보자 태인의 얼굴이 하얗게 질렸다.

"사건 경위서가 뭐예요? 이런 걸 선생님이 왜 쓰는데요?"

다정은 대답 대신 입술만 잘근잘근 씹었다. 솔직히 경위서에 쓸 내용도 없었다. 평소처럼 증상을 보고 진단을 내린 것뿐이니까. 하지만 안다정은 철저하게 을의 입장이었다.

"징계 위원회가 열린대요."

"징계…… 요?"

태인의 눈동자가 세게 흔들렸다. 낮게 울리는 목소리도 떨렸다. 다정은 아무렇지 않은 척 말을 이었다.

"보호자 측에서 제안했어요. 병원비랑 자기들 피해액 보상해 주고 저를 자르면 그만하겠다고. 그래서 토요일에 징계 위원회 열리는 거고요."

"선생님이 대체 무슨 잘못을 했다고?"

"글쎄요."

과실이 뭔지 알고 싶은 건 오히려 자신 쪽이었다. 다정이 피식 웃었다. 경위서를 든 손에 힘이 빠졌다. 종이 한 장이 벽돌처럼 무거웠다. 그녀는 의자에 앉아 테이블 위에 무거운 서류 한 장을 올려놓았다.

"잘못하지 않아도 가진 게 없으면 잘못한 사람이 되는 건가 봐요."

그녀의 기운 빠진 목소리가 그의 심장을 아프게 찔렀다. 그러고 보니 어제도 그녀가 지나가듯 말했었다.

"빽도 없고, 부모도 없고, 아무것도 없어서요."

그녀가 마치 모든 것을 포기한 듯 보여서 그는 가슴이 덜컥 내려앉는 것만 같았다.

안다정은 응급의학과 4년 차였다. 반년 뒤에 전문의가 된다고 했다. 그런데 오랫동안 전공의 생활을 해 온 안다정이 정말 징계를 받고 잘리기라도 하면 그녀의 미래는 어떻게 되는 거지? 다정 본인보다 태인의 얼굴색이 훨씬 창백해졌다.

"징계…… 받지 않겠죠?"

그러나 그녀는 긍정도, 부정도 하지 않았다. 웅진은 별일 없을 거라고 했으나 어떻게 될지는 토요일이 되어 봐야 아는 것이다. 그녀는 사건 경위서를 무감정하게 내려다보다가 태인에게로 시선을 돌렸다.

"환자나 얼른 깨어나길 바라야죠. 상황이 더 나빠지지 않게."

다정의 대답은 시원하지 못했다. 틀린 소리는 아니지만 태인은 문득 불안해졌다.

잘못도 없는 안다정이 징계를 받을지도 모른다. 심하면 그녀의 미래가 송두리째 흔들릴 수도 있었다. 억울할 만도 한데 그녀는 초연했다. 오히려 도태인이 더 화가 뻗칠 지경이었다.

응급실에 환자가 몰리면서 다정은 바빠졌고 태인은 더 이상 그녀를 방해할 수 없었다. 그렇다고 해서 전처럼 응급실 앞에 죽치고 앉아 있을 수는 없었다.

태인은 병원을 나와 할아버지에게 연락을 했다. 지금 당장 드릴 말씀이 있다는 막냇손자의 다급한 목소리에 도 회장은 기꺼이 시간을 내주었다.

"웬일이냐?"

"도와주세요."

문을 닫자마자 태인이 간절하게 말했다. 주어도, 목적어도 없는 뜬금없는 소리였지만 종철은 태인이 바라는 것을 바로 눈치챘다.

"안다정 선생?"

"네."

"나도 대강 보고는 들었다. 안됐더구나."

"말로만 안타까워하지 마시고 도와주시면 되잖아요."

종철이 의자에서 일어나 소파로 향했다. 상석에 앉은 그는 막냇손자의 절실한 눈빛을 신기한 듯 살펴보았다.

막냇손자는 어렸을 적에도 특별히 물욕이 많다거나 야심이 깊은 타입은 아니었다. 제 누나가 스스로 목숨을 버린 뒤에는 마치 인생을 포기한 듯 아무것도 갈망하지 않았다.

그런 손자가 웬일로 눈동자를 빛내고 있으니 신기하다 못해 고맙기까지 했다. 종철은 아직도 서 있는 태인에게 소파로 와서 앉으라고 손짓했다. 태인이 머뭇거리다가 길쭉한 소파에 앉았다.

"태인이, 넌 할애비가 회사에서 탱자탱자 놀기만 하는 줄 아나 보구나?"

"무슨 소리세요?"

"네가 온다고 그래서 모임을 30분이나 미뤘어. 그런데 고작 와서 하는 말이 안다정 선생 누명이나 벗겨 달라는 소리냐?"

순간 태인의 표정이 싹 굳어졌다. 다정의 일에 정신이 팔려서 다른 상황은 전혀 고려하지 못했다. 예의 없는 태도에 할아버지의 기분이 상하면 어떡하나, 태인은 걱정이 되었다. 다정을 도울 수 있는 가장 손쉽고 확실한 방법을 놓칠 수는 없었다.

태인이 말을 고르는 동안 종철은 눈을 가늘게 뜨고 막냇손자를 훑어보았다. 명절 때나 가끔 보았지만 역시 무감각한 눈동자보다는 초조한 눈빛이 차라리 나았다. 종철은 조금 더 막냇손자를 자극해 볼 심산이었다.

"거기서 넘어질 사람이면 그만한 그릇일 뿐이겠지."

안다정에 대한 보고는 항상 올라왔다. 이번 사건도 종철은 다른 사람보다 빠르게 보고를 받았다. 거기에는 이사회에서 넘어온 보고도 있었지만, 도 회장은 사적으로도 다정의 정보를 받곤 했다. 도태인이 유난히 집착하는 여자, 안다정을 이용하면 막냇손자를 다시 사회에 복귀시킬 수 있을 것 같아서였다.

여기서 꺾이면 그걸로 끝이라는 할아버지의 말이 태인은 소름이 끼쳤다. 틀린 말은 아니다. 엄밀하게 보면, 할아버지는 본인과 전혀 관련 없는 다정의 인생이 어떻게 되든 상관없었다.

그렇지만…….

"……저한테 그랬어요. 부모도 없고 배경도 없고 가진 게 없어서 잘못이 없어도 잘못한 일이 되었다고. 도대체 무슨 일이기에 아무 잘못 없는 사람이 책임을 뒤집어써요?"

그녀의 억울함만큼은 풀어야 했다. 태인의 질문에 도 회장이 잠시 뜸을 들였다.

"안다정 선생, 부모 없는 건 알고 있었어?"

"네."

"하긴, 어머니는 재혼하고 떠났다고 하니 완전히 없는 것도 아니지만."

"도대체 이 일하고 부모가 무슨 상관입니까?"

모든 상황을 알고 있는 종철과 달리 자세한 사정을 모르는 태인은 답답할 뿐이었다. 종철이 서서히 입을 열었다.

"이 일에 엮인 의사가 둘이야. 하나는 응급실 안다정, 다른 하나는 내과 3년 차."

태인이 고개를 끄덕였다. 종철이 말을 이었다.

"동의서를 받았으니 사실 병원 측 문제는 없지만, 그래도 따지자면 과실은 내과에 있어. 그런데 그 전공의 애비가 국회 의원이랜다."

"설마……."

종철의 말을 들은 태인이 머릿속에 떠오르는 어두운 추측에 미간을 좁혔다. 손자의 생각을 꿰뚫은 듯 도 회장이 고개를 끄덕였다.

그랬구나. 그제야 태인은 다정이 말한 '배경'의 의미를 알게 되었다.

"이미 보호자는 내과 전공의하고 말이 다 끝난 모양이야. 적당히 이해득실이 맞은 거지. 전공의 애비도 시끄러워지기 싫을 테니까 이쪽에는 입 다물어 달라고 했겠지."

태인의 손이 주먹 쥐어졌다. 뼈마디가 도드라지고 핏줄이 설만큼 그는 손에 힘을 주었다. 그래서 잘못도 없는 사람에게 책임을 돌린다고? 자신도 속이 답답해지는데 당사자인 그녀는 얼마나 억울할까? 그의 눈앞이 캄캄해졌다.

도 회장도 같은 마음인지 한숨을 길게 내쉬고 계속 말했다.

"병원을 운영하다 보면 그런 거지 근성을 가진 놈들을 종종 보게 된다. 환자 아들이 제 애비가 갑자기 쓰러졌다고 저러는 줄 알아? 저게 다 뜯어낼 만하니까 난동을 피우는 거야. 이참에 한

몫 챙겨 보겠다 이거지."

종철은 대형 병원 이사장직을 겸직하면서 비슷한 보고를 여러 번 받았다. 만약 환자의 아들이 아버지의 사고에 진심으로 분노하는 거라면 응급의학과 안다정이 아니라 설명을 부실하게 한 내과 전공의와 병원 시스템을 물고 늘어졌을 것이다. 병원 관계자들이 이번 일은 안다정의 잘못이 아니라고 수도 없이 설명했으니까.

하지만 보호자는 분노를 다정에게만 돌려 버렸다. 선택적인 분노를 표출하기에 부모도, 배경도 없는 안다정이 적합했다.

"……그래서 아무 잘못도 없는 사람을 괴롭힌다고요?"

평소에도 저음인 태인의 목소리가 노기를 참느라 훨씬 낮아졌다. 종철이 고개만 끄덕였다. 태인은 기가 막혀서 헛숨이 절로 흘러나왔다.

"그건 병원이 해결할 일이잖아요. 왜 징계 위원회가 열리는 건데요?"

"처음엔 병원 측에서도 시끄러워지는 거 싫으니까 병원비 정도는 감면해 주겠다고 했어."

그러나 보호자는 그 제안을 받아들이지 않았다. 시술 동의서를 쓴 이상 그게 최선이었는데 보호자는 욕심이 지나치게 컸다.

"그런데 그거로는 모자라다 이거지. 보호자가 동의서를 쓴 바람에 병원비 외의 보상금이나 합의금을 못 받아 내게 됐잖아. 기사 줄줄이 쓰겠다고 협박하는 것도 더 받아 보려고 그러는 거야.

입막음 값을 달라고."

할아버지의 설명을 들으니 보호자의 생각이 이해가 가긴 했다. 그러나 태인이 궁금한 것은 이뿐만이 아니었다.

"제 말은, 병원이 왜 군이 징계 위원회를 여냐 말입니다."

"자격 없는 의사를 자르라는 주장은 언론용으로 내세울 구실이지. 기사에 돈 받으려고 난동을 피운다고는 쓸 수 없잖아?"

태인의 눈이 가늘어졌다.

"져 주는 셈 치고 여는 거다. 기자도 기자지만 내과 전공의 애비도 책임을 안다정 선생한테 돌리고 싶어서 난리라더라. 이러다 환자가 죽기라도 해 봐. 제 자식 잘못이라는 게 밝혀지면 국회 의원인 자기한테도 피해가 올 게 뻔하잖아. 솔직히, 안다정 선생이 잘리든 말든 아무도 관심이 없어. 이러면 돈을 더 얹어 주겠지, 이러면 책임 면피가 되겠지, 하고 다들 얄팍하게 생각하고 있을 뿐이지."

여러 가지 이해득실이 얽혀 있는 상황이었다. 국회 의원 쪽은 그렇다 쳐도, 기자에게는 차라리 돈 몇 푼을 주고 입막음을 시키는 게 낫지 않을까 싶다가 태인은 그날 보호자가 다정에게 달려든 꼴을 떠올리자 괘씸해졌다.

"징계 위원회에서는 어떤 결론이 나오는데요?"

"그건 토요일이 되어 봐야 알지만…… 셋 중 하나일 거다. 감봉, 근신, 퇴사."

징계 위원회를 앞두고 이사회에서는 안다정의 가치를 저울질

하기 시작했다. 병원의 이미지 실추와 소란스러운 언론을 막기
위해서.

"퇴사는 안 됩니다. 할아버지가 좀 도와주세요. 전문의 되는
거 얼마 남지도 않았는데 이렇게 병원을 나가면 그 사람은 뭐가
돼요?"

태인이 간절하게 부탁했다. 종철은 막냇손자를 담담하게 응
시했다. 태인을 조금만 더 몰아가면 스스로 올무에 걸릴 듯했다.
도 회장은 아무 생각이 없는 척 소파에서 몸을 일으켰다.

"이제 그만 일어나야겠다. 나도 일정이 있으니 네 어리광은 적
당히 받아 줘야지."

"잠깐만요."

이렇게 한 가닥 희망을 놓칠 수는 없었다.

"도와주시면…… 시키는 대로 할게요."

드디어 태인이 다급하게 거래를 걸어왔다. 종철은 느긋한 표
정만 지었다.

"제가 다른 사람들처럼 한 사람 몫을 했으면 하셨죠? 다 하겠
습니다. 병원 경영이든, 회사에 들어가든, 뭐든지 할 테니까 좀
도와주세요."

"네 말을 어떻게 믿어? 저번에도 그랬잖아. 일 배우고 싶다더
니 홀랑 마음 바뀌어 가지고는 전부 취소하고."

몸을 꼿꼿하게 세운 종철이 훤칠한 막냇손자에게 불신의 시선
을 보냈다. 벌떡 일어난 태인이 할아버지의 팔을 잡고 고개를 저

었다.

"그럴 일 없을 거예요. 정말입니다."

안다정의 미래가 걸린 일에 변덕을 부릴 수는 없었다. 진심 어린 태인의 눈동자를 보자 종철의 마음이 한결 가라앉았다.

종철은 태인의 손을 맞잡고 부드럽게 물었다.

"태인아, 하나만 물어봐도 되냐?"

"뭔데요?"

"왜 그렇게 안다정 선생한테 집착하는 거야?"

집착. 사정을 모르는 도 회장에게 막냇손자의 모든 행동은 집착으로밖에 보이지 않았다. 태인은 해바라기처럼 항상 다정만을 바라보고 있었다. 종철은 그게 도통 납득이 가지 않았다.

"기분 나쁘게 듣지 말고, 생각을 해 봐라. 너 어디 가서 빠지지 않아. 일만 시작하면 분명 혼담도 여기저기서 들어올 거다. 내 손자들 중에서 너만큼 외모 빼어나고 똑똑한 놈도 없어. 그런데 왜 부모도 없고 가진 것 없는 안다정 선생한테 그렇게 목을 매고 다니는 거냐?"

태인의 시선이 바닥으로 떨어졌다. 자신의 아득한 공포를 이해해 줄 사람은 이 세상에 없을 것이다. 심지어 부모한테마저도 외면당하는 태인은 누군가에게 이해를 받고 싶은 마음은 없었다.

그래서 태인은 어떻게 설명을 해야 할지 몰랐다. 그저 입에서 나오는 대로 그가 진심을 털어놓았다.

"……그 여자만이 저를 사람으로 만들어요."

"뭐?"

아무리 정신적으로 트라우마(Trauma, 외상)가 있다지만 막냇손자는 본인이 사람이 아니라고 생각하는 건가? 당황한 도 회장의 눈이 세차게 흔들렸다. 고맙게도 태인이 바로 덧붙였다.

"평범한 사람이요."

긴장했던 종철의 어깨가 살짝 풀어졌다. 심각하게 미친놈은 아니라 다행이었다.

"누나가 죽고 나서 평범한 생활이 뭔지 잊어버렸어요."

이어진 태인의 말이 종철의 가슴을 아프게 울렸다. 어렸을 적부터 애교가 많던 막냇손자는 그만큼 섬세한 편이기도 했다. 그런 태인이 제 누나의 자살 현장을 처음으로 목격했으니 충격은 상당했을 것이다.

차라리 누나와의 관계가 썩 좋지 않았다면 나았겠지만, 안타깝게도 냉정하고 독선적인 부모 밑에서 남매는 서로를 의지하며 살아왔다.

"매일 무서웠습니다. 누나처럼 죽어 버릴까 봐."

그날 이후 죽음의 공포는 항상 태인의 곁을 맴돌았다. 아무것도 없는 방 안에 홀로 있을 때, 슬쩍 옆을 곁눈질하면 죽음이 손을 뻗어 자신의 목을 조를 것만 같았다.

"딱히 살아가는 기분도 못 느끼는 주제에 죽는 게 두려웠어요."

환청을 듣고 환각을 보며 하루하루를 흘려보냈다. 가끔은 누나가 죽음을 풀어놓고 떠난 집 안이 소름 끼쳐서 바깥으로 돌기도 했다.

두려움을 잊어 보고자 여자를 만나고, 정신을 놓아 보고자 술을 마셨다. 하지만 정신이 혼미해질수록 죽음의 공포는 또렷해졌다.

이대로 남은 생을 어떻게 살아가야 하나 막막할 때, 도태인은 안다정을 만났다.

그녀는 너무나도 손쉽게 자신을 공포에서 건져 주었다. 죽음 따위는 아무것도 아니라는 양, 그녀는 거침이 없고 무덤덤했다. 생사가 넘나드는 응급실에서 사람을 살려 내는 것이 그녀의 일이기 때문일까? 그녀의 손에 닿으면 두려움이 사라지고 숨통이 트였다.

"그런데 그 여자 옆에 있으면 불안한 것도, 무서운 것도 잊게 돼요."

안다정은 도태인에게 의사 그 이상의 존재였다. 암흑 같은 인생에 빛이 되어 준 여자를 태인은 절대 놓을 수 없었다. 태양빛이 없으면 해바라기는 죽고 만다. 도태인이 안다정만 바라보는 해바라기가 될 수밖에 없는 이유가 바로 그것이었다.

"다시는 벌벌 떨면서 살고 싶지 않아요."

태인의 진심을 느낀 도 회장은 차마 아무 대꾸도 하지 못했다. 말문이 막혀 입술이 떨어지지 않았다. 생각보다 막냇손자의 속은 많이 뒤틀려 있는 모양이었다. 종철은 눈앞이 캄캄했다. 이래 가지고는 도태인이 평생 안다정을 따라다닐지도 모르겠다.

한숨을 길게 내쉰 도 회장이 무겁게 입을 열었다.

"내일부터 준비해라."

긍정적인 할아버지의 대답에 태인의 얼굴이 밝아졌다.

"비서실장한테 말해 두마. 넌 신입으로 들어가게 될 거야."

"네."

안다정을 위해서라면 뭐든지 할 수 있었다. 언제 무기력했냐는 듯 태인이 눈동자를 빛냈다.

"그만큼 절실하다면 열심히 하리라 믿는다."

"도와주시는 거 맞죠?"

"그래. 안다정 선생한테 피해가 없도록 손을 좀 써 두마."

다시 한 번 할아버지의 확언을 듣자 태인이 참아 왔던 숨을 크게 내뱉었다. 신이 난 태인이 어렸을 때처럼 종철을 덥석 안았다.

"감사합니다."

도 회장은 다 큰 손자가 애교를 피우는데 징그럽다기보다는 가슴이 뭉클했다. 제 핏줄이라 그런 걸까? 종철은 태인이 무척 가여웠다. 어떻게든 살고 싶어서 홀로 발버둥 쳤을 손자가 안타까웠고, 그런 손자를 지탱해 준 다정이 고마웠다.

"이만 가야겠다. 천천히 돌아가라."

"네."

모임을 더는 미룰 수 없어서 먼저 나간 종철이 출입문을 닫고 미간을 찡그렸다. 도 회장의 못마땅한 표정에 비서들이 잔뜩 긴장할 참이었다.

임원 전용 엘리베이터로 향하면서 종철은 손자가 가진 집착이 생각보다 깊다는 것을 문득 깨달았다. 평생 도태인의 불안이 낫는다는 보장은 없었다.

그렇다면…….

'안다정 선생도 안됐어. 저 녀석을 평생 데리고 살게 생겼잖아. 독신주의자라고 하던데.'

하지만 이쯤 되면 차라리 독신주의인 게 나은 걸지도 모른다. 종철은 한숨을 내쉬었다. 대기업 총수의 한숨 소리에 곁에 서 있던 비서들이 너 나 할 것 없이 어깨를 움찔거렸다.

* * *

토요일 두 시. 징계 위원회라고 당사자인 안다정은 잔뜩 겁을 집어먹었는데 이사와 교수들은 모여서 잡담이나 했다.

"ER(응급실)에 책임 전가는 말도 안 되지."

"하여간에 말도 안 되는 걸로 징계 위원회를 열고 그래. 동의서 사본 하나만 있으면 게임 끝인데."

"어디 한 번 언론 플레이 붙어 보자고. 법무팀이랑 홍보팀이 괜히 있는 줄 아나."

어째…… 예상과 다른 흐름이다.

다정의 눈동자가 혼란스럽게 흔들렸다. 물론 웅진이 전에 말해 주긴 했었다. 명목상 여는 징계 위원회니까 별일은 없을 거라고.

하지만 감봉, 심하면 정직이나 퇴사까지 각오했던 다정으로서는 어째 기운이 빠지는 것 같았다.

'어떻게 된 거지?'

정말 별일이 아니었던 걸까? 그때 다정과 눈이 마주친 법무팀장이 슥 시선을 돌려 버렸다.

그러고 보면 법무팀장은 안다정을 귀찮아했었다. 이번 사건이 마치 엄청난 일인 양 말이다. 그래서 참 불안했었는데 눈도 마주치지 못하는 법무팀장의 모습에 다정은 김이 새는 기분이었다.

"내과도 태세 변환했잖아요. 동의서를 받은 이상 절차상 문제는 없는 거라고."

"그럴 거면서 왜 이렇게 일을 끌었답니까? 진작 ER은 빠지게 두지."

김웅진 교수가 코끝을 찡그리면서 투덜거렸다. 계속해서 3년 차 전공의를 감싸며 다정에게 화살을 돌리던 내과 교수들도 손바닥을 뒤집듯 의견을 바꾸었다. 국회 의원인 내과 전공의 아버지보다 더욱 큰 배경이 작용했기 때문이었다.

"이건 폐기하도록 하겠네."

이사 하나가 다정이 제출한 경위서를 반으로 접었다. 이상하게도 이사들은 아까부터 다정의 눈치를 살피고 있었다.

부당한 대우에 혹 언론 제보라도 할까 걱정이 되는 건가? 무사안일주의자 안다정에게 내부 고발 따위는 있을 수 없었지만 높으신 분들은 그렇게 생각할 수도 있겠다. 다정은 눈만 깜빡거렸다.

곧, 내과 교수가 어색하게 웃으면서 다정을 위로했다.

"그동안 마음고생 많았어. 이게 말이 되는 소리였어야지."

"그리고 여기 나올 거면 내과 3년 차…… 최경복? 이 친구가 이 자리에 나와야지 왜 상관도 없는 안 선생보고 여길 나오라 마라 하는 건지. 그 기자 나부랭이도 제정신이 아니라니까."

이사와 교수들은 다정을 제외한 관련자들을 비난하기 바빴다. 뭔가 이상하다 싶었지만 좋은 게 좋은 거라고, 다정은 그러려니 하며 징계 위원회의 결정을 받아들였다. 잘못한 일도 없는데 당연한 처사였다.

가벼운 걸음으로 나온 다정은 본관에 온 김에 가까운 내과계 중환자실로 향했다. 면회 시간이라 보호자들이 중환자실 앞에 가득했다. 힐끗 그쪽을 보고 나서 다정이 걸음을 돌렸다. 마침 너스 스테이션에 있던 미진이 다정을 아는 척했다.

"선생님!"

"안녕하세요."

다정이 마음 편히 먼저 인사를 건넸다. 미진이 주변을 둘러보고 나서 목소리를 낮춰 물었다.

"오늘 징계위 열렸다면서요. 괜찮으세요?"

"네. 저도 뭐가 어떻게 되는지 모르겠는데 제 잘못은 하나도 없다고 만장일치로 결정하셨어요."

"다행이네요! 솔직히 선생님 잘못은 아니죠."

그제야 미진도 안도의 눈빛을 보였다. 잘못한 것도 없는 4년차 안다정이 억울하게 징계를 받게 생겨, 온 병동 사람들이 수군거렸었다. 무고한 의료진에게 징계가 떨어지는 선례가 생기면 큰일인지라 모두 걱정하고 있었는데 제대로 결론이 나서 마음이 놓였다.

한편 징계 위원회에서 내과 전공의를 비난하는 소리를 들어서일까? 다정은 그 전공의도 걱정이 되어 슬쩍 물어보았다.

"내과 분위기는 어때요?"

"아, 은근히 고소해 하는 분위기예요."

"네?"

뜻밖의 소식에 다정이 눈을 동그랗게 떴다. 미진이 입가를 가리고 웃은 뒤에 말을 이었다.

"ER은 모르겠구나. 최 선생 평판이 좀 별로였거든요. 잘난 척하고 간호사 선생님들, 동기, 후배들 무시하고 그래서 미운털 박혔었는데 이참에…… 뭐, 그렇죠."

다정이 씁쓸하게 고개를 끄덕였다. 이래서 인망이 중요한 거다. 최경복이라고 했던가? 그 전공의의 낯짝이 두껍기만을 바랄 뿐이었다. 그래야 남은 1년 반을 버티고 전문의 타이틀이라도 딸 테니까.

"SAP(안정형 협심증) 환자는 괜찮으세요? MICU(내과계 중환자실)에 계시죠?"

"아, 그분…… 멘탈 돌아와서 일반실로 옮겼어요. 금방 퇴원하실 거예요."

그나마 좋은 소식이었다. 다정은 한시름 놓을 수 있었다. 자신의 탓은 아니라지만 그래도 마음이 무거웠다. 다정을 물끄러미 보고 있던 미진이 빙긋 웃으면서 미끼를 던졌다.

"저는 선생님이 박기성 환자 찾을 줄 알았는데."

그렇지 않아도 여기에 온 목적은 박기성 환자 때문이었다. 다른 것은 다 부수적인 궁금증이었고.

"박기성 환자는 어때요?"

"박기성 환자도 멘탈 돌아와서 8인실로 옮겼어요. 중환자실 비싸니까 일반실로 옮겨 달라고 요청해서요."

생각 외로 좋은 소식이라 다정이 눈동자를 반짝 빛냈다. 조금 호전이 되었나? 그렇다면 간 이식을 받아서 치료할 수 있을지도 모른다. 기대를 품고 그녀가 조심스레 입을 열었다.

"그럼 컨디션은……."

"언제 어떻게 될지 모르는 상태죠. 오늘 가실 수도 있고, 한 달 버티실 수도 있고……."

하지만 다정의 기대는 단숨에 무너졌다. 절망적인 소식에 다정의 안색이 어두워졌다. 일반실로 옮겼다고 해서 나아진 줄 알았는데 의식 정도나 돌아온 모양이었다.

"옮긴 이유도…… 아시잖아요, 컨디션 때문이 아니라 병원비 때문인 거."

다정은 대답 대신 애써 미소만 지어 보였다. 어서 가 보자는 듯 미진이 먼저 앞장섰다.

"가실 거죠?"

"못 뵙겠어요. 죄송해서요."

"뭐가 죄송해요?"

고개를 젓고 있는 다정을 미진이 의아하게 쳐다보았다.

"조금만 빨리 알았어도……."

물론 부질없는 가정이긴 했다. 급격하게 찾아오는 병을 미리 막는 건 거의 불가능에 가까웠다. 미진이 위로차 다정에게 조곤 조곤 말했다.

"그래도 병원 나가시기 전에 뵙고 이야기라도 하세요. 아시잖 아요. 언제 가실지 모른다는 거. 나중에 후회하지 마시고요."

박기성 환자가 병원을 나가는 건, 살아서 나간다는 뜻은 아니 었다. 다정은 바닥으로 시선을 고정한 채 작은 목소리로 물었다.

"어디예요?"

기다렸다는 듯이 미진이 손짓을 했다.

겨우 자리가 난 8인실 구석에서 다정은 기성의 장남인 상호를 만났다. 상호가 다정의 방문에 반가운 표정을 지었다. 다정은 먼 저 기성에게 인사부터 했다.

"안녕하세요. 아버님, 괜찮으세요?"

기성은 지친 듯 고개만 까딱거렸다. 호흡도 힘겨운지 코로 산소가 들어가는 호스를 끼고 있었다.

상호가 다정에게 말을 건넸다.

"응급실에 있어야 할 분이 여긴 어떻게……."

"잠깐 짬 내서 왔어요."

기성은 물론 상호도 다정에게 고맙다는 내색을 표했다. 어떻게든 삶을 더 연장시켜 보겠다고 환자에게 링거가 주렁주렁 연결되어 있었다. 약값만 해도 하루 수십만 원일 터. 그러나 이나마도 환자의 병을 낫게 해 주는 약이 아니라 버티게 만드는 약이었다. 그래도 다정은 모르는 척 희망찬 이야기만 했다.

"조금만 더 힘내세요."

"이렇게…… 살아서 뭐해. 애들…… 만 힘들고."

응급실에서 어떻게든 검사를 피하려던 때와 목소리부터 달랐다. 반쯤 갈라지고 기운 없는 목소리가 안타까웠다. 세상을 떠나기 전날의 아버지를 마주하는 것 같아 다정의 마음이 편치 못했다.

"중환자실에 있을 때…… 부모님 꿈을 꿨거든."

느리게 눈을 깜빡이면서도 기성은 하고자 하는 말을 줄줄 뱉었다.

"얼마 안 남았나 봐."

"또 그 소리! 꿈 가지고 왜 그래요, 아버지는."

상호가 버럭 화를 냈다. 간병에 지쳐 그만 돌아가시게 두자고

허세를 부렸던 장남은 아버지가 삶의 끈을 놓을까 봐 전전긍긍
했다.

다정은 두 부자의 기분을 살피면서 부드럽게 말했다.

"그런 말씀 마시고요."

"선생님 말대로 진작 술을 끊었어야 했는데…… 미안하다."

기성이 상호에게 뒤늦은 사과를 했다. 상호는 눈물을 참으려
는 듯 고개를 돌리고 수그렸다. 원수 같은 술 때문에 아버지를
잃게 생긴 상호는 언제부터인가 술을 입에 대지도 않았다.

후회는 항상 안타까웠다. 그렇게 술을 끊으라고, 줄이는 것도
아니고 끊어야 한다고 몇 번이고 당부했으나 듣지 않은 결과가
이렇게 나타났다. 할 말을 찾지 못한 다정은 침묵만 지켰다.

"아유…… 눈물이 다 나네."

죽음을 목전에 둔 노인의 눈물에 병실 분위기가 숙연해졌다.

몇 마디 나눈 것만으로도 힘겨워하는 기성을 위해 다정은 일
찌감치 병실을 나왔다. 눈물을 겨우 삼킨 상호가 다정을 따라 나
와 물었다.

"얼마나 사실까요?"

"글쎄요. 담당 선생님이 뭐라 하셨어요?"

"마음의 준비…… 하고 있으라고요. 언제 가실지 모른다고."

"……그렇군요."

의사는 신이 아니기에 환자의 수명을 콕 짚어 줄 수는 없었다.
상호가 어깨를 축 늘어뜨렸다.

"제대로 해 드린 것도 없는데 이렇게 될 줄은 정말……."

"괜찮으실……."

다정이 말을 다 끝마치지도 않았는데, 병실에서 다른 환자의 보호자가 뛰어나와 소리를 질렀다.

"아드님 어디 있어요? 아저씨 이상한데!"

"왜요?"

"벨 누르긴 했는데 그래도 빨리 의사 선생님 불러 오세요!"

상호가 너스 스테이션 쪽으로 후다닥 달려갔다. 반대로 다정은 병실 안으로 뛰어 들어가 의식을 잃은 기성의 어깨를 잡고 흔들었다.

"아버님! 정신 놓으시면 안 돼요!"

다정이 다급하게 외쳤다. 방금 전까지 대화를 나누었던 환자 상태가 절망적으로 변했다. 환자 상태를 보여 주는 모니터는 환자에게 점점 죽음이 다가옴을 알리고 있었다. 뒤늦게 상호가 의사와 간호사를 데리고 돌아왔다.

"ER(응급실)에 오셨을 때랑 같아요. BP(혈압) 떨어지고……."

다정이 재빨리 설명하자 그녀를 알아본 담당 의사가 눈을 동그랗게 떴다. 그 순간 심장이 멎었다는 소리가 병실 안을 서럽게 울렸다.

응급실에서는 수도 없이 들었던 소리가 야속했다. 다정은 자신도 심장이 멎어 버릴 것만 같아 이 자리에서 벗어나고 싶었다.

"저 나가 있을게요."

다년간의 임상 경험으로 다정은 기성이 사선을 넘나들고 있음을 깨달았다. 다정은 아버지가 생각나서 기성의 마지막을 차마 지켜볼 수가 없었다.

삶과 죽음의 경계를 아슬아슬하게 걷는 환자는 응급실에 훨씬 많았으나, 마음을 주었던 환자의 죽음은 쉬이 받아들여지지 않았다. 그때 병실 밖으로 상호의 처절한 목소리가 새어 나왔다.

"아버지! 안 돼요!"

피를 토하며 세상을 떠난 아버지가 떠올라 다정이 지친 듯 벽에 등을 기대어 눈을 감았다. 꿈에서 부모님을 뵈었다던 박기성 환자만이 자신의 죽음을 예상하고 있었나 보다.

방금 전까지 의식이 또렷해서 대화도 가능했던 환자가 삶의 끈을 놓는 것은 너무나도 허무하고 슬픈 일이었다.

이미 박기성 환자는 의식을 되찾고 중환자실을 나오자마자 연명 치료 중단에 동의한 상태였다. 당연히 심폐 소생술은 이어지지 않았다. 할 수만 있다면 수없이 해 본 심폐 소생술을 실행하고 싶었으나 다정에게는 아무런 권한도 없었다.

"아버지! 갑자기 이렇게 가시면 어떡해요!"

모든 죽음은 갑작스럽다. 상호의 절규가 사무쳤다.

유가족의 슬픔을 덜어 줄 자신이 없어서 다정은 걸음을 돌렸다. 수도 없이 겪어 본 죽음이었는데도 마음이 무거웠다.

내과 병동 건물 엘리베이터는 내려올 생각을 하지 않았다. 더이상 내과 병동에 있고 싶지 않아 그녀는 도망치듯 구름다리를 통해 본관으로 들어갔다. 리모델링을 마친 복도가 눈이 아플 만큼 번쩍거렸다.

다정은 빨리 응급실로 돌아가고 싶어졌다. 익숙한 그곳에 가면 마음이 한결 진정될 것 같았다. 그녀가 엘리베이터 버튼을 누르고 참았던 숨을 뱉었다.

얼마간 기다리자 엘리베이터 문이 열렸다. 이미 위에서부터 사람들이 가득 찬 엘리베이터에는 조그만 틈새만이 남아 있었다. 그 안으로 고집스럽게 파고들어 간 다정은 바닥만 내려다보았다.

그래, 다시 의식이 돌아올 수도 있다. 중환자실에서 그랬던 것처럼 박기성 환자의 의식이 다시 돌아올 수도…….

그때였다.

누군가가 다정의 팔을 잡아 안으로 휙 끌어당겼다. 몸이 아픈 환자와 간병에 지친 보호자, 병원이라는 장소가 불편한 방문객 등이 무슨 짓이냐고 투덜거렸다.

그러나 다정의 귀에는 불평이 들리지 않았다. 낯설다면 낯설고, 낯익다면 낯익은 정장 차림의 태인이 그녀를 바라보고 있었다.

시간이 멈춘 양 현실감이 없었다. 이 공간에 오로지 두 사람만이 남은 듯했다. 두 사람은 엘리베이터가 멈추기 전까지 서로만을 응시했다.

1층에 도착하자 사람들이 기다렸다는 듯 우르르 내렸다. 그때까지도 그는 그녀의 손을 놓지 않았다. 그녀 역시 뿌리치자면 뿌리칠 수 있는 상황임에도 얌전히 그에게 팔을 맡겼다.

그녀가 먼저 입을 열었다.

"왜 여기 있어요?"

"서류 좀 받아 갈 게 있어서요."

본관 맨 꼭대기에는 이사장실과 병원장실이 있었다. 도태인은 엘리베이터 맨 뒤에 있었으니 위에서부터 타고 내려온 것이 분명했다. 그녀의 의아한 시선이 따가웠는지 그가 한 손으로 재킷 주머니를 뒤져 뭔가를 꺼냈다.

"나 이제 병원 직원입니다."

태인이 웃음을 섞어서 말했다. 그가 들고 있는 것은 도태인이라면 절대 걸고 다니지 않을 사원증이었다.

"조금 있으면 나한테 잘 보여야 할걸요?"

그가 어깨를 으쓱이며 덧붙였으나 다정은 아무 말도 하지 않았다.

도태인이 왜 갑자기 직원이 되었을까? 전에 도종철 회장에게 듣기로 그는 안다정의 말 한마디에 마음을 바꾸었다고 했다. 병원 경영을 배워 볼까 하다가 다정이 병원에 남지 않는다는 말을 듣고 그 마음을 접었다던 사람이 왜 사원증을 들고 있는 건지 모르겠다.

그녀가 아무 대꾸도 하지 않자 그가 머쓱하게 사원증을 집어넣었다. 그때까지도 그는 그녀의 팔을 놓지 않았다. 그녀는 제

팔을 쥐고 있는 그의 큼직한 손을 멍하니 내려다보았다. 맞닿은 부분에서 전달되는 온기가 기분 좋아 뿌리치고 싶지 않았다. 그때 그녀의 귓가에 그의 목소리가 들렸다.

"맞다! 오늘 징계 위원회 열렸잖아요. 어떻게 됐어요?"

깜짝 놀란 다정이 고개를 들었다. 태인의 온화한 눈빛이 그녀에게 쏟아지고 있었다. 이상하게도 얼굴이 뜨거워지는 것 같아 그녀는 일부러 뾰족하게 대답했다.

"그냥…… 잘됐어요."

"다행이네."

그가 빙그레 웃었다. 얼굴이 뜨거워진 만큼 그녀의 심장이 뛰기 시작했다. 하필이면 그가 잡고 있는 부분이 맥이 뛰는 부분이었다. 맥박수가 올라가는 게 느껴져서 그녀는 아쉬움을 뒤로하고 그의 손아귀에서 팔을 빼냈다.

짐짓 아무렇지도 않은 척 그녀가 물었다.

"어떻게 된 거예요?"

"네?"

"엊그제만 해도 분위기 별로 안 좋았어요. 법무팀에서도 저한테 강압적으로 나오기도 했고요. 근데 이렇게 쉽게 풀리네요. 이상하지 않아요?"

안다정은 눈치가 빨랐다. 혼자 살아온 지 근 10년. 다정은 모든 일에 의심부터 하는 습관이 있었다. 그게 그녀만의 살아가는 방식이기도 했다.

일이 쉽게 풀려서 신기하다 싶은 와중에 도태인은 병원에 취직을 했단다. 당연히 할아버지 연줄이었겠지. 퍼즐 조각이 하나하나 맞아떨어지고 있었다. 그러나 태인은 딴청을 피우기 바빴다.

"그거야…… 우리 안다정 선생님이 잘못한 게 없으니까."

아무리 그래도 이사들이 고작 4년 차 전공의 눈치까지 볼 일은 없었다. 전공의 생활 4년 정도 되면 눈치 백단이 되기 마련. 웅진을 제외하고 그 자리에 있던 교수와 이사들은 안다정의 기분을 살피고 있었다. 처음에는 다정이 내부 고발이라도 할까 봐 걱정하는 줄 알았는데 이거 왠지 도태인이 뭐가 꾸민 것 같다.

그녀가 직구를 던졌다.

"회장님께 뭔가 부탁한 건 아니고요?"

태인의 어깨가 뻣뻣하게 굳었다. 꿀꺽, 침을 삼키는 소리가 들리는 듯했다. 그는 극도로 긴장하고 있었다. 어쩔 줄 모르는 그의 표정이 보기 좋다면 너무 가학적인 걸까?

"으음…… 사실 할아버지한테 말을 하긴 했어요. 억울하다고."

태인은 거짓말에 서툴렀다. 안다정에게는 숨길 수 있는 일이 하나도 없었다. 부탁하지도 않은 일에 괜히 참견했다고 다정이 화를 낼까 봐 그는 여린 새처럼 바들바들 떨었다. 다정의 무심한 눈빛이 오늘 따라 무진장 따가웠다.

"회장님께서 도와주신 거네요."

"따지자면 그런 것도 없지는 않은……."

두루뭉술하게 대답한 그는 그녀의 기분을 살피느라 쩔쩔매고 있었다.

"고마워요."

그러나 한숨을 푹 내쉰 다정은 의외로 감사 인사를 하고 있었다. 잘못 들은 줄 알고 태인이 고개를 갸웃거렸다가 눈을 크게 떴다.

"화낼 줄 알았는데!"

"왜 화를 내요? 도와준 건데 고맙다고 해야지."

다정이 피식 웃었다. 대강 눈치는 챘지만 기분이 나쁘지는 않았다.

아마 그도 깊이 고민하고 내린 결론일 것이다. 도태인이 얼마나 한량이었으면 도종철 회장이 나서서 막냇손자를 사회에 복귀시키려 애를 썼을까? 그런 그가 즐거운 백수의 길을 버리고 직장인이 되었다. 단지 안다정을 도와주기 위해서.

한편, 다정에게 이해를 받아 감격한 태인이 그녀를 덥석 끌어안았다.

"우리 안다정 선생님, 너무 좋아……."

"미쳤어요? 이거 안 놔요?"

문제는 이곳이 응급실 근처라는 점이었다. 응급실 입구에 서 있는 보안 요원은 다정과 눈이 마주치고는 화들짝 놀라 고개를 돌렸다. 애정 표현인 줄 아는 게 틀림없었다. 보안 요원도 저러는데 만약 의료진이, 예를 들면 김찬형 같은 놈이 나오면 근무하는 마지막 날까지 놀림감이 될 것이다.

누가 보기 전에 그를 떨어뜨려 놓고자 다정이 팔꿈치로 태인의 옆구리를 꽉 찍었다.

"으윽……."

결국 변태는 응징을 당했다. 태인은 다정을 놓아주고는 옆구리를 부여잡았다. 울상이 된 그에게 그녀가 경멸의 시선을 보냈다. 저 눈빛마저도 좋아서 태인은 자신의 정신 상태를 의심해야만 했다.

'성이 변씨였으면 딱이었을 텐데.'

좋다고 웃는 태인을 보며 다정은 시답잖은 생각이나 했다. 도태인의 성이 변씨였으면…… 그녀가 무슨 생각을 하는지 꿈에도 모르는 그가 눈치껏 말을 붙였다.

"맞다. 선생님한테 부탁하고 싶은 게 있어요."

"뭔데요?"

"내가 다 대신해 줄 테니까 그 새끼 고소해요. 네? 명예 훼손이든, 정신적 피해든 간에."

응급실 입구로 걸어가면서 태인이 말을 이었다. 걸음을 멈춘 다정이 그를 올려다보았다. 도태인이 진심으로 화를 내는 건 이번이 두 번째였다. 첫 번째는 진상 보호자의 정강이를 발로 차 버렸을 때였다.

자신을 대신해서 화를 내 주는 사람이 옆에 있다. 왜일까? 그것만으로도 마음이 편해지고 만족스러워졌다. 그녀는 군이 귀찮은 일을 그에게 맡기고 싶지 않았다.

"그럴 것 없어요. 보호자도 아버지 때문에 정신없었을 텐데……."

"선생님은 억울하지도 않아요?"

"잘 해결됐으니까 괜찮아요."

솔직히 말하자면 귀찮은 이유가 컸다. 그러나 도태인은 어떻게 알아들은 건지 감격의 눈빛을 내보이며 감탄했다.

"우리 안다정 선생님은 미모만큼 마음씨도 고와서 큰일이야."

이 변태는 취향도 이상했다. 낯부끄러운 소리를 아무렇지 않게 하는 남자에게 그녀가 질린 시선을 보냈다.

"괜히 시간 낭비하지 마시고 일이나 열심히 배우세요. 병원 일이 쉬운 게 아니니까요."

응급실에 들어가기 전, 그녀가 그에게 진지하게 일러 주었다. 말은 차갑게 해도 그 안에 걱정이 담겨 있었다. 다정의 관심만으로도 행복해진 태인이 빙그레 웃었다. 다정은 손목시계를 들여다보고 아차 싶었다. 벌써 네 시가 넘어 있었다.

"그만 들어갈게요. 바쁜데 오랫동안 빠질 수가 없어서요."

태인이 뭐라고 말할 찰나, 뒤에서 구급차 사이렌 소리가 요란하게 울렸다. 본능적으로 태인이 뒤를 돌아보았다. 동시에 멈춰 선 구급차의 뒷문이 열리고 바깥으로 이동식 베드가 주르륵 미끄러졌다.

"TA(교통사고) 환자예요!"

외상이 심한 교통사고 환자답게 들것에서 흘러내린 피가 바닥으로 뚝뚝 떨어졌다. 다정이 태인의 눈을 가리기도 전에 그는 뻣뻣하게 굳었다. 순식간에 그의 안색이 하얗게 변했다.

"아⋯⋯."

도태인은 혈액 공포증을 가지고 있었다. 입술이 찢어지는 작은 상처에도 과호흡이 올 만큼 예민한 그가 뚝뚝 떨어지는 피를 보고야 말았다. 비틀, 균형을 잃은 태인을 지탱하고자 그의 팔을 다정이 확 잡아챘다.

"도태인 씨!"

공포로 무릎이 풀썩 꺾인 그가 그녀에게 기울어졌다. 덜덜 떨리는 그의 턱이 그녀의 어깨에 닿을 즈음, 그가 힘없이 속삭였다.

"주사 맞기 싫은데⋯⋯."

그게 도태인이 남긴 마지막 말이었다. 그 와중에 하는 소리가 주사 맞기 싫다는 어린애 같은 말이었다.

다정은 양손으로 태인을 안고 있다가 무게를 이기지 못하고 바닥으로 주저앉았다. 옆이 응급실이라 천만다행이었다.

"신콥(실신) 환자 있습니다!"

다정이 응급실 안으로 크게 소리쳤다. 혼자서는 의식 잃은 남자를 옮길 수가 없어서였다. 태인과 안면이 있는 보안 요원이 다정을 도와 태인의 길쭉한 다리를 훌쩍 들어 주었다. 덕분에 도태인을 질질 끌고 응급실 안으로 들어갈 일은 생기지 않았다.

출입문에 가까이 있던 간호사가 이동식 베드를 밀고 나오다가 다정과 태인의 얼굴을 보고 갸웃거렸다. 도태인이 응급실 유명인이긴 한가 보다.

멀리서부터 웅성거리는 소리가 들려왔다. 점점 또렷해지는 사람들 목소리에 태인은 자신이 점점 의식을 되찾고 있음을 깨달았다.

'응급실?'

눅눅한 응급실 공기가 익숙했다. 기절해서 이리로 옮겨 온 듯했다.

밝은 빛이 아직은 눈부셔서 그는 팔을 들어 눈가를 가렸다. 뭔가가 얼굴을 스치고 지나갔다. 그러고 보니 팔에 걸리적거리는 것이 붙어 있었다. 링거 줄이었다.

'링거 맞기 싫었는데.'

눈을 가늘게 뜨고 익숙한 줄을 불만스럽게 보던 태인은 침대 옆에 보이는 희끗한 것에 정신이 번쩍 들었다.

희끗한 것은 하얀 가운이었다. 의사가 입는 흰 가운 말이다. 꼭 얼굴을 보지 않아도 누군지 알겠다. 그의 입가가 저절로 벌어졌다. 의식을 되찾은 그를 보고 미간을 찌푸린 다정이 이내 가까이 다가와 고개를 기울였다.

"정신 들었어요?"

"네……."

"바이털은 일단 정상으로 돌아왔어요. 몸에 문제없으니까 너무 걱정하진 말고요."

딱딱하다면 딱딱한 목소리인데 태인에게는 그녀의 음성이 꼭 노랫말처럼 감미롭게 들렸다. 역시 안다정 옆에 있으면 죽을 일은 일어나지 않는다. 그녀의 곁에 평생 있고 싶었다.

"선생님."

다정이 대답 대신 그를 빤히 응시했다. 태인이 활짝 웃으면서 그녀의 손을 덥석 잡았다. 갑작스러운 스킨십에 움찔 놀랐으나 그녀는 손을 빼지는 않았다. 그가 멍한 눈빛으로 고백했다.

"좋아해요."

물론 안다정에게는 미친 소리로만 들릴 뿐이었다.

"아직 정신 안 들었어요?"

"우리 안다정 선생님…… 정말 좋아."

눈을 스르르 감으면서 태인이 다정의 손을 꼭 잡고 꿈을 꾸듯이 중얼거렸다. 좋아한다, 사랑한다는 말로는 전부 표현할 수 없는 절박한 감정을 그는 어떻게 표현해야 할지 몰랐다.

눈을 감는 바람에 그는 그녀의 얼굴이 붉어지고 있음을 알아채지 못했다. 손이 연결된 채로 다시 잠들고 싶다. 예전이라면 무서웠을 응급실이 태인은 포근하게만 느껴졌다.

하지만 안락한 기분은 얼마 가지 않았다.

"일…… 어났으면 이만 가 볼게요. 바쁘니까!"

그에게서 손을 빼고 그녀가 후다닥 달려 나갔다. 그녀의 손이 빠지는 아쉬움에 눈을 뜬 그가 멍하니 허공을 바라보다가 느릿

느릿 눈을 깜빡거렸다.

그때 옆 침대에 누워 있던 환자가 커튼을 홱 걷더니 태인에게 다가와 말을 붙였다.

"의사 선생님이 애인인가?"

태인은 고개도 돌리지 않고 눈만 살짝 굴렸다. 머리가 하얗게 샌 할아버지가 호기심 어린 눈빛을 반짝이고 있었다. '이 할배가 지금 뭐라는 거지?'라고 생각하던 태인이 상체를 번쩍 일으켰다.

"애인?"

"저 여자 의사 선생님 말이야."

"그건…… 왜요?"

"얼굴이 빨개졌던데."

노인이 히죽 웃었다.

'이럴 수가…….'

안다정의 얼굴이 빨개졌다니! 태인은 눈을 감은 몇 분 전의 자신을 탓했다. 그 얼굴을 봤어야 하는 거였다. 태인은 마치 한 끗 차이로 로또 1등을 놓친 3등처럼 아쉬움이 사무쳤다.

한편, 할아버지는 태인이 아무 말도 하지 않자 홀로 상상의 나래를 펼쳤다.

"애인이 아니면 희롱이라도 한 게냐?"

곧바로 태인의 눈가가 일그러졌다.

"뭐라고요? 이 할아버지가 사람을 뭐로 보고……."

갑자기 변태 취급을 받게 되자 열이 받은 태인은 몸에 힘이 돌아오는 것 같았다. 옆 자리 할아버지가 혼자만의 착각에 빠져 그에게 삿대질을 했다.

"이놈! 시집도 안 간 처녀한테 그러면 못 써!"

"미치겠네. 아니라니까요?"

"으잉? 애인이 맞아? 그럼 그렇다고 말을 해야지."

저 노인네에게 치매라도 왔는지 도통 말이 통하지 않는다. 안다정이 응급실 근무만 아니었어도 다른 병동 1인실에서 쾌적하게 누워 있을 텐데. 답답해진 태인이 한숨만 뱉을 때였다. 커튼 안이 소란스러워지자 곧 간호사의 호통이 이어졌다.

"조상식 할아버지! 정형외과 선생님 올 때까지 얌전히 누워 계세요!"

허리를 부여잡고 앓는 소리를 내며 할아버지가 간호사에게 이끌려 나갔다. 경쾌한 소리를 내면서 커튼이 다시 닫혔다. 옆에서 그 할아버지가 불평하는 소리가 들렸다. 간호사가 늙은이 공경을 못 하느니 어쩌니, 투덜투덜 말이 많았다.

도로 털썩 누워 버린 태인은 팔을 뻗어 벨을 눌렀다. 안다정의 얼굴이 붉어졌다는 상상만으로도 태인은 그녀를 끌어안고 싶어서 거추장스러운 링거를 빼야 했다.

하지만 다정이 와 줄 줄 알았는데 간호사가 들어왔다.

"무슨 일이세요?"

"이거 빼 주세요."

태인은 두려운 눈으로 반창고가 붙여진 팔 부분을 내려다보았다. 저걸 빼다가 또 피를 보면 다시 누워야 할 것이다. 그는 피를 볼 일 없이 다정의 곁에 가고 싶어 미칠 지경이었다.

간호사는 태인의 초조한 마음은 알지도 못하고 느긋하기 그지없었다.

"안다정 선생님께 여쭤 보고요."

"아! 그럼 안다정 선생님한테 이거 빼러 와 달라고 전해 주세요. 꼭 안다정 선생님이 오셔야 됩니다."

태인의 목소리에 힘이 실렸다. 그녀에게 달려갈 수 없다면 그녀를 부르면 되는 거였다. 뭐 그런 걸로 바쁜 전공의를 부르냐는 듯 간호사는 VIP를 못마땅하게 보다가 몸을 돌렸다.

얼굴이 빨개졌다던 다정이 평소와 다름없는 태연한 모습으로 커튼을 걷고 들어왔다. 그의 반가운 기색을 외면한 그녀는 눈대중으로 수액의 양을 살핀 후에 담담하게 말했다.

"좀 더 맞고 가세요. 어차피 폐기할 건데."

그러나 태인은 고개를 저었다. 주삿바늘이 몸에 꽂혀 있는 느낌이 썩 달갑지 않기도 했다. 다정은 어쩔 수 없이 라인을 정리하기 시작했다. 환자 본인이 원하는 일이기도 하고, 응급실 베드는 항상 모자랐으니까.

혈액 공포증이 있는 도태인을 배려해서 다정은 최대한 빠르게 처치를 마쳤다. 피가 배어나지 않도록 두툼한 밴드를 팔에 붙여 주고 나서 그녀는 그의 안색을 살폈다. 살짝 굳어진 표정이 주사실 앞에 선 어린아이 같았다. 두려움이 채 가시지 않은 것이다.

"다 됐어요."

다정은 걷어져 있던 그의 셔츠 소매를 내려 주었다. 고맙게도 그녀는 단추까지 꼭 채워 주었다. 그제야 태인은 안도의 한숨을 내쉬었다. 다 끝이 났다. 피를 볼 일이 일어나지 않자 마음이 홀 가분해졌다. 의기양양해진 그가 그녀의 허리를 덥석 안았다.

"이거 안 봐요?"

이 변태가 환자만 아니었어도 등짝을 후려갈겼을 터였다. 다 정이 눈살을 찌푸렸으나 태인은 여전히 능글맞았다.

"선생님, 같이 저녁 먹어요. 지금 여섯 시 넘었으니까."

"여덟 시까지 근무거든요?"

"기다릴게요."

그녀를 놓아주고 나서 그가 거침없이 대답했다. 그녀는 가타 부타 대답이 없었다. 혹시라도 거절할세라 말을 돌리고자 그가 폐기 예정인 링거 병을 가리켰다.

"근데 이게 뭐예요?"

"포도당이요."

"어쩐지 배가 안 고프더라."

"그럼 집에 가시죠?"

그녀의 말 한마디에 그는 쉽게 시무룩해졌다. 눈앞의 간식을 빼앗긴 강아지인 양 그의 어깨가 축 처졌다. 예전에는 그의 기분 따위를 신경 쓰지 않았던 다정은 왠지 마음 한구석이 불편해졌 다.

"농담이에요."

"네?"

태인은 제 귀를 의심했다. 놀랍게도 안다정이 농담을 하고 있었다. 다정은 입을 벌리고 있는 남자를 머쓱하게 쳐다보았다. 그렇게 뚫어져라 바라보면 겨우 가라앉힌 얼굴이 다시 화끈거릴 텐데. 그녀는 애써 진정하려 노력하며 말을 이었다.

"저녁…… 음, 오늘 저녁은 내가 살게요."

"정말로?"

밥을 얻어먹어 본 적 없는 사람처럼 태인이 눈을 반짝였다.

"네. 그쪽이 도와줬잖아요. 이번 일."

어쨌든, 그가 징계 위원회에 힘을 써 주었으니 그 빚을 갚아야 했다.

도태인의 집념은 대단했다. 목줄을 매 놓은 것도 아닌데 태인은 이 더운 날씨에 응급실 앞에서 거의 두 시간을 기다렸다.

환자분류소나 접수처에는 발 디딜 틈 없이 사람이 많아 그는 아예 바깥에서 얌전히 있었다. 또 기절하지 않게 가끔 구급차 사이렌 소리가 들리면 알아서 자리를 피했다가 눈치껏 돌아오곤 했다.

안다정은 자신이 아는 음식점 중에 가장 비싸고 고급스러운 곳으로 태인을 안내했다. 유명 셰프가 차린 프렌치 레스토랑은 가끔 좋은 일이 생겼을 때 의국 사람들과 단체로 몰려가는 곳이었다.

오너 셰프가 방송에 나올 적에는 예약이 두 달씩 밀리곤 했는데, 방송 활동을 접어서 그런지 예약 없이 당일에 와도 한산했다.

가게 직원이 안내해 준 자리에 앉자마자 다정이 먼저 입을 열었다.

"분위기 내고 싶을 때 오는 데예요. 신 선생은 별로 안 좋아하지만."

첫 방문 때부터 신채린은 이 레스토랑이 거품만 낀 평범한 가게라고 신랄하게 비평했었다. 파인 레스토랑을 다녀 보지 않은 다정은 어떤 음식이 나오든 맛있게 먹었지만 말이다.

그녀가 말을 마치고 메뉴를 살펴볼 때였다. 태인이 고개를 갸웃거렸다.

"신 선생?"

"신채린 선생이요."

"아, 걔……."

아는 얼굴이 떠오르자 그가 미간을 좁혔다. 신채린이라는 이름을 듣기 전까지는 남자를 가리키는 줄 알았다. 만약 안다정이 다른 남자와 단둘이 이 레스토랑에 왔었다면 도태인은 뭐라 말할 수 없이 우울했을 것이다.

물론 태인의 기분이 어떻든 관심 없는 다정은 궁금했던 거나 알아보기로 했다.

"신 선생이랑 잘 아는 사이예요?"

"아뇨. 어쩌다 몇 번 본 거지, 걔랑 아무 사이도 아니에요."

아무래도 두 집안이 전부 의료계와 관련이 있는지라 어렸을
적에, 그러니까 도태인의 정신이 멀쩡할 즈음에 행사가 겹치면
오며 가며 만났었다. 나이 차이가 얼마 나지 않으니 말도 적당히
통해서 대충 대화나 몇 번 섞어 본 것이 다였다.

무덤덤하게 고개를 끄덕인 다정이 다시 메뉴를 고를 때였다.
뒤늦게 아차 하면서 태인이 조심스레 덧붙였다.

"오해하는 거 아니죠?"

"웬 오해?"

"혹시 신채린하고 이상한 관계라든가 그런 거 아니니까……."

도태인이나 신채린이나 워낙 정략혼이 당연시되는 사회에서
살아왔던 터라 오해가 있을지도 모른다. 그는 그녀에게 조마조
마한 눈빛을 보냈다. 겨우 미움받지 않는 수준까지 올라갔는데
오해 같은 걸 받고 싶지는 않았다.

물론 안다정이 의심할 리는 없었다.

"신 선생 애인 있어요. 오해는 무슨."

다정이 황당하다는 투로 툭 뱉었다. 멀쩡한 신채린이 돌았다
고 도태인과 특별한 사이가 될까? 오히려 후배는 태인을 썩 달가
워하지 않는 눈치였다.

그녀의 한심한 시선이 닿았지만 제 꼴이 우스워지든 말든 태
인은 상관없었다. 그녀가 오해를 하지 않는다니 그것만으로 충
분했다.

생소한 음식 이름은 옆에 딸린 설명을 읽어도 그 맛이 상상이 되지 않았다. 다정은 안전한 선택을 하기로 했다. 그녀가 가장 인기 있는 베스트 메뉴를 선택하자 태인도 적당히 추천 메뉴를 골랐다. 음식에 별로 집착이 없는 도태인다웠다.

메뉴 주문을 마치고 물을 한 모금 마신 뒤에 다정이 물었다.

"혹시 클래식 같은 거 좋아해요?"

웬일로 그녀가 태인에게 관심을 보였다. 안다정에게 받는 관심에 기뻤으나 도태인은 딱히 좋아하는 게 없었다. 취미도 없고, 직업도 이제 막 생겼다. 좋아하는 음식이나 노래, 책 같은 것도 없었다. 지금 좋아하는 거라고는 글쎄, 안다정 하나 정도일까? 그만큼 그의 세계는 좁았다.

"왜요?"

태인은 대답을 회피했다. 다정도 별로 그의 대답을 바라지는 않은 듯했다.

"중고등학생 때 공부만 하느라 음악이나 미술 같은 건 잘 모르거든요."

엄마가 떠나고 나서 다정은 흔한 피아노 학원 하나 다녀 본 적이 없었다. 초등학생 때, 오후 네 시만 되면 친구들이 학원을 가 버려서 아버지에게 졸라 볼까 하다가도 퇴근 후에 집에서 쓸쓸히 술을 마시는 아버지를 보면 그 말이 쏙 들어갔다.

편부 가정에 넉넉지 않은 형편이라 아버지는 딸에게 세세하게 신경을 쓰지 못했다. 그렇게 열 살 때부터 안다정은 어른스러움을 익혔던 것 같다.

"그래서 클래식 음악은 지루하다고만 생각했어요."

그가 고개를 끄덕였다. 클래식 음악에 흥미가 없는 그 역시 지루하다는 데에는 동의했다.

"혹시 알아요? 매달 소아 병동 로비에서 '작은 음악회' 하는 거."

"아, 그래요?"

병원 경영을 배우겠다던 도태인은 정기 이벤트도 모르고 있었다. 아직 일할 자세가 덜된 것 같은 태인을 다정이 못마땅하게 응시했다. 그가 어색하게 웃었다. 웃는 모습이 예뻐서 그녀는 모르는 척 넘어가 주었다.

"인턴 때부터 오며 가며 몇 번 들었는데 워낙 바빠서 별로 관심은 안 갔어요. 근데, 무슨 피아노 곡인데 되게 귀여운 음악이 있더라고요."

다정이 자신의 이야기를 거리낌 없이 털어놓는 건 처음이었다. 태인은 그녀의 말을 얌전히 경청했다. 어느새 그녀가 옅은 미소를 지었다.

"제목도 귀여웠는데…… '강아지 왈츠'인가?"

"아."

"알아요?"

"이거잖아요? 지금 나오는 쇼팽 왈츠."

정확히 맞힌 태인을 보고 다정이 수줍게 웃었다. 이 음악 때문에 쓸데없는 과거까지 줄줄 이야기했다. 멋쩍은 듯 뒷머리를 긁적인 그녀가 홀가분하게 중얼거렸다.

"바로 알다니, 신기하네."

그녀를 빤히 보던 그가 한쪽 입가를 끌어 올리고 말했다.

"악기, 그림, 무술."

오로지 공부만 파고들었던 다정과는 거리가 먼 단어들이었다. 악기라고는 리코더나 리듬 악기 정도만, 그림은 졸라맨 따위나, 무술…… 이전에 운동하고도 친하지 않은 안다정이었다.

태인이 천천히 말을 계속했다.

"다 배워야 했어요."

"무술도?"

"이래 보여도 나 검도 유단자인데."

다정은 불신의 눈빛으로 태인을 쳐다보았다. 되레 찔린 그가 다시금 강조했다.

"진짜로."

"누가 뭐래요?"

새침한 목소리에 그는 다시 시무룩해졌다. 생긴 게 준수해서 그런가? 풀죽은 모습도 잘생기긴 했다. 도태인에게 점점 익숙해지는 건지, 이런 생각까지 하고 있다. 내심 당황한 그녀는 머릿속에 떠오른 감상을 지우기 위해 그에게 질문을 던졌다.

"그럼 악기는 뭐 다룰 줄 알아요?"

"피아노, 첼로."

다정의 눈이 커졌다. 생각이라고는 하나도 없는 변태인 양 실실 웃고 다니는 남자가 웬일인가 싶었다. 왠지 도태인이 조금 달라 보인다.

기억도 나지 않는 까마득한 어린 시절부터 태인은 강도 높은 교육을 강요받아 왔다. 기본이나 다름없는 영어, 일본어, 프랑스어를 맞아 가면서 익히고 낯선 외국에서 단기 연수를 받아야 했다. 정규 교육 과정에 있는 과목은 개인 교사가 붙었고, 남자라면 제 몸 하나는 건사해야 한다며 새벽부터 검도를 해야 했다. 교양이라는 명목하에 음악사와 미술사를 암기했고 악기와 소묘를 배웠다.

아버지는 무심했고, 남들 눈에 민감한 어머니는 아들이 팔방미인이 되기를 원했다. 숨이 막히는 계획표에 끌려 다니면서 의지할 수 있는 사람은 동병상련이었던 누나뿐이었다. 부모의 강요에 지친 누나는 마음대로 할 수 없는 삶을 비관하여 생의 끈을 놓아 버렸지만 말이다.

"지금은 쓸모없어졌지만."

모든 것을 포기하자 오히려 몸과 마음이 편했다. 태인이 쓰게 웃었다. 아들을 쓰레기 취급하는 부모는 아직도 딸이 자살한 이유를 제대로 이해하지 못하고 있었다. 아마 평생을 그럴 것이다. 그렇게 살아온 사람들이니까.

우울한 기억을 곱씹는 그에게 그녀가 가볍게 대꾸했다.

"좋은데 왜요?"

"네?"

"나도 여유만 있으면 배우고 싶네. 피아노든 뭐든 좋잖아요."

도태인과는 정반대의 삶을 살아온 안다정은 솔직하게 부러움을 표했다. 머리를 한 대 맞은 듯 그가 그녀를 멍하니 바라보았다.

"전에 신 선생이 엄청 유명하다는 피아니스트의 콘서트 초대권을 두 장 줬었는데 같이 갈 사람도 없고 내 주변에 이런 거 즐기는 사람도 없고 해서 혼자 갔었거든요. 잠만 자고 왔지만."

우렁찬 박수 소리에 정신을 차렸을 때에는 이미 공연이 끝나 있었던 아픈 기억이었다. 적당히 주변 사람들을 따라 박수를 치고 돌아오는 길이 얼마나 허무했는지 모른다.

"나랑 같이 가면 되겠네."

"아니, 이제 안 갈 건데요."

다정은 묻어 두고 싶은 흑역사를 되풀이할 생각은 없었다.

"그럴 수가……."

똑 부러지는 그녀의 말에 태인이 상처받은 강아지처럼 애처로운 표정을 지어 보였다. 큰 의미 없이 뱉은 말 한마디에도 롤러코스터를 타는 듯 감정이 변하는 남자가 재미있어서 그녀는 피식 웃었다. 그 미소에 그의 심박수가 올라가는 것도 모르고.

치료 방법 6.
인형 탈 쓰기

오프임에도 다정은 병원을 찾았다. 그녀가 향한 곳은 응급실이 아니라 지하에 있는 장례식장이었다. 검은 원피스를 갖추어 입은 그녀는 박기성 환자의 마지막 가는 길에 참석하기로 했다.

피곤에 찌든 얼굴이었지만 상호는 다정을 보고 반갑게 인사했다.

"와 주셔서 감사합니다."

"많이 힘드시죠?"

"괜찮습니다."

그날, 박기성 환자는 결국 세상을 떠났다. 알코올 중독 환자에게 예후가 불량한 간신 증후군은 사망 선고나 다름없는 병이었지만, 하필이면 다정이 들르고 나자마자 기성은 의식을 잃고 눈을 감았다. 울부짖던 상호의 목소리가 아직도 생생해서 다정은 마음이 무척 무거웠다.

"선생님을 기다리고 계셨나 봐요."

상호의 무거운 말에 다정이 고소를 지었다. 박기성 환자와는 고작 1년 남짓한 기간에, 손으로 꼽아 보면 며칠 본 것도 아닌데 참 이상한 일이었다.

"아버지 같았어요."

아버지의 임종을 못 지켰던 것처럼 박기성 환자의 임종에서도 도망쳤다. 차마 박기성 환자의 임종을 볼 수가 없어서 도망치듯 그 자리를 떴는데 지금 와서 생각해 보니 후회가 되었다. 옆에 있는 게 처음에는 힘들지 몰라도 후회는 없었을 텐데.

"저희 아버지도 알코올 중독으로 그렇게…… 가셨거든요."

비슷한 경험을 한 사람들만의 동질감이 다정과 상호 사이를 맴돌았다. 술 때문에 속이 썩어 문드러지는 경험. 남들은 한 번 겪기도 힘든 일이 다정은 두 번째였다.

"그래서 이번에는 꼭 살리고 싶었는데……."

"선생님도 하실 만큼 하셨어요. 술을 못 끊은 건 아버지니까요."

그렇게 생각하지 않으면 산 사람들만 자책을 하며 힘들어진다. 그래도 오랫동안 아버지의 죽음을 준비해 왔던 터라 상호는 꿋꿋했다.

"이제 아버지도 편하시겠죠."

"네, 그러시겠죠."

다정도 상호를 따라 담담하게 대꾸했다. 죽은 사람은 아무것도 모른다. 안식만이 있을 뿐이었다.

"그동안 감사했습니다."

상호가 허리를 굽혀 인사했다. 깜짝 놀란 다정도 덩달아 고개를 숙였다.

"아니에요. 저야말로 죄송합니다."

"선생님이 죄송하실 게 뭐가 있어요? 그동안 최선을 다해 주셔서 저희야말로 감사합니다."

가족들조차 포기한 아버지의 알코올 중독을 말려 보려 애를 쓴 다정에게 상호는 진심으로 고마워하고 있었다. 이제 다시는 만날 일이 없는 기성의 영정 사진을 보니 다정은 울컥, 감정이 다시 올라와 고개를 돌렸다.

장례식장을 나오면서 다정은 휴대폰을 만지작거렸다. 우울하다. 장례식장을 좋아하는 사람이 얼마나 되겠냐마는 특히나 아버지의 얼굴이 생각나서 그녀는 외롭고 울적했다. 이럴 때는 우울한 사정을 모르는 사람과 떠드는 게 제격인데, 라는 생각에 미치자 근심 걱정 없어 보이는 사람이 문득 떠올랐다.

'도태인한테 전화를 해 볼까?'

그러나 다정은 금세 마음을 접었다. 자신은 쉬는 날이지만 오늘은 평일이었다. 태인은 업무 중일 것이다. 아니면 교육 중이거나. 대신 그녀는 응급실로 향했다. 그곳이 가장 편한 공간이기도 했고, 후문으로 가는 길에 응급실이 위치해 있기도 해서였다.

휴가에서 복귀한 3년 차 신채린이 다정을 발견하고 의아한 표정을 지어 보였다. 가끔 응급실 안에만 있으면 답답해지곤 해서 채린은 시간이 날 때 종종 바깥 공기를 쐬곤 했다. 이번에도 잠깐 밖에 나왔다가 채린은 타이밍 좋게 다정을 만났다.

"어? 선생님, 오프시잖아요."

"장례식장 다녀왔어. 박기성 환자…… 내일 발인이라고 해서."

"아……."

할 말을 찾지 못한 채린이 고개만 끄덕였다. 구태여 타인까지 우울하게 만들고 싶지 않아 다정이 활기차게 화제를 돌렸다.

"잘 놀다 왔어?"

"네. 선생님은 어디로 휴가 가세요?"

"휴가? 난 어디 안 가. 집에 있으려고."

여행에 취미도 없고 심적으로 힘든 일도 있었던 터라 다정은 휴가 기간 내내 집에서 푹 쉬기로 결심했다. 역시 피곤한 일은 딱 질색인 치프다웠다.

"언젠데요?"

"금요일부터."

"주말 끼셨구나."

채린은 다정을 진심으로 부러워했다. 자신도 평일에 쉬지 않고 주말을 끼워 휴가를 받았더라면 주말에 쉬는 연인과 더욱 오래 같이 시간을 보낼 수 있었을 터였다. 역시 스케줄을 의국장 본인이 짜다 보니 좋을 때 쉰다. 다른 때보다 왠지 지금, 채린은 다정이 쓰고 있는 치프 감투가 탐이 났다.

"백강우 선생님은 건강하시고?"

"그럼요."

연인을 떠올린 채린이 수줍게 웃었다. 휴가 내내 그와 함께 있었다. 연인은 휴가가 아니었기에 아침에 출근하는 남편을 배웅하는 기혼의 기분도 살짝 느꼈다. 휴가 마지막 날, 빨리 결혼을 했으면 좋겠다고 조르는 자신에게 연인은 어른스러운 표정으로 '서울에나 올라가!'라며 냉정하게 말했지만.

"그랬구나. 다행이네."

응급실의 선남선녀로 유명했던 커플은 변함없이 서로만을 바라보는 모양이었다. 후배의 붉어진 뺨을 가만히 보던 다정은 채린이 신기하다 못해 부러워졌다. 솔직하게 사랑을 하고 사랑을 받을 수 있는 채린이 대단해 보였다.

"참, 나 왔다고 하지 마. 괜히 시끄러워질라. 갈게."

"네. 들어가세요."

요란하고 피곤한 것을 싫어하는 터라 다정이 손만 들어서 인사를 대신하고 돌아섰다.

집에 돌아가기 위해 다정은 응급실에서 가까운 후문으로 향했다. 그래도 잠시 채린과 대화를 했다고 기분이 살짝 나아졌다.

정말 변하지 않는 감정이라는 게 있을까? 있다면, 그걸 가질 수 있을까.

'문자라도 넣어 볼까?'

휴대폰을 들여다보면서 걷던 다정이 걸음을 멈추었다.

그러고 보면 박기성 환자가 눈을 감은 날, 응급실로 도망치다 가 도태인을 맞닥뜨렸다. 태인과 이야기를 나누고, 그가 실신하 는 바람에 정신이 없었다. 그리고 단둘이 분위기 좋은 레스토랑 에서 저녁을 먹었다. 그와 함께 있는 동안은 환자를 잃었다는 상 실감을 느낄 새가 없었다.

다정은 문자 메시지 수신인에 태인의 이름을 찾아 넣고 메시 지를 작성했다. 무슨 말을 해야 할지 몰라 몇 번이고 문장을 지 웠다가 새로 썼다. 결국 완성된 메시지는 딱딱하고 재미없는 두 문장이었다.

잠깐 병원 들렀어요. 일 열심히 하세요.

그녀는 한참을 고민하다가 전송 버튼을 눌렀다. 아무도 안다 정의 행동에 관심이 없지만 괜히 부끄러워진 그녀는 휴대폰을 주머니에 쏙 넣고 걸음을 재촉했다.

답장이 올까? 온다면 언제쯤 올까? 일하는 도중이니 메시지를 늦게나 볼 것이다. 본다면 아마, 업무 시간이 끝나는 여섯 시 정 도가 되지 않을까?

'집에나 가야겠다.'

한 번도 겪어 본 적 없는 간지러운 감각이 가슴속에서 일렁였다. 얼굴이 달아오르는 건 날이 덥기 때문일 것이다.

다정은 짝사랑 상대에게 어렵게 메시지를 보낸 여학생처럼 어쩔 줄 몰라 했다. 그때, 주머니에 넣어 둔 휴대폰이 울리기 시작했다.

'왜 바로 전화를 해?'

휴대폰 화면에 뜬 태인의 이름과 번호를 다정이 당황스럽게 쳐다보았다. 그러다가 퍼뜩 정신을 차리고 전화를 받았다.

"⋯⋯여보세요?"

─선생님! 병원 어디예요? 거기로 갈게요!

신이 난 태인은 당장이라도 달려올 기세였다. 다정이 기겁했다.

"이, 일이나 하세요!"

─오늘을 기념일로 삼아야겠어요. 우리 안다정 선생님이 문자를 준 날. 이 날은 평생 잊지 못할 거⋯⋯.

"끊을게요."

변태의 헛소리에 머릿속이 차가워진 그녀가 매몰차게 말했다. 전화를 끊기 위해 그녀가 휴대폰을 귓가에서 뗄 무렵이었다. 휴대폰에서 절박한 목소리가 터져 나왔다.

─안 돼요!

도태인의 절규가 다정의 무심한 행동을 멈추게 만들었다. 통화가 끊어졌을세라 그가 다급하게 그녀를 불렀다.

─여보세요? 선생님!

"네."

안도의 한숨 소리가 여기까지 들렸다. 여유를 되찾은 그가 물었다.

—응급실에 있어요?

다정은 후문을 바라보았다. 후문 옆 경비실에 있는 경비가 그녀를 보고 아는 척을 했다. 그녀는 안면 있는 경비에게 고개를 까딱 숙여 묵례를 하고 자비 없이 대답했다.

"아뇨, 응급실 아니니까 일이나 하세요. 끊겠습니다."

—점심!

태인의 목소리가 급하게 다정의 발목을 잡았다. 이번에도 통화를 종료하려던 마음은 날아가고 말았다.

"네?"

—점심시간이잖아요. 나 이제 쉬는데.

아, 점심시간이었나. 다정은 뒤늦게 시간을 살폈다. 정말 열두 시였다. 응급실을 비울 수 없어서 교대로 식사를 하는 의료진과 달리 사무직원 도태인은 점심시간을 칼같이 지켰다.

—어디예요?

태인이 이토록 절실한 이유는 따로 있었다. 다정은 모르지만, 원하는 시간에 그녀를 만나러 왔던 백수 시절과 다르게 일을 하게 되면서 그는 그녀를 따라다닐 시간을 내기가 힘들어졌다. 같은 병원에서 근무한다고 기대했건만 안다정은 응급실에, 도태인은 본관 사무실에 처박혀서 일을 배우게 되었다.

"후문 앞이에요."

─당장 날아갈게요. 조금만 기다려요. 어…… 5분?

기다렸다는 듯이 그의 대답이 이어졌다. 그러나 그 순간 우당탕, 뭔가 박살 나는 소리가 들렸다. 그녀가 눈가를 찡그리고 물었다.

"무슨 소리예요?"

─아, 의자를 발로 걸어차서…….

끙끙 앓던 태인이 고통 섞인 목소리로 대답했다. 기가 막혀서 다정은 할 말을 잃어버렸다. 서두르다가 가벼운 사고가 난 모양이었다. 하여튼 도태인, 가지가지 한다. 또 전화가 끊어졌을까 봐 그가 말을 이었다.

─끊지 마요. 나 도착할 때까지.

"알았어요."

다정은 후문 돌기둥에 등을 기대고 섰다. 전화기 너머로 '점심 먹고 오겠습니다!' 하고 외치는 태인의 목소리가 언뜻 들렸다. 다른 직원들이 그에게 뭐라고 하는지는 잘 들리지 않았다. 병원 복도를 달리는 발소리도 전해졌다.

일분일초라도 빨리 안다정을 만나고 싶다는 태인의 마음이 왠지 전화로도 느껴지는 듯해, 다정의 심장이 떨렸다.

이 남자는 첫 만남부터 지금까지 변함이 없었다. 도태인은 마치 안다정 바라기처럼 모든 일의 최우선 순위를 안다정으로 정해 두었다.

점심시간이 아니었더라도 그는 그녀가 나오라고 말하면 일을 제쳐 두고 나왔을지 모른다. 옳고 그름의 잣대는 오로지 안다정이고, 모든 관심과 흥미의 대상도 안다정이었다.

다정은 휴대폰을 귓가에서 떼어 내려다보았다. 통화 시간이 1초, 2초…… 계속 흘러가고 있었다. 태인과 만날 시간이 가까워지고 있다는 뜻이었다. 통화의 감도가 가까워진다 싶을 무렵, 그가 그녀를 크게 불렀다.

"선생님!"

메아리처럼 휴대폰에서도 그의 목소리가 울렸다. 그녀는 생경한 기분이 들었다. 뭐라고 표현해야 할지 모르겠지만 설렘과 비슷한 기분이었다.

"……여름에 그렇게 뛰면 열사병 와요."

"괜찮아요. 여기 전부가 다 병원인데."

한여름에 재킷까지 입은 채 땡볕 아래를 뛰어온 그는 더운 줄도 몰랐는지 뒤늦게 이마를 훔쳤다. 그 어느 때보다 건강해 보이는 태인을 보자 다정의 가슴이 덜컥 내려앉았다.

그에게서 시선을 뗄 수가 없다. 낯선 설렘과 떨림이 그녀의 마음을 뒤흔들었다.

그가 웃는 낯으로 물었다.

"같이 점심 먹을래요?"

"집에 가는 길이었는데요."

……라는 것은 같이 점심 먹을 생각이 없다는 뜻이었다. 열심

히 달려서 5분 만에 도착했는데 같이 점심도 못 먹게 생겼다. 기운이 빠진 태인이 시무룩하게 어깨를 축 늘어뜨렸다.

"그럴 수가."

빗속에 버려진 강아지처럼 그는 처량했다. 문제는 언제부터인가 도태인의 불쌍한 모습에 안다정은 마음이 약해진다는 점이었다. 그녀가 한숨을 삼키고 말을 바꾸었다.

"알았어요. 점심은 같이 먹어요."

단숨에 태인의 표정이 밝아졌다. 꼬리가 있었다면 꼬리도 흔들었을 것이다. 그가 그녀에게 바짝 달라붙으며 말했다.

"뭐 먹을까요?"

후문을 빠져나가면서 다정이 주변을 둘러보았다. 뷔페식은 음식을 담으러 가기 귀찮았고, 거창한 음식은 저녁에나 어울렸다. 점심이니까 한 그릇 음식이 좋겠다. 다정이 길 건너에 있는 건물 1층을 가리켰다.

"뚝배기 불고기. 어때요?"

"네."

고민 없이 승낙하는 모습을 보니, 왠지 도태인은 안다정과 함께라면 사약도 맛있게 먹을 것이 틀림없었다.

점심시간답게 주변에 근무하는 직장인들이 벌써 이곳저곳에 자리를 잡았다. 사람이 많아서 그런지 에어컨이 세게 가동되고 있음에도 가게 안은 후덥지근했다. 다정은 복잡한 실내와 다른 가게를 찾아야 하는 귀찮음을 저울질하다가 그냥 가게 안으로 걸음을 옮겼다.

검은 원피스 차림의 다정과 정장 차림의 태인은 직장인들 사이에 위화감 없이 녹아들었다. 물수건으로 손을 닦고 나서 그녀가 먼저 말을 붙였다.

"근데 그쪽…… 같이 일하는 사람들하고 식사 같이 안 해도 돼요?"

어색한 사람들 사이에 친밀함을 만들기 위한 첫 번째 조건은 함께 점심 식사를 하는 것이다. 어느 직장이나 새로 직원이 들어오면 마음을 열기 위해 식사 자리를 가진다. 병원이라고 해서 다를 바는 없었다. 그런데 그는 그녀와의 점심을 위해 직장을 나와 버렸다.

'이래서 계속 다닐 수나 있는 거야?'

백수 생활을 하던 사람이라 그런가, 그는 내키는 대로 행동하는 모양이었다.

"으음……."

그녀의 걱정 어린 눈빛이 닿자 그가 잠시 뜸을 들이다가 대답했다.

"어려운가 봐요."

"뭐가요?"

"내가."

다정은 순간 '그쪽이 어려워?'라고 할 뻔했다. 겨우 말을 삼켜서 다행이었다.

하긴, 도태인은 도종철 회장의 손자였다. 갑자기 내리꽂힌 낙하산에 다른 직원들이 거리감을 가질 만도 했다. 지금은 고만고만한 직급이라고 해도 재단 이사장의 손자라는 특혜로 서너 계단씩 한 번에 승진할 것이다. 곧 위로 떠나 버릴 사람이니 다른 직원들이 그와 굳이 가까워질 필요를 느끼지 못할 수도 있었다.

"그렇군요⋯⋯."

어떤 사정이 있는지 제대로 알지도 못하면서 이래라 저래라 조언할 수는 없는 노릇이었다. 다정은 고개를 끄덕이면서 넘겨 버렸다.

그동안 웃기지도 않는 변태라고 여겨 왔는데, 그녀는 문득 그가 대단한 집 자식임을 실감했다. 그럼에도 안다정은 도태인에게 거리감이라고는 하나도 느끼지 않았다. 정확히 말하자면, 처음부터 그녀는 그를 변태 취급만 해 왔다.

주문한 음식이 나오고 식당 직원이 멀어지자 태인이 숟가락을 들면서 물었다.

"병원은 왜 왔어요?"

"장례식장에 다녀왔어요."

"⋯⋯네?"

죽음과 직결된 장소. 장례식장이라는 단어에 힘이 빠진 태인이 숟가락을 도로 내려놓았다. 아, 그녀가 왜 검은 원피스를 입고 있는지 이제야 알겠다.

다정이 뚝배기에 든 고기를 뒤적이면서 쓸쓸하게 말했다.

"1년쯤 봐 온 환자분이 있는데, 돌아가셨거든요."

"아……."

"아버지랑 비슷해서 마음이 좀 많이 쓰였어요."

쓸쓸한 웃음이 그녀의 얼굴에 올라왔다. 말이야 1년이지, 몇 번 본 적도 없는 환자였건만 마음은 꽤 무거웠다. 그날의 병실 앞에서 느꼈던 감정은 다시 생각해도 입맛이 뚝 떨어졌다.

음식은 먹지 않고 드문드문 뒤적이기만 하는 다정을 태인이 말없이 응시했다. 장례식장에 다녀와서 굳이 점심을 먹지 않아도 되는데 그녀를 억지로 붙잡은 게 아닐까 싶었다.

"그럼 뭐 먹었겠네요?"

"우리 병원 음식 맛없는 거 몰라요? 당연히 안 먹었죠."

미간을 찌푸린 다정이 말을 마치자마자 먹기 좋게 식은 고기를 젓가락으로 집었다. 배가 부른 게 아니라 음식이 식기를 기다리고 있던 것이었다.

상추를 집는 다정을 가만히 바라보던 그가 나지막하게 중얼거렸다.

"식당도 좀 개선을 해야겠네요. 업체를 바꾸든지."

쌈을 싸서 한입에 넣은 다정은 음식을 씹으며 태인에게 생소한 시선을 주었다. 빳빳한 화이트 셔츠에 단정하게 넥타이까지 맨 도태인이 헛소리가 아니라 생산적인 말을 하는 게 낯설었다.

병원 식당과는 차원이 다른, 맛있는 상추쌈을 넘기고 나서 그녀가 한마디 보탰다.

"맛있는 데로 선정해 줘요."

근무는 반년밖에 안 남았지만 그녀는 단 며칠이라도 맛있는 식당 밥을 먹고 싶었다. 그가 난처한 듯 어색한 미소를 지었다.

* * *

"아니, 의원님! 그게 무슨 소립니까?"

인터넷 신문사 기자인 유운택은 얼굴을 일그러뜨린 채 휴대폰에 대고 외쳤다. 크흠, 하고 헛기침하는 소리가 휴대폰 너머에서 들려왔다. 통화 상대도 난처한 모양이었다.

—그러게 적당히 병원비 정도 준다고 했을 때 떨어졌어야지. 어딜 상대로 사기를 치려고 그래? 거기 모기업이 어딘데!

"잠깐만요! 사기라뇨? 잠깐만요, 의원님!"

—그만하는 게 좋을 거야. 내가 할 수 있는 말은 여기까지네. 만약 내 자식 이름이나 내 이름 같은 거 기사에 썼다가는 큰일 날 줄 알아. 더는 연락하지 않도록 하지.

전화는 가차 없이 끊어졌다.

"뭐야? 발 빼겠다는 거야?"

징계 위원회까지는 운택도 의기양양했다. 커다란 병원이 자신의 말 한마디에 이리저리 흔들리는 게 재미있기도 했고 기자라는 직업에 대한 자부심도 생겼다.

인터넷 신문사 기자였지만 병원 법무팀장의 쩔쩔매는 꼴을 보니 자신의 영향력은 신문, 방송 기자 이상이라는 생각도 들었다. 이 사건을 전해 들은 사회부 선배는 잘만 하면 특종을 잡아 인센티브를 받을 수 있겠다며 운택을 지지해 주었다.

운택은 자신이 뭐라도 된 것 같이 목에 힘이 들어갔다. 이번 일로 크게 보상을 받으면 거지 같은 신문사를 때려치우고 스스로 매체를 만들어서 사장이 되어 볼까 하는 장밋빛 꿈도 꾸었었다.

그런데 이상하다. 운택은 멍하니 모니터를 바라보았다.

'어떻게 되고 있는 거지?'

돈 있는 놈들이 몇 푼 나누어 주는 건 별일이 아니라고도 생각했다. 삼류 대학을 나와서 이 회사 저 회사 전전한 자신을 한심하게 보던 아버지가 중환자실에서 죽는 것도 괜찮을 듯했다. 그러면 보상금은 훨씬 많겠지, 싶어서였다. 불효자 같은 생각이지만 가계에 큰 보탬이 되면 아버지도 기뻐하시리라 멋대로 여기고 있었다. 아쉽게도 아버지가 정신을 차렸지만 말이다.

하지만 일은 예상과 다르게 전개되고 말았다. 언론을 귀찮아하던 병원의 태세가 갑자기 돌변했다.

운택은 엊그제 받은 내용 증명서를 구겨서 휴지통에 버렸다. 징계 위원회 이후, 전혀 문제 될 거리가 없다며 운택의 모든 주장을 무시로 일축한 병원은 도리어 그를 명예 훼손과 허위 사실 유포로 고소하겠다고 되레 으름장을 놓았다.

그것 때문에 덜컥 겁을 먹은 운택은 자신의 편이라 믿었던 국회 의원에게 어제부터 계속 전화를 했으나 통 연락이 닿지 않아 불안해했다. 다행히 오늘 연락이 와서 억울함을 표하려는데 그만하는 것이 좋겠다는 말만 하고 상대는 전화를 끊었다. 조언을 가장한 협박이었다.

"자린고비 같은 새끼들……."

욕설을 뱉은 운택이 씩씩거리면서 키보드를 두드렸다. 이미 머릿속으로 구상한 기사는 여섯 편이었다. 두 편 정도는 금방 나올 것이다.

따지고 보면 많은 걸 바라지도 않았다. 썩어 넘치는 돈 몇 푼만 나눠 받자는 건데, 왜 저러나 싶어 그는 눈앞이 캄캄했다.

화가 난 채로 두 번째 기사를 완성한 운택은 거기에 진단서도 첨부했다. 그 의사의 애인인지 뭔지 하는 미친놈이 걷어찬 다리는 시퍼렇게 멍이 들어 있었다.

업로드 대기를 시켜 두고 마지막으로 거래를 해 보려 운택이 휴대폰을 들 즈음이었다. 데스크에 올라온 기사 내용을 쭉 살핀 선배가 사색이 되어 업로드를 막았다.

"야, 이 새끼야! 기사 올리면 너 죽고 나도 죽어!"

"네?"

이해할 수 없는 말이었다. 선배는 분명 자신을 격려해 주고 있었는데? 멍청한 표정의 후배를 패 버리고 싶었는지 선배가 씨근거리며 손을 들었다.

"이 미친놈이?"

"무, 무슨 말씀이세요?"

몸을 움츠리면서 운택이 양팔을 들어 머리를 감쌌다. 다행히 선배는 폭력을 쓰지는 않았다.

"병원 얘기 그만해. 쓰기만 해 봐."

"왜요?"

영문도 모르고 욕을 먹으며 기사까지 잘리니 운택은 기분이 나빠졌다. 잘한 것도 없으면서 토를 다는 후배가 기가 막혀, 결국 폭발한 선배가 운택의 머리를 손바닥으로 세게 내리쳤다.

"야 이 새끼야! 기사는 사실 기반으로 쓰는 거야! 너처럼 소설 쓰는 게 기자냐?"

"소설이라니요? 뭐가 소설인데요?"

운택이 억울한 듯 투덜거렸다. 아버지가 알레르기 과민증으로 중환자실에 입원한 것도 사실이고, 병원이 그걸 상세하게 설명하지 않은 것도 사실이었다. 아무것도 모르고 어머니가 동의서에 사인을 하긴 했으나 설명을 제대로 하지 않은 건 그쪽 잘못이지. 운택은 진심으로 그렇게 믿고 있었다.

하지만 선배는 바짝 펴고 있던 손바닥을 모아 주먹을 쥐었다. 바위만 한 저 주먹에 맞으면 정신을 잃을지도 모른다. 운택이 침을 꼴깍 삼킬 때였다.

"이런 또라이를 봤나? 저번에 네가 쓴 기사도 내려간 거 몰라?"

"네?"

"병원이 잘못한 게 뭐가 있어? 어? 그쪽 병원에서 손해 배상 청구한다고 내용 증명 온 거 알아?"

운택의 눈동자가 세게 흔들렸다. 입이 열 개라도 할 말이 없었다. 내용 증명서가 자신한테만 온 줄 알았는데 회사로도 배달되었을 줄은 상상도 못 했다.

"네가 건드린 의사 뒤에 누가 있는지나 알아?"

"아, 아니에요. 최 의원님은 제 편……."

운택은 선배가 응급의학과 전공의와 내과 전공의를 착각한 줄 알고 비굴하게 웃으면서 정정해 주려고 했다. 그러나 선배는 운택의 말을 도중에 자르고 꽥 소리를 질렀다.

"멍청아, 그깟 국회 의원 말고! 네가 가서 지랄 떨었던 여자 의사 말이야!"

다정의 모습을 떠올린 운택은 이번에도 선배의 말이 통 이해가 가지 않았다. 자신이 알기로 그 여자는 배경이라고 할 만한 게 없었다.

"그 여자가…… 왜요?"

"미강 회장 알지? 도종철 회장."

운택이 떨떠름하게 고개를 끄덕였다. 병원 재단의 이사장이자 그 재단의 모기업 총수인 도종철은 경제에 조금만 관심을 가져도 모를 수 없는 기업인이었다. 경제부총리의 이름은 몰라도 도종철의 이름은 알아야 했다.

"손자며느리로 점찍어 뒀다더라. 징계 위원회도 아무 말 없이 끝난 게 그것 때문이고!"

"네?"

"납작 엎드려 있어. 그 의사가 너 고소하면 어쩌려고 그래? 어? 이 새끼 아직도 정신 못 차려 가지고는……."

힐끔힐끔 구경하고 있던 동료들이 하나둘 자리를 떴다. 너무 소란스럽기도 했고 더 이상 운택과는 얽히고 싶지 않다는 표시이기도 했다.

"조금만 시끄러워져 봐. 대표님이 너 진짜 가만 안 둘 거니까."

청천벽력 같은 소리를 하고 나서 선배가 편집실로 나가 버렸다. 운택은 여전히 멍한 표정을 지우지 않고 어깨만 축 늘어뜨렸다.

정오부터 두 시까지는 눈코 뜰 새 없이 바쁜 시간이었다. 특히 오늘은 하교하다가 다친 어린이들이 많았다. 응급실 여기저기서 엉엉 우는 아이들의 울음소리가 서라운드로 펼쳐졌다. 그 와중에 안다정은 볼펜 뚜껑을 삼킨 다섯 살짜리 남자 아이와 보호자를 대면하고 있었다.

"엑스레이 결과가 나왔는데요."

아이 엄마는 긴장한 표정으로 다정의 말을 기다렸다. 다정이 식도에 걸린 길쭉한 볼펜 뚜껑을 가리켰다. 아이와 아이 엄마 모두 하얀 이물질을 바라보았다.

"여기 하얀 거 보이시죠?"

"네……."

보호자가 얼떨떨하게 고개를 끄덕였다. 다정은 자신과 나이 차이가 얼마 나 보이지 않는 젊은 엄마에게 상냥하게 설명했다.

"내시경으로 빼내는 게 나을 거예요. 애기는 잠깐 재우고요."

수면 마취 이야기에 아이 엄마가 겁을 집어먹었다. 하얗게 질린 보호자가 조심스럽게 물었다.

"괜찮을까요?"

"걱정 마세요."

사람을 안심시키는 데 하얀 가운은 큰 힘을 발휘한다. 거기에 담담하고 자신 있는 말투까지 합쳐지면 금상첨화였다. 아이 엄마는 금세 걱정을 내려놓은 듯했다.

"선생님이 하시나요?"

"아뇨. 내과 선생님 오실 거예요."

고개를 까딱여서 인사를 하고 다정이 돌아섰다. 등 뒤에서 보호자가 어린 아들에게 투덜거렸다. 그러게 왜 볼펜 뚜껑을 먹었느냐는 엄마의 말에 아이가 칭얼거렸다. 어린아이들이 툭하면 이물질을 삼켜서 오는 터라 다정은 익숙하게 내과 쪽으로 콜을 보냈다.

다정이 연락을 마치고 돌아설 무렵, 웅진이 멀리서 다정을 불렀다.

"안다정 선생!"

"네? 무슨 일이세요?"

그러나 설명은커녕 웅진은 다정에게 가까이 오라는 손짓만 했다. 교수가 부르는데 전공의 주제에 거북이처럼 기어갈 수도 없는 노릇. 다정이 뛰다시피 걸음을 재촉했다.

"으음, 잠깐 사람 없는 데서 이야기 하자."

웅진이 다정을 의국으로 데리고 들어갔다. 3년 차 구재희가 차트 정리를 하다가 교수의 눈치에 의국을 나갔다. 단둘이 남자 웅진이 심각하게 표정을 굳히고 물었다.

"다정이 너, 도종철 회장하고 잘 아는 사이야?"

"아뇨? 그때 한 번 뵌 게 다인데요."

웬 도종철 회장? 매너 좋고 젠틀한 어른을 떠올린 다정은 바로 부정했다. 별로 잘 아는 사이는 아니었으니까.

"그래?"

그러나 웅진은 어딘가 미심쩍다는 얼굴이었다.

"난 그냥 일이 잘 풀린 건 줄 알았는데, 윤 교수가 나한테 물어 보더라. 네 일 제대로 처리하라고 이사장한테서 지시 내려온 거라고."

정형외과 과장인 윤 교수는 웅진과 친밀한 편이었다. 아직 응급의학과가 설립되기 전, 웅진은 윤 교수와 함께 정형외과를 지망하고 있었다고 했다. 응급의학과가 새로 생기면서 그쪽으로 진로를 틀어 응급의학과 교수가 되었지만 말이다.

웅진이 의아해하는 점을 다정은 쉬이 알아챌 수 있었다. 그녀가 고개를 끄덕이면서 대수롭지 않게 대답했다.

"아, 네."

"알고 있었어?"

나름대로 깊은 관련자라고 생각했는데 자신만 까맣게 몰랐다 싶어서 웅진이 얼굴을 찌푸렸다.

"어떻게 된 거야?"

물론 다정도 자세한 사정까지는 묻지 않았다. 징계 위원회가 열렸던 그날, 응급실로 돌아가다가 태인을 만나 그에게 피상적으로만 들었다.

"도태인 씨 있잖아요."

"그런데?"

"그 사람이 부탁드렸더라고요."

다정의 말에 웅진은 별로 놀라지 않았다. 뜻밖의 이름은 아니었다. 도태인은 도종철 회장과 안다정 사이에 존재하는 사람이었으니 말이다.

웅진은 다정을 물끄러미 쳐다보았다. 4년간을 데리고 있었는데 오늘따라 통 제자의 심리 파악이 되질 않는다.

평소와 다름없는 담담한 표정. 큰일이 생겨도 침착을 유지할 만큼 안다정은 응급의학과 의사로서 적합했지만, 평소에도 아무 내색을 하지 않으니 이럴 때는 그저 속만 답답했다.

결국 웅진이 직접적으로 물어보았다.

"다정이 너…… 혹시 연애하니?"

"아닌데요."

얼굴색 하나 변하지 않고 다정이 부정했다. 연애란 자신의 인생에 없는 단어였다. 사랑에 빠진 사람들이 신기하고 때로는 부러웠으나 그녀는 감정적인 리스크를 짊어지면서까지 사랑을 하고 싶지는 않았다. 무사안일주의. 그리고 안정적인 선택. 안다정은 대체로 그렇게 살아왔다.

"그럼 도대체 둘이 무슨 관계인 거야?"

"으음…… 아무 관계도 아닌 거 같은데요."

도통 이해할 수 없다는 듯, 웅진이 머리를 긁적였다. 다정은 태인과의 관계를 쉽게 정의 내리지 못했다. 안다정과 도태인은 정말 무슨 사이인 걸까?

"도태인, 그 사람이 일방적으로 너 쫓아다니는 거지?"

"네, 뭐……."

틀린 말도 아닌지라 다정이 대강 얼버무렸다. 대체로 도태인이 안다정을 찾아왔다. 자신이 그를 찾은 적은 거의 없었다. 아니, 아예 없다고 보는 게 맞지 않을까?

가끔, 어쩌다가 '아, 이때 그 변태가 있었으면……' 싶을 때가 없던 건 아니었다. 하지만 그렇다고 해서 그를 부르거나 찾지는 않았다. 더는 가까워지고 싶지 않았다. 더 이상 두 사람의 거리가 좁아지면, 자신을 지탱하고 있는 무언가가 무너질 것만 같았다.

"알다가도 모르겠다."

웅진은 안경을 추켜올리고는 한숨을 내쉬었다. 4년째 다정을 지켜봤지만 정말 저 속을 알 수가 없었다. 말없이 가만히 있는 제자를 살피다가 웅진이 툭 내뱉었다.

"이러다 갑자기 사모님 되는 거 아냐?"

"무슨 말씀이세요!"

농담 같지 않은 농담에 다정이 펄쩍 뛰었다. 독신주의자인 안
다정에게는 끔찍한 말이었다. 처음이다 싶은 격렬한 반응에 웅
진은 내심 놀라웠다. 자신이 아는 한, 4년 차 안다정은 내색을 잘
하지 않던 제자였다. 웅진은 일부러 다정의 심기를 건드려 보았
다.

"긍정적으로 생각해 봐."

"뭘요?"

"조건은 거의 완벽하잖아."

지나가다 돌아볼 만한 미남이고 집안도 어마어마하다. 도종철
회장이 의료 재단 이사장을 겸직하고 있으니, 도태인과 좋은 관
계가 된다면 의사로서 안다정의 앞길은 시원하게 뚫릴 것이다.

그러나 다정의 표정은 단숨에 구겨졌다.

"……진심으로 하는 말씀이세요?"

"괜찮은 것 같아서 그래."

진심인지 농담인지 통 알 수 없지만 웅진의 표정만큼은 진지
했다. 기가 막혀서 다정은 할 말을 잃어버렸다. 의문도 대강은
풀렸겠다, 웅진이 의국 출입문 손잡이를 잡은 채 고개를 슬쩍 돌
리고 얄밉게 말했다.

"만약 사모님 되면 나 승진 좀 시켜 주라."

"센터장이시면서 무슨 승진이에요? 아니, 그전에 사모님 될 일

도 없거든요?"

"그건 지나 봐야 알 일이지."

모호한 말만 남기고 웅진이 훌쩍 의국을 나가 버렸다. 홀로 남은 다정이 황당하다는 듯 기가 찬 한숨을 뱉었다. 아무래도 웅진은 안다정이 도태인과 깊은 사이가 될 거라고 오해를 하고 있는 듯했다.

"미치겠네?"

다정이 양손으로 머리를 쥐어뜯었다. 왠지 의기양양한 태인의 미소가 눈앞에 보이는 것 같았다. 평온하고 고요한 독거노인의 꿈을 잃을 수는 없었다.

한차례 폭풍이 지나가고 응급실이 조금 한적해지자 채린은 너스 스테이션에서 간식을 얻어먹으며 차트를 정리했다. 도넛을 먹는 모습마저도 잡지 화보 같은 후배를 보자 다정은 한숨만 나왔다. 시장통 같은 응급실에서 음식이 넘어가다니 정신력 하나는 가히 훌륭했다.

"흐음……."

차트 정리를 마친 후, 이번엔 채린은 한 손에는 도넛을 들고 또 다른 한 손으로는 휴대폰을 만지작거렸다. 이제 조금 있으면 전공의 가운데에서 최고참이 될 3년 차이니 굳이 채린에게 다정이 듣기 싫은 소리를 할 필요는 없었다.

넋이 나가 있을 인턴과 1년 차 전공의들을 배려해서 다정이 궂은일을 하러 움직일 때였다. 휴대폰에 시선을 고정하고 있던 채린이 가까이 있는 다정을 불렀다.

"선생님."

"왜?"

"잠깐 저랑 소아 병동 좀 가 주세요."

뜬금없는 부탁에 다정이 미간을 좁히고 물었다.

"거긴 왜?"

"다섯 시부터 '작은 음악회' 하고 있잖아요."

"그래서?"

"거기 가 보자고요."

다정은 잠시 3년 차 신채린이 제정신인지 고민했다. 응급실 특성상, 언제 무슨 일이 터질지 모르는데 한 사람도 아니고 두 사람, 그것도 고년 차 전공의 둘이 자리를 비우는 일은 점심시간 정도에나 있을 뿐이었다.

"어떻게 자리를 비워?"

성실한 안다정은 일단 거절부터 했다. 채린은 도넛을 다 얻어먹고 나서 손을 닦고 몸을 일으켰다. 정오부터 한참 동안 바빴던 탓에 미뤄 두었던 차팅도 마쳤고, 도넛으로 칼로리 보충도 했으니 거칠 것이 없었다.

"한 10분 정도만 비우는 건데요, 뭐. 지금 널널할 때니까 잠깐은 괜찮을 거예요. 큰일 나면 콜 하면 되고."

채린이 거머리 같은 콜폰을 한 손으로 들어 보였다. 성실한 안다정의 마음이 바로 흔들렸다. 웬일로 응급실이 한산하다. 베드 사이를 돌아다니는 저년 차 전공의들의 얼굴도 영혼이 나가기는 했지만 평소보다는 여유로웠다.

하긴, 눈코 뜰 새 없이 바쁘면 응급실 에이스인 신채린이 도넛 따위나 먹으며 차트 정리를 할 리가 없었다. 다정은 못 이기는 척 채린을 따라 나섰다.

"신 선생, '작은 음악회'에 관심 있었어?"

"뭐, 그냥요……."

어린 환자들을 보고 싶지 않아 다정은 가능한 한 소아 병동 쪽 에는 걸음도 하지 않았다. 어쩌다 몇 번 응급 상황에 오며 가며 정기 음악회를 접했지만, 그나마도 바빠서 제대로 감상한 적은 드물었다.

"근데 선생님, 태인이 오빠 어떻게 생각해요?"

모호하게 대답한 채린이 황당한 주제로 말을 돌렸다.

"뭘 어떻게 생각해?"

"사람은 착하잖아요."

그동안 봐 온 바, 그는 악한 사람은 되지 못했다. 다정은 진상 을 부리던 보호자에게 무섭게 욕설을 뱉어 놓고 뒤늦게 놀라던 태인의 모습을 떠올렸다. 그때 당황해서 어쩔 줄 모르던 도태인 은 조금 귀여웠던 것도 같다.

'아니야! 내가 무슨 생각을!'

다정이 속으로 강하게 부정했다. 대답이 없자 채린이 다시 말을 붙였다.

"아니에요?"

"아, 그렇긴 해."

후배의 재촉에 다정이 떨떠름하게 긍정했다. 도도하게 팔짱을 낀 채로 채린은 거침없이 계속 물었다.

"생긴 것도 괜찮죠?"

"응, 그러네."

이건 안다정만의 생각이 아니었다. 도태인은 응급실 유명인이었고, 그를 모르는 의료진은 하나도 없었다. 그리고 모두들 도태인의 외모만큼은 인정하고 있었다.

그뿐이 아니다. 태인과 같이 밥을 먹는다거나, 밖에 나와 있으면 남녀 할 것 없이 다들 한 번쯤은 도태인에게 시선을 주곤 했다. 남들의 눈길이 다정은 어색했으나 워낙 그런 시선에 익숙해 있는 건지 태인은 별로 신경 쓰는 것 같지는 않았다.

"그렇죠? 그리고 태인이 오빠, 키도 크잖아요."

그 순간, 채린의 옆에서 걷고 있던 다정이 돌연 걸음을 멈추더니 채린을 의심스럽게 쳐다보았다. 다정은 구구절절 태인의 좋은 점을 짚어 주는 채린이 낯설었다. 신채린이 도태인을 썩 내켜하지 않는다고 생각했는데 그게 아닐지도 모르겠다.

"신 선생, 왜 그래?"

"네?"

눈치 빠른 치프가 설마 뭔가를 알아챘나 싶어서 채린은 조마

조마한 마음을 숨겼다. 다행히 연애에 서툰 안다정은 헛다리를 짚었다.

"백강우 선생님하고 싸웠어?"

연인을 멀리 두고 다른 남자 칭찬을 하는 후배가 이상해서 다정이 조심스레 묻자, 채린은 예쁜 얼굴을 일그러뜨리며 부정했다.

"그럴 리가요!"

"그런 것도 아닌데 왜 갑자기 도태인 씨 칭찬을 하고 그래?"

다정의 날카로운 눈빛 탓에 채린의 손바닥에 식은땀이 어렸다. 채린은 아무렇지 않은 척 가운 주머니에 손을 집어넣었다.

사실 채린은 어제 태인의 연락을 받았었다. 정기 음악회가 끝날 무렵에 다정을 데려와 달라고 무려 부탁까지 하면서 태인은 채린에게 미끼를 던졌다.

—외상외과랑 응급의학과가 같이 콘퍼런스 하는 거 말이야. 이번 달에는 대전에서 열린다며? 응급의학과에서는 누가 가? 과장이랑 치프가 가나?

대전이라는 말에 채린은 단숨에 미끼를 물고 말았다. 대전이면 연인이 공중 보건의로 근무하고 있는 병원과 멀지도 않았다. 콘퍼런스를 구실 삼아 연인을 보러 갈 생각에 채린은 태인의 부탁을 들어주기로 한 것이었다.

사랑에 눈이 먼 채린이 더듬더듬 둘러댔다.

"칭찬이 아니라…… 사실이잖아요. 미친 것만 빼면 괜찮은 사람이니까요."

"미친 게 문제야."

다정이 중요한 점을 짚었다.

냉정하기로 치프는 시베리아 칼바람이었다. 먼저 걷기 시작한 다정의 뒷모습을 채린이 허망하게 응시했다. 역시 다정은 절대 쉬운 여자가 아니었다. 아무래도 도태인은 엄청나게 고생을 하거나 안다정의 냉대를 못 버티고 나가떨어질 듯했다.

'안됐네.'

채린의 동정은 거기서 끝이었다.

소아 병동 로비, 간이 무대 앞에 사람들이 앉아 있었다. 제각각인 뒷모습을 가만히 보던 다정은 늘어선 의자 뒤에 서서 무대 쪽을 바라보았다. 무대 옆으로는 얌전한 차림의 대학생들이 각기 악기를 들고 있었다. 바이올린, 첼로, 플루트, 오보에…… 언제나 그랬듯, 자매결연을 한 대학의 아마추어 오케스트라 동아리가 오늘의 공연팀이었다.

그때 다정의 시선에 거슬리는 것이 있었다.

"바둑이는 뭐니?"

바둑이. 정확히는 얼룩 강아지 인형 탈. 인형 탈을 뒤집어쓴 사람은 목에 '바둑이'라고 팻말을 걸고 있었다. 아무래도 자기 이름을 알리고 싶었나 보다. 다정의 지적에 채린이 헛기침을 하고 대꾸했다.

"바둑이 키가 참 크네요."

"아, 그러네."

눈치 하나는 끝내주게 빠른 치프지만 이럴 때는 또 둔하기 짝이 없다. 채린이 다정을 복잡하게 바라보다가 무대로 눈길을 돌렸다. 아이들이 좋아하는, 즉 안다정이 모르는 음악이 끝나자 의자 곳곳에서 귀여운 박수 소리가 나왔다.

사회를 보던 대학생이 아쉬워하는 목소리로 마지막 연주곡임을 말했다. 가운 주머니에 양손을 꽂은 채로 채린이 빙긋 웃었다.

"벌써 마지막 곡이네. 조금만 일찍 올 걸 그랬어요."

신채린 취향이 워낙 고급인지라 아마추어 공연을 좋아할 줄은 몰랐다. 다정이 의외라는 투로 물었다.

"신 선생, 작은 음악회에 관심 있었어?"

"아뇨. 그냥 웃긴 꼴을 좀 더 구경했어야 하는데 싶어서……."

"응?"

다정은 이해할 수 없다는 듯 채린을 바라보았다. 채린은 바둑이 쪽을 응시하며 조소를 짓고 있었다. 통 알 수 없는 소리만 하는 후배가 오늘 따라 더욱 이상했다.

마지막 곡은 피아노 곡인지 무대 구석에 놓인 그랜드 피아노 앞에 연주자 혼자 앉았다. 이내 청아한 음색이 로비 안을 울리고 다정이 멈칫했다.

"아, 이 곡……."

강아지 왈츠가 로비 구석까지 울려 퍼졌다.

"애들 재미없게 웬 왈츠?"

채린의 투덜거림은 다정에게 닿지 않았다. 바둑이가 제 꼬리…… 솜으로 된 꼬리를 잡고 손을 흔들었다. 왠지 저 바둑이의 눈높이가 익숙하다. 저 개만큼 키가 큰 사람이 흔한 것도 아닌데. 다정의 시선을 느꼈는지 바둑이가 고개를 갸웃거려 주었다.

강아지 왈츠가 끝날 때까지 다정은 날카로운 눈으로 바둑이를 살펴보았다. 언제부터인가는 그녀의 눈길이 바둑이한테 고정되어서 그런지 바둑이가 움찔움찔 딴청을 피우기도 했다.

'이 사람 봐라?'

다정의 눈이 가늘어졌다. 그러나 그녀는 바둑이를 붙잡지 않고 옆에 있는 후배에게 말을 붙였다.

"신 선생."

"네?"

공연이 끝나고 의자에 앉아 있던 사람들이 하나둘씩 일어났다. 채린도 손목시계를 보며 언제쯤 응급실로 돌아갈 수 있을지 시간을 재다가 다정의 호명에 고개를 들었다. 자신보다 눈높이가 살짝 낮은 치프는 불길하게도 눈을 가늘게 뜨고 있었다.

"도태인 씨가 부탁했어?"

"……뭐, 뭘요?"

"나, 여기로 데리고 오라고."

여유 만만하던 신채린이 당황한 눈빛을 내비쳤다. 바둑이를 보고도 바로 알아차리지 않고 아무 내색도 없기에 공연이 끝나고 치프가 꽤 놀라겠구나 싶었다. 그런데 그 감정을 다 숨기고 있었던 걸까? 로비에 발을 들여놨을 때부터 다정에게 놀란 기색은 하나도 보이지 않았는데!

이 상황에서 침묵은 긍정이었다. 다정이 머리를 쓸어 넘기고는 한숨을 내쉬었다.

혼나나? 쓸데없는 일에 시간을 낭비했다고 한마디 들을지도 모른다. 채린은 자신을 이 상황으로 몰아넣은 바둑이를 원망스럽게 흘겨보았다.

하지만 예상과 달리 다정은 온화하게 말했다.

"수고했어. 가서 진료나 봐."

"네……."

채린이 다정을 불안한 눈빛으로 보다가 나가자 다정은 정리하는 사람들 틈새로 들어가 바둑이의 뒤에 자리했다. 그녀는 양팔을 교차해서 팔짱을 끼고 기가 막힌다는 투로 말을 건넸다.

"개 주제에 키가 이렇게 커요?"

빙글 몸을 돌린 바둑이는 대답 대신 그녀를 덥석 안아 버렸다. 가운을 입은 의사를 바둑이가 안는 사건이 터지자 주섬주섬 자리를 뜨던 아이들이 눈을 동그랗게 떴다.

"뭐, 뭐, 뭐하는 거예요?"

다정은 바둑이, 아니 변태의 어깨를 잡고 떼어 내려 애를 썼다. 그러나 개의 힘을 이길 수는 없었다.

오랜 병동 생활에 지친 보호자들은 대체로 안색이 어둡고 얼굴은 까칠했다. 아이들도 시큰둥한, 혹은 멍한 얼굴이 대다수였다. 그러나 지금은 달랐다. 갑작스러운 해프닝에 아이들은 물론 어른들도 바둑이와 이 상황에 흥미를 보였다.

"바둑이가 의사 선생님을 안았어!"

"어머머, 바둑이 좀 봐."

"저 선생님 남친인가 봐."

여기서 이 남자와는 아무 사이도 아니라고 외칠 수도 없고 안다정은 벙어리 냉가슴 앓듯 속으로만 끙끙 앓았다.

짓궂은 아이들의 시선과 조금 다르게 어른들은 다정에게 동정의 눈길도 보내 주곤 했다. 얼굴 팔리는 일이 불쌍하긴 했나 보다. 하지만 대체로 모두 이 상황을 재미있어 했다. 안다정만 빼고.

"이거 안 봐요?"

그녀가 그에게만 들리게끔 작게 속삭였으나 바둑이는 아무런 대꾸도 하지 않았다. 황당한 상황에 말문이 막힌 다정 대신 아이들이 착하게도 바둑이를 비난해 주었다.

"바둑이 변태!"

변태라는 말이 거슬렸는지 바둑이가 손에서 힘을 풀고는 아이 쪽으로 고개를 돌렸다. 실제 이 남자가 무슨 표정일지는 모르겠으나 바둑이 탈은 혀를 내민 채 우스꽝스럽게 웃는 얼굴로 고정이 되어 있어서 별로 무섭지는 않았다. 다정이 겨우 그의 품에서 빠져나온 뒤에 중얼거렸다.

"애들은 거짓말을 못 한다더니."

"변태 아닌데……."

본인은 부정하지만 도태인은 훌륭한 변태였다.

입가가 인형 탈로 막혀 있어서 그의 목소리는 답답하게 들렸다. 그녀가 바둑이의 얼굴을 흘끔 올려다보았다. 낮고 묵직한 저음과 바둑이의 정신 나간 듯한 표정은 썩 어울리지 않아서 우스웠다.

다정은 무대 정리로 어수선한 소아 병동 로비를 나와 실외에 마련된 벤치에 앉았다. 여름이라 더운 바람만 불었다. 덥고 습한 데다 답답하기까지 해서 태인은 바둑이 탈을 벗었다. 그가 엉망이 된 머리를 손으로 몇 번 빗어 넘기고는 한숨을 내쉬었다.

"덥다."

가운 하나만 더 걸쳤을 뿐인데도 더운데 저쪽은 통풍도 되지 않는 인형 탈이었으니 무척 힘들었을 것이다. 벤치에서 일어난 그녀가 바로 옆에 있는 자판기에서 캔으로 된 이온 음료 두 개를 뽑았다.

도로 벤치에 앉은 그녀가 앞에 서 있는 그에게 시원한 음료 캔을 건넸다. 활짝 웃으면서 그녀의 선물을 받아 든 그는 캔을 따지 않고 먼저 얼굴에 갖다 댔다. 차가운 기운이 정신을 번쩍 들게 만들어 주었다.

음료를 한 모금 마시고 나서 그녀가 얄밉게 말했다.

"이사장님 손자가 인형 탈이나 쓰고 있는 거예요?"

"신입이니까?"

궂은일을 해야 하는 신입. 그런데 왠지 그 신입이 오늘의 플레이 리스트를 짠 것 같다면, 착각일까? 그녀는 얼마 전에 그에게 '강아지 왈츠'를 좋아한다고 지나가듯 말했었다. 가게에서 흘러나오는 음악이 반가웠을 뿐이었는데 그는 인상 깊게 들은 모양이었다.

다정은 벤치 위에 놓인 바둑이 머리를 쿡쿡 찌르며 물었다.

"이거 쓰면 월급 많이 받아요?"

"……자존심 상하니까 노코멘트."

그가 시무룩하게 대꾸하자 그녀가 피식 웃었다. 뒤늦게 캔을 딴 그는 단번에 내용물을 반쯤 비웠다. 뜨거웠던 바람이 조금은 식은 것도 같다.

그녀를 가만히 내려다보던 그는 사무실에서 다른 직원들이 여름휴가에 대해 떠들던 것을 떠올렸다. 그러고 보니 안다정은 아직 여름휴가를 가지 않았다.

"맞다. 선생님, 휴가가 언제예요?"

"금요일부턴데요?"

"이번 주?"

다정이 고개를 끄덕였다. 이제 입사해서 휴가를 받을 수 없는 태인이 안도의 한숨을 내쉬었다. 주말만큼은 같이 쉴 수 있게 되었다.

"그래도 주말은 끼어 있네. 다행이다."

주말이나 휴일, 저녁까지 365일 24시간을 교대로 일하는 의료진과 달리, 사무직원 도태인은 주말, 휴일에 쉬고 항상 칼퇴근을 했다. 그러나 안다정은 여전히 다정하지 않았다.

"왜요? 설마 휴가 때도 귀찮게 하려는 거예요?"

"귀찮⋯⋯."

갑자기 자신의 존재가 하찮게 느껴져서 태인은 차마 끝까지 말을 잇지 못했다. 어깨를 축 늘어뜨린 그를 고소하게 바라보던 다정이 싹 비워진 캔을 쓰레기통에 던져 넣었다. 너무 오래 응급실을 비웠다.

"이제 가 봐야겠어요."

"주말에 같이 콘서트 갈래요?"

다정이 떠날 기색을 보이자 태인이 다급히 그녀의 손을 붙잡았다. 바둑이의 손은 벙어리장갑처럼 엄지와 나머지 부분으로 이루어져 있었다. 더운 날씨에 인형 탈까지 썼던 그의 체온은 보통 사람보다 뜨거웠다. 손에서 전해지는 뜨거운 기운에 왠지 얼굴도 뜨거워지는 것 같아 그녀는 슬며시 손을 빼고 아무렇지 않은 척 말했다.

"얼른 들어가서 일이나 하세요. 신입 사원이 농땡이나 피우고."

"가는 겁니다."

나직하지만 힘이 실린 목소리는 여자의 마음을 어렵지 않게 흔들었다. 소리 없이 마른침만 삼킨 다정은 아무 대답을 하지 않고 후다닥 그 자리를 떴다. 등 뒤에 그의 눈길이 진득하게 달라붙는 것 같다는 착각이 들었다.

'데이트 신청 같잖아?'

태인의 제안을 듣지 못한 척 무시하고 왔지만 다정은 혼란스러웠다. 마음속에서 여러 가지 감정이 제멋대로 소용돌이쳤다.

데이트 신청 같은 제안에 설레는 감정과 마음 굳게 먹으라는 차가운 이성, 도대체 그와 자신은 무슨 사이인지 모호하기만 했고, 언제까지 그의 마음이 변함없을지 모른다는 불안함이 이리저리 얽혔다.

응급실에 다정이 돌아오자 찬형이 기다렸다는 듯 그녀를 불렀다.

"야, 안다정."

"왜?"

뭐라 말하려던 찬형이 미간을 좁혔다.

"얼굴이 왜 그렇게 시뻘게? 술 마셨냐?"

깜짝 놀란 다정이 양손으로 뺨을 감쌌다. 손바닥에도 후끈거리는 열기가 느껴졌다. 이건 누가 만든 열기일까? 문득 태인의 미소가 떠올라 화들짝 놀란 그녀는 대강 둘러댔다.

"아…… 뛰어왔어. 밖에 많이 덥잖아."

"콜도 없는데?"

찬형이 의심스럽게 쳐다보았다. 아무렇지 않은 척, 다정이 몸을 돌렸다. 얼굴이 달아오른 건 뛰어왔기 때문이라고 주장할 수 있으니 더운 날씨가 고마워졌다.

퇴근을 앞두고 있는데 반갑지 않은 사람이 다정을 찾았다. 다정을 자르라 마라 난동을 피우고 폭언을 퍼부었던 남자였다. 응급실에서 하도 난리를 쳤던 터라 남자는 보안 요원에게 붙잡혀서 응급실 안으로 들어올 수는 없었다.

"야, 미쳤어? 나가지 마. 또 무슨 지랄을 할지 어떻게 알아?"

담당 환자 차트 정리를 하던 찬형이 얼굴을 구기면서 다정을 말렸다. 그러나 다정은 의자에서 몸을 일으켰다.

"그래도 어떡해? 기다린다는데 빨리 내쫓아야지."

"어휴, 저 호구."

썩 내키지 않았지만 다정은 바깥으로 걸음을 옮겼다. 쯧쯧, 찬형의 혀 차는 소리가 의국 출입문을 닫을 때까지 들렸다.

징계 위원회에서는 안다정의 잘못이 단 하나도 없다고 결론 내렸고, 그날 이후 모든 응대는 병원 법무팀이 알아서 맡았다. 보안 요원이 소속된 시설관리팀에도 남자를 경계하라는 지시가 내려왔다. 이제 다정이 거리낄 일은 없었다.

그런데 한 번 놀랐던 마음이 쉬이 가라앉지는 않는지 남자를 보자 심장은 보통 때보다 빠르게 뛰었다. 다정은 표정을 굳힌 채로 남자의 앞에 섰다.

"또 무슨 일이시죠?"

"전에는 죄송했습니다."

어두운 안색으로 남자가 꾸벅 허리를 굽혔다. 다정은 아무 대꾸도 하지 않았다. 이제 와서 쩔쩔매며 사과를 한들, 과거는 지워지지 않는 법이었다. 남자가 줄줄 말을 이었다.

"아버지가 갑자기 그렇게 되어서…… 선생님을 모욕하려는 건 아니었어요. 정말입니다."

그래도 기자랍시고 말은 잘했다. 나름대로 진심이 담겨 있었으나 그녀는 여전히 무표정했다. 그녀가 사과도 받아 주지 않고 아무 대꾸도 하지 않자 초조해진 운택은 손바닥의 땀을 바지에 눌러 닦았다.

요 며칠 샌드위치처럼 눌려 지냈다. 회사에 손해를 끼치게 생긴 운택은 사내에서 투명 인간이 되어 버렸다. 병원 측에서는 지난 1차 기사로 인해 병원이 해를 입었고, 전공의의 명예도 실추당했다며 운택을 압박하고 있었다. 아무것도 가진 것 없는 만만한 여자라고 우습게 보았었는데 번지수를 완전히 잘못 짚었다.

다정은 남자의 다리를 물끄러미 쳐다보았다. 이 남자는 태인이 걷어찬 다리 타박상 탓에 진단서를 끊었다고 했다. 골절은 아니더라도 혹 금이 가지는 않았을까 걱정이 되어 그녀가 천천히 입을 열었다.

"……다리는 괜찮으시죠?"

"네, 괜찮습니다……."

"그만 가 보세요. 그쪽하고는 더 이상 할 말이 없으니까요."

다리에도 별 문제가 없다 하니 이제 남자와 볼일은 없었다. 다정이 차갑게 대꾸하고 돌아섰다. 뒤에서 운택이 절실한 목소리로 부탁했다.

"죄송합니다. 제발 마음 푸시고요, 용서해 주세요."

이제 와서 용서를 하라고 해 봤자 저 남자 마음이나 편해질 것이다. 듣지 못한 척 남자를 무시한 다정은 응급실 안으로 걸음을 옮겼다. 기둥 뒤에서 숨어 듣고 있던 찬형이 믿을 수 없다는 듯 입을 쩍 벌리고 있었다. 그날의 소란을 기억하는 다른 의료진들도 놀란 눈치였다.

"뭐야? 사람이 완전 딴판이 되었잖아?"

"갱생했나 보지. 아버지 깨어났으니까."

"말이 되는 소리를 해라. 갱생할 인간 아니야."

가볍게 넘어가려는 다정과 달리, 찬형은 고개를 저으며 부정했다.

애초에 갱생이 될 인간이었으면 죄 없는 사람을 붙잡고 늘어졌을 리가 없다. 찬형은 그렇게 믿고 있었다. 저 남자처럼 강자에게 약하고, 약자에게 강한 소인배 타입은 외부에서 압력이 들어와야만 비굴해진다.

"누가 협박이라도 했으면 모를까."

"협박?"

"그래, 협박."

"웬 협박이래?"

무심하게 대답하긴 했으나 다정은 뭔가 서늘한 기분이 들었다. 하지만 그녀는 자신의 기분을 외면하기로 했다. 더는 그 일에 대해 생각하고 싶지 않았다. 조금 있으면 여름휴가인데 안 좋은 기억 따위를 떠올리기는 싫었다.

치료 방법 7.
함께 휴가 보내기

금요일!

휴가!

안다정의 행복 주간이 시작되었다.

얼마 전에 주어졌던 유급 휴가 따위와는 비교도 되지 않는 꿀
맛 같은 휴가였다. 역시 쉬는 것도 마음이 편해야 즐겁게 쉴 수
있었다.

"다했다!"

다정이 홀가분하게 외쳤다. 오랜만에 쓰레기장 같은 집을 청
소하고 밀렸던 빨래도 전부 해치웠다. 그녀는 만족스럽게 방 안
을 둘러보았다. 여름이랍시고 더운 바람이 열린 창문에서 밀려
들어 와 방 안은 눅눅했지만, 그래도 깨끗한 방을 보니 뿌듯했

다.

"어우, 더워."

창문을 닫고 에어컨을 켠 다정은 잠시 찬바람을 온몸으로 맞으며 열을 식혔다. 뜨거운 기운은 좀 가셨는데 땀을 흘려서 여전히 기분이 찝찝했다. 시간도 남아도니까 느긋하게 샤워나 해야겠다. 그녀는 욕실로 직행했다.

다정은 휴가 내내 집에서 요양을 하기로 결심했다. 복잡하고 피곤한 것을 싫어하는 성격상 사람이 득실거리는 휴가지에 가고 싶지도 않았고, 무엇보다 함께 갈 사람도 없었다.

그 대신 다정은 집에서 요양하며 시험공부를 할 생각이었다. 대개 모든 병원의 전공의 4년 차들은 9월부터 전문의 시험을 대비한 스터디를 꾸리곤 했다. 9월까지는 한 달이 남았다. 틈틈이 공부하는 편이 훗날의 피로를 줄여 줄 것이다.

'미리 하면 좋지.'

어느 과목부터 준비를 할까 머릿속으로 계획을 세우면서 그녀는 흐르는 물줄기에 몸을 맡겼다. 그때 문득, 그녀의 머릿속에 떠오르는 말이 있었다.

"주말에 같이 콘서트 갈래요?"

그러면 주말 하루는 계획에서 빼야 하나? 머리에 샴푸 거품을 잔뜩 내며 그녀가 갸웃거렸다. 휴가 내내 도태인이 설마 공부를 방해하지는 않겠지? 그녀가 불안한 듯 눈가를 일그러뜨렸다. 하긴, 주말이야 그도 일을 쉰다지만 평일까지는 방해하지 못할 것이다.

샤워를 마친 후, 젖은 머리를 수건으로 두드리면서 다정은 샤워 가운만 걸치고 책상 앞에 앉았다.

공부는 습관과도 같았다. 의사는 학자와 비슷해서 평생 공부를 해야만 했다. 신기술이 발명되고 새로운 의료 방법이 나온다. 새롭게 정립된 학설로 인해 기존 학설은 폐기가 되고, 알고 있던 정보는 아무도 쓰지 않는 죽은 지식이 되어 버린다.

"으, 춥다."

샤워 가운을 여미며 일어난 다정이 에어컨을 껐다. 그때 초인종 소리가 울렸다.

'누구지? 택배 올 건 없는데.'

에어컨 리모컨을 든 채 다정은 현관 쪽을 돌아보았다. 올 사람이 없는 집이라 순간 그녀의 뇌리에 태인이 스쳐 지나갔다. 그러나 그는 이제 백수가 아니었다. 지금쯤 병원에서 일을 하고 있을 게 틀림없었다. 아니면 인형 탈이나 쓰든지. 바둑이 인형 탈을 떠올린 그녀가 작게 웃음을 터뜨렸다.

'그날 좀 웃기기는 했어.'

인형 탈을 뒤집어쓴 도태인의 모습은 가관이었다. 조금만 일찍 올 걸, 아쉬워하던 채린의 말이 이해가 갈 정도였다.

리모컨을 내려놓고 인터폰을 살핀 다정이 눈을 동그랗게 떴다. 인터폰 화면에는 익숙한 얼굴이 비치고 있었다.

"어?"

병원에 있어야 할 도태인이었다. 다정은 의심스럽게 화면을 보다가 현관으로 가서 문을 열어 주었다. 그녀를 보자마자 그가 신이 나서 떠들었다.

"선생님 집이 병원하고 가까워서 좋네요. 들어가도 돼요?"

"병원은요?"

"점심시간이잖아요."

그러니까 도태인은 점심시간이라고 병원을 탈출한 것이었다. 아, 병원 탈출이라니 도태인이 꼭 폐쇄 병동에 갇힌 느낌인데…….

할 말을 잃은 그녀가 그를 빤히 올려다보자 그가 전처럼 손에 들린 쇼핑백을 내밀며 덧붙였다.

"초밥 사 왔는데."

뚝뚝, 채 마르지 않은 머리카락 끝에서 물방울이 떨어졌다. 그녀가 저도 모르게 가운을 여미며 그를 올려다보았다. 그의 시선이 그녀의 손에 닿을 무렵이었다. 살짝 열려 있는 옷깃 사이로 그녀의 피부가 언뜻 비쳤다.

질끈 눈을 감고 고개를 돌린 태인이 부랴부랴 외쳤다.

"아, 아무것도 못 봤습니다. 정말!"

"누가 뭐래요?"

모르는 사람이 들으면 벗고 있는 줄 알았겠다. 복도가 괜히 소란스러워질까 봐 다정이 눈가를 일그러뜨리며 태인을 안으로 끌어당긴 후 현관문을 쾅 닫았다.

샤워를 막 마치고 나온 서늘한 손에 손목이 잡히자 그의 어깨가 움찔 굳었다. 그녀는 등을 돌리고 있어서 바짝 굳은 그의 표정을 보지 못했다. 그녀가 한숨을 내쉬면서 말했다.

"나보다는 같이 일하는 사람하고 점심을……."

앞장서 들어가던 다정이 말을 멈추었다. 달칵, 현관문이 열리는 소리 탓이었다. 그녀가 의아한 시선으로 뒤를 돌아보았다. 한 손으로 입가를 가린 태인이 어영부영 초밥이 든 쇼핑백을 바닥에 내려놓았다.

"서, 선생님. 이거 놓고 갈게요."

"네?"

"급한 일이 생겨서……."

급한 일?

다정이 뭐라고 대꾸하기도 전에 그 말을 끝으로 도태인은 도망치듯 현관을 나가 버렸다. 문이 닫히고 전자 키가 드르륵 돌아갔다. 현관 바닥에 놓인 쇼핑백을 집어 든 그녀가 고개를 갸웃거렸다.

"왜 저래?"

급한 일이 생겼다니 붙잡기도 좀 그렇다. 아쉬워하는 모습을 보였다가는 도태인이 또 의기양양해서 귀찮게 굴까 봐 그녀는 굳이 그를 뒤쫓지는 않았다.

테이블 위에 초밥이 든 쇼핑백을 올려 두고 그녀는 옷을 갈아입었다. 샤워 가운 차림으로 도태인을 보다니…… 그녀의 얼굴이 괜스레 붉어졌다. 안다정은 누군가에게 내밀한 모습을 보여주는 데 익숙하지 않았다. 아마 혼자 산 지 오래되었기 때문일 것이다.

"어?"

테이블 앞에 앉아서 쇼핑백을 연 그녀가 예상치 못한 물건을 보고 미간을 좁혔다. 낯선 휴대폰이 그 안에 있었다. 그 흔한 케이스 하나 끼우지 않은, 검은색 휴대폰이었다. 초밥을 사 온 그의 휴대폰이 틀림없었다.

'연락을 해야 하나?'

혹시 연락이 와 있을까 싶어서 화면을 켠 다정은 한숨을 내쉬었다. 도태인은 휴대폰에 관심이 없는 모양이었다. 기본 배경 화면에 화면은 정리도 되어 있지 않았다. 당연히 잠금 비밀번호 같은 것도 걸려 있지 않았다.

그의 휴대폰을 손에 넣자 그녀는 기묘한 기분이 들었다. 이 작은 휴대폰 안에 도태인의 사생활이 집약되어 있을 것이다. 아무것도 건드리지 않고 화면만 내려다보고 있었더니 휴대폰 화면이 까맣게 꺼졌다. 그녀는 다시 화면을 켜 보았다. 역시나 전화 통화나 문자 메시지는 물론 흔한 인터넷 푸시 메시지조차 오지 않았다.

다정은 통화 버튼 옆, 주소록을 터치해 보았다. 주소록에 등록

된 번호는 딱 열 개뿐이었다. 그때, 그녀의 시선을 잡아끄는 이름이 있었다. 너무나도 익숙한 자신의 이름에 다정은 갑자기 죄책감이 밀려들어 왔다.

'보면 안 돼.'

궁금하긴 하지만 그래도 이 이상으로 휴대폰을 훔쳐보는 건 내키지 않았다.

다정은 현관문을 열고 나가 엘리베이터를 살폈다. 1층에 내려가 있는 것을 보니, 그는 병원으로 돌아간 모양이었다.

휴대폰을 찾으러 오려나? 30분 정도 기다려 보자고 생각하며 다정은 초밥이 든 도시락 통 뚜껑을 열었다. 누구 코에 붙이라는 건지, 고작 초밥 열두 피스가 정갈하게 놓여 있었다.

한편, 다정의 집에서 도망치듯 나온 태인은 점심도 먹지 않고 사무실로 돌아와 버렸다. 점심시간답게 사무실은 텅 비어 있었다. 오히려 다행이었다.

'큰일 날 뻔했다.'

지친 듯 의자에 털썩 앉은 태인은 휴대폰을 잃어버린 것도 모르고 있었다. 몸에 피어오른 열기 탓에 아무것도 생각할 수가 없었다.

코끝을 간질이는 달콤한 냄새, 촉촉하게 젖은 머리칼, 방금 샤워를 마친 듯 붉어진 뺨과 가운 아래 아무것도 걸치지 않았을 그녀의 몸까지.

다시 그 상황을 곱씹은 태인이 책상 위에 엎드려 버렸다. 하반

신에 달린 놈은 자유 의지를 갖고 있는 게 틀림없었다. 귀 끝까지 붉어진 채로 그가 한숨을 내쉬었다.

안다정을 알게 된 이후로 도태인은 수절 아닌 수절을 하고 있었다. 당연했다. 그녀를 만난 뒤로 도태인의 세계는 안다정으로만 이루어졌다. 다른 곳에 흥미도, 관심도 가질 수가 없었다. 생존 본능 앞에서 인간의 3대 욕구 따위는 안드로메다로 사라졌다. 안다정을 볼 수 있느냐, 마느냐. 그것만이 도태인에게 남았다.

하지만 몸은 솔직했다. 며칠 전 꾸었던 꿈만 해도 그랬다. 꿈 속에서 다정이 무척 다정한 표정으로 안아 주었는데, 그걸로 흥분을 했었다. 그러니까 중학생도 아니고 서른두 살 먹은 도태인이 몽정을 했단 말이다. 꿈에서 안다정하고 구르기라도 했으면 몰라, 안아 줬을 뿐인데 창피하게…….

평소, 다정이 질색하는 스킨십을 할 때도 가끔 제2의 인격이 기립하려고 했지만 그럭저럭 진정을 시켰었다. 그런데 오늘은 정말 자극이 강했다. 일단 눈으로 보고, 냄새를 맡았고, 목소리까지 들었다. 게다가 그녀가 손까지 잡아 주었으니 오감 중에 네가지가 충족되고 말았다.

만약 계속 그녀의 옆에 있었더라면 뺨을 맞았을 것이다. 아주 세게.

'울고 싶다.'

겨우 시간을 낸 거였다. 아침에 미리 고급 일식집에 예약을 해

서 한시도 지체되지 않도록 노력을 했는데 이렇게 도망치고 말
았다. 태인은 우울해졌다.

그때, 점심을 먹고 돌아온 여직원 무리가 태인을 발견했다.

"어머, 태인 씨. 점심 먹는다고 나갔잖아요?"

"아."

점심 식사 미션은 실패였다. 태인이 시무룩하게 시선을 돌렸
다. 그의 슬픈 사정을 모르는 여직원들은 태인을 앞에 두고 생글
생글 웃었다.

"되게 빨리 오셨네. 커피 마실래요?"

"아니, 됐습니다."

"우리 거 타는 김에 탈게요."

"정말 괜찮아요."

태인이 손을 내저으며 거절했다. 빈속에 커피를 마시고 싶은
생각은 없었다. 기분도 별로여서 남들의 호의가 귀찮게만 느껴
졌다.

왠지 들떠 있던 오전과 다르게 태인은 힘이 빠져 보였다. 그의
기분에 민감하게 반응하며 여직원들은 서로 눈빛을 교환했다.

대외협력팀에 도태인이 입사했을 때부터 여직원들은 요란을
떨었다. 얼굴 잘생겼지, 키 크지, 돈 많은 집 자식이지…… 이런
훌륭한 배경을 가졌으니 그가 일은 못해도 상관없다고 모두가
우스갯소리로 말하곤 할 정도였다. 일을 못하면 대외협력팀의
훌륭한 꽃 장식이 되면 그만이니까.

"태인 씨, 점심 뭐 먹었어요?"

"우린 파스타 먹고 왔는데."

"응급실 던트 쌤하고 드셨어요?"

응급실 레지던트인 안다정과 먹기는커녕, 오늘 점심은 굶었다. 남들에게 구구절절 이야기를 털어놓고 싶지 않아 그는 대답 대신 입가만 슬쩍 올렸다. 옅은 미소에 얼굴이 상기된 여직원의 목소리가 한 톤 높아졌다.

"너무 그 선생님만 챙기지 말고 우리랑도 언제 같이 점심 한 끼 해요. 네?"

"나중에요."

귀찮은 기분을 겨우 숨기면서 그가 대충 대답했다. 나중이라는 말은 기약 없는 소리에 불과했다.

30분이 더디게 흘러갔다.

초밥 열두 피스로는 도저히 배가 차지 않아 다정은 태인의 몫까지 다 먹어 버렸다. 그가 불평하면 사 주지 뭐, 이런 안일한 마음을 가지고 그녀는 힐끔힐끔 시간만 살폈다.

30분 동안 태인의 휴대폰은 단 한 번도 울리지 않았다. 그녀는 그의 인간관계가 문득 궁금해졌다. 도대체 얼마나 좁기에 메시지 한 통 오지 않는지 신기할 따름이었다. 응급실에서 매일 이런저런 콜에 시달리던 그녀는 쓸데없이 그가 부러워졌다.

도태인이 어느 부서에서 일하는지 알 리가 없는 다정은 고민하다가 채린을 통해 정보를 알아낼 수 있었다. 태인은 대외협력팀에 낙하산으로 꽂혔다고 한다. 관심이 없는 줄 알았는데 은근히 신채린은 아는 게 많았다.

"그런데 신 선생은 어떻게 알고 있었어?"

—어떻게 알긴요? '작은 음악회'부터가 대외협력팀에서 하는 거잖아요. 태인이 오빠가 어떻게 개입했겠어요?

신채린보다 1년이나 더 근무했음에도 안다정은 처음 안 사실이었다. 머쓱해진 다정이 머리를 긁적였다.

"그래? 그거 대외협력팀, 본관 몇 층이야?"

아는 건 오로지 응급실과 병동뿐인 안다정은 후배에게 그렇게 묻고 말았다.

결국 휴가 첫날부터 다시 병원을 찾았다. 울리지 않는 검은 휴대폰을 들고 본관 앞에 선 다정이 눈살을 찌푸렸다.

'아, 기분 잡쳐.'

휴가 중에 회사로 출근한 기분이 이런 걸까? 가능한 한 응급실 쪽은 쳐다도 보지 않고 다정은 걸음을 재촉했다. 오늘도 여전히 병원은 인산인해였다. 방문객, 보호자, 환자, 의료진 모두가 한데 섞여서 덩어리처럼 이곳저곳 흘러가고 있었다.

그래도 본관은 리모델링을 해서 번쩍번쩍했다. 다정은 채린이 일러 준 대로 대외협력팀 사무실을 찾았다. 먼저 똑똑, 노크를 한 그녀는 안에서 아무 소리가 들리지 않아 잠시 멈칫했다. 이제 조금 있으면 한 시. 사무직원들의 점심시간은 끝이 날 텐데 아직도 사무실이 비어 있는 건가, 싶었다. 그녀는 결국 문고리를 돌리고 문 틈새로 고개를 슬그머니 집어넣었다.

파티션으로 가려진 공간 탓에 사람이 있는지 알 수가 없었다. 다정이 결국 입을 열었다.

"계세요?"

"……어?"

그 순간, 안쪽에서 의자 미는 소리와 함께 태인이 벌떡 일어났다. 익숙한 목소리를 단번에 알아들은 그가 출입문 쪽으로 후다닥 달려 나왔다. 반가움이 가득한 눈빛을 보자 그녀의 마음이 한결 가라앉았다.

"선생님!"

그의 목소리가 크다 싶어서 그녀는 안쪽을 흘긋 살폈다.

"혼자 있어요?"

"네. 무슨 일이에요?"

아무도 없다니 다행이었다. 다정이 태인에게 휴대폰을 내밀었다. 검은색 심플한 휴대폰을 보고 그가 눈을 깜빡거렸다.

"그걸 왜……."

"이거 두고 갔는데, 몰랐어요?"

휴대폰이 들어 있을 법한 정장 바지 주머니를 툭툭 쳐 본 그는 그녀의 집에 휴대폰을 놓고 온 것을 뒤늦게 깨달았다. 그가 난처하게 대답했다.

"아…… 몰랐어요."

그럴 줄 알았다는 듯 그녀가 그에게 휴대폰을 건네주었다. 그는 휴대폰을 처음 본 사람처럼 생경하게 눈을 반짝 빛냈다. 평소 아무렇지 않게 사용하던 휴대폰을 그녀가 갖고 있었다는 것만으로도 특별해 보였다. 그의 기분을 알 리 없는 그녀가 말을 이었다.

"초밥, 내가 그냥 다 먹었어요. 2인분."

사 온 사람의 성의를 생각해서 다정은 1인분의 양이 적었다는 말은 굳이 하지 않았다. 그러나 그는 헛소리나 뱉었다.

"그걸 봤어야 하는데!"

"뭘요?"

"우리 안다정 선생님이 초밥 먹는 모습. 그거 보고 싶었는데⋯⋯."

태인이 실망한 기색으로 중얼거렸다. 진심이 담긴 그의 목소리에 다정이 경멸의 시선을 내비쳤다. 저번에는 삼겹살 3인분을 전부 먹이더니, 이번에는 초밥 2인분을 먹일 생각이었나.

"급한 일은 잘 처리했어요?"

더 이상 먹는 이야기는 하고 싶지 않아서 다정이 화제를 돌렸다. 태인은 대답 대신 슬그머니 시선이나 내렸다. 처리가 잘⋯⋯ 된 것도 같다. 그의 귀 끝이 살짝 붉어져 있었으나 그녀는 그의 이상 반응을 알아채지 못했다.

"네⋯⋯ 뭐, 그렇죠."

대강 둘러댄 그가 떨구었던 시선을 올릴 무렵이었다. 용건을 다 끝낸 그녀가 출입문을 벌컥 열면서 미련 없이 말했다.

"이제 갈게요."

"벌써?"

"휴가라서 병원 근처도 오고 싶지 않거든요."

진심 섞인 목소리에 그는 더 이상 그녀의 발목을 잡을 수 없었다. 대신 그는 그녀를 쫓아 쪼르르 나왔다.

"데려다줄게요. 엘리베이터, 아니 1층까지…… 아니다, 집까지 데려다줄 시간이……."

"됐습니다. 어린애도 아니고."

역시 안다정은 칼같이 거절했다. 그녀가 엘리베이터 쪽으로 걸음을 옮기자 그가 다급하게 외쳤다.

"같이 가요!"

"이거 안 놔요?"

덥석, 뒤에서 다정의 허리를 끌어안은 태인은 눈을 질끈 감았다. 예상대로 그녀가 그의 팔을 찰싹 내리쳤다. 하지만 점심도 같이 못 먹었는데, 벌써 헤어지고 싶지는 않았다. 변태 취급을 당해도 좋으니 그녀와 같이 있고 싶었다.

커피를 마시고 양치를 마친 뒤, 대외협력팀 여직원들은 조잘조잘 수다를 떨면서 복도를 걸었다. 대체로 도태인에 대한 이야기였다.

"도태인 씨, 되게 비싸게 구네."

"회장님 손자라잖아."

"회장 손자 아니더라도 생긴 거 봐. 콧대 높은 거 당연하지."

일리 있는 소리에 불만을 표하던 여직원들이 입을 다물었다. 하긴, 그 얼굴에 그 몸매면 회장 손자가 아니어도 도도할 것이다. 튕기기만 하는 남자는 매력이 없다고 생각했는데 외모가 모든 것을 용서했다.

하지만 그는 그림의 떡. 즉, 남의 남자나 다름없었다.

"근데 왜 그 레지던트를 그렇게 쫓아다닌대?"

"몰라."

"얼굴 봤어? 난 봤는데."

"아니, 어때?"

"그냥 평범했어. 던트라 그런지 화장도 거의 안 했고."

정기 음악회 때 소아 병동 로비에 있던 직원이 대답했다. 썩 시원한 대답은 아니었다. 엄청난 미모를 가진 능력자라면 납득했을 텐데 평범한 의사라니. 다정의 얼굴을 본 적 없는 여직원이 어깨를 늘어뜨리며 고개를 저었다.

"이해가 안 된다."

"나도."

그때, 직원들은 엘리베이터를 기다리고 있는 낯익은 남자를 발견하고 놀라 걸음을 멈추었다. 방금 전까지 화젯거리였던 도태인이었다. 그들이 놀란 이유는 그를 발견했기 때문만은 아니었다.

"제발 후문까지 데려다주게 해 줘요. 네?"

"지금 몇 신 줄 알아요? 일 안 할 겁니까?"

"우리 안다정 선생님, 너무 안 다정해……."

항상 무표정하거나 어쩌다 희미한 미소만 짓던, 도도하기 그지없는 남자가 여자의 허리를 끌어안고 있는 광경도 놀라웠는데, 심지어 그 여자한테 매달려 떼를 쓰고 있었다. 식사 자리에 불참은 물론, 업무 이외의 대화는 잘 섞지도 않는 남자가…….

"……진짜 이해가 안 된다."

"……나도."

기가 막혀서 대외협력팀 여직원들의 얼굴 표정이 썩어 들어갔다. 그들의 시선을 인식하지 못한 두 사람은 도착한 엘리베이터에 훌쩍 올라 사라졌다.

밤늦게까지 공부를 하고 늘어지게 잠을 잤더니 몸과 마음이 전부 상쾌했다. 이 여유! 다정이 만족스럽게 눈을 뜰 무렵이었다. 이른 시간부터 초인종 소리가 요란했다.

"아, 진짜……."

다정이 귀를 막으면서 몸을 뒤척였다. 조금만 더 이불 속에 있고 싶었는데, 이럴 땐 혼자 사는 게 불만스럽다.

다시 한 번 초인종 소리가 들리고 나서야 꾸물꾸물 눈을 비비면서 침대 밖으로 나온 다정은 인터폰으로 방문객을 보고 인상을 찌푸렸다. 이 인간은 아침부터 잠도 없나, 왜 여기까지 찾아와서 사람을 귀찮게 하는 건지 모르겠다.

"선생님!"

반가워서 어쩔 줄 모르는 태인과 달리 다정은 심드렁했다.

"아침부터 왜 왔어요?"

"그거야 우리 안다정 선생님하고 휴가를 보내려고……."

"미안한데 난 휴가 집에서 보낼 거거든요."

그녀가 그의 말허리를 냉정하게 뚝 끊었다. 하지만 냉정한 대
우에 익숙해진 태인은 능글맞게 대꾸할 뿐이었다.

"정말요? 그럼 나도 그래야지."

차가운 시선에도 아랑곳 않는 그를 밀어낼 수도 없는 노릇이
었다. 심지어 오늘은 뇌물을 들고 온 것도 아닌데. 이러다가 이
남자가 툭하면 집에 오겠다 싶어 그녀가 한숨을 길게 내쉬고 그
를 끌어당겼다.

"모기 들어오니까 빨리 들어와요."

안다정은 모기라면 질색이었다. 차라리 변태를 집 안에 들이
는 게 나을 정도로.

그가 싱글벙글 웃으며 그녀에게 이끌려 집 안으로 걸음을 옮
겼다. 이번에 그는 뇌물용 음식 대신 지갑에서 공연 티켓 두 장을
꺼내 보였다.

"이따 두 시에 예술의 전당에서 피아노 콘서트 있어요."

"그런데요?"

"거기 갑시다."

"내가 말 안 했나? 이제 그런 데 안 갈 거라고."

다정은 더 이상 흑역사를 적립하고 싶지 않았다.

상처받은 강아지처럼 태인이 그녀를 물끄러미 응시했다. 저기에 말려들면 안 된다. 하도 말려들어서 그의 의도대로 흘러간 일이 벌써 몇 번이던가. 다정이 마음을 독하게 먹고 고개를 저었다.

"공부할 건데요."

그녀가 책상 위를 가득 덮은 전공 서적을 쳐다보자 그도 따라서 시선을 보냈다.

"이미 예매했는데."

예매했으니까 티켓을 실물로 가지고 있는 거겠지. 그 정도로 다정의 마음이 변할 리가 없었다.

"누가 예매하랬나?"

"한 자리 당 15만 원인데."

"뭐라고요?"

한 자리 당 얼마? 다정이 꽥 소리를 질렀다. 그러자 이 변태가 휴지 조각을 접듯, 티켓을 반으로 접으며 대수롭지 않게 대꾸하는 것이었다.

"어쩔 수 없죠. 30만 원 정도야 뭐 밥 한 끼 먹었다고 치고……."

"뭐가 어쩔 수 없는데요? 제정신이 아니네, 완전."

그의 손에서 구겨지고 있는 티켓을 홱 구출해 낸 그녀가 황당한 투로 헛숨을 뱉었다. 반으로 접힌 티켓을 펴자 적나라하게 티켓 금액이 적혀 있었다. 150,000원. 신용 카드 결제. 이걸 어쩔 수 없죠, 하면서 버리려고 하다니!

"잘 가지고 있어요."

도로 그의 손에 티켓을 들려 준 그녀가 벌떡 일어났다. 그의 시선이 그녀의 움직임을 따라 쪼르르 움직였다. 개를 키우면 이런 느낌일까? 호의가 가득 담긴 눈빛과 미소는 오로지 그녀만을 향해 있었다.

"어디 가요?"

"씻으러 갑니다."

그녀가 모든 것을 포기한 듯 대답하고 욕실 문을 쾅 닫았다. 그는 닫힌 문을 한참 바라보다가 눈을 감았다. 이 집에서 이른 시각부터 그녀와 시간을 함께 보내고 있으니까 꼭 같이 사는 기분이 들었다.

안다정하고 같이 살면 얼마나 좋을까? 어둠이 내려앉은 밤에도 두려워할 것 없고, 죽음의 공포가 자신을 덮칠까 봐 걱정할 필요도 없었다. 그녀의 옆에 있으면 그녀가 구해 주리라는 확고한 믿음이 있었으니까.

욕실 문은 굳게 닫혀 있었지만 간간히 안에서 소리가 새어 나왔다. 바닥 타일을 때리는 샤워기 소리마저도 감미로운 노래처럼 들리는, 미친 도태인은 웃음을 감출 수가 없었다. 얌전히 앉아 있던 그는 엉망으로 펼쳐져 있는 다정의 이불을 깔끔하게 정리해 주고 그녀가 나오기를 기다렸다.

전공의 시절은 대체로 시간과의 싸움이었다. 뭐든지 빨리빨리 해내야 하는 직업 특성상, 그녀는 다른 사람들에 비해 씻는 시간도 무척 빨랐다. 멀티태스킹은 전공의들의 필수 덕목이었다. 예를 들면 한 손으로 양치를 하면서 다른 손으로는 거품이 가득한 머리를 문지른다거나, 하는 식으로.

웬만한 군인들 못지않게 샤워를 일찍 마친 다정은 그제야 아차 싶었다. 낭패를 본 표정으로 그녀가 욕실 문을 빼꼼 열었다. 손가락 두 개 정도 되는 틈 사이로 바깥을 살핀 그녀가 태인의 그림자를 보고 한숨을 내쉬었다.

"……안 갔어요?"

"네!"

욕실에 다가올 기세로 태인이 벌떡 일어나자 다정은 문을 다시 쾅 닫았다. 그녀의 얼굴에 난처함이 가득 올라왔다.

'왜 안 가!'

급히 씻으러갔다가 그만 갈아입을 옷을 안 가지고 들어갔다. 샤워 가운은 어제 쓰고 세탁기에 처넣었다. 입고 들어온 옷은 이미 물에 쫄딱 젖었다. 혼자 살면 그냥 벗고 나갈 텐데 밖에 다른 사람도 아니고 도태인이 있었다.

'미치겠다.'

안절부절못하는 그녀의 마음을 알 리 없는 그가 욕실 문을 똑똑 두드렸다.

"선생님, 아침 먹을 거죠?"

태평한 소리에 그녀의 마음이 더욱 무거워졌다. 이 변태가 기뻐할 만한 구실을 주게 생겼지만 그렇다고 욕실에 언제까지 갇혀 있을 수도 없었다. 그녀는 참지 못한 한숨을 길게 내쉬고 마음을 다잡았다. 그래, 뭐 인간적으로 이 정도 도움은 괜찮을 것이다.

"저기, 음······."

다시 문을 살포시 연 그녀가 틈새로 그에게 말을 걸었다. 욕실 문 앞에 우뚝 서 있던 그가 그녀와 눈높이를 맞추고자 고개를 내렸다.

"네?"

쓸데없이 상냥한 남자다. 문고리를 살짝 당긴 그녀가 더욱 좁아진 틈으로 말을 이었다.

"그······ 침대 왼편에 붙박이장 있잖아요."

"네."

"거기서 아무 옷이나 갖다 줄 수 있어요?"

그가 바로 대답하지 않자 초조해진 그녀가 말을 이었다.

"내가 옷을 안 들고 들어와서······ 아, 아니면 행거에서 꺼내도 되고요."

"알았어요."

태인의 나직한 대답이 왠지 부끄럽게 들렸다. 얼굴이 화끈 달아오른 다정이 세면대에서 찬물을 틀어 세수를 했다. 차가운 물이 얼굴선을 타고 흘러 똑똑, 몸에도 떨어졌다. 찬 기운에 움찔 놀란 그녀가 수건으로 잽싸게 얼굴을 닦을 때였다. 그가 욕실 문을 노크했다.

"이거면 돼요?"

"네."

슬그머니 문을 연 다정은 태인의 손에 들린 면 티셔츠와 바지를 보고 냉큼 받아 들었다. 속옷까지 부탁할 염치가 없어서 일단 되는 대로 몸만 가리고 나갈 생각이었다. 문을 닫기 전, 그녀가 한층 누그러진 목소리로 감사를 표했다.

"고마워요."

"그렇죠? 역시 내가 있으니까 이렇게 옷도 갖다 줄 수 있고."

하여튼 조금만 부드럽게 대해도 저렇게 방방 날뛴다. 그녀가 코를 씰룩이고 나서 문을 닫기 직전에 한마디 뱉었다.

"그쪽이 없었으면 벗고 나갔을 거예요."

순간, 사레라도 들린 듯 그가 콜록거렸다. 홍, 콧방귀를 뀐 그녀가 욕실 문을 쾅 닫았다. 바깥에서 들리는 기침 소리가 왠지 고소하게 들렸다.

젖은 머리를 수건으로 대충 두르고 나간 다정은 어딘가 어색해 보이는 태인과 마주했다. 그는 정서 불안을 가진 아이처럼 안절부절못했다.

"아, 아, 아침 먹을 거죠?"

그럴 만도 했다. 도태인의 제2의 인격이 안다정의 말 한마디에 자기주장을 시작했으니까. '뭐? 벗고 나온다고? 개이득이네!' 하면서 말이다.

이 멍청한 제2의 인격은 자기가 듣고 싶은 것만 듣고 눈치 없이 자기주장을 했다. 멀쩡한 성인 남성으로서, 사회생활을 위해 제2의 인격을 숨기는 방법을 알고는 있었지만 안다정이 워낙 눈치가 빠르고 명민하다는 게 문제였다.

단둘이 그녀의 집에 있는 상황, 심지어 이제 막 샤워를 마치고 나온 다정에게 제2의 인격이 개이득을 외치는 걸 들킨다면, 도태인은 변태 취급을 받으며 뺨을 맞고 쫓겨날 것이다.

'뺨만 맞으면 다행이지.'

제2의 인격이 다시는 아무 주장도 하지 못하도록 맞는 수도 있었다. 그뿐만이 아니었다. 자신은 안다정에게 미움을 받으면 안 된다. 도태인은 안다정 없이 살 수 없었으니까.

다정은 불안한 듯 이리저리 눈동자를 굴리는 태인을 물끄러미 쳐다보았다. 얼굴이 살짝 상기된 게 뭔가를 숨기고 있는 것이 틀림없었다. 뭐랄까? 병원에 처음 내원한 환자들이 증상을 숨기려고 행동할 때와 비슷한 표정이었다.

그녀의 눈이 가늘어질 찰나였다. 그가 어깨를 움츠리면서 말했다.

"왜, 왜 그렇게 봐요?"

"말은 왜 더듬어요?"

이 남자는 아까부터 이상하게 말을 더듬었다. 직업 탓인지 다정은 말을 더듬거나, 느리게 말하거나, 조리 없이 말하는 사람들을 별로 좋아하지 않았다. 후배들에게는 조금 너그러운 안다정이지만 병원 생활을 하면서 그녀는 간단명료하고 신속하게 말하도록 배워 왔고 또 그렇게 말하게끔 지도해 왔다.

"어디 아파요?"

"그런 건 아니고……."

차마 '우리 안다정 선생님을 보고 발기했어요!'라고 말할 수가 없어서 태인은 끙, 앓는 소리와 동시에 양손으로 얼굴을 가렸다. 어제도 그러더니 오늘도 이 꼴이다.

"아프면 빨리 이야기해요."

"……네."

손 사이로 그가 힘없이 대답했다. 고개 숙인 남자를 보려니 미묘한 기분이 들어서 그녀는 더 이상 그에게 말을 붙이지는 않았다.

다정이 젖은 머리를 말리러 자리를 뜬 동안 알아서 수습을 마친 태인은 참았던 숨을 길게 내뱉고 벌떡 일어났다. 겨우 진정을 시켰으니까 그녀와 잠깐 떨어져서 완전히 수습하도록 하자. 나름대로 이성적인 방법을 택한 그가 아무렇지 않은 척 말했다.

"아침 사 올게요."

"됐어요. 이 근처는 배달 천국이니까."

단번에 그의 희망을 짓밟은 다정이 서랍에서 전단지 더미를 꺼냈다. 그동안 그가 언질 없이 음식을 사다 바쳐서 그렇지, 자

취하는 1인 가구가 많고 그만큼 회사도 많은 동네라서 배달업이 성업 중이었다. 귀찮은 일은 딱 질색인 안다정에게 최고의 동네였다.

반면, 다정의 말을 듣고 털썩 주저앉은 태인이 침대에 팔을 올리고 얼굴을 묻었다. 슬프게도 그건 잘못된 선택이었다. 이불에서 안다정 냄새가 나서 잠들려던 제2의 인격이 다시 정신을 차렸다. 변태력이 한층 심화된 그는 이대로 계속 있을 수는 없다고 여기고 다시 몸을 일으켰다.

"잠깐만 나갔다 올게요."

"네?"

"주문하지 말고 있어요."

결국 도태인은 도망치고 말았다. 문도 제대로 닫지 않아 디지털 도어록이 삑삑 듣기 싫은 고음을 냈다. 황당하다는 투로 다정이 현관문을 닫으며 투덜거렸다.

"뭐야?"

아침부터 사람 혼을 쏙 빼놓더니 얼마나 지났다고 홀쩍 떠난다. 얼이 빠진 다정은 거울 앞에서 마저 드라이어로 머리를 말리기 시작했다. 멍하니 같은 곳만 계속 말리던 그녀가 열기에 뒤늦게 정신을 차렸다.

"아, 뜨거워……."

씻은 지 10분이나 되었을까 싶은데 벌써 땀이 난다. 그녀는 에어컨을 틀고 도로 거울 앞에 앉았다. 거울 뒤로 비치는 집 안이 왠지 쓸쓸하게 보였다. 마음 한편이 꾸물꾸물 이상해져서 그녀는 머리 말리는 데에나 집중했다.

집 안에 자신을 제외한 누군가와 함께 있던 것이 얼마만인지 모르겠다. 전에도 그가 전복죽이나 치킨을 사 오거나, 초밥을 주고 떠난 적은 있었다. 그때는 식사라는 특별한 목적이 있었다. 그 목적이 사라지면 그도 떠났다. 심지어 초밥은 놓고 가 버렸었지.

그러나 오늘의 그는 특별한 목적을 가지고 아침부터 방문한 것 같지 않았다. 콘서트는 오후 두 시에 있었으니 일찌감치 올 필요는 없었다. 그는 마치 그녀와의 시간을 보내기 위해 이른 시각부터 이 집에 두꺼운 낯짝을 들이민 것 같았다.

특별한 목적 없이 누군가가 자신의 공간에 들어오는 건, 할머니가 돌아가신 이후로 도태인이 처음이었다. 그가 들어와 있을 적에는 집 안이 가득 찬 느낌이었는데 지금은 썰렁하기 그지없었다. 원래 이 상태가 보통이었는데 말이다.

머리를 다 말린 다정이 드라이어 코드를 뽑을 때였다. 초인종 소리가 다시 울렸다. 자신만의 공간에 타인이 침입하는 것을 썩 좋아하지 않았는데 그 소리가 귀찮거나 짜증나지 않고 반갑게 들렸다.

그러나 그녀는 반가운 기색을 숨기고 무덤덤하게 문을 열면서 물었다.

"집에 간 거 아니었어요?"

"아니에요, 그럴 리가!"

그의 격렬한 부정이 어째서인지 그녀의 마음을 안심시켰다. 하긴, 집에 가겠다는 말은 없었다.

"아침 사 왔어요. 호박죽."

태인의 손에 낯선 종이 백이 들려 있었다. 그러나 다정의 의심스러운 시선을 거두어질 줄 몰랐다. 아니, 도태인 혼자 그렇게 느끼는 걸 수도 있겠다. 하도 찔리는 것이 많아서.

그가 주절주절 변명했다.

"갑자기 죽을 사 주고 싶었……."

변명이라는 것을 아는 양 그녀의 눈은 가늘어진 채 변함없이 그를 따갑게 응시하고 있었다. 그녀의 눈동자가 '그렇게 도망치듯 뛰쳐나가야 했어?'라고 묻는 것 같아 그가 시무룩하게 시선을 떨구면서 솔직히 말했다.

"……다는 건 아니고, 실은 내가 너무 건강해서 그래요."

웬 건강?

"정신 건강은 그다지 안 좋아 보이는데."

아직까지도 열려 있던 현관문을 닫은 그녀가 아픈 곳을 찔렀다. 그는 대답을 회피했다. 그녀가 이유를 캐물을까 봐 더 이상은 아무 말도 할 수 없었다.

능글거리거나 낯짝 두껍게 행동하던 태인이 어색하게 머뭇거리는 모습은 꽤 낯설었다.

다정이 테이블 앞에 앉아서 방금 막 사 온 호박죽을 꺼냈다.

저번 전복죽 때처럼 성인 남자가 먹을 만큼 어마어마한 양의 음식이 나왔다.

"지금 죽 집 손님 많지 않아요? 빨리 사 왔네."

"음…… 네, 뭐……."

화장실 들어갈 때와 나올 때의 기분이 다르다고, 태인은 제2의 인격이 진정되자 빨리 돌아가고 싶었다. 근처 죽 전문점에서 굳이 호박죽을 사 온 이유는 무척 간단했다. 이미 호박죽을 주문한 손님이 있어서였는데, 태인은 그 손님에게 간절히 부탁해서 손님의 음식 값까지 내주기로 합의를 보고 새치기를 해 온 것이었다.

물론 안다정에게 사실대로 말할 수는 없었다. 그는 편의점에서 사 온 브랜드 커피까지 꺼내 보였다.

"선생님, 이거 먹고 간단하게 커피 한잔해요. 그러고 준비하면 시간 딱 맞을 것 같은데."

"알았어요."

변덕스러운 죽 배달에 대해 더 이상 그녀가 캐묻지 않자 그는 이제야 마음이 놓였다. 그가 그녀의 앞으로 검은색 커피 병을 밀었다.

"커피, 블랙만 먹죠?"

"네. 어떻게 알았어요?"

"보다 보면 알게 되거든요."

4개월가량 안다정을 멀리서, 때로는 가까이에서 지켜본 변태 스토커 도태인은 다정의 커피 취향 정도는 어렵지 않게 알 수 있었다. 그녀가 그를 복잡한 눈빛으로 쳐다보다가 그릇에 호박죽을 덜어서 그에게 건넸다.

"너무 많으니까 나눠 먹어요."

"안다정 선생님하고 음식을 나눠 먹다니!"

태인이 감격했다. 잠깐 풀어 줬다고 그새 또 변태 본색을 드러낸다. 눈가를 일그러뜨린 그녀가 대꾸할 말을 찾지 못하고 한숨만 삼켰다.

도태인과 있으면 밥은 굶지 않았다. 아무리 봐도 1인분이 아니라 2인분 같은 죽을 깨끗이 비우고 나서 다정은 커피 뚜껑을 열었다. 진한 블랙커피는 향도 그만큼 짙었다. 한 모금 커피를 마시고 나서 그녀가 물었다.

"몇 분짜리 공연이에요?"

"90분이요."

"시간이 애매하게 남네."

두시에 시작해서 90분이면 세 시 반이었다. 뭘 해도 모호한 시간이라 그녀가 미간을 좁히며 이후 스케줄을 고민할 무렵이었다.

"그럼 전시회도 보면 되죠. 365일 전시회 하거든요."

커피 병 입구에 입을 대고 있던 그녀가 턱을 든 채로 그를 힐끔 쳐다보았다. 그는 그녀가 아쉬워하는 것을 기억하고 있었다.

"중고등학생 때 공부만 하느라 음악이나 미술 같은 건 잘 모

르거든요."

그동안의 결핍을 채워 주려는 듯 그는 그녀에게 새로운 세계를 안내해 주었다. 사소하게 지나치는 말 한마디도 꼬박꼬박 기억하고 있는 도태인을 보자 왠지 마음이 술렁였다.

병원에서 볕을 볼 일이 별로 없는 안다정은 매끄러운 피부 결을 가지고 있었다. 화장할 시간도 별로 없고 경험도 많지 않은 그녀였지만 가벼운 화장만으로도 그럭저럭 나이를 감출 수 있어서 다행이었다.

오늘의 운전기사는 역시 태인이었다. 학부 시절부터 차를 가지고 다니던 학생들도 많았으나 다정은 자동차를 가질 여유가 없었고, 당연히 면허도 따지 않았다.

"안다정 선생님하고 공연을 보러 오다니!"

도태인은 벌써부터 좋아서 헤벌쭉 웃고 있었다. 다정은 그의 옆자리에 앉아 어색하게 안전벨트만 매만졌다. 남자와 단둘이 공연을 관람하러 가는 건 처음이었다.

그녀는 그의 옆모습을 힐끔 훔쳐보았다. 콧대가 오뚝하게 서서 예쁜 선을 그리고 있었다. 정면도, 측면도 출중한 외모의 남자. 도대체 이 남자가 자신에게 왜 그렇게 목을 매고 있는지, 그녀는 이번에도 이해가 가지 않았다.

예술의 전당은 안다정에게 익숙하지 않은 공간이지만 도태인에게는 익숙한 모양이었다. 주차를 마치고 안전벨트를 풀면서 다정이 슬쩍 말을 붙였다.

"이런 거 자주 봤어요?"

그녀는 곳곳에 놓인 광고용 현수막과 판넬 등을 가리키고 있었다. 오페라의 밤, 실내악 콘서트, 해외 유명 라이선스 뮤지컬…… 안다정과는 거리가 먼 공연들. 차 키를 뽑은 그가 가볍게 답했다.

"어릴 때만?"

"왜 어릴 때만 봤어요?"

의아한 다정의 목소리에 태인은 머릿속으로 말을 골랐다. 그의 눈동자가 까맣게 가라앉았다.

"어머니가…… 억지로 데리고 다녔어요. 어렸을 때는 반항을 못 하니까."

도태인은 아주 어린 시절부터 오감을 골고루 발달시켜야 한다고 이곳저곳에 끌려 다녔다. 겉으로 어머니는 현모양처인 양 상냥하게 행동했으나 아들의 입장에서는 폭군이나 다름없었다. 어머니의 강요를 거절하기 시작한 것은 자신이 어머니보다 육체적으로 강해졌음을 깨달은 뒤였다.

"크고 나서 차라리 그 시간에 친구랑 놀겠다고, 그러다 보니까 안 가게 되었어요."

"어머니가 서운해하셨겠네요."

"글쎄요."

그가 고소를 지었다. 어머니는 그런 사람일 리가 없다. 서운해하기보다는 화를 내거나 비난을 했던 것 같다. 머릿속에 돌만 들어서 무식하게 살고 싶으냐고 폭언을 퍼붓곤 했었으니까. 하지만 태인은 어머니의 말을 무시했다.

공연장 건물로 향하면서 다정이 계속 질문을 던졌다.

"다른 형제 있어요? 동생이라든가."

태인은 그녀가 자신에게 보여 주는 관심이 항상 좋았다. 심지어 아픈 기억을 끄집어내더라도 안다정의 관심에 목이 마른 도태인은 성실하게 대답해 주었다.

"누나가 있었어요."

마음대로 되지 않는 아들과 달리, 딸은 성인이 되어서도 부모의 말에 순종했다. 가끔 어머니는 자식 농사가 딱 절반만 성공했다고 투덜거리곤 했다. 아들에게 들으라는 듯 일부러 밥상머리 앞에서 말이다.

그때마다 영인은 동생에게 복잡한 시선을 내보였다. 어머니가 동생에게 폭언을 쏟아부으면 불쌍하게 여기다가도, 동생의 반항에 부모가 두 손 두 발을 다 들고 그를 포기할 때면 영인은 동생에게 허락된 약간의 자유를 부러워했다.

"몇 년 전에 죽었지만."

뭐 그것도 오래된 이야기였다. 다정은 처음 듣는 말에 저도 모르게 입술을 벌렸다. 그에게 누나가 있었다는 것도 처음 들었고, 그 누나가 세상을 떠난 것도 처음 들었다. 괜히 아픈 곳을 건드린 것 같아 그녀가 떨떠름하게 사과했다.

"미안해요, 괜한 이야길……."

"누나는 별로 살고 싶지 않았나 봐요."

하지만 태인은 그다지 개의치 않는 듯했다. 그의 말에 담긴 함의를 다정은 쉽게 알아챌 수 있었다. 살고 싶지 않아서 스스로 목숨을 버린 걸까? 젊은 사람들은 대개 사고나 자살로 생을 마감하곤 하니까.

다정은 문득 궁금한 게 많아졌다. '누나가 왜 죽었어요? 집안 분위기는 어떤가요? 누나의 죽음으로 무슨 기분이 들었나요?' 등등.

그러나 그녀는 아무것도 묻지 않았다. 누나의 죽음이 개복치 같은 그의 멘탈과 관련이 있을까 싶다가도, 전문가가 아닌 이상 그에게 이런저런 질문은 하지 않는 게 좋다고 생각했다.

대신 그녀는 담담하게 사실만을 입에 담았다.

"아들 혼자겠네요."

"네, 혼자."

태인이 쓸쓸하게 대답했다. 하나 남은 아들마저도 부모는 못마땅하게 여겼다. 아직도 손안의 인형인 줄 아는지, 아들이 계획대로 움직이지 않자 화가 난 탓이었다. 그나마 요즘은 병원 경영에 관심을 보인다고 해서 집안 분위기가 조금은 풀어졌다. 오로지 안다정을 위해 선택한 길이기에, 태인은 부모가 안심하는 모습이 보기 싫었다.

건물 안은 에어컨 가동으로 서늘하고 쾌적했다. 태인을 따라 걸으면서 다정이 말했다.

"나도 혼자예요."

우뚝, 그의 걸음이 멈추어졌다. 평소보다 무거워진 그의 시선이 왠지 안쓰럽게 느껴졌다. 그녀가 말을 이었다.

"부모도 없죠."

어느 쪽이 더 불행하다, 덜 불행하다 그런 걸 따지려는 건 아니었다. 그저 불행과 결핍을 이해한다는 걸 알려 주고 싶었다. 그녀의 의도를 이해했는지 그는 고개만 끄덕였다.

15만 원짜리 티켓은 그만한 가치를 가지고 있었다. 무대와 가까운 세 번째 줄, 중앙에서 살짝 옆으로 치우친 자리. 앉아 본 적 없는 의자에 자리하면서 그녀가 중얼거렸다.

"좋은 자리는 잘 안 남는다고 하던데."

전에 채린이 초대권을 주면서 말한 적이 있었다. 클래식 공연은 좋은 자리를 구하기가 힘들다고. 상업적으로 잘 팔리지 않는 공연이 많은지라 좋은 자리는 초대권으로 후원 기업에 주어지기 때문이라나.

그 좋은 초대권을 받고 당직 순서를 바꾸어 준 안다정은 흑역사나 남겼다.

"구하려면 얼마든지 구할 수도 있죠."

태인이 어깨를 으쓱거렸다. 웬만한 의자보다 편한 객석 의자에 몸을 깊이 묻으면서 그녀가 결연한 눈빛을 내비쳤다.

"안 자려고 노력해야겠네요."

"노력까지야."

"흑역사를 되풀이할 수는 없죠."

……라는 말이 무색하게 안다정은 50분 만에 녹다운이었다.

앞으로 푹 꺾이는 다정의 머리를 팔로 막은 태인은 그녀를 제어깨에 기대게 만들었다. 셔츠 깃과 목덜미 쪽으로 그녀의 숨결이 느껴졌다.

그녀와 맞닿은 부분이 따뜻해지자 샴푸 향이 피어오르는 머리에 그가 비밀스럽게 입을 맞추었다. 이건 비밀이어야만 했다. 들키면 최소 경멸의 시선이 날아올 테니까.

태인은 이 상황이 꿈만 같아 가슴이 벅찼다. 어둑어둑한 객석에 자리한 관객들은 모두 무대에만 집중하고 있었다. 많은 사람 사이에 자리했는데도 꼭 그녀와 단둘만의 공간에 있는 것 같았다. 그는 이 시간과 여유가 무척 좋았다.

잠깐 잠에서 깨어난 다정이 눈을 살짝 떴다. 귓가에 피아노 선율이 스쳐 지나갔다. 그녀는 눈앞에 보이는 검은 재킷이 누구의 옷인지 인식하자마자 도로 눈을 감아 버렸다. 무거운 눈꺼풀이 잘도 감겼다.

도태인을 베개로 삼는 건 한 번쯤은 해 볼 만도 한 일 아닐까. 우수에 젖은 야상곡이 그녀의 졸음을 부채질했다. 뺨을 덮은 머리카락 몇 가닥을 그가 슬며시 귀에 걸어 주었다. 타인의 손길이 싫지만은 않아 그녀는 가만히 잠에 빠져들었다.

다정이 정신을 차렸을 때는 이미 객석 이곳저곳이 비어 있을 즈음이었다. 공연이 끝나고 아직 여운을 잊지 못한 사람들만이 객석에 남아 이런저런 이야기를 나누고 있었다. 도태인을 베개 삼아서 잘 자고 일어난 그녀가 고개를 숙였다.

"미안해요."

앞에서 세 번째 줄, 중앙에서 살짝 왼쪽으로 치우쳐진 자리. 어쩌면 눈에 띄기 쉬운 좋은 자리였으나 졸음을 이길 수는 없었다. 태인이 아무 말도 하지 않자 그녀가 바로 말을 덧붙였다.

"티켓도 비싼데 자 버려서."

안다정은 오늘도 흑역사를 적립했다. 그녀가 어깨를 축 늘어뜨렸다.

"클래식이 지루해서…… 아니, 그냥 내가 교양이 없는 걸로……."

클래식도 뭐 아는 게 있어야 흥미롭게 듣지, 아는 것도 없고 선율은 느려 터졌으니 딱 잠들기 좋은 상황이었다. 물론 이건 난처해진 안다정만의 생각이었다. 일단은 기껏 자리를 만들어 준 태인에게 면목이 서지 않았다. 그녀가 머리를 긁적일 때였다.

"괜찮아요."

도태인은 안다정에겐 항상 관대했다. 자리에서 일어난 그가 그녀에게 손을 내밀었다. 평소라면 쳐다도 보지 않았겠지만 웬일로 그녀가 그의 손을 잡고 몸을 일으켰다. 두 사람의 간극이 조금씩 가까워지고 있었다. 신이 난 그가 그녀의 손을 꽉 붙잡고 싱글벙글 웃었다.

"그거 알아요? 우리 안다정 선생님이 내 어깨에 기대어서 잤는데……."

태인이 말끝을 늘이며 뜸을 들이자 흑역사 제조로 인해 창피하진 다정의 얼굴이 붉어졌다. 이 남자는 꼭 말로 하지 않아도 될 이야기를 하고 있었다. 그래도 잘한 것이 없는 터라, 그녀는 그를 저지하지 못했다. 그가 그녀를 제 쪽으로 끌어당기면서 말을 이었다.

"옆에 있는 사람들이 자꾸 쳐다봤거든요."

"그럼 좀 깨우지. 완전 쪽팔리는 일이잖아요."

기껏 공연을 보러 와서 수면을 취하는 사람을 보고 다른 관객들이 얼마나 비웃었을까. 상상만으로도 그녀의 얼굴이 화끈 타올랐다. 다시는 흑역사를 쌓지 않으리라. 그녀는 쓴 물을 삼켰다.

하지만 그는 눈을 동그랗게 뜨고 가볍게 고개를 흔들며 씩 웃어 보였다.

"아니죠."

자기 일 아니라고 이러는 건가? 그녀가 눈을 가늘게 뜨고 그를 올려다보았다. 그러나 그는 의외의 소리나 지껄였다.

"내가 우리 안다정 선생님하고 이만큼 가까운 사이다, 하고 자랑할 수 있는데."

순간 다정의 표정이 일그러졌다. 역시 변태의 생각은 남달랐다. 평범한 인간으로서는 차마 저 남자의 생각을 이해하지 못할 것이다. 할 말을 잃고 서 있는 그녀는 그의 손에 이끌려서 공연장 밖으로 나왔다.

아직 오후 네 시가 되지 않은 시간. 여름 볕은 맑고 투명하게 쏟아지고 있었다. 태인이 유리창 너머를 가리키면서 제안했다.

"저쪽에서 추상화 전시회를 한다던데 갈래요?"

"아뇨."

다정은 단번에 거절했다. 바깥을 보자 눈이 부셔서 다정은 눈가를 찡그렸다. 눈에 익은 유명한 작품도 아니고 추상화라니, 지루할 것이 분명했다.

단호한 표정의 그녀는 정말 전시회에 관심이 없는 모양이었다. 그의 제안 대신, 그녀는 눈이 부신 통유리 창을 뒤로하고 말했다.

"늦었지만 점심이나 먹읍시다."

점심이라기보다는 저녁에 가까운 식사가 될 것 같지만, 건너뛴 점심을 먹기에 꼭 알맞은 시간이기도 했다.

"이런 고급문화에는 영 취미가 안 붙을 것 같네요."

주차장으로 향하는 길에서 그녀가 한숨을 섞어 투덜거렸다. 그를 향한 미안함이나 면구스러움이 포함된 소리였다. 그는 별말 없이 빙그레 웃기만 했다.

"먹고 싶은 거 있어요?"

차에 오르기 무섭게 태인이 물었다. 안전벨트를 쭉 잡아당긴 다정은 이 상황이 미묘하게 느껴졌다.

단둘이 공연을 보는 것도 그렇지만 같이 식사를 하게 되었다. 만약 옆에 신채린이 있었다면 이게 데이트가 아니고 뭐겠냐고 한마디 했을 것이다. 그래도 당사자가 데이트가 아니라면 아닌 거지. 따스한 바람에 흔들리는 갈대 같은 마음을 다잡고 나서 그녀가 입을 열었다.

"우아하게."

"우아하게?"

"고기나 썰죠."

고급문화는 지루하고 졸리지만 고급 음식은 맛있으니까.

하지만 슬프게도 운전대를 잡은 사람의 마음에 드는 레스토랑은 공연장 근처에 없었다. 생활 반경이 병원을 중심으로 좁게 이루어지는 다정은 낯선 바깥 풍경을 구경하다가 문득 입을 열었다.

"생각할수록 아깝네."

"뭐가요?"

"오늘도 또 흑역사를 쌓았잖아요."

늘어지는 선율을 이기지 못하고 잠들었다. 그것도 도태인의 어깨를 빌려서. 본 적도 없는 그 장면이 머릿속에 그려지자 그녀는 괜히 얼굴이 뜨거워졌다. 짐짓 아무렇지 않은 척 그녀가 계속 말했다.

"앞으로는 클래식 공연에 안 갈 거거든요."

사실 갈 일도 없긴 했다. 어쩌다 후배에게 초대권을 받거나, 이 남자가 막무가내로 예매를 해서 가자고 하지만 않았다면 공연과 인연도 없었을 터였다.

"마지막 공연이나 다름없는데 거기서 자 버렸으니까 아쉽죠."

말을 하면서도 그녀는 스쳐 지나가는 풍경에서 시선을 떼지 않았다. 도태인은 운전 매너가 좋아서 차의 속도가 일정했다. 잔잔하게 영화 필름이 흘러가듯 일정한 속도로 바깥 풍경이 지나갔다. 이내 웃음기 섞인 그의 목소리가 들렸다.

"다음에 또 가면 되잖아요."

"또 흑역사를 쌓으라고요?"

그제야 그녀는 고개를 돌리고 그를 바라보았다. 그가 가볍게 대답했다.

"다음에는 흑역사가 아닐 수도 있잖아요."

그럴 수도 있겠지만, 이번 여름휴가가 끝나면 다시 무척 바빠질 것이 분명했다. 9월부터는 병원 근무 시간이 줄어들어도 그만큼 시험공부에 시간을 할애해야 했다. 다정은 현실적인 이야기를 시작했다.

"어차피 전문의 따고 지방 내려가서 살 거라…… 대단한 문화생활은 못 할 것 같아요. 하긴, 서울 사는데도 문화생활 같은 건 못 했지만."

지금까지 다정은 매우 바쁘게 살았다. 홀로 살아남아야 하는 대학 학부 때부터, 하루에 몇 시간도 잘 수 없었던 인턴을 거쳐, 병원 전공의 숙소에서 지내야만 했던 저년 차 전공의 시절까지…… 그런 가운데 시간을 짜내서 문화생활을 하는 건 불가능했다. 차라리 그 시간에 자는 게 낫지.

타과 전공의들은 그래도 응급의학과는 1년 차 때부터 오프를 잘 주지 않느냐고 부러워했지만, 그렇다고 해서 안다정이 바쁘지 않은 것은 아니었다. 개인 시간도 없다시피 하던, 힘겨운 전공의 시절이 이제 반년 남았다.

"꼭 지방으로 내려가야 해요?"

차선을 바꾸면서 태인이 조심스럽게 물었다. 할아버지와 거래를 한 이상, 태인은 이제 병원에 남아야만 했다. 거리상 가깝기만 하다면 꼭 이 병원이 아니더라도 괜찮으니까 다정이 지방으로만 내려가지 않았으면 좋겠다. 그녀를 만나지 않으면 도태인은 바짝 시들어 죽어 버릴 것이다. 태양을 잃은 해바라기처럼 말이다.

"지방이 페이가 세거든요."

그의 진심 어린 목소리는 마음을 울렸지만, 그녀는 무척 현실적이었다. 단번에 납득이 가는 이유여서 태인은 더 이상 토를 달 수 없었다.

외진 곳에 있는 지방 응급실은 인력난에 시달렸다. 전문의 자격증만 있으면 월급이 훌쩍 뛰기도 해서 개원을 하기 힘든 응급의학과 전문의들은 일주일에 2, 3일 정도를 할애해 2차 병원 응급실에 머물곤 했다. 어차피 스태프로 병원에 남기도 글렀고, 개원할 여유도 없는 안다정에게는 봉직의의 길만이 남아 있었다.

교외를 한참 달려 도착한 레스토랑은 점심시간이 지나 있어서 손님이 많이 빠진 상태였다. 수목원을 방불케 하는 정원을 지나, 가게 안으로 들어온 다정은 깔끔하게 꾸며진 실내를 둘러보았다. 천장이 높고 하얀 색과 짙은 나무 색으로 통일이 된 실내 인테리어는 세련된 이미지를 풍겼다.

안내받은 자리에 앉으며 다정이 말을 붙였다.

"티켓은 그쪽이 샀으니까 밥은 내가 쏠게요."

"아니에요, 괜찮아요."

물론 안다정은 쉽게 물러서지 않았다.

"이제 입사한 신입보다야 4년 차인 내가 월급도 더 받을 테고."

틀린 소리도 아닌지라 그는 곧장 입을 다물었다. 도태인은 쥐꼬리만 한 본봉을 잊고 싶었다. 그의 머릿속을 읽은 듯, 그녀가 피식 웃으면서 메뉴를 살펴보다가 눈을 의심했다. 이름도 모를 무슨 공법으로 숙성된 최고급 한우 스테이크 코스…… 의 가격은 상상 이상이었다.

'코스 1인 30만원 부가세 별도…….'

괜히 산다고 했나 보다. 이렇게 비싼데 왜 부가세는 또 별도로 받는 건지 모르겠다. 다정은 울적해졌다. 만약 이곳에 도태인이 아니라 다른 사람, 예를 들어 의국 후배들이 있었다면 당장 나가자고 했을 것이다.

다정은 머릿속으로 카드값을 계산하고 나서 모든 것을 포기했다. 메뉴 한 면만 읽었는데도 지친 그녀가 메뉴를 덮고 현실을 외면하고자 물었다.

"바둑이 탈, 언제 또 쓸 거예요?"

"이제 안 쓸 겁니다."

"왜요?"

"왜냐니……."

찜통더위에 기절할 뻔했던 그가 입술을 삐죽거렸다. 그녀가 조금은 즐거워해서 그나마 보람이 있었지, 바둑이 탈을 쓴 모습을 경멸했으면 정말 최악이었을 것이다.

이내 레스토랑 직원이 주문을 받으러 다가왔다. 손이 부들부들 떨리지만 다정은 1인 30만 원짜리 코스를 주문했다. 여긴 브레이크 타임도 없나, 하고 그녀가 속으로 불평했다. 이제 꼼짝없이 한 달은 구내식당행이다.

직원이 떠나고 나서 그녀가 말을 계속했다.

"저번에 내가 강아지 왈츠 좋다고 해서 마지막 리스트에 끼워 넣은 거죠?"

"너무 티 났어요?"

"네."

들켜도 상관없는 일이라 그는 빙그레 웃어 보일 뿐이었다. 남자가 웃는 얼굴이 예쁘다. 웬만한 여자들보다도 예쁘게 웃는 그를 그녀는 신기하게 응시했다. 그러고 보니 소아 병동으로 가는 길에 채린이 태인의 외모만큼은 진심으로 칭찬했었다.

"신 선생하고 사이 나쁘지 않은가 봐요?"

"나쁠 것도 없고 좋을 것도 없죠."

안다정 이외의 사람에게 도태인은 관심이 없었다. 여자든 남자든 간에 그의 흥미를 끄는 사람은 오로지 안다정뿐이었다. 미인 의사로 소문난 신채린도 도태인에게는 그저 지나가는 행인에 불과했다.

턱을 괸 다정이 태인을 빤히 바라보았다. 아무 의미 없는 행동이었으나 그 시선을 어떻게 느꼈는지, 그가 망언을 뱉었다.

"우리 안다정 선생님, 혹시 질투하나?"

"……질투요?"

처음에 다정은 '질투'라는 단어가 무슨 뜻인지 바로 와 닿지 않았다. 질투가 뭐지? 누군가를 질투할 일이 별로 없었던 터라, 그녀에게는 생소한 단어였다.

그렇게 1초, 2초, 3초.

3초가 지나자 그제야 그의 말뜻을 이해한 그녀가 헛웃음을 터뜨렸다.

"기가 막혀서."

헛소리도 이런 헛소리가 없었다. 신채린을 질투해? 그것도 도태인 때문에? 세상에 이만큼 황당한 소리는 처음이었다. 다정이 콧방귀를 뀌었다. 태인이 시무룩하게 중얼거렸다.

"질투 좀 해 주지."

그때였다.

"엄마! 엄마, 왜 그래?"

여자의 찢어지는 듯한 비명이 고요한 레스토랑 안을 울렸다. 식기 부딪치는 소리가 가장 소란스러울 정도로 조용한 실내에 마치 폭풍이 불어닥친 듯했다. 깜짝 놀란 다정이 뒤를 돌아보았다. 자신 또래로 보이는 여자가 바닥에 주르륵 미끄러진 중년 여성을 안고 새하얗게 질린 얼굴로 소리를 질렀다.

"여기 119 좀 불러 줘요! 엄마!"

눈 깜짝할 사이 다정이 벌떡 일어났다. 태인의 시선이 그녀의 등 뒤에 따라붙었다. 그녀는 테이블 사이를 뛰어서 쓰러진 중년 여성 앞에 멈추었다. 중년 여성은 의식이 소실된 듯했다.

일단 말이 통하는 사람과 대화를 해야 했다. 다정이 재빨리 물었다.

"어떻게 된 거예요?"

"모르겠어요. 갑자기 가슴이 아프다고 하다가 숨이 안 쉬어진다고……."

바닥에 무릎을 꿇고 앉은 다정이 멈칫했다. 의식을 잃기 전, 환자가 가슴이 아프고 호흡이 힘들다고 말했으면 심폐 질환일 확률이 가장 높았다. 체형이나 나잇대 등을 봐도 대동맥 관련 질환은 아닐 터였다. 또한, 유방암으로 통증을 느끼다 쓰러질 정도라면 이미 환자는 암 병동에 있어야 했다.

"아주머니! 정신 차려 보세요!"

환자의 어깨를 흔들며 다정이 말을 걸었으나 환자는 반응이 없었다. 의식이 완전히 소실된 것이었다. 딸로 보이는 젊은 여자는 울면서 소리를 질렀다.

"어떡해! 엄마!"

보호자는 물론 구경하는 사람들 모두가 당황한 가운데 침착한 사람은 안다정뿐이었다. 워낙 응급 환자를 많이 보기도 했고, 환자를 마주하는 데 익숙한 덕분이었다. 환자를 바로 뉘이며 다정이 젊은 여자에게 다시 물었다.

"어머니, 지병 있었어요?"

"지, 지병이요?"

"당뇨나 고혈압, 심장병 같은 거요."

아무 장비도 없는 상황이라 케톤산증, 심근 경색 등 병력이 있으면 진단이 쉬워진다. 그러나 여자는 고개를 저을 뿐이었다.

"모르겠어요. 오늘 속이 좀 안 좋다고 하긴 했는데……."

그렇다면 심근 경색의 가능성이 가장 높았다. 환자 본인도 모르는 사이에 심장 혈관이 홀딱 막혔을 것이다. 다정이 가게 직원을 붙잡았다.

"119에 신고했어요?"

"네."

가게 직원이 고개를 끄덕이며 긍정했다. 이 가게까지 오는 동안 풍경은 많이 변했다. 고층 빌딩이 밀집한 도심에서부터 점점 건물의 키가 낮아지는 외곽, 그리고 단층 건물과 비닐하우스가 놓인 교외까지. 구급차가 언제 도착할지 몰랐다. 정말 환자의 질병이 심근 경색이라면 당장 심폐 소생술을 실시해야 했다.

다정은 먼저 환자의 입을 열어서 구강 내 이물질이 있는지 확인했다. 음식을 먹던 도중에 쓰러졌을 테니 음식물이 기도를 막을 가능성도 있었다. 휴대폰 플래시까지 동원해 입 안을 구석구석 살폈으나 다행스럽게도 이물질은 없었다.

"숨이 안 쉬어지고 가슴이 아프다면서 바로 쓰러지셨다고요?"

"네……."

그녀가 확인차 다시 한 번 묻자 여자가 힘없이 긍정했다. 그래도 침착하고 전문성 있어 보이는 다정 덕택에 환자의 딸 역시 꽤 진정이 된 모양이었다. 더 이상 소리는 지르지 않았으니까.

다정은 환자의 코에 손가락을 대 보았다. 호흡이 잘 느껴지지 않았다. 심장도, 맥박이 없거나 매우 떨어진 것이 분명했다. 다정은 익숙하게 환자의 가슴을 압박하기 시작했다. 여기까지 3분도 채 걸리지 않았다.

안다정은 확실히 응급의학과 의사가 운명이긴 한가 보다. 그 많은 레스토랑 중에 하필이면 환자가 있는 곳으로 오다니.

문득 다정은 병원이 참 좋은 곳임을 깨달았다. 심전도와 산소 포화도를 볼 수 있는 모니터가 그리워졌다. 이런 상황에서는 환자의 심장이 뛰는지, 환자가 제대로 호흡을 하는지 알 수 없었다.

춥다 싶을 정도로 에어컨이 틀어져 있었지만 다정의 이마에는 땀이 맺혔다. 심폐 소생술에서 가장 힘든 게 흉부 압박인데 그걸 혼자 하고 있으려니 죽을 맛이었다. 병원에 있을 땐 차라리 돌아가면서라도 하지.

일자로 뻗은 어깨와 팔이 뻐근해진다 싶을 때, 그녀가 고개를 돌려 직원에게 물었다.

"119 언제 도착한대요?"

"금방 올 거라고……."

직원이 우물쭈물 대답했으나 사실 구급차가 언제 올지는 아무도 모르는 일이었다.

환자의 상태가 좋아지는지 나빠지는지 알 수 없어서 답답한 다정이 숨을 길게 내쉴 때, 바깥쪽 테이블에 앉아 있던 손님들이 안도의 목소리를 냈다.

"왔다!"

응급실에서 매일 보는 구급대의 모습에 다정은 한시름 놓았다. 빠른 걸음으로 달려온 구급대원이 상황 파악을 위해 물었다.

"CPR 환자예요?"

"그런 거 같아요."

"언제부터 이랬어요?"

"15분 안 됐습니다. 10분 정도?"

시간을 정확하게 살필 여력이 없었으나 다정은 대충 머릿속에 남아 있는 시간들을 조합해서 대답했다. 구급대원이 심폐 소생술을 이어 하며 환자를 들것으로 옮기는 동안, 다른 구급대원이 환자의 딸에게 사정 청취를 시작했다.

"상황 설명 좀 해 주세요."

"어, 엄마가 음식 먹다가 갑자기 가슴이……."

의식을 잃은 엄마의 모습을 내려다본 보호자가 다시금 울컥 눈물을 쏟았다. 공포에 질린 얼굴은 응급실에서도 자주 보는 표정이었다. 구급대원이 보호자의 어깨를 두드리면서 진정시키려 노력했다.

"진정하시고요."

차마 말이 나오지 않는 듯 환자의 딸이 갑자기 다정을 쳐다보았다. 대신 설명을 해 달라는 애처로운 시선에 다정이 아는 대로 설명했다.

"지병은 없다고 하셨는데 아무래도 MI(Myocardial infarction, 심근 경색) 같아요. 가슴이 아프고 호흡이 힘들다며 바로 쓰러지셨대요."

"예, 알겠습니다."

대충 무슨 상황인지 짐작한 구급대원이 알겠다는 투로 고개를 끄덕였다. 다정도 이만하면 아무 장비도 없는 상황에 제대로 설명이 되었을 거라고 생각했다. 축 늘어진 환자를 싣고 가면서 구급대원이 멍하니 있는 환자의 딸을 불렀다.

"보호자분!"

얼마나 정신이 없는지 보호자는 짐도 제대로 챙기지 못하고 환자와 구급대원을 쫓아 나갔다. 직원이 자리를 뜬 손님들의 짐을 눈치껏 정리했다.

힘이 다 빠진 다정은 비틀비틀 걸어서 테이블로 돌아와 앉았다. 심폐 소생술을 익숙하게 행했던 그녀에게 다른 사람들의 시선이 한참 동안 꽂혀서 떠날 줄을 몰랐다. 다정은 병원에 있을 때처럼 땀을 슥슥 닦다가 화장을 했음을 뒤늦게 깨닫고 난처해하며 행동을 멈추었다.

처음부터 다정에게 이목을 집중하고 있던 태인이 조심스럽게 물었다.

"괜찮아요?"

"내가 아픈 것도 아닌데요, 뭘."

가방에서 손거울을 꺼낸 다정은 화장이 지워지지 않은 것을 확인하고 나서야 겨우 마음을 놓았다. 한숨을 푹 내쉰 그녀가 지친 투로 투덜거렸다.

"밖에서 어레스트(심정지) 환자를 만날 줄이야."

그녀는 응급 상황에 놓이게 된 자신이 참 기가 막혔다. 아마 환자와 보호자 다음으로 안다정이 가장 어이가 없을 것이다.

"진짜 팔자가 딱 이건가 봐요. 휴가인데……."

그래도 자신이 없었으면 구급차를 기다리다가 환자의 상태가 더욱 나빠졌을지도 모른다. 심폐 소생술을 할 수 있는 사람이 하나도 없다면, 심근 경색 환자의 생존율은 시간이 지날수록 기하급수적으로 떨어지기 때문이다.

"엄마! 엄마, 왜 그래?"

문득 다정은 애타게 환자를 부르던 딸의 목소리가 떠올랐다. 새파랗게 질려서 눈물을 쏟는 딸의 모습이 머릿속에서 떠나지 않았다.

　엄마와 오후에 느긋하게 식사를 할 수 있는 딸이라…… 진심으로 엄마의 상태를 걱정하고, 혹여 엄마의 신변에 문제가 생길까 봐 두려워하는 딸의 모습. 엄마를 제발 살려 달라는 그 간절한 눈빛이 다정의 마음속에 깊게 남았다.

　엄마라는 단어를 떨쳐 버리고자 다정은 고개를 작게 흔들었다. 갑작스러운 일에 긴장을 했는지 뒤늦게 목이 탔다.

　"물 좀 줘요."

　태인이 말없이 냉수를 건넸다. 팔에 힘이 빠졌지만 다정은 내색하지 않고 물 한 컵을 다 마셔 버렸다. 컵을 내려놓기 무섭게 그가 덥석 그녀의 손을 잡아 끌어당겼다. 남자의 힘에 앞으로 살짝 끌려간 그녀가 깜짝 놀라 어깨를 움찔 떨었다.

　"어떻게 이 손으로……."

　테이블 위로 그녀의 손을 붙잡은 그가 혼잣말처럼 중얼거렸다. 도태인의 눈에 안다정은 정말 경이로웠다. 그녀는 응급 상황에 눈 하나 깜박하지 않고 바로 나서는 담대함을 가졌고, 죽음에 가까이 다가간 환자에게도 거리낌 없이 도움의 손길을 뻗었다.

　사람이 쓰러지고 비명이 터져 나오는 그때, 생에 대한 집착과 죽음에 대한 공포로 정신이 망가진 태인은 꼼짝도 할 수 없었다.

죽음의 기운이 넘실거리는 그 테이블은 차마 바라도 볼 수 없었다. 그는 그저 다정의 뒷모습에만 시선을 고정했다. 만약 그곳에 안다정이 없었다면 도태인은 당장 이 레스토랑을 나갔을 것이다.

눈앞은 흐릿하고 귓가는 멍멍했다. 사람들의 웅성거리는 소리와 환자의 딸이 질러대는 비명이 멀게만 느껴졌다. 눈의 초점은 오로지 안다정의 등에만 꽂혀 있었다. 카메라가 아웃 포커스 되듯, 주변은 흐릿했다.

사람이 죽는 장면을 또 보게 될까 봐서 태인의 심장이 미친 듯이 날뛰었다. 그때 그의 귀에 들리는 침착한 목소리가 있었다.

"어머니, 지병 있었어요?"

이 상황이 아무것도 아니라는 듯 한 치의 동요도 보이지 않는 목소리는 계속 이어졌다.

"당뇨나 고혈압, 심장병 같은 거요."

다정의 목소리를 듣자 죽을 것처럼 뛰던 심장 박동이 정상화되기 시작했다. 그때 그는 그녀가 환자를 구하리라는 사실을 깨달았다.

조금만 힘을 줘서 꺾으면 부러질 것 같이 가느다란 팔로 그녀가 환자의 가슴을 압박할 때, 태인은 자신의 주변을 감싸고 있던 죽음의 공포에서 드디어 벗어나게 되었다. 그 순간 환희를 느낀 태인은 레스토랑 안에 있는 사람들에게 외치고 싶었다. 저 여자는 사람을 살릴 수 있다고.

도태인은 다시 한 번 깨달았다. 안다정을 놓칠 수 없다. 여름 한낮에 쏟아지는 햇빛처럼 환하게 빛나는 그녀를 그는 절대 포기할 수 없었다. 죽음의 공포가 만들어 내는 암흑 속에서 살아남기 위해 발버둥을 치던 옛날로는 돌아가고 싶지 않았다.

태인의 손아귀에서 손을 빼려고 꼼지락거리던 다정은 남자의 힘을 이기지 못하고 손에서 힘을 풀었다. 그는 그녀의 손을 성물이라도 되는 양 바라보고 있었다. 보통 의료 서비스와 거리가 먼 노인들이 '대단하신 의사 선생님!' 하면서 존경하는 시선과 비슷했다.

'노인네야?'

그녀가 무슨 생각을 하는지 까맣게 모르는 그가 뒤늦게 손을 놓아주고 물었다.

"이 손으로 어떻게 사람을 살려 내는 거죠?"

"모르는 겁니다, 아직."

환자가 병원에 도착해서 제대로 처치를 받고 의식을 되찾아야만 치료는 성공인 셈이다. 다정이 차갑게 말했으나 태인은 어깨만 으쓱거렸다.

아니, 그녀는 확실히 사람을 살려 냈다. 왜냐하면 도태인이 지금 여기 이렇게 살아 있으니까.

한차례 응급 상황을 겪은 후 늦은 점심을 먹고 나자 오후가 정
신없이 지나갔다. 여섯 시가 넘었지만 한여름이라 그런지 날은
밝았다.

다정은 수목원과 비슷한 느낌의 정원에 잠시 머물기로 했다.
60만 원, 거기에 부가세로 6만 원을 더 낸 그녀는 이 가게에서 뭐
라도 더 뜯어내고 싶었다.

'억울해!'

맛은 거기서 거기였던 것 같다. 스테이크 고기가 무척 연하고
몇 번 씹지 않아도 부드럽게 넘어가는 식감이 훌륭하긴 했으나
천상의 음식 같은 건 아니었다. 코스로 나온 식전 음식들도 질이
좋고 괜찮⋯⋯.

'괜찮지 않아!'

60만 원은 너무했다. 다정은 큼직한 아름드리나무를 허망하게
올려다보았다. 그녀의 마음을 알 리 없는 태인이 그녀에게 가볍
게 말을 붙였다.

"내일은 뭐해요?"

"공부 좀 하려고요."

여행 계획이 없긴 했지만 어딜 갈 생각은 이제 접도록 하자.
60만 원, 아니 66만 원이면 딱 휴가 비용으로 알맞았다. 휴가를
다녀온 셈 치면 되는 것이다. 대충 제주도를 다녀왔다고 생각하

자.

눈물을 삼키면서 그녀는 전문의 시험 준비나 하기로 결심했다. 휴가 때도 공부를 하겠다는 공붓벌레 같은 소리에 그가 빙그레 웃어 보였다.

"역시 우리 안다정 선생님."

휴가 비용을 다 써 버렸다고 그는 꿈에도 상상하지 못할 것이다. 구차해지고 싶지 않아서 그녀는 굳이 말로 하지는 않았다.

그때 전화가 걸려 왔다. 콜에 예민한 다정이 바로 휴대폰을 들었다. 화면에는 모르는 번호가 떠 있었다.

"여보세요?"

담담하게 전화를 받은 다정은 뒤이어 흐르는 침묵에 휴대폰을 귀에서 떼고 화면을 다시 켜 보았다. 여전히 통화 시간은 흘러가고 있었다. 다시금 휴대폰을 귀로 가져간 그녀는 전화기 너머로 전해지는 목소리에 뻣뻣하게 몸을 굳혔다.

─다정아, 엄마 한 번만 만나 주면 안 되겠니?

목소리를 들은 순간, 다정의 얼굴이 매섭게 일그러졌다. 저번에도 저녁에 엄마에게서 전화가 걸려 왔다. 전화를 끊고 나서 분명 낯선 번호를 수신 거부해 두었는데 번호를 바꿔서 또 연락을 할 줄은 몰랐다.

그녀가 차갑게 말했다.

"다신 나한테 전화하지 마요."

─다정아, 제발. 응?

불쌍한 척이라도 하고 싶은 건지, 엄마는 기운 없는 목소리로 흐느끼며 매달렸다. 이제 와서 엄마가 왜 자꾸 만나자고 하는지 모르겠다. 열 살짜리 딸을 돌아보지도 않고 나간 주제에, 왜?

안다정은 한 번 마음이 돌아서면 틈을 주지 않는 성격이었다. 이미 옛날에 엄마는 없는 사람이나 다름없었다. 아버지가 돌아가신 뒤, 엄마가 다른 가정을 꾸렸고 아이까지 낳아 기른다는 소식에 다정은 엄마를 향한 그리움까지 전부 지워 버렸다.

"번호 바꿔서도 전화하지 마세요. 어차피 그쪽, 나한테는 20년 전에 죽은 사람이니까."

—다정아, 엄마가 지금⋯⋯.

엄마가 구구절절 사정을 늘어놓기 전에 다정은 전화를 끊어 버렸다. 전화를 끊자마자 엄마의 번호를 차단 리스트에 넣고 휴대폰 벨 소리도 무음으로 바꿔 버렸다. 엄마가 다른 번호로 전화를 걸더라도 받지 않기 위해서.

"이제 그만 가요."

엄마와의 전화 통화를 했다는 사실을 외면하고 싶어서 다정이 벤치에서 벌떡 일어나 주차된 차 쪽으로 향했다. 그녀의 뒤를 태인이 소리 없이 따랐다.

다정은 자신의 몸 안에서 울리는 목소리조차 혐오스러웠다. 자신의 목소리는 엄마와 닮아 있었다. 힘없이 말하던 엄마의 음성과 똑 닮은 제 목소리가 듣기 싫었다. 그렇지만 목소리를 바꿀 수는 없는 노릇이었다.

차에 도착해서 조수석에 앉은 다정은 이곳을 빨리 벗어나고 싶은 마음뿐이었다. 조수석 문을 닫고 안전벨트를 하자 태인이 뒤늦게 운전석에 올라서 물었다.

"무슨 전화인데…… 그렇게 받아요?"

엄마는 다정이 태인과 있을 적에만 전화를 걸었다. 저번에는 잘못 걸린 전화라고 둘러댔지만, 이번에는 아무것도 아니라고 넘기기 힘들 것 같았다. 가슴속이 답답해서 누구에게라도 털어놓고 싶기도 했다.

"엄마 전화예요."

"엄마?"

태인의 놀란 표정이 다정의 가슴을 아프게 찔렀다. 그래, 보통 가정에서는 이런 일이 드물겠지. 아니, 아예 없을 것이다. 엄마 전화를 이렇게 끊는 일은. 그녀는 그의 되물음에 굳이 대꾸하지는 않았다.

그녀가 침묵하자 태인의 머릿속에 불현듯 할아버지의 말이 떠올랐다.

"안다정 선생, 부모 없는 건 알고 있었어?"

"하긴, 어머니는 재혼하고 떠났다고 하니 완전히 없는 것도 아니지만."

재혼하고 떠난 엄마가 다정에게 연락을 하려는 모양이었다.

태인은 다정의 기분을 세심하게 살폈다. 그녀는 무척 불만스러워 보였고, 또 한편으로는 꽤 불안해하는 것 같았다. 가슴속 깊은 곳에 감추어 둔 분노를 어떻게 풀어야 할지 몰라 그녀는 혼란스러운 듯했다.

끊긴 전화기를 붙들고 엄마가 매정하다고 욕해도 상관없었다. 20년 전의 엄마도 매정하게 자신과 아버지를 버리고 떠났으니까 그대로 돌려주는 것뿐이었다. 자기 혼자 행복해지겠다며 떠난 사람이 뭐가 아쉽다고 버린 딸에게 연락을 하려는 건지 모르겠다. 다정의 표정이 험악해질 때였다.

"선생님."

평소와 다름없는 부드러운 목소리가 들렸다. 남자치고도 낮게 울리는 음성은 사람의 마음을 쉽게 흔들어 놓았다. 그녀가 그를 말없이 쳐다보았다. 우울해하는 그녀에게 그가 미소를 지어 주었다.

"언제까지 휴가예요?"

"수요일이요."

"그럼 월요일부터 공부해요."

도태인은 멋대로 안다정의 휴가 계획을 세웠다. 그녀가 미간을 찡그릴 무렵, 그가 시동을 걸면서 덧붙였다.

"내일도 나랑 만나게."

"왜요?"

엄마와의 통화 탓에 다정의 목소리가 한층 날이 서 있었다. 그런데도 태인은 여유를 잃지 않고 웃는 낯으로 대답했다.

"시간 맞을 때 놀면 좋잖아요."

도태인은 신입 사원이라 여름휴가가 없었지만 다행히 안다정이 주말을 끼워서 휴가를 구성한 덕분에 이틀은 같이 보낼 수 있었다. 그는 그 이틀을 소중하게 쓰고 싶었다. 그가 안전벨트를 매면서 계속 말을 붙였다.

"하고 싶은 거 있어요? 가고 싶은 데나."

귀찮은 일은 딱 질색이고, 피곤한 것도 싫어하는 다정은 하고 싶은 것도, 가고 싶은 곳도 없었다. 차가 움직이면서 바깥 풍경이 스르르 지나가기 시작했다. 엄마를 향한 분노를 내리누르며 바깥을 한참 바라보던 그녀가 기운 없이 말했다.

"바다 가고 싶네요."

"바다?"

"여름에 바다 가 본 적이 오래되어서요."

"오래됐어요? 얼마나?"

다정은 머나먼 기억을 헤집었다. 여름에 마지막으로 바다를 가 본 건 열두 살 때였다. 열 살 때 엄마가 떠난 이후, 2년 만에 아버지가 어렵사리 휴가를 얻어서 할머니와 동해에 갔었다. 할머니는 엄마에게 버림을 받은 어린 손녀를 가엾게 여겼고 기꺼이 동행해 주었다.

중고등학교 때는 공부하느라 여름 방학 때도 학교를 나갔다. 학원을 다닐 여유가 없어서 각 교과목 교사들의 도움을 받아 성적을 유지했다. 열심히 공부하는 학생을 싫어하는 교사는 어디에도 없었다.

의과 대학에 입학한 뒤 계속되는 테스트와 압도적인 공부량, 게다가 생계를 위한 과외까지 틈틈이 하다 보니 대학 때도 여유로운 방학은 다정에게 주어지지 않았다.

인턴 때는 익숙하지 않은 병원 일에 매일 힘겨워했다. 겨우 전공의 과정을 밟게 되고 그것도 여유가 생긴 고년 차가 되어서야 다정은 여름휴가라는 것을 실감했다.

하지만 그때는 이미 늦고 말았다. 같이 휴가를 갈 만한 가족은 남아 있지 않았다. 아버지가 돌아가시고 할머니도 세상을 떠났는데 굳이 휴가를 가야 하나 싶기도 했다. 그녀는 여름휴가라고 꼭 놀러 갈 필요는 없다 생각했다. 푹 쉬고 병원 일에 충실한 것이 훨씬 좋았다.

"어렸을 때 마지막으로 가 봤어요. MT도 가평으로 갔고."

그 MT조차 딱 한 번 참석했었다. 예과 때나 시간이 나지, 본과에 들어와서는 1년이 꼭 한 달 같이 느껴졌으니까.

"바다라……."

직진 신호를 받아 운전을 하던 그가 그녀 쪽을 힐끔 보고는 씩 웃었다.

"알았어요."

"알았……?"

알았다니, 어째 불길하다. 그녀가 막 미간을 좁힐 때였다. 1차

로로 진입하자마자 그가 핸들을 빠르게 돌려 유턴을 해 버렸다. 몸이 단번에 옆으로 쏠려서 그녀는 위에 마련된 손잡이를 재빨리 잡았다.

그가 신이 나서 떠들었다.

"여기서 제일 가까운 바다는 서해겠죠?"

도심이 아니라 그런지 도로는 시원하게 뚫려 있었다. 그의 들뜬 목소리에 그녀가 경악했다. 지금 이 남자, 설마 바다를 간다는 건가? 진짜? 지금, 아무 준비도 없이?

"미, 미쳤어요? 지금 간다고?"

"이럴 땐 고맙다고 하면 돼요."

"농담도 못 하겠네! 차 안 돌려요?"

하지만 목적지는 운전대를 잡은 사람 마음대로 정하는 거였다. 태인은 다정의 말을 듣지 못한 척 신이 나서 차를 몰았다.

"어디로 가는 거예요?"

"여기서 제일 가까운 바다."

"그냥 해 본 말이에요! 진짜로!"

그러나 다정의 목소리는 허공에서 의미 없이 흩어졌다. 그녀는 눈앞이 아득해졌지만 혹여 사고가 날 수 있기에 영화나 드라마에서처럼 핸들을 잡는다거나, 그의 운전을 방해할 수는 없었다.

그리고 안다정은 약 한 시간 만에 바다를 보게 되었다.

'어이가 없다.'

날은 어두워지고 있었다. 갈매기 소리가 끼룩끼룩 들리고 코끝을 찌르는 비릿한 바다 냄새는 이곳이 진짜 바다임을 상기해 주고 있었다. 높게 위치한 길 위에서 그녀는 바다를 멍하니 내려다보았다. 서해라 그런지, 아니면 여기만 워낙 어두운 건지 물 색깔이 썩 맑지는 않았다.

그때 태인이 그녀의 귓가에 대고 소곤거렸다.

"선생님, 수영복 살래요? 비키니."

"됐거든요!"

"아쉽네……."

도태인은 변태답게 진심으로 아쉬워했다. 그녀는 한숨을 길게 내쉬었다. 그래도 바다랍시고 바람이 도시 번화가와 다르게 시원했다. 모든 것을 포기한 그녀가 진심으로 중얼거렸다.

"여름 바다 시원하네요."

"그런가?"

물론 에어컨 바람에 익숙한 도태인에게는 덥고 습한 바람일 뿐이었다.

그녀는 난간에 양팔을 얹고 기대어 섰다. 눈으로 바다를 보고 있는 게 실감이 영 나질 않는다. 바닷물에 들어가기라도 해야 하나? 하지만 물이 너무 더러워 보여서 그녀는 발가락도 담그고 싶지 않았다.

그가 바로 아래 바닷물을 가리켰다.

"저기 물고기 맞죠?"

"아뇨, 쓰레기 같은데……."

파도에 너울너울 흔들리는 건 물고기가 아니라 관광객이 버린 비닐 포장지였다. 태인이 시무룩하게 고개를 돌렸다.

"바다가 아니라 폐수 처리장인가?"

쓸쓸한 태인의 목소리에 다정이 희미하게 미소를 지으며 이야 기를 털어놓았다.

"초등학교 5학년 때, 마지막으로 바다에 왔었어요."

"여기요?"

"동해요."

인상을 찌푸린 다정이 딱 잘라 대답했다. 추억 속의 바다는 하 늘빛을 닮아 있었다. 여기처럼 우중충하지 않고.

그녀의 옆에서 태인도 난간에 기대어 섰다. 그녀는 허공을 바 라보면서 말을 계속했다.

"그 다음엔 간 적이 없어요. MT나 학회도 바다 근처는 아니었 고."

사실 예과 때, 첫 MT를 다녀온 뒤 다정은 MT에 쓰이는 돈이 아깝기도 했다. 아르바이트로 과외를 하고 학교생활도 충실하게 해야 해서 다정은 학우들과 MT를 가느니 그 시간에 잠을 자기로 결심했다. 다정의 상황을 아는 동기들은 굳이 그녀에게 MT를 강 요하지는 않았다. 그래도 곱씹어 보면 다들 착했다.

"혼자서 살면 여행이나 휴가는 사치거든요."

학교를 졸업한 이후에는…… 가족도, 연인도 없으니 휴가를 떠나야 할 필요를 느끼지 못했다. 그래서 지금 이 순간이 그녀는 무척 생소했다. 썩어 가는 물이지만 어쨌든 바다를, 혼자도 아니고 다른 사람과 함께 보고 있는 사실이 신기했다.

"누군가랑 같이 여름휴가 때 바다를 볼 일이 생길 줄이야."

"내년 여름에는 제주도에 가요."

활짝 웃으면서 말한 태인이 다정의 손을 덥석 잡았다. 예상치 못한 스킨십에 익숙해졌는지 그녀는 놀라지 않았다. 대신 그녀는 연결된 손을 물끄러미 내려다보았다. 내년 여름, 제주도. 별 것도 아닌 단어가 낯설게만 들렸다.

그녀의 표정이 굳어진 것도 모르고 그가 계속 말했다.

"아니면 해외로 갈까? 남태평양 쪽으로. 어때요? 내년엔 나도 휴가받을 수 있으니까."

다정은 자신의 손을 덮고 있는 그의 손에서 겨우 시선을 떼어내고 고개를 들었다. 그는 언제나 그랬듯이 미소를 짓고 있었다.

내년 여름?

사람의 감정은 무척 변덕스럽다. 아침에 생각한 것도 저녁에 뒤집을 수 있는 게 사람 마음인데, 도태인은 내년 여름을 논하고 있었다. 내년 여름까지 그의 마음이 변하지 않으리라는 보장은 없었다. 해가 바뀌기도 전에 그가 질려서 나가떨어질 수도 있었다.

"그런 약속은 하지 마요."

다정은 자신의 미래에 도태인이 영원히 남아 있으리라고 믿지 않았다. 그녀가 차갑게 말을 덧붙였다.

"지켜질지, 안 지켜질지 모르니까."

세상에 영원한 것은 없다. 질리지 않는 관계도, 영원한 감정도, 그리고 사랑도.

"다정아, 엄마 한 번만 만나 주면 안 되겠니?"

뒤도 돌아보지 않고 떠난 주제에, 20년 만에 마음이 변해서 버린 딸을 만나고 싶어 하는 엄마의 변덕도 다정은 지긋지긋했다.

태인은 무섭게 변한 다정의 얼굴을 조용히 바라보았다. 그녀는 변함없는 감정을 믿지 않았다. 그녀가 계속 선을 긋는 이유도 이에 기반을 둔 것이리라. 오랜 시간 그녀를 지켜봐 온 그는 그녀의 기분과 생각 등을 적당히 알아차릴 수 있었다. 그는 일부러 농담처럼 말을 뱉었다.

"내년에도 오늘처럼 우리 안다정 선생님을 귀찮게 할 건데."

다정은 태인을 물끄러미 올려다보았다. 그녀의 시선은 언뜻 보면 무감정해 보였지만, 사실은 무척 복잡했다. 여러 가지 감정이 가슴속에서 섞여 휘몰아쳤다.

그녀는 내년에도 이 남자와 바다에 오면 좋겠다고 흔들리려는 마음을 애써 붙잡았다. 조금만 더 그에게 기대기 시작하면 걷잡을 수 없이 마음이 흔들다가 기울어 버릴 것을 알기에, 그녀는 그의 손에서 제 손을 빼냈다.

"그만 좀 귀찮게 하세요."

"선생님, 우리도 갈매기한테 먹이 줄까요?"

그는 그녀의 말을 듣지 못한 척 딴청을 피우며 다시 그녀의 손을 꼭 붙잡았다. 더운데도 그는 그녀의 손을 놓지 않았다.

태인의 말을 듣고 나서야 다정은 주변 경치가 눈에 들어왔다. 군데군데 페인트가 벗겨지려는 등대 근처에서 관광객들이 통통한 갈매기들에게 과자를 던져 주고 있었다. 단지 과자를 던지는 것뿐인데 사람들의 표정은 너나없이 밝았다.

그 사람들 틈에 있으면 안다정의 얼굴도 밝아지지 않을까.

"과자 사러 갑시다."

그가 그녀를 끌어당겼다. 못 이기는 척 그녀는 그를 따라 가게로 걷기 시작했다.

여름휴가에 바다를 와 보았다. 열두 살 때 이후로, 약 18년 만이었다. 자신이 아는 바다의 모습은 아니었지만 바닷바람과 갈매기 소리만큼은 기억 속의 바다와 똑 닮아 있었다.

태인에게 이끌려 가는 다정은 여름용 얇은 재킷에 감싸인 그의 등을 보자 문득 미래가 무서워졌다. 아마 오늘도 추억의 한 페이지를 만들었을 것이다. 그는 그녀에게 상냥하고 헌신적이었지만 언제 변할지 몰랐다. 그런 미래가 온다면 오늘은 씁쓸한 추억으로나 남을 것이 분명했다.

'도태인에게 흔들리지 말자.'

버림받는 것은 딱 질색이었다. 버림받기 전에 차라리 버리는

게 나왔다. 욕을 먹고 손가락질을 받더라도 상처를 받는 것만큼
은 피하고 싶었다.

하지만 그녀의 외로운 마음은 자꾸 그에게 기울어지려고 했
다. 이 남자의 온기에 조금만 기대어 보자고 마음속 약한 부분이
속삭였다.

가게에 쏙 들어가서 과자 두 봉지를 사 온 태인이 다정에게 과
자 포장을 뜯어서 건네주었다. 떨떠름하게 과자를 받아 든 그녀
가 고소하고 비릿한 냄새에 봉지 안을 들여다볼 때였다.

"선생님도 갈매기한테 뿌리세요."

훌쩍 길을 건너 난간 근처로 다가가자 갈매기들이 그들 주변
을 맴돌기 시작했다. 그녀가 신기하다는 투로 중얼거렸다.

"어떻게 알았지?"

"이 정도 눈치는 있어야 얻어먹고 살겠죠."

태인이 시니컬하게 대꾸했다. 의외의 면모에 그녀가 그를 빤
히 응시했다. 그가 과자 한 움큼을 허공에 던지자 갈매기들이 쏜
살같이 날아와 받아먹었다. 한 번 더 음식 낭비를 한 그가 고개
를 돌려 빙그레 웃으며 재촉했다.

"빨리 뿌려 봐요. 중동 석유 부자가 된 마음으로."

"석유 부자……."

단어를 골라도 꼭.

그의 말을 따라 그녀도 허공에 과자를 뿌려 보았다. 등대 근처
에 있던 갈매기들까지 이쪽으로 날아들었다. 깜짝 놀란 그녀가

어깨를 움츠리면서 그에게 불만스러운 눈길을 보냈다.

"이러다 공격까지 하겠는데요?"

"설마요. 알아서 이렇게 뿌려 주는데."

말을 마치자마자 그가 다시금 과자를 뿌려 주었다. 엄청난 속도로 날아오긴 했지만 갈매기들은 굳이 인간을 공격하지는 않았다.

과자 하나를 물고 멀어지는 갈매기를 가만히 지켜보던 태인이 입을 열었다.

"관광객을 공격할 필요는 없어요. 오히려 사람이 주는 음식에 길들여져서 친밀감을 느낄 걸요?"

"누가 보면 갈매기랑 친구인 줄 알겠네."

"뭐…… 좀 비슷하달까?"

그가 우스갯소리처럼 대꾸했다. 그녀는 그의 말을 이번에도 실없는 소리려니, 넘겨 버렸다. 그녀가 대답하지 않자 그가 말을 이었다.

"이렇게 과자를 뿌려 주면 오잖아요?"

그가 다시금 허공에 과자를 뿌렸다. 갈매기들이 우르르 다가왔다. 바닷물에 떨어지는 과자 한 톨까지 갈매기는 놓치지 않았다. 그는 두어 번 정도 같은 행동을 반복했다.

"계속 뿌리다 보면 떠나지 않아요."

그의 말대로 과자를 얻어먹은 갈매기들은 그의 주변을 맴돌기 시작했다. 아직 기회를 잡지 못한 갈매기도 그가 과자를 던지기를 기다렸다. 기대에 부응하듯, 그가 남은 과자를 탈탈 털어 바다 쪽으로 뿌렸다. 새들이 우르르 몰려갔다.

"먹고살아야 하니까."

하지만 그 이후 그는 더 이상 과자를 뿌려 주지 않았다. 텅 빈 과자 포장지를 접어서 근처 휴지통에 넣은 그가 쓸쓸하게 말했다.

"과자가 다 떨어져서 사람이 떠나면 그제야 애들도 현실을 깨닫고 쓸쓸하게 떠나겠죠."

정말로 몇 번 더 기웃거리던 갈매기들은 훨훨 날아 멀어져 갔다.

갈매기 생태학 박사라도 되는 건가, 그녀가 그를 의아하게 바라볼 때였다. 그가 그녀의 손을 잡았다. 언제부터인가 그녀는 그의 스킨십에 진저리를 치지 않았다.

"선생님이 관심을 계속 가져 주면 나도 떠나지 않아요. 살아남기 위해서는 떠날 수가 없으니까요."

"본인이 갈매기라는 거예요?"

황당하다는 투로 그녀가 대꾸했으나 그는 말없이 고개만 기울였다.

사실 이 비유는 틀렸다. 갈매기는 다른 사람의 과자를 얻어먹거나 수면 위로 올라오는 물고기를 잡아먹으면, 살아가는 데 별 지장은 없었다.

하지만 도태인은 달랐다. 이미 빛을 본 이상, 안다정이 없으면 살아갈 수가 없었다. 안다정이 자신을 버리고 떠나면 죽음의 공포에 시달리다가 결국 죽음에게 잡아먹히고 말 테니까.

모르는 척을 하고 있었으나 다정은 태인의 말뜻을 제대로 이해했다. 갈매기가 먹이를 필요로 하듯, 무슨 이유에서인지 그는 그녀를 필요로 하고 있었다. 그는 전에도 말했었다. 곁에만 있게 해 달라고.

도대체 훌륭한 외모와 집안을 가진, 남부러울 것 없는 남자가 평범하다면 평범한 안다정에게 목을 매는 이유가 뭘까?

다정은 그동안 전혀 신경 쓰지 않았던, 태인의 마음이 궁금해졌다. 그가 그녀를 절실하게 원하는 이유가 무척 궁금해졌지만, 그와의 거리가 가까워지고 두 사람의 관계가 깊어질까 봐 그녀는 굳이 묻지 않았다. 알게 되면 왠지 돌이킬 수 없을 것 같은 예감이 들었다.

치료 방법 8.
상처 나누기

도태인은 일요일에도 어김없이 찾아왔다. 시끄럽게 울리는 초인종 소리에 잠이 덜 깬 다정이 비척비척 문을 열어 주었다.

"도대체……."

"선생님, 어디 가고 싶은 데 있어요?"

그녀의 기막힌 시선을 받으며 그가 환하게 웃었다. 어제 밤늦게 집에 돌아갔음에도 그는 무척 활기찼다. 꼭 당직 이튿날처럼 안다정은 피곤해 죽겠는데 말이다.

"없습니다."

집에서 쉬고 싶은 다정이 딱 잘라 대답했다. 꿀맛 같은 휴가를 도태인 옆에서 흘려보낼 수는 없는 노릇 아닌가. 하지만 그는 충격을 받은 듯 과장된 태도로 이마를 감싸 쥐었다.

"그럴 수가!"

시무룩하게 바라보는 눈빛에도 그녀는 단호한 표정을 고수했다. 마음을 단속하기 위해서는 그럴 수밖에 없었다.

'더는 안 돼.'

어제 자신을 집에 데려다주고 태인이 떠난 뒤, 다정은 썩 넓지 않은 오피스텔 안을 낯설게 둘러보았다. 방금 전까지 와자지껄한 잔칫상 앞에 있다가 모두 떠나고 홀로 남아 버린 듯한 허전하고 외로운 느낌은 유쾌하지 않았다. 여러 사람도 아니고 그저 도 태인 한 사람만 옆에 있었을 뿐인데도 혼자 남았다는 사실이 찬물처럼 쏟아졌다.

아버지 장례식을 마치고 나서 아버지의 마지막 재산이었던 방 두 칸짜리 전셋집에 덜렁 남겨졌을 때와 비슷한 기분이었다. 이런 기분은 두 번 다시 느끼고 싶지 않았다. 그녀가 귀찮은 투로 말했다.

"내일 그쪽은 출근하잖아요? 집에서 쉬는 게 낫지 않아요?"

"집은 별론데."

태인이 나직하게 중얼거렸다. 보통 휴일에 집에서 푹 늘어져서 지내는 다정으로서는 그의 속사정을 알 리 없으니 이해가 가지 않았다.

"미안한데 난 하고 싶은 것도 없고, 가고 싶은 데도 없어요."

"먹고 싶은 건?"

빙그레 웃으며 그가 묻자, 그녀는 들으라는 듯이 한숨을 푹 내쉬었다.

그때, 그녀의 휴대폰이 짧게 울렸다. 늘 휴대폰을 확인하는 버릇 탓에 그녀는 재빨리 화면을 확인했다.

화면에는 메시지가 한 통 떠 있었다.

다정아 엄마가 할 말이 있어. 중요한 일인데 엄마가 사실……

거기까지 읽은 그녀는 더 이상 읽을 것도 없이 메시지를 삭제해 버렸다. 엄마의 사실 같은 건 알고 싶지도 않았다.

그나저나 이번에도 또 다른 전화번호였다. 전화를 하지 말라고 냉정하게 말한 뒤, 엄마가 연락했던 휴대폰 번호를 전부 수신거부했는데도 연락이 오는 것을 보면 참 끈질기기도 하다. 그녀의 손바닥에 식은땀이 맺혔다. 분노에 가까운 감정 탓이리라.

태인은 다정을 말없이 바라보았다. 그녀의 어깨가 굳어져 있었다. 풍기는 분위기가 심상치 않아 그가 입을 열었다.

"선생님."

얼굴을 일그러뜨린 채로 휴대폰을 노려보는 다정에게 태인이 조심스럽게 말을 붙였다. 그녀가 그를 돌아보자 그의 손이 그녀의 휴대폰을 완전히 덮어 버렸다. 주인의 관심을 바라는 강아지처럼 그가 그녀를 물끄러미 바라보았다.

보통 때라면 귀찮고 지긋지긋하다고 화를 냈을 법한데 이상하게 그의 목소리가 들끓는 짜증을 가라앉혀 주었다. 다정은 평온을 되찾고 예정에 없던 스케줄을 만들었다.

"장을 좀 봐야겠어요."

"네?"

뜬금없는 말에 그가 눈을 동그랗게 뜰 무렵, 그녀는 의자에서 벌떡 일어났다.

"집에 먹을 게 하나도 없어서요."

"쇼핑?"

그의 눈이 반달처럼 예쁘게 휘어졌다. 남자도 미인계를 쓸 수 있나 보다. 애교 있는 눈웃음에 잠시 정신을 잃을 뻔한 안다정은 애써 아무렇지 않은 척했다.

"······따지자면 쇼핑이긴 한데."

함께할 일이 생기자 그의 얼굴에 화색이 돌았다.

"우리 안다정 선생님하고 마트 데이트라."

다정은 굳이 '데이트'가 아니라고 정정하지는 않았다. 뭐랄까······ 이제는 사소한 단어까지 교정할 여력이 없다고 할까.

'아니, 그냥 포기 같다.'

도태인의 미소 띤 얼굴을 복잡한 눈빛으로 바라보다가 그녀는 외출 준비를 시작했다. 자신에게 따라붙는 시선이 이제는 낯설지도 않았다. 혼자 사는 것에 익숙하고, 타인이 자신의 영역에 발들이는 것을 질색하던 안다정은 어디로 갔는지 모르겠다.

이 남자와 동행해서 좋은 게 하나 있다. 태인은 기꺼이 차가 없는 다정의 발이 되어 주었다. 버스를 타고 나가야 하는 대형 마트까지 찾아가기가 귀찮아서 미루고 미루던 쇼핑을 그 덕분에 편히 할 수 있었다.

활력 넘치는 공간을 그는 생소한 듯 둘러보았다. 카트 손잡이에 팔을 걸친 채 걷던 그가 우측을 가리켰다.

"신선 식품이래요."

육류, 해산물 등 조리되지 않은 식재료를 판매하는 코너였다. 바쁜 안다정과는 썩 친한 코너가 아니라는 게 문제였지만 말이다.

"그쪽은 됐어요."

"왜요?"

"바빠서 뭘 만들어 먹을 시간이 없어요. 귀찮기도 하고."

다정은 인스턴트 파였다. 표면적으로는 바쁘다는 이유에서였지만 또 하나, 다정은 스스로 음식을 만들어 먹는 것을 좋아하지 않았다. 혼자 만들어서 혼자 먹는 그 시간마다 홀로 남아 있다는 사실이 뼈저리게 느껴진 탓이었다. 그래서 미리 만들어져 있거나, 남이 만들어 주는 음식을 선호했다.

"그래도 이런 것만 먹으면 몸 상할 텐데."

"괜찮아요. 어쩌다 집에서 한 번 먹는 거니까."

응급의학과 전공의에게 아침 먹을 시간은 없었다. 점심은 응급실 의료진들이 번갈아 가면서 챙겨 먹었고, 그나마도 바쁠 때는 매점에서 빵 쪼가리를 들고 와 씹곤 했다.

저녁 여덟 시가 퇴근 시간인지라 가능하면 저녁은 집에 가기 전에 간단히 먹고 들어갔다. 꿀맛 같은 휴일, 오프 때는 배달 음식을 주문해 먹었으니 막상 인스턴트 음식을 먹는 날은 드문 편이었다. 이런 사정을 알 리 없는 태인은 싱글거리며 헛소리나 했다.

"선생님만 괜찮다면 내가 매일 요리해 줄까요?"

"됐습니다."

그를 흘겨보던 그녀가 카트를 빼앗고 고개를 돌렸다. 그녀의 뒤를 졸졸 쫓으며 그가 말을 이었다.

"왜요? 건강에 좋은 음식 만들어 줄게요."

"요리 못하잖아요."

"배우면 되지."

이쯤 되면 농담인지 진담인지 모호해진다. 다정이 기가 막힌 시선을 태인에게 내비쳤다. 도태인은 정말 안다정을 위해 요리를 배울 생각이 있는 걸까? 장난꾸러기처럼 웃고 있지만 그의 속을 통 알 수가 없었다.

물론 도태인이 한 말은 진심이었다. 만약 다정이 여기서 매일 밥상을 차려 달라고 했다면 그는 기꺼이 하루 세 끼를 그녀에게 갖다 바쳤을 것이다. 안타깝게도 안다정은 도태인의 진심을 알아주지 않았지만.

신선 식품 코너에서 가공 식품 코너로 간 다정은 뭘 구입할지 고민에 빠졌다. 썩 내키는 음식이 없어서 그녀가 지루한 표정으로 냉장고에 진열된 제품을 슥 훑어보았다.

그때였다. 다정의 옆에서 어린 여자아이의 징징거리는 목소리가 들렸다.

"유부 초밥 먹고 싶어."

"안 돼. 저기 조미료가 얼마나 많이 들어갔는데?"

"엄마아……."

이제 막 열 살 정도 되었을까? 왜소한 편인 아이는 엄마의 한쪽 팔을 꼭 붙잡고 매달리듯 떼를 썼다. 그러나 아이 엄마는 무척 단호했다.

"이런 거 먹으면 키가 안 커!"

아이 엄마의 꾸지람에 되레 다정이 흠칫했다. 예전에 자신도 비슷한 소리를 들은 적이 있었다.

아무 걱정이 없던 어린 시절, 동네에 새로 개장한 큰 슈퍼마켓에 갔을 때 말이다. 엄마는 또래보다 키가 작고 왜소한 다정을 걱정하며 꼬박꼬박 200밀리리터 우유를 먹이곤 했다. 엄마들의 걱정은 다들 비슷한가 보다.

멍하니 서 있는 다정의 어깨에 태인의 손이 슬그머니 올라왔다. 그제야 정신을 차린 그녀가 고개를 돌려 그를 막 올려다볼 찰나였다.

"선생님."

그가 씩 웃는 게 어째 불길하다. 그녀는 그를 경계하면서 주변을 살폈다. 그나마 가까이에 있는 사람은 시식용 음식을 조리하고 있는 마트 직원뿐이었다. 마트 직원은 떡갈비를 구워 먹기 좋은 크기로 자르고 있었다.

"선생님하고 이렇게 같이 장 보니까……."

다정이 태인의 손을 슬쩍 밀어냈다. 그녀의 어깨에서 손을 뗀 그가 고개를 숙여 그녀의 귓가에 소곤거렸다.

"왠지 뜨거운 신혼 같아서 기분이 엄청 좋은……."

'뜨거운'을 듣자마자 다정은 시식용 떡갈비를 집었다. 갑자기 뻗어 온 손님의 손에 마트 직원이 눈을 동그랗게 뜨고 두 사람을 쳐다보았다.

다정은 태인의 입속에 음식을 밀어 넣고 얼굴을 찌푸린 채 차갑게 말했다.

"꿈 깨시죠. 신혼은 무슨."

태인은 별 대답 없이 입 안에 든 음식을 씹어 삼켰다. 무안할 만한 박대에도 그는 전혀 주눅 들지 않고 오히려 떡갈비에 관심을 보였다.

"이거 맛있는데, 저녁으로 구워 줄까요?"

누가 보면 살림하는 남자인 줄 알겠다. 기가 막힌 다정이 코끝을 막 찡그리며 거절하려던 참에 마트 직원이 눈을 빛냈다.

"맛있죠? 소스가 특제라서 너무 달지도 않고 풍미가 좋아요. 아이들도 좋아하고 어른들도 좋아하는 맛이에요. 지금 사시면 원 플러스 원, 특가예요."

기대 가득한 직원의 표정을 보자 다정은 차마 거절의 말이 나오지 않았다. 태인은 말없이 다정을 관찰했다. 도태인에게는 딱딱하기 그지없는 안다정이 이럴 때는 참 무르다.

"좋은 기회예요."

직원이 부추겼으나 다정은 떡갈비를 살 생각은 전혀 없었다. 굳이 산다면 끼니 대용으로 먹을 수 있는, 예를 들면 만두 같은 음식을 샀을 것이다. 반찬은 밥이 필요하기 때문에 귀찮았다.

"좀 더 돌아보고요."

억지웃음을 지으며 다정은 재빨리 카트를 밀고 달아났다.

난처해 하는 다정의 모습이 재미있는지 태인은 옆에서 작은 소리로 키득거렸다. 결국 인스턴트 음식은 담지 못하고 음료 코너로 와 버렸다. 그녀가 한숨을 푹 내쉬며 투덜거렸다.

"귀찮아 죽겠네."

들으라는 투로 말한 그녀가 생수 묶음을 집자, 그가 뒤에서 길쭉한 팔을 쑥 뻗어 대신 들어 주었다. 그녀가 낑낑거리면서 옮길 생수를 그는 가뿐하게 들어 카트에 넣었다. 그가 뻐기듯 턱을 들고 물었다.

"그래도 도움은 되죠?"

이 남자를 어떻게 해야 하나. 다정은 할 말을 잃고 말았다. 그는 한심하다는 시선에도 아랑곳 않고 웃어 보였다. 그때, 옆이 소란스러워졌다.

"아빠는 술 샀잖아. 나도 콜라 사 줘."

아까 가공 식품 코너에서 들었던 귀여운 목소리가 들렸다. 다정은 아무 생각 없이 어린 소녀를 곁눈질했다. 1.5리터짜리 페트병을 가리킨 아이가 제 엄마에게 간절하게 부탁했다.

"웅? 삼겹살 먹는다며."

하지만 이번에도 아이 엄마는 단호했다.

"안 돼. 콜라 먹으면 이 썩어."

"엄만 내가 먹고 싶은 건 하나도 안 사 주고."

아이가 입술을 삐죽거렸다. 아까부터 자신이 고르는 것마다 엄마가 퇴짜를 놓아 불만인 모양이었다. 아이 엄마가 인자하게 대꾸했다.

"다 너 잘되라고 그러는 거야. 엄마가 집에 가서 키위 주스 만들어 줄게."

거기서 다정은 고개를 홱 돌렸다. 생수도 샀고, 더 이상 음료 코너에서 살 건 없었다. 즉석 식품과 가공 식품 코너를 돌아봐야 할까? 남의 가정사에 관심을 갖고 싶지 않아, 불편한 그곳을 벗어나고자 다정은 카트를 밀었다.

다정의 등 뒤에서 부부는 투닥거리면서도 친밀한 대화를 나누었다.

"일요일인데 먹고 싶은 것 좀 먹게 해 줘."

"안 돼. 자꾸 어리광 받아 주면 아빠도 술 빼는 수가 있어."

그 순간 시식 담당 직원의 권유에서 도망치듯, 이번에도 다정은 음료 코너를 빠르게 빠져나갔다. 옆에 있는 태인을 생각할 여유도 없었다.

"안 돼. 다정이 이빨 또 썩잖아."

젊은 엄마의 목소리가 머릿속에서 울렸다. 20년도 더 지난 기억이 바로 어제 일처럼 생생하게 살아났다. 숨이 막혔다.

어렸을 적, 아직 엄마와 아빠가 이혼하지 않았을 때 비슷한 말을 들었었다. 그때는 작은 페트병에 든 탄산음료가 유행했었다. 파란색 색소가 가득 들어간 음료수를 사 달라는 어린 딸의 부탁에 아빠는 기꺼이 사 주마, 했고 엄마는 질색을 했었다.

결국 아빠는 엄마에게 등짝을 서너 대 정도 맞고 항복했고 어린 다정은 음료수를 사지 못했다. 다정이 치과 치료를 받은 지 며칠 지나지 않아 예민했던 엄마는 이렇게 말했었다.

"집에 가서 엄마가 포도 갈아 줄게."

엄마는 하나뿐인 딸을 위해 사과나 포도 같은 과일을 갈아 간식으로 먹이곤 했다. 특히 포도의 자잘한 씨와 껍질을 벗겨 내기 힘들어 큰맘 먹고 녹즙기를 장만한 다음, 과일 주스를 직접 만들어 주는 빈도가 늘었다. 투덜거리면서도 어린 다정은 맛있게 먹었던 것 같다.

하지만 연두색 녹즙기는 엄마가 이혼하고 나간 뒤로 쓸 일이

사라져서 할머니 집에 보내졌다. 그 이후 다정은 과일을 갈아먹지 않았다.

다정아 엄마가 할 말이 있어. 중요한 일인데 엄마가 사실……

지난 일을 떠올리자 다정은 삭제해 버린 엄마의 메시지가 문득 생각이 났다. 엄마가 사실…… 그 뒤에 이어질 말은 무엇이었을까? 이미 삭제해 버린 메시지를 복구할 수는 없었다. 다정은 잊어버리기 위해 눈을 길게 감았다 떴다.

그때였다.

"선생님."

다정의 상념을 깨뜨리는 저음이 들렸다. 뒤늦게 그녀가 정신을 차리자 살짝 기울인 태인의 얼굴이 보였다. 그녀와 눈이 마주치기 무섭게 그가 눈웃음을 지었다.

"과자 먹고 싶어요?"

"아뇨."

그제야 색색의 과자 봉투를 인식한 다정은 자신이 있는 곳이 어딘지 깨달았다.

태인은 그녀를 흥미롭게 바라보고 있었다. 안다정을 오래 봐온 덕분에 그녀의 기분을 쉽게 알아챌 법도 한데 그는 굳이 무슨 일 때문이냐고는 묻지 않았다.

카트에는 생수와 뒤늦게 기억난 라면, 통조림 등이 담겼다. 누가 보면 이제 갓 대학에 입학한 스무 살짜리 남학생의 카트인 줄 알 것이다. 심지어 라면을 끓이기조차 귀찮을 때를 대비해 그녀는 컵라면도 한 세트 담았다.

"다 샀어요."

힘없는 목소리가 흘러나왔다. 다정은 빨리 집으로 돌아가고 싶었다. 가족 단위로 나온 손님들이 오래된 기억을 자극해서 머리가 아팠다.

그녀의 안색이 썩 좋지 않아, 그가 그녀 대신 카트 손잡이를 잡았다.

계산대에서 차례를 기다리며 다정이 한숨을 섞어 입을 열었다.

"오늘은 그만 들어가세요."

"선생님, 내일 출근하는 거 아니잖아요?"

역시 도태인은 쉽게 물러나지 않았다. 월요일에 출근해야 하는 그와 달리, 안다정은 휴가였다. 좋은 시기에 받은 하계 휴가를 알차게 보내고 푹 쉴 생각이었는데, 어째 어제부터 계획이 자꾸 어그러진다. 그녀가 그를 물끄러미 올려다보았다.

"그쪽은 출근하잖아요. 집에서 쉬고……."

"나, 집 싫어하는데."

웬일로 태인이 다정의 말을 도중에 끊었다. 꿈에도 예상치 못한 소리였다. 그녀가 그에게 이해할 수 없다는 눈길을 보냈다.

"집이 왜 싫어요?"

하지만 그는 바로 대답하지 못했다. 집이 싫은 이유를 한두 가지만 꼽을 수가 없었다.

유년 시절부터 좋은 기억이 하나도 없는 집, 누나가 스스로 목숨을 버린 그 집에는 정신병자인 아들을 부끄러워하는 부모가 살고 있었으니까.

언제 웃고 있었냐는 듯 그가 표정을 굳힐 찰나, 타이밍 좋게 전화벨이 울렸다. 다정이 주머니에서 휴대폰을 꺼냈다. 그녀는 엄마의 전화일까 싶어 인상을 쓰고 휴대폰 화면을 확인했다. 예상외로 큰아버지의 전화였다.

'무슨 일이지?'

다정이 의아해할 만도 했다. 아버지의 형들, 그러니까 백부들과는 할머니가 돌아가시고 나서 1년에 두세 번 정도만 연락을 주고받았다. 주로 명절이나 할머니 제사 때였다. 그만큼 데면데면한 사이였다.

"안녕하세요. 어쩐 일이세요?"

아버지에게는 두 명의 형이 있었다. 지금 전화를 준 쪽은 고향에서 할머니를 모시던 첫째 큰아버지였다. 빠듯한 살림에 홀로 된 조카를 넉넉히 도와주지 못해 면목이 없다며 웬만해서는 연락을 하지 않던 분이 웬일인가 싶었다.

—크흠, 잘 지내고 있지?

"네……."

다정이 떨떠름하게 긍정했다. 못 지내고 있는 것은 아니었으니까. 이내 백부가 난데없는 이야기를 꺼냈다.

—다정이, 너한테 네 엄마가 연락을 하고 싶다는데…….

순간, 다정의 미간이 일그러졌다. 계속해서 연락을 피했더니 무슨 염치인지 엄마가 큰아버지에게 연락을 한 모양이었다. 낯짝도 두껍지. 장례식장에서 큰아버지들이 엄마에게 보이던 경멸의 시선을 다정은 지금까지도 잊지 못했다.

다정은 눈대중으로 계산 순번을 확인했다. 아직 전화를 할 여유는 있었다.

"됐어요."

—널 만나서 꼭 사과를 하고 싶대.

사과?

하마터면 헛웃음이 튀어나올 뻔했다. 다정이 겨우 조소를 삼키고 한숨을 내쉬었다. 옆에 있던 태인이 그녀의 냉랭한 분위기에 눈을 가늘게 뜨고 그녀를 관찰했다. 요즘 안다정은 전화만 받으면 사나워졌다.

"이제 와서 왜요?"

다정의 목소리에 가시가 잔뜩 돋아났다. 그러나 큰아버지는 의외라는 투로 되물었다.

—몰랐어?

"뭘요?"

—네 엄마, 얼마 못 산다더라.

"……네?"

얼마 못 산다고? 처음에 다정은 잘못 들은 줄 알았다. 잔뜩 찡그려져 있던 그녀의 미간이 단숨에 펴졌다.

아무래도 이야기가 길어질 것 같아 그녀는 카트를 옆으로 밀어 줄에서 이탈했다. 계산을 하고 있을 때가 아니었다. 옆에 서있는 태인의 시선이 진하게 느껴졌지만 그녀는 모르는 척 통화에만 집중했다.

"왜요?"

─나도 이유는 잘 몰라. 암 말기라고 하던데 만나 보면 의사인네가 더 잘 알겠지. 죽기 전에 너 한번 보고 가고 싶은 것 같은데.

그래서 그토록 연락을 했던 건가? 그제야 다정은 엄마가 자신의 냉대에도 불구하고 몇 차례씩 연락을 시도한 이유를 알 것 같았다.

─죽은 사람 소원도 들어준다는데 얼마 못 살 사람, 한 번 만나는 줘라.

큰아버지의 말에도 그녀는 대답하지 않았다. 엄마가 말기 암환자라는 사실에 현실감이 들지 않기도 했고, 곧 죽음을 앞에 둔사람이 오래전에 버려둔 딸에게 사과하고 싶다는 말도 믿어지지않았다.

─응?

조카의 대답이 없자, 초조해진 큰아버지의 재촉하는 소리가이어졌다. 잠시 침묵하던 다정이 씁쓸하게 입을 열었다.

"됐어요."

―다정아.

"어차피 저한테 엄마는 20년 전에 죽은 사람이에요."

남편과 어린 딸을 버리고 새 사랑을 찾아 떠난 사람을 다정은 굳이 만나고 싶지 않았다. 스무 살이 되기까지 엄마는 단 한 번도 버린 딸을 찾지 않았다. 부모의 손길이 필요한 나이에 다정은 자립하는 방법을 배워야만 했고, 그건 꽤 힘겨운 일이었다.

그래 놓고 사과를 하고 싶다?

"자기 마음 편해지자고 억지로 용서해 달라는 거잖아요."

죽음을 앞에 두니 오래전에 버린 딸이 마음에 걸리나 보다. 열 살짜리 딸을 뒤로하고 새 가정을 꾸린 주제에 말이다.

미안하지만 안다정은 마음 여리고 동정심 깊은 사람이 아니었다. 그렇게 자랄 여유도 없었다. 그녀가 차갑게 말했다.

"별로 만나고 싶지 않아요."

휴대폰을 가운데 두고 큰아버지와 다정 사이에 잠시 정적이 일었다. 마음이 불편해져서 다정은 전화를 끊고 싶었으나 곧 큰아버지의 목소리가 이어졌다.

―어머니가 그러셨지, 네가 참 독하다고.

5년 전 돌아가신 할머니의 기억도 이제는 흐릿했다. 대체로 할머니는 엄마 잃은 막내 손녀를 가엾게 여기곤 했다. 다정은 자신을 늘 불쌍하게만 여기던 할머니가 그런 평을 했을 줄은 몰랐다.

"할머니가요?"

—적당히 휘어질 줄도 알아야 편하게 살 텐데 걱정이 된다고 그러셨어.

할머니는 돌아가시는 날까지도 막내 손녀를 걱정했다고 들었다. 할머니는 말수도 적고 말을 아끼는 편이었는데, 큰아버지가 이런 말을 전해 줄 정도면 다른 손자, 손녀들보다 유난히도 다정이 눈에 밟혔나 보다.

"뭘 그런 걱정을……."

—그래, 나도 열심히 사는 애한테 무슨 소리냐고 그랬는데, 어머니 말씀을 이제 알겠다.

마치 인정하기 싫은 사실을 인정하듯 한숨 사이로 큰아버지가 말했다. 그 말이 그다지 긍정적으로 들리지 않아 다정은 대꾸하지 않았다. 왠지 기분이 나빠졌다. 인간미가 없다는 걸까? 그러나 독하게 버텨야만 했던 지난 10년을, 다정은 후회하지 않았다.

—그러다 네 마음만 상해. 나도 막내 생각만 하면 속이 쓰리지만 그래도 어쩌겠냐? 네 엄마도 곧 죽을 목숨이라는데.

큰아버지는 어떻게든 다정을 설득하고 싶은 듯했다. 괜히 듣고 있었다. 바쁘다고 하고 전화를 끊을 것을. 어른들은 그런 경향이 있다. 아무리 큰 잘못을 한 사람이라도 죽음을 앞에 두면 불쌍히 여기는 경향 말이다.

"끊겠습니다."

—다시 한 번만 생각해 봐.

재고해 볼 사항도 아닌지라 다정은 끝까지 대답하지 않고 전화를 끊었다. 그녀는 휴대폰을 도로 주머니에 넣고 카트 손잡이를 잡았지만 계산을 기다리는 줄에 서지는 않았다. 멍하니 뭔가를 고민하는 듯한 그녀의 표정을 태인은 어렵지 않게 읽었다.

또 어릴 적 떠난 엄마 관련 용건인가 보다. 아까 그녀는 자신에게 있어서 엄마는 죽은 사람이라고 했으니까. 엄마 관련 화제가 나오면 항상 저기압이 되는 다정의 눈치를 살피며 그가 조심스럽게 말을 붙였다.

"오늘 날씨, 엄청 좋잖아요. 맑고."

"날씨는 맑은데 너무 덥거든요?"

다행히 안다정은 평소와 다를 것 없이 톡 쏘아붙였다. 태인이 배시시 웃었다. 기운 없이 멍한 모습보다는 쌀쌀맞은 모습이 훨씬 나았다. 이 모습이 더욱 안다정스러웠다.

그가 곧바로 제안했다.

"그럼 커피 마실래요?"

사실 커피라면 지긋지긋한 다정은 휴가 날에도 커피를 꼭 챙겨 먹고 싶지는 않았다. 고개를 저은 그녀가 뜻밖의 질문을 했다.

"술 마셔요?"

"으음…… 조금?"

태인이 대충 얼버무려 대답했다. 알코올에 정신을 놓는 건 두려웠다. 제정신일 때보다 또렷하게 죽음으로 꾀어내는 환청이 들리고 머릿속에 강렬히 남은 장면이 환각이 되어 나타나기 때문이었다.

그럼에도 그가 부정하지 않은 이유는 간단했다. 그녀가 원하고 있으니까.

"그럼 술이나 좀 사러 가요."

그의 속내를 알 리 없는 그녀는 바로 주류 코너로 걸음을 향했다. 그는 복잡한 기분으로 그녀를 따라 걸음을 옮겼다.

다정은 소주 두 병만 카트로 담았다. 다 마시지도 못할 만큼 사고 싶지는 않았다. 왔던 길을 거슬러 돌아가다가 그녀는 태인에게 억지로 먹였던 떡갈비 팩도 카트에 넣었다. 마트 직원은 다시 올 줄 알았다는 양 호들갑을 떨었다.

계산대 앞에서 뒤로 밀려난 차례를 기다리는 동안, 다정이 혼잣말처럼 중얼거렸다.

"오늘은 글렀어요."

"뭐가요?"

"공부하려고 했는데 기분을 완전 잡쳤어요."

큰아버지의 한탄 같은 말보다, 역시 엄마의 상태가 마음에 걸렸다. 말기 암. 치료가 가능하다면 치료에 전념해야 할 때임에도 엄마는 버린 딸을 만나고 싶어 했다. 환자 본인이 치료를 포기했다는 뜻이다. 큰아버지도 엄마를 죽을 사람이라고 여겼다.

'죽을 거면 혼자 조용히 죽지.'

아주 먼 훗날, 이즈음에 엄마가 죽었더라는 소식을 전해 들으면 마음의 동요는 없었을 것이다. 다정은 엄마의 죽음에 끼어들고 싶지 않았다. 이미 엄마는 자신에게 죽은 사람이었으니까.

"그럼 놀아야죠. 날씨도 좋은데 어디 나갈래요?"

옆에서 통화 내용을 다 들었을 텐데도 그는 그녀에게 굳이 '엄마' 때문이냐고 이유를 묻지는 않았다. 그녀는 그를 빤히 쳐다보다가 고개를 저었다. 그도 더 이상 권유하지는 않았다.

계산을 마치고 도태인을 짐꾼이자 운전기사로 써먹은 다정은 무척 편하게 집에 돌아올 수 있었다. 버스를 기다리거나 혹은 택시를 타고 돌아올 때보다 빨라서 그녀는 전문의 시험을 보고 난 뒤 운전면허를 따는 게 어떨까 고민했다. 지방으로 내려가면 서울 한복판보다 교통이 좋지 않을 테니까.

집에 돌아오자마자 다정은 그에게 떡갈비 팩을 안겨 주었다. 그녀의 명석한 두뇌는 도태인이 슬쩍 흘린 말도 전부 기억하고 있었다.

"저녁으로 구워 줄까요?"

배짱 좋게 말한 탓에 그는 지금까지 서른두 해를 살면서 단 한 번도 만져 본 적 없던 프라이팬 손잡이를 쥐어야만 했다.

조촐한 주방 조리대 앞에서 태인은 떡갈비 포장지에 적힌 조리법을 심각한 표정으로 읽었다.

"그냥 불에 올리면 돼요."

"아⋯⋯."

어느새 훌쩍 다가온 다정이 가스 불을 켰다. 전공의 4년 차. 미적거리는 것을 용납하지 못하는 그녀는 무심하게 포장지를 뜯으며 그에게 면박을 주었다.

"어떻게 이런 것도 못해요? 나이가 몇인데."

그가 대답 대신 모호한 미소만 지어 보였다. 결국 젓가락을 건네받은 그녀가 달궈지고 있는 프라이팬에 먹기 좋은 크기의 떡갈비를 올려놓았다. 안다정에게 음식 조리는 어렸을 적부터 익숙한 일이었지만 자신과는 다른 삶을 살았을 그에게는 생소한 일이리라.

"하긴, 할 필요도 없었겠지만."

"이젠 잘할 수 있어요."

젓가락을 돌려 달라는 듯 그가 손을 펴 보였으나, 퍽이나 잘하겠다 싶어서 그녀가 그를 못마땅하게 응시하다가 음식을 뒤집었다. 노릇하게 익은 면이 위로 올라왔다. 지글지글 끓는 맛있는 소리와 냄새가 프라이팬에서 올라오기 시작했다.

자그만 주방에 나란히 서 있는 상황. 안다정 혼자라면 그리 비좁지 않을 텐데 키가 훌쩍 큰 남자와 같이 서 있으려니 오늘 따라 일자형 조리대가 좁아 보였다. 다정의 팔꿈치가 태인을 툭 건드렸다. 그가 그녀의 팔꿈치를 잡고 신이 나서 말했다.

"이러고 있으니까 진짜 신혼 같지 않아요?"

이 남자는 아까부터 신혼에 집착하고 있었다. 싱글싱글 웃는 그와 달리 그녀는 미간을 좁혔다. 미안하지만 독신주의자 안다정과 신혼이라는 단어는 백만 광년 정도 떨어져 있었다. 그녀가 딱딱하게 대꾸했다.

"신혼 같지 않은데요."

그녀의 무뚝뚝한 말에도 그는 웃음을 잃지 않았다. 그녀는 왠지 그에게 말려든 느낌이 들어 고개를 홱 돌리고 부랴부랴 가스불을 껐다.

혼자 있을 적에는 먹지 않을 떡갈비는 술안주였다. 음식을 접시에 대충 담은 뒤, 그녀가 찬장에서 머그잔을 두 개 꺼냈다. 돌아보니, 어느새 그가 테이블에 접시를 가져다 두었다. 머그잔을 한 손에 하나씩 든 채 그녀가 입을 열었다.

"소주잔 없는데 머그 괜찮죠?"

"……네."

그는 떨떠름해 보였지만 어쨌든 긍정의 대답이었다. 테이블에 돌아가서 그녀는 바로 소주병을 열어 머그잔에 술을 콸콸 부었다. 투명한 액체가 머그잔을 반쯤 채웠다. 그가 걱정스럽게 물었다.

"대낮부터 이렇게 마셔도 돼요?"

"휴가잖아요. 지금 아니면 언제 마신다고."

가볍게 대꾸한 다정은 목이 마른 사람처럼 컵을 들고 술을 벌컥벌컥 마셨다. 그 모습이 충격적이어서 태인이 눈가를 찡그렸다.

다행히 안다정은 머그잔을 단번에 비우지는 않았다. 갑자기

술이 마시고 싶어지는 경우가 없는 것은 아니지만, 이렇게 폭음을 한다는 건 심상찮은 일일 터였다. 그는 아까 다정에게 걸려왔던 전화가 생각보다 불편한 용건이었음을 뒤늦게 깨달았다.

"선생님."

태인의 목소리가 더욱 낮고 깊게 들렸다.

"무슨 일이에요?"

하지만 다정은 쉬이 입을 열지 않았다. 자신도 잊고 싶은 일인데, 심지어 타인에게 엄마에 대한 이야기를 하기가 내키지 않았다.

태인은 그녀를 가만히 지켜보았다. 입을 굳게 다문 그녀는 도태인에게 속사정을 털어놓을 생각이 없어 보였다.

이럴 때는 자신이 먼저 비밀을 오픈하는 게 좋다. 서로의 비밀을 주고받는 것이다. 안다정처럼 받은 것을 반드시 돌려주려는 타입은 특히 이 방법이 잘 통했다. 그가 서서히 운을 뗐다.

"내가 왜 집에 들어가기 싫은지 알아요?"

"몰라요."

"누나가 집에서 자살했거든요."

어제 먹은 저녁 메뉴를 설명하듯 태인이 담담하게 말했으나 다정은 말문이 막혔다. 무슨 말이 나오든 '아, 그래요?' 하고 무덤덤하게 대꾸하려고 했는데 그럴 수 없는 소리였다.

그는 경악 어린 그녀의 눈동자를 지그시 보며 또박또박 말을 이었다.

"누나가 집에 '죽음'을 남겨 놓고 떠나서."

추상적인 말이었다. 죽음을 남겨 놓고 떠났다는 말은 일반적인 사람이 택할 단어가 아니라는 판단이 들었다. 다정은 머그를 내려놓았다. 놀란 마음을 수습하자 그녀의 눈빛이 달라졌다. 응급실에서 다급한 환자를 앞에 두었을 때처럼 그녀의 표정이 냉철해졌다.

"가끔 집에 있으면 나도 죽을 것 같아."

그의 목소리에서 장난기는 하나도 비치지 않았다. 농담이 아니라는 의미였다.

가족처럼 가까운 사람이 자살로 생을 마감하면, 남은 사람들은 무력감이나 우울증에 시달리기도 한다. 하다못해 애완동물이 죽어도 펫로스 증후군을 겪는데, 도태인은 심지어 형제지간이었던 누나다. 그 충격이 결코 적지만은 않을 것이다.

"……그럼, 집을 나오지 그랬어요?"

정상적인 사람이라면 어렵지 않게 생각했을 방안에 허를 찔린 양, 태인이 눈을 깜박거리다가 쓴웃음을 지었다.

"그런 방법이 있었네."

도영인의 괴로움을 덜어 주지 못했다는 죄책감은 태인의 발을 묶었다. 부모조차 쉬쉬하는 누나의 죽음은 마치 누나의 존재를 지워 버리는 듯했다. 자신만이라도 남아 누나를 기억해 주고 싶었다. 애도의 기간도 그 때문에 생겨났다.

"누나분이 어떻게 돌아가셨는지 알아요?"

환자와 상담하는 양, 그녀의 목소리가 평소보다 상냥했다. 안다정이 이토록 다정해지다니. 마음 한편이 희미하게 들뜬 그는 대답 대신 고개를 끄덕였다. 지금 그녀에게라면 숨기고 싶은 이야기도 다 털어놓을 수 있을 것만 같았다.

"사인을…… 물어봐도 돼요?"

"말해 줄게요. 대신."

그가 잠깐 말을 끊었다. 기묘한 긴장감에 손바닥에 식은땀이 올라와 그녀는 아무렇지 않은 척 옷자락을 쥐었다. 그가 빙그레 미소를 지으며 말했다.

"선생님도 엄마 전화에 대해 말해 줘요."

도태인은 쓸데없이 거래도 잘했다.

태인은 다정이 엄마의 전화를 받을 때마다 기분 나빠하는 것을 느꼈다. 할아버지로부터 다정의 어머니가 다른 남자와 재혼했다는 말도 듣기는 했다.

단지 이혼과 재혼 때문에 엄마라면 치를 떠는 걸까? 자신이 아는 다정은 감정적이기보다는 이성적인 사람이어서 그는 엄마를 향한 그녀의 분노가 신기하게 보였다. 늘 안다정을 지켜보고 있는 도태인이 보기에 오늘 그녀의 분위기는 더욱 이상했다.

다정은 주춤거리다가 한숨을 내쉬었다. 하긴, 좋은 사정은 아니지만, 굳이 못 할 이야기도 아니었다.

"알았어요."

안다정에 대해서라면 무엇이든 알고 싶은 도태인은 그녀의 궁정에 흡족해졌다. 거래가 성립되자 그가 먼저 패를 내밀었다.

"누나는 되게 고전적인 방법으로 자살했어요."

음독? 목을 맸나? 아니면 추락사? 차에 뛰어들었나? 응급실에서 근무하는 다정의 머릿속에 온갖 자살 시도자의 케이스가 스쳐 지나갈 때였다.

"동맥을 끊었어요."

"……네?"

그가 팔목에서부터 팔꿈치까지 선을 그렸다. 가로도 아니고 세로로 그었다는 뜻이었다. 머릿속에 그 장면이 상상되어 그녀가 저도 모르게 마른침을 삼켰다.

독한 방법이었다. 내장이 타들어 가는 음독, 고층 건물이 주는 공포와 목을 맬 때의 질식의 고통, 다발성 외상을 동반하는 교통사고도 전부 끔찍하지만 제 손으로 손목 깊숙한 곳에 있는 동맥을 자르는 건 웬만한 각오로는 할 수 없는 행동이었다.

스스로 몸에 깊은 상처를 낼 적에는 주저흔이 남기 마련이다. 그러다가 포기하고 울면서 응급실에 실려 오는 환자들을 많이 보았다. 동맥 절단으로 자살하는 것은 쉬운 일이 아니었으니까.

"욕조에 물을 가득 채우고 거기에 손목을 집어넣어서……."

생생한 기억이 떠오르자 태인의 얼굴이 하얗게 질리기 시작했다. 핏물 가득한 욕조. 자신을 향해 흘러나오던 누나의 생명은 기괴한 기억으로 남아 있었다. 그 당시에는 물에 불은 누나의 팔이 징그럽다는 생각도 하지 못했다.

그를 마치 환자처럼 날카롭게 주시하고 있던 다정은 금세 그의 변화를 알아챘다.

"그만 말해도 괜찮아요."

도태인은 혈액 공포증을 가지고 있다. 동맥에서 빠져나온 다량의 혈액이 욕조를 어떻게 만들었을지는 물을 필요도 없었다.

혈색이 사라진 그의 얼굴이 이내 일그러졌다. 호흡이 힘든지 그의 입술이 하얗게 말라 갔다. 다정은 테이블을 넘어 눈가를 찡그리고 있는 그에게 다가가 옆에 섰다.

"머리를 숙이고 천천히 숨을 내쉬세요."

말로 지시한 후 그녀는 한 손으로는 그의 어깨를 잡아 안정감을 주면서, 다른 한 손으로는 그의 손목을 쥔 채 시계를 응시했다. 그는 그녀의 지시대로 고개를 숙였다.

괜히 안 좋은 기억을 상기시켰나 보다. 그녀는 시계의 초침과 그의 맥박을 세면서 그가 진정하기를 기다렸다. 만약 진정이 되지 않는다면 안다정은 휴가 도중에 응급실에 내원해야 했다.

얼마간 시간이 지났을까? 다행히 그의 맥박은 점점 속도가 느려지기 시작했다. 호흡도 점점 편해지는 듯 그의 안색이 밝아졌다.

"이젠 선생님 차례인데."

고개를 든 태인이 제 옆에 서 있는 다정의 허리를 한 팔로 감고 씩 웃었다. 예상보다 빠르게 진정한 그를 내려다보면서 그녀가 다시 한 번 물었다.

"어지럽지는 않아요?"

"네."

"호흡이 불편해 보이던데."

그녀의 목소리에 걱정이 가득 묻어났다. 직접적으로 피를 본 게 아니라 진정이 빠른 걸까? 정신과 관련으로는 고작 학부 때와 인턴 때 잠깐 경험해 본 게 전부인지라 그녀는 그의 상태가 좋아 졌는지 확신할 수 없었다.

그러나 정작 당사자는 아무렇지도 않았다.

"숨 좀 못 쉬면 어때요? 여기 의사 선생님이 있는데."

"숨을 못 쉬면 죽거든요?"

농담을 할 정도면 기운이 회복된 모양이었다. 10초간 다시 맥 박을 재 본 다정은 그의 손목을 내던지듯 놓고 맞은편으로 돌아 가기 위해 뒷걸음질을 쳤다. 하지만 태인은 그녀를 놓아줄 생각 이 없는 모양이었다. 덥석, 몸이 잡히자 그녀가 얼굴을 잔뜩 구겼 다.

"이거 안 놔요?"

"선생님은 엄마를 왜 싫어해요?"

들리지 않는 척 그는 여전히 그녀의 허리를 꼭 잡은 채로 말을 붙였다. 거래의 조건. 이번에는 안다정이 비밀을 털어놓을 차례 였다. 그녀는 한숨을 소리 없이 뱉고 서서히 입을 열었다.

"별로…… 싫어한다거나 그런 건 아니에요."

대답하면서도 다정의 마음속에 파란이 일었다. 자신은 정말 엄마를 싫어하지 않는 걸까? 거짓말이다. 초연한 척을 하기 위해 싫어하지 않는다고 말한 것뿐이었다. 하지만 다정은 자신의 감정을 외면하고 계속 말을 이었다.

"그냥 없는 사람 취급인 거지."

"그게 그거 아닌가?"

그의 목소리가 그녀의 몸을 타고 울렸다. 심장이 뚝 떨어질 만큼 낮고 고요한 음성이었다.

"엄마랑 같이 산 날이, 같이 살지 않은 날의 반밖에 안 되니까 좋아해야 할 필요는 없잖아요."

다정은 결국 엄마를 싫어하고 있다고 에둘러 말하고 말았다. 그때였다.

"우리 안다정 선생님이 서른이었나?"

갑자기 나이 타령을 하는 태인에게 그녀가 눈을 흘겼다. 그는 그녀의 허리를 감은 채 올려다보며 물었다.

"그럼, 엄마가 열 살 때 집을 나갔구나. 맞죠?"

"네."

열 살. 어린아이나 다름없는 시기에 다정은 엄마를 잃었다. 그 뒤로 스무 살, 아버지의 장례식 전까지 엄마는 털끝 하나 비추지 않았고 그 이후로도 쭉 다정의 앞에 나타나지 않았다. 죽은 사람과 다를 바가 없었다.

다정의 눈동자가 까맣게 가라앉는 것을 본 태인은 자신에게 집중하라는 양, 재빨리 농담을 던졌다.

"내가 수학을 좀 잘해서."

"그 정도 산수는 초딩도 하는 겁니다."

"이래 봬도 경제학과 나왔는데."

이렇게 생각 없어 보이는 남자가 경제학과 출신이라니 신기했지만, 안다정은 대한민국에서 학벌로는 뒤처지지 않았다. 그녀가 턱을 들고 대꾸했다.

"아, 그러세요? 저는 의대를 나와서요."

"할 말 없게 만드네."

불평하면서도 그는 웃고 있었다. 그의 미소를 보자 그녀는 머쓱해졌다. 하긴, 다 부질없다. 죽을 만큼 노력해서 의사가 되었는데 결국 응급실의 지박령이 되어 버린 전공의 안다정의 삶의 질은 바닥 수준이었다.

"아까 전화도 엄마하고 관련된 전화였죠?"

"남의 전화 엿듣지 말아요."

"다 들리는 걸 어떡하라고."

태인의 말에 이번에는 다정이 할 말을 잃었다. 그녀가 그에게 못마땅한 시선을 보냈다. 숨기고 싶은 일을 들킬 때마다 괜스레 창피해지는 걸 이 남자는 알까?

"무슨 일인데 대낮부터 우리 안다정 선생님이 소주를 마시게 된 거예요?"

머그잔을 들고 냉수를 마시듯 독한 술을 넘기던 그녀의 모습을 그는 아마 평생 잊지 못할 것이다. 그만큼 충격적이었으니까.

답답한 마음이 담긴 다정의 숨결이 태인의 머리에 내려앉았다. 그는 그녀를 재촉하지 않았다.

"네 엄마 얼마 못 산다더라."

큰아버지의 말을 들었을 때, 처음에는 바로 이해가 되지 않았다. 엄마의 죽음은 한 번도 상상해 보지 못한 일이었으니까. 말기 암이라는 소식에 심장이 덜컥 바닥으로 떨어지는 줄 알았다. 다정에게 있어서 엄마는 자신을 버리고 다른 곳에서 잘 살고 있는 사람이기 때문이었다.

"엄마가…… 곧 죽을 것 같대요."

능글맞게 웃던 그가 표정을 싹 지웠다. 두 사람의 시선이 허공에서 만났다. 그녀의 눈동자가 불안으로 떨렸다.

"자세한 건 나도 몰라요. 큰아버지 말씀이, 엄마가 터미널 캔서(Terminal cancer, 말기 암)라고……."

저도 모르게 의료진끼리만 쓰는 단어가 튀어나왔다. 그만큼 정신이 없다는 뜻이었다.

"그러니까 암 말기래요."

말하면서도 사실, 그녀는 썩 실감이 나지는 않았다. 엄마가 죽어? 말기 암 환자라고? 직접 보지 못해서인지 아직도 의심만 가득했다. 그러면서도 마음 한구석에서는 불안이 스멀스멀 기어나왔다.

그는 아무 말도 하지 못했다. 그녀의 기분과 마음이 어떤지 그는 감조차 잡을 수 없었다. 이럴 때 무슨 소리를 해야 하는 건지 도태인은 몰랐다.

위로 따위가 필요하지 않은 그녀는 담담하게 말을 계속했다.

"죽기 전에 나랑 만나고 싶은가 봐요."

"어떻게 할 거예요?"

"안 만날 겁니다."

다정은 단호했다. 그녀를 올려다보는 태인의 눈빛에 의아함이 깃들었다. 자신도 어머니를 좋아하지는 않지만, 만약 어머니가 죽음을 목전에 두었다면 찾아가 뵀을 것이다. 그런데 그녀는 전혀 생각이 없는 모양이었다. 그가 흔한 소리를 입에 올렸다.

"나중에 후회하면 어떡하려고……."

"만났다가 후회할 수도 있으니까요."

죽어 가는 엄마의 모습을 평생 마음속에 담고 싶지 않았다. 안다정에게 엄마란, 죽어 가는 늙은 여자가 아니라 젊은 모습으로 사랑을 찾아 떠나 버린 이기적인 사람이었다. 다정은 젊은 엄마의 모습을 마치 영정 사진처럼 마음속에 담고 있었다.

"엄마는 내가 열 살 때 죽은 사람이에요. 죽은 사람을 다시 만나야 할 이유는 없어요."

다정의 말에 태인이 눈을 가늘게 떴다.

"말이 다르네."

살아 있는 사람을 죽은 사람 취급하는 건, 싫어하는 것과 다를 바가 없지 않은가. 그가 그 점을 콕 지적했다.

"엄마를 싫어하는 게 아니라면서."

"아니……."

발끈한 다정이 막 부정할 찰나였다. 그녀의 허리를 안고 있던 태인이 그녀에게 몸을 기대고 중얼거렸다.

"그게 중요한 건 아니지."

나직한 목소리가 그녀의 배를 타고 온몸에 울렸다. 그가 양손으로 그녀의 허리를 세게 끌어안았다. 왠지 등줄기가 오싹해져서 그녀가 그의 어깨를 찰싹 때렸다.

"뭐 하는 거예요!"

"선생님, 지금 이 상황이 되게 위험한 상황인 거 알아요?"

남자만이 가질 수 있는 낮은 음성은 무척 유혹적이었다. 안다정이 하늘 높은 줄 모르고 철벽을 세운 여자가 아니었다면 벌써 함락되고도 남았겠지만, 슬프게도 그녀는 매우 냉철하고 이성적인 겁쟁이였다.

싱글벙글 웃고 있는 태인을 물끄러미 내려다보던 다정은 이내 테이블로 팔을 뻗어 술이 담겨 있는 그의 머그를 들었다.

"네, 압니다. 아주 위험한 상황이죠."

도태인은 술을 한 모금도 마시지 않았다. 어떻게 제정신으로 술 취한 사람처럼 행동할 수 있는지 안다정으로서는 신기했지만, 어쨌거나 지금은 위기. 그녀는 머그잔을 살짝 흔들어 보이며 무섭게 협박했다.

"그쪽 머리가 깨질 수도 있는 상황."

하지만 무시무시한 협박에도 태인은 개의치 않았다. 그녀가 정말 컵으로 자신의 머리를 내리칠 리가 없다는 것을 그는 잘 알고 있었으니까.

위협이라도 하듯 다정이 컵을 더 들어 올렸다. 안에 든 액체가 넘실거리더니 한 방울이 컵 표면을 타고 또르르 떨어졌다.

하긴, 도태인은 안다정 손에 머리가 깨져 죽어도 별로 원망스럽지는 않을 것이다. 도태인이 세상에서 가장 두려워하는 '죽음'이라는 명제는 안다정 앞에서는 아무것도 아니었다.

"성인 남녀가 밀실에 단둘이……."

전혀 겁을 먹지 않은 그의 목소리가 노랫말처럼 감미롭게 흘러나왔다. 곧 그녀가 눈을 세모꼴로 뜨고 그의 말을 잘라 냈다.

"살인 사건이 일어나기 딱 좋은 상황이군요."

"선생님한테라면 죽어도 좋은데!"

태인은 한 치의 틈도 용납하지 않겠다는 양 다정의 허리를 더욱 꼭 끌어안았다. 미친 소리에 그녀가 꽥 소리를 질렀다.

"미쳤어요?"

그때였다. 다정이 들고 있던 컵이 흔들리더니 그대로 내용물이 쏟아졌다. 투명한 술은 알코올 냄새를 풍기면서 도태인의 머리로 직행했다.

갑작스럽게 차가운 액체가 쏟아지자 태인의 어깨가 흠칫 굳었다. 당황한 다정도 입가를 가리고 안절부절못하며 더듬더듬 물었다.

"괘, 괜찮아요?"

컵을 급히 내려놓은 그녀가 손으로 그의 머리를 털어 주었다. 혹여 그의 기분이 상했을까 걱정이 되어 웬일로 안다정이 도태인의 눈치를 보았다.

한참을 멍하니 있던 그가 황당하다는 듯 중얼거렸다.

"와…… 나 여자한테 술 맞아 본 건 처음이야."

"사람한테 술 뿌린 건 나도 처음입니다."

안다정은 한마디도 지지 않았다. 그런 와중에도 도태인은 그녀의 허리를 놓아주지 않았다.

"허리 놔줘요. 수건 가지고 오게."

"이미 다 젖었는데 수건이 무슨 소용이에요?"

"그…… 렇긴 하지만……."

태인의 목소리는 평소와 다르지 않았다. 소주 세례를 받고 나서도 별로 기분이 상하지는 않은 모양이었다. 아니면, 정말 생각이 없든가.

그녀가 한숨을 길게 내쉬고 나서 미안한 마음에 투덜거렸다.

"아니, 그러니까 왜 사람한테 자꾸 장난을 쳐요?"

"선생님도 젖었네, 여기."

그가 짓궂게 웃으며 그녀의 셔츠 밑단을 잡아당겼다. 술이 튄 부분의 셔츠 색이 짙어져 있었다.

태인의 말이 별다른 감정을 담고 있는 것도 아닌데, 다정의 얼

굴이 화끈 붉어졌다. 이 분위기 자체가 기묘하게 느껴졌다. 그녀
가 움찔 뒷걸음질을 쳤다. 그의 시선이 유난히 따가웠다.

"술 냄새 나는 게 꼭 주정뱅이 같지 않아요?"

해맑은 얼굴은 별로 주정뱅이 같지는 않지만, 알코올 냄새를
숨길 수는 없었다. 그가 그녀의 허리를 놓지 않은 채로 몸을 일
으켰다. 이번에는 그녀가 고개를 들어 키가 큰 그를 올려다보게
되었다. 그와 눈이 마주치자 이상하게도 그의 눈길이 불편해서
그녀는 도로 시선을 떨구었다.

하지만 태인이 양팔로 감싼 탓에 다정은 꼼짝도 할 수 없었다.
자존심 상하게 버둥거리고 싶지 않아 그녀가 미간을 찡그릴 무
렵이었다. 그가 불쑥 고개를 내리더니 코끝이 닿을 만큼 아슬아
슬한 거리에서 말했다.

"선생님이 이렇게 만들었으니까 선생님이 책임져야겠네. 그렇
죠?"

안다정의 심장 박동이 빨라졌다. 더 빨라지면 쇼크 상태가 올
지도 모를 만큼 맥박수가 상승했다. 호흡이 가빠질 것 같아 그
녀가 입술을 꾹 물었다. 머리는 다 젖어 가지고 위험한 분위기를
만들어 내는 그가 낯설었다. 당황한 내색을 숨기며 그녀가 지지
않고 받아쳤다.

"그러니까 도태인 씨가 먼저 이러지 않았……."

순간, 그가 더 가까이 다가온 바람에 그녀의 말은 끝까지 이
어지지 못했다. 그녀가 고개를 뒤로 빼고 뻣뻣하게 굳었다. 그의

눈이 반달처럼 예쁘게 휘었다. 남자도 미인계를 쓸 수 있는지 모르겠는데, 그녀는 그의 눈웃음에 괜스레 얼굴이 화끈거렸다.

마치 키스할 것처럼 두 사람의 숨결이 섞일 찰나, 그녀가 손을 들어 그의 입을 덥석 막아 버렸다. 그의 눈동자가 크게 떠졌다. 그녀가 미간을 찌푸린 채로 또박또박 말했다.

"진짜 신고할 겁니다. 성추행으로."

이 상황에서 도태인한테는 발언권이 없었다.

태인은 얌전히 다정의 허리에서 손을 떼고 무고하다는 듯 손바닥을 들어 보여 주었다.

그럼에도 그녀는 눈을 가늘게 뜨고 여전히 그의 입을 막은 채였다. 손바닥에 그의 미소가 느껴진다 싶을 때, 그가 그녀의 손목을 잡아 살짝 떼어 내더니 그녀의 손바닥에 입술을 살짝 눌렀다. 간지러운 느낌이 오싹했다.

"욕실 써도 되죠?"

순식간에 일어난 일에 화를 낼 기력도 없어서 다정이 떨떠름하게 고개를 끄덕였다. 태인이 활짝 웃으며 드디어 그녀를 놓아 주었다. 욕실로 들어가는 그의 뒷모습을 그녀가 기가 막힌다는 듯 바라보았다.

테이블 위의 떡갈비는 먹기도 전에 이미 다 식고 말았다. 다정은 한참 동안 참아 왔던 숨을 크게 내뱉었다.

아, 바닥에 떨어진 술을 닦아야겠다.

머리는 물론 셔츠 위쪽까지 홀딱 젖은 태인은 욕실 문에 기대어서 키득거렸다. 안다정의 얼빠진 표정은 평소에 보기 어려운 얼굴이었다. 그녀의 마음이 흔들리는 게 눈동자에서도 보여서 그는 흡족했다.

제2의 인격이 '드디어 선생님하고 해피한 시간을 보내는 거야?' 하고 멋대로 기대해서 조금 난감한 것만 빼면 오늘 안다정의 집에 찾아온 건 좋은 선택이었다.

스스럼없이 옷을 벗고 쏟아지는 물줄기 아래 섰을 때, 그는 문득 그녀와의 관계가 많이 변했음을 깨달았다.

여름이 오기 전만 하더라도 안다정은 도태인을 보고 질색하기 바빴는데 어느새 그녀는 그와 함께 식사를 하고, 술잔을 기울이기도 하고, 그를 집 안에 들이거나 기꺼이 욕실을 빌려주기도 했다. 그는 이 상황이 만족스러우면서도 한편으로는 그녀가 걱정이 되었다.

'내가 아니라 다른 놈이었으면 어쩌려고.'

안다정의 눈에는 도태인이 지상 최고의 변태로 보인다는 사실을 그는 모르고 있었다.

그녀의 옆에 다른 남자가 서 있는 상상을 하자 그의 기분이 갑자기 나빠졌다. 안다정이 독신주의자라서 얼마나 다행인지 모르겠다. 순진한 그녀가 흑심 가진 놈에게 오피스텔 현관문을 열어주기라도 한다면…….

"위험하잖아."

태인이 불만스럽게 중얼거렸다. 도태인은 다정을 숭배하는 안다정 교 신자라서 그나마 이 정도였지, 다른 놈이었으면 벌써 무슨 일이 나고도 남을 상황이었다.

하지만 도태인은 위험한 상황에 놓인 게 자신이라는 것을 아직 깨닫지 못했다. 샤워를 마치고 수도를 잠근 그는 다정에게서 풍기는 것과 똑같은 샴푸 향에 나빠졌던 기분이 조금 나아졌다. 그는 그녀가 쓰는 샴푸와 보디워시를 눈여겨보았다. 나중에 살 생각이었다.

태인은 다정이 쓰고 걸어 둔 수건을 집으려다가 멈추고 새 수건을 찾아 꺼냈다. 도태인은 변태라서 안다정이 사용했던 수건을 쓸 엄두가 나지 않았다. 욕실 밖에 있는 다정이 이 사실을 알았다가는 경멸의 시선을 보냈을 것이다. 뭐 그 시선을 받는 것도 나쁘지는 않겠지만 말이다.

히죽거리며 그가 벗어 둔 옷을 다시 입으려 몸을 돌렸다.

"……어?"

젖지 않도록 수납장에 잘 넣어 두었다고 생각했던 옷이 어느새 바닥에 널브러져 있었다. 쫄딱 젖은 채로.

태인은 현실을 받아들이기 싫어서 눈을 길게 감았다가 떴다. 물론 현실은 변하지 않았다. 그가 시선을 떨구었다. 머리부터 발끝까지 실오라기 하나 걸치지 않은 자신의 상황, 위험한 쪽은 도태인이었다.

그는 제 발을 보다가 기가 막힌 한숨을 터뜨렸다. 큰일이다. 젖은 셔츠 정도만 세탁할 생각이었는데…….

태인의 머릿속에 바로 어제 있었던 일이 오버랩되었다. 어제, 자신이 도망치듯 호박죽을 사러 가야 했던 이유 말이다. 기가 막히게도 어제 일에서 입장만 바뀐 상황이었다.

아무리 낯짝 두꺼운 도태인이지만 겨우 키스 한 번 했던 여자에게 누드를 뽐낼 자신은 없었다. 아마 안다정도 달가워하지는 않을 것이다. 아니, 달가워하지 않는 게 아니라 경멸을 하겠지. 그는 머리를 부여잡고 이마를 욕실 벽에 박아 버렸다.

'어떻게 나가지?'

게다가 지금은 여름. 욕실을 가득 메운 증기는 찜통을 연상시켰다. 욕실에 환풍기는 있으나 가동되지 않았고 창문마저 없었다.

'숨을 못 쉬겠다.'

결국 태인은 구조 요청을 했다. 욕실 문을 살짝 열어 그 틈으로 그가 그녀를 불렀다.

"선생님."

시무룩한 목소리에 다정이 욕실 쪽을 돌아보았다. 꼭 풀죽은 강아지처럼 그가 그녀를 응시하고 있었다.

"……왜 그러고 있어요?"

그녀가 떨떠름하게 물었다. 눈치 빠른 안다정은 결코 달가운 상황이 아님을 바로 알아챘다.

"옷이 다 젖어 버렸어요."

"일부러 그런 건 아니고요?"

"아니에요. 결코!"

도태인은 억울했다. 진심이 담긴 목소리에 그녀는 이번 한 번은 넘어가 주기로 했다. 그녀가 붙박이장을 열어 확인한 다음 한숨을 내쉬었다.

"우리 집에 남자 옷 없는데."

안다정 혼자 살아온 지 10년이었다. 다른 사람의 옷이 있을 리가 만무했다. 몸집이나 키가 큰 편도 아니라 아무리 큰 옷이라고 해도 그녀의 옷은 그에게 맞지 않았다.

"그럼 어떡해요?"

암담해진 다정은 바로 대답하지 않았다. 나가서 도태인의 옷을 사 와야 하나? 귀찮은데.

여러 가지 생각이 그녀의 머릿속을 스쳐 지나갔다. 그중에는 자신의 옷을 억지로 입히는 방법도 있었지만, 그 방법은 도태인보다 안다정의 눈이 괴로울 것 같아 기각했다.

그녀의 대답이 없자 그가 어쩔 수 없다는 투로 황당한 소리를 뱉었다.

"선생님만 괜찮다면 뭐……."

"일부러 그런 거 맞죠?"

"그렇게까지 변태는 아닙니다."

눈을 가늘게 뜨고 묻는 다정에게 태인이 진지한 표정으로 부정했다. 아무리 봐도 지상 최고의 변태 같은데 본인이 아니라고 하니 토를 달 수는 없었다. 그녀가 난처하게 옷장을 샅샅이 훑다가 구석에서 비닐에 쌓인 옷을 발굴해 냈다.

'저거다.'

"아, 잠깐만요."

예전에 목욕 가운을 샀을 때, 세트로 딸려 왔던 남성용 샤워 가운이 있었다. 쓸모가 없어서 버릴까 하다가 새것이라 옷장 구석에 처박아 둔 게 이렇게 도움이 되었다. 그녀의 표정이 환해졌다.

"개똥도 쓸모가 있네."

먼지가 앉은 포장 비닐을 뜯자 뽀얗고 보송보송한 샤워 가운이 나왔다. 그녀가 재빨리 그에게 가운을 건네주었다. 옷을 세탁할 때까지만 입고 있으면 괜찮을 것이다.

욕실에서 젖은 머리를 털면서 나온 태인은 자신을 한심하게 바라보는 다정에게 미소를 내보였다. 그럴 만도 했다.

"안다정 선생님 집에서 샤워를 하다니……."

도태인은 또 쓸데없는 걸로 감격하고 있었다. 다정은 가끔 이 남자의 머릿속이 어떻게 된 건지 확인하고 싶었다. 그런 마음을 숨기고 그녀가 그에게 손을 뻗었다.

"옷 주세요. 빨리 빨아서 말려야 하니까."

다정의 집에는 세탁기는 있지만 살림을 최소화하기 위해 건조기가 없었다. 날이 좋으니 다용도실 창문을 활짝 열어 두면 그래도 잘 마르기는 할 듯했다. 그러나 태인은 쉽게 옷을 건네주지 않았다.

"속옷도 있는데."

왜 뜸을 들이나 했다. 그녀가 눈가를 찌푸리자 그가 수줍은 새색시처럼 빨랫감을 건넸다. 들으라는 듯 한숨을 내쉬고 그녀는 원수 같은 도태인의 옷을 세탁기에 처넣었다. 그래도 어쩔 수 없지. 그녀 자신이 그의 머리에 소주를 부어 버렸으니.

돌아온 다정에게 태인이 조심스럽게 물었다.

"옷이 다 안 마르면 어떡하죠?"

"그러고 가시든가."

그녀가 삐딱하게 대꾸하자 그가 난감한 표정을 지었다. 그때 초인종 소리가 들렸다. 시끄러운 소리에 두 사람이 동시에 현관 쪽으로 고개를 돌렸다.

'올 사람이 없는데?'

다정이 귀찮은 표정을 숨기지 않고 인터폰을 확인했다. 인터폰 화면에는 여자 두 명의 모습이 비추어졌다.

"누구세요?"

─안녕하세요, 설문 조사 좀 부탁하러 나왔습니다.

……라는 건 사이비 종교다. 어렸을 적에는 순진하게 문을 열어 주었다가 30분씩 잡히곤 했으나 서른 살의 안다정은 달랐다. 그녀는 더 이상 들을 것도 없이 냉정하게 잘라 냈다.

"바쁩니다."

밖에서 그들이 뭐라고 중얼거렸으나 그녀는 귓등으로도 듣지 않았다. 그나저나 현관부터 비밀번호가 설정이 되어 있는데, 도

대체 어떻게 열고 들어온 건지 모르겠다.

"건물 출입문 비밀번호를 바꿔야겠어요."

"왜요?"

"저런 사람들이 늘어서."

"설문 조사요?"

다정은 그들의 목적을 순진하게 믿는 태인에게 복잡한 눈빛을 보내며 정정해 주었다.

"사이비 종교 전도요."

"아하."

도태인은 이 상황이 신선했다. 집까지 찾아오는 사이비 종교인을 본 적이 없었다. 길에서도 대부분 자차를 이용해서 이동했기에 그 유명한 '도를 아십니까?'를 겪어 본 경험도 없었다.

설문 조사를 빙자한 사이비 종교 전도사들은 보통 한 번 거절하면 떠나기 마련이지만 이번에는 끈질겼다. 똑똑, 현관문 두드리는 소리가 들리며 바깥에서 외치는 소리가 이어졌다.

"죄송한데 잠깐만 시간 내 주세요!"

오늘 한 번도 목적을 성공하지 못한 양, 그들의 목소리는 초조했다. 다정이 귀찮아하는 것과 달리 태인은 흥미로운 듯 현관문을 바라보다가 몸을 일으켰다.

"쫓아내고 올게요."

"어떻게요?"

"……벗으면 되지 않을까요?"

그가 가운 깃을 잡으며 진담 같은 농담을 뱉고 현관으로 훌쩍 나갔다.

벗으면 성희롱 아닌가? 종교 전도를 하러 왔다가 성희롱을 당하고 쫓겨나는 건가? 변태의 머릿속을 도저히 이해할 수가 없어서 그녀는 고개만 저었다.

문이 열리자 기다렸다는 듯 여자들이 말을 걸었다.

"어머, 감사합니다. 저희 설문 조사가……."

"지금 좀 바쁜데."

막 샤워를 마치고 나와 젖은 머리와 색기 어린 눈웃음이 두 여자의 말문을 막고 말았다. 웬만해서는 보기 힘든 미남이라는 점도 그들의 말을 가로채는 데 크게 작용했다. 더운 날씨에 불청객들은 체온까지 급상승했다. 얼굴을 붉히는 것을 보니, 그들이 무슨 상상을 하는지 알 만했다.

"조용히 좀 해 주실래요?"

"죄, 죄송합니다. 그럼…… 좋은 시간 되세요."

그래도 종교인이랍시고 그들은 끝까지 친절했다. 단번에 불청객을 쫓아 보낸 태인이 현관문을 닫았다. 문을 닫고 들어온 그를 보며 그녀가 황당한 어조로 중얼거렸다.

"좋은 시간?"

태인이 어깨만 으쓱였다. 다정이 할 말을 잃고 한숨을 내쉴 무렵, 그는 테이블에 놓인 다 식은 떡갈비를 뒤늦게 발견했다.

"선생님, 점심 안 먹어요?"

그러고 보니 지금껏 먹은 게 고작 소주 세 모금이었다. 술기운 때문은 아니지만 그녀는 머리가 어지러워졌다. 도태인과 함께 있으면 정신이 없어서 그런가? 엄마의 소식에 밑바닥까지 처졌던 기분이 신기하게도 사라지고 없었다.

〈다음 권에 계속〉